U0060312

台語現代小說選

TÂI-GÍ
HIĀN-TĀI
SIÁU-SUAT
SUÁN

呂美親 主編

目次

｜編者導言｜

成做咱本土語文的「台灣物語」曲頭

呂美親
國立台灣師範大學台灣語文學系助理教授

一、從「語文改革」與「文學改革」說起

眾所周知，日本的古典文學經典、出自女性作家紫式部（むらさきしきぶ，推測生卒年：970-978）之手的長篇小說《源氏物語》，最早成書至今已歷千年以上。即便當時是以能表現「口語」的假名寫就，但時過境遷，語法、文字都經歷種種流變，現代人要直接閱讀原文可說極度困難。光是作家与謝野晶子（よさのあきこ，1878-1942）、谷崎潤一郎（たにざきじゅんいちろう，1886-1965）就都各自幾度以現代日語來翻譯《源氏物語》，更別說還有更多研究者或作家的譯註版本了。

讀者恐有疑問，同樣是日語，何需再「翻譯」？實際的狀況是：《源氏物語》當時寫就的語言和文字，都與現代日語落差極大，需以現代的規範用字、用語來改寫並加註解說，才能便於現代讀者閱讀理解。因此，說是「譯」，實亦可謂改字、新寫。

綜觀整個東亞的近現代文學發展，受西洋文化輸入的影響極大。例如近代日語的確立與其近現代日語文學的形成，乃始於19世紀後半的明治時期。其中，西周（にしあまね，1829-1897）在其編譯的《百學連環》（1870）中，首度將language譯作「國語」，新時代有關「國語」的認識以及書寫能力的課題逐漸廣受討論。明治維新以降，爲了消弭書面語及口語之間的差異，進而提出將兩者一致化的主張也開始出現。西洋學者神田孝平（かんだたかひら，1830-1898）將這類主張統稱爲「言文一致」，並於1885年的〈文章論ヲ讀ム〉（讀文章論）中謂：「以平時說話的語言寫作文章，即爲言文一致。」

也就在1886年，國學家物集高見（もずめたかみ，1847-1928）《言文一致》一書隨即出版[1]。同年，二葉亭四迷（ふたばていしめい，1864-1909）便以「言文一致」的文體發表第一篇文學評論《小說總論》，且於1887年寫出日本現代文學史上第一篇長篇小說《浮雲》。

另外，身兼翻譯家、小說家與劇作家的坪內逍遙（つぼうちしょうよう，1859-1935）則以其代表性論述《小說神髓》（1885）與《莎士比亞全集》40冊（1909-1928）的譯作，大大影響了日本近代文學的發展。不過，無論是《小說總論》、《浮雲》、《小說神髓》，還是《莎士比亞全集》的譯文，其文體雖已走向「言文一致」，卻仍與現當代日語多有不同。

1 安田敏朗著，呂美親譯，〈日本「國語」的近代〉，《東亞觀念史集刊》3，2013.03，頁75、84。

但簡言之，透過消弭書面語和口語差異的書寫，言文一致的提出與實踐，確立了「近代式」的語文文體；而在譯寫與創作的過程中，現代文學也逐漸確立。由此，我們可了解，「語文改革」與「文學改革」的運動之間，有著密不可分的連結性與連動性，而兩者時常是相輔相成；甚且，「文」影響著「語」，「語」也影響著「文」。

再則，言文一致運動與現代文學的發展皆非一時的現象，它可說是一連串的討論、實驗、實踐及演進的過程。事實上，即使日本早自19世紀後半就提出並實踐「言文一致」，也得要到1920年以降才眞正完成[2]。並且，言文一致運動初始的那種「半新半舊」的文體，也總讓人覺得它不是流暢的「語言」，至少要到明治末期或大正初期，諸多社會主義運動者的文章出現後，那半新半舊的「人工性」才被漸漸被抹去[3]。

除了台灣的舊殖民母國日本如此，台灣曾經的文化祖國中國，也因「白話文運動」的推進，造就了中國現代文學的繁盛。但初期的中國白話文之形貌，也不例外地帶有半文半白的特色與明顯的人工性，當代讀者在閱讀此時期作品時，應能有相當的感受和理解。

而台灣本土的白話文運動進程，以曾是大多數台灣人所

2　飛田良文編，《国語論究第11集　言文一致運動》，東京：明治書院，2004.06，頁4-19。

3　倉数茂，〈「物語」への権利〉，《大杉栄　日本で最も自由だった男》，東京：河出書房新社，2012.02，頁137-138。

使用的語言——所謂的「台灣話[4]」爲主體進行的語文改革之形貌，尤其受到前後兩個語文（日、中）的牽制與擠壓，其現代的「文學」形塑也更加緩慢，相較於強勢語文的文學，其發展至今的成果，相對而言非常有限。

讀者恐怕再有疑問，爲何談「台灣話文」運動乃至於本選集的「台語現代小說」，還要特別提到日本的言文一致運動和近代文學發展？我們得意識到，台灣話開始被以「現代形式」進行「語文改革」以及進行「文學改革」，即始於日本的殖民統治時代；進一步而言，正是始於日本時代所謂的台灣「新文學運動」時期。而其內涵包括：要把文字寫成符合「言文一致」的白話文，並以此寫作「現代文學」。

但衆所周知，當時的台灣，政治上的宗主國爲日本，文化上的祖國爲中國。在夾帶著對於日本殖民的反抗，且同時有著對日、中雙重認同的狀況下，台灣的知識分子在文學運動初期，積極採用以「全漢字」的文字形式進行語文改革，並從「文言文」改革成「白話文」——亦即所謂的現代文體。一方面，他們模仿中國白話文，另一方面，則又希望更符合「言文一致」

---

4 台灣話：日本時代多數的語文書籍皆稱當時多數人使用的語言爲「台灣語（たいわんご）」，即現今狹義的福佬話（Hō-ló 話）。語言，日人慣稱爲「語」，台人慣以「話」稱之，於是「台灣話」成爲對這個語言的約定俗成之稱；也因此，1930 年代再次被挑起的語文改革之討論，被稱爲「台灣話文」論爭。而也因日語漢字的「台灣語」的借用（唸作 Tâi-uân-gí）之影響，「台語」（Tâi-gí）逐漸成爲對於這個語言的約定俗成之簡稱。例如日治時期警察官及司獄官練習所教官文中，即多次將「台灣語」簡稱爲「台語」。

的內涵與目標，把白話文修改成「接近台灣話的文章」[5]。這樣的寫作實驗與實踐的過程，可謂相當曲折而繁複，尤其對當時修習古典漢學的讀書人來說，要轉身就寫出白話文，實非一蹴可幾之事。我們也的確可從當時台灣人寫的「白話文」作品，看見其中充滿著相當濃烈的「人工性」。

從另一角度來看，正因新文學運動時期的語文改革主要從「全漢字」出發，而中國白話文也是全漢字，且當時日本語文的漢字使用率仍相當高（雖自19世紀中期已有「漢字廢止論」的提出），這讓同樣置身於「漢字文化圈」一環、卻相對處於附屬地位的「台灣話」之存在，在運動中更顯得曖昧，且看似更加渺小。

尤其台灣現今仍是看到漢字便近乎直覺（或只能）以「華語」讀出的語文環境，這也使得台語從日文和中文漢字「借用」的現象，或台語也是漢語詞彙共享者之一的地位，在文學討論中常被忽略。

職是之故，進入這部台語現代小說選的正式導言之前，筆者想再稍占篇幅地向讀者們說明「台灣話」的書寫，其「書面語和口語的乖離」現象，以及它被忽視的、以「聲音」作爲語文改革方向之可能性與「已然性」。讀者或可從中稍微理解這

5　賴和的書寫實踐正是一個典型之例，如王詩琅謂賴和：「他是一絲不苟的作家，寫作時先用文言文寫，再改寫成白話文，然後再修改成接近台灣話的文章，據說有時也反過來寫。」原出處：王錦江，〈賴懶雲論——台灣文壇人物論（四）〉，《台灣時報》第201號，1936.08；譯文引自蔡明諺主編，《新編賴和全集（伍）．資料索引卷》，台南：國立台灣文學館、台北：前衛，2021.05，頁178。

部台語現代小說選的選文工作，對於文學史、文本等各種背景與條件的考量。

二、台語的書面文、口語文；文言音、白話音及訓讀

首先，我們再回到「言文一致」。所謂「言文一致」(我手寫我口)，事實上具兩層意義：其一是「はなす通りに書く(書其所言)」，成就了「**言文一致體**」；其二爲「話したごとくに書く(依言書寫)」，成就了「**口語體**」。前文提及的物集高見即認爲，「『言文一致體』即明明白白的書面語」，而「所謂『言文一致』，並非如何言說就如何書寫，而是能創造出**新的文體**才有了意義」。這段話清楚地說明了，言文一致的首要工作是「**將語言書面化**」——即**書面體**的建立；第二件工程則是「**可完全記述口語**」——**口語體**的實踐[6]。

用現今的話來說，言文一致要落實兩個層次，一個是文章文學的寫作（書面語），一個是如「逐字稿」(口語）一般被完全書寫。同理，現代台語一樣有書面語和口語，並非只有口語才是台語的文字。

那麼，用較現代式的「台灣話」文字來寫文章，始於何時？台語的「言文一致」，在日人知識菁英的言論及留日台人將相關理論引入台灣之前，早已由來台的日人學者逐漸地實踐於《語苑》等語學雜誌或相關出版物之中，不過漢字寫法與今稍

6　安田敏朗著，呂美親譯，〈日本「國語」的近代〉，同註1，頁86。

有不同；且在台人於1920年代初期提倡書寫「言文一致體[7]」之前，「台灣話」即已稍形成其較近代式的文體面貌。甚至日人研究者在日治初期便有記錄並書寫台灣話的「書面文」及「口語文」，但當時的「書面文」及「口語文」仍有分歧現象，例如1896年發行的《台灣土語全書》即曾提及：

> 台灣的語言與文章之間於記述上有所差距。不僅**說話體文章**與**純粹的文章**在結構上稍有差異，**說話**與**文章**在相同的文字上之各自發音也有相異。舉例而言，如開這個字，在**說話**時念作「クイ」，而**文章**上則要念作「カイ」。因此，只要記住**說話體文章**及其發音，則在日常生活上無有障礙，而不需研究**文章體**及其發音法。但此兩者之間的差異，即是學習台語的人應好好記住的地方。[8]（粗體爲本文引用所加）

說話體文章即口語文，純粹的文章即書面文。書面文，或以較「文言文」或「淺白文言」的文章來理解，可能較容易。此文的作者認爲學台語時，若只要應用於生活會話，則可忽略

---

7 新文學運動初期，黃呈聰的〈論普及白話文的新使命〉（《台灣》4(1)，1923.01）與黃朝琴的〈漢文改革論〉（《台灣》4(1-2)，1923.01-02；續篇副標：唱設台灣白話文講習會），被稱爲「開台灣白話文運動之先河」（《台北市志卷首下大事記》，台北：台北市政府，1989.06，頁125）。而兩篇文章都主張「**言文一致體**」的寫作。

8 田部七郎、蔡章機共著，《台灣土語全書》（台北：版權不詳，1896.03），頁152。原文爲無標點符號的日文，筆者中譯。

書面文的發音；但兩者間的差異才是台語重要之處，故書面文的發音也應熟記。文中也說明「開」字於書面文唸作カイ(khai；文言音)，而口語時唸作クイ(khui；白話音)。此文後又另以日文對譯的方式，舉幾篇**序事文**與**書簡文**之例，來闡明書面文的作則；而書簡文即如現今的便條書信，文體接近**文言文**。「序事文」形式如**古典漢文**，而漢字旁的假名標以台語文言音。

換句話說，對台灣人而言，這些以漢字書寫的文體，在受到現代式的改革前後，台灣人多以台語的「文言音」作爲其識讀與書寫的基礎。

關於台語的「文言音」及「白話音」，編纂《台日大辭典》的語言學者小川尚義（おがわなおよし，1869-1947），也早在1906年的〈台灣語に就て〉(關於台灣話）一文中如此闡明：

> 台灣話中有所謂的讀書音與俗音，但並非所有字都有這兩種發音，其與日本的音及訓的狀況類似，一個或兩個以上的俗音也是有的。[9]

讀書音即文音／文言音，**俗音**即白音／白話音；文白差異即如日語的「音、訓」(音＝漢音；訓＝和音）之別；小川也強調有些台語字有**兩種以上的俗音**。而受過漢文教育者，大概可知

9　小川尚義，〈台灣語に就て（承前）〉，《台灣協會會報》91號，1906年。轉引自林初梅編，《小川尚義論文集〔復刻版〕日本統治時代における台湾諸言語研究》（東京：三元社，2012.11），頁268（原文日文，筆者中譯）。

漢詩文或較長的「文章」多以文音閱讀，生活用語多以白音來表現。即便未識漢字，日常語彙中的「文白」也能因自然傳承而使一般話者得以應用，如第二遍（tē-jī-piàn）的「二」念作文言音的jī，而不念作白話音的nn̄g或nōo。

戰後流亡日本、以台語研究取得東京大學博士學位的王育德（1924-1985）則認為，台語的文字，除了有文言音和白話音之外，比日語稍有不同且更加複雜的還有一項，即「訓讀」。王育德提出一個漢字有三種台語讀音：**文言音**、**白話音**及**訓讀**。文言音又名「**孔子白**」（即小川所謂的讀書音）；白話音，台灣以土音稱之[10]（即小川所謂的俗音）。他進一步說明：「漢字」與「和語」是不同語系，日語訓讀是將輸入自中國的漢字以和語翻譯；但「漢字」與「台語」則非異種語系，台語訓讀是把從中原移入的漢字以方言翻譯，因此台語的訓讀，**可謂取漢字之義來做假借字**。如「在」的文音為tsāi，白音為tī；但訓讀則是不同漢字有同樣意思時，可有相同念法，如「兄」、「哥」皆念ko；「懂」、「識」皆念bat（現亦寫為「捌」）；「不」、「沒」、「無」、「否」皆念bô（現亦有「嘸」等寫法），此即比日語更複雜的台語訓讀現象之一[11]，亦即台語漢字的「**一字多訓**」（如「要」，可讀作ài、beh、iàu）或「**一訓多字**」（如「beh」，寫作「要」、「欲」、「愛」，或僅借音寫作「未」；或者「hōo」寫作「被」、「俾」、「互」、

---

10 王育德，〈文言音と白話音と訓読と（1）〉（台灣語講座第11回），轉引自《王育徳の台湾語講座》，東京：東方書店，2012.07（復刻版），頁49-50。

11 王育德，同前註，頁50-51。

「給」、「乎」、「予」）之現象，造成書寫用字不一與閱讀的混亂。

而王育德在「訓讀」之說中提到的「**取漢字之義**來做假借字」，簡單說就是「取義代音」的訓讀機制。此可見於另一位台灣話研究者岩崎敬太郎（いわさきけいたろう，1880-1934）對於台語標記方式的觀察。岩崎認爲，當時台語的標記方式有4種，包括①音義皆能表現；②**只能表現意義**；③只能表現語音；④音義皆無法表現（並謂此在日語中無）。其中的第②點，岩崎舉出**讚美**（ヲロヲ，o-ló）、**如此**（アヌニイ，án-ni）、**事情**（タイチイ，tāi-tsì）、**羞恥**（キアヌシアウ，kiàn-siàu）、**賢人**（ガウラン，gâu-lâng）、**茂茂**（アムアム，ām-ām）等例詞，說明這類僅表現意義的漢字與其發音的差異[12]；且書中多可見如**尙未**（イアウベエ，iáu-bē）、**何處**（トヲロヲ，toh-loh）、**時候**（シイツン，sî-tsūn）等例[13]。另外，從岩崎的《新撰日台言語集》、《羅馬字發音式台灣語典》等字詞典中所收入的詞彙與假名標音，也可見「按呢」常寫作「如此（アンニイ）」；「家己」常寫作「自己（カイキー）」；「當時」常寫作「何時（チイシイ）」；「爾爾」常寫作「而已（ナアニア）」等。這種現象，在舊文體過渡至新文體時尤其多見。

我們可從這些詞例發現到，許多看似是中國白話文的語

---

12 岩崎敬太郎，《新撰日台言語集》（台北：新撰日台言語集發行所，1916.12），頁40-41。括號中的假名原標於漢字旁，羅馬字爲筆者加註。岩崎另編著過《台灣語發音獨習》、《埤圳用語》、《專賣局台灣語典》、《羅馬字發音式台灣語典》等多部語學書。

13 岩崎敬太郎，同前註，頁63。岩崎的另一部《羅馬字發音式台灣語典》（台北：新高堂書店，1922.08），例文皆附教會羅馬字，內容與《新撰日台言語集》類似。

彙，其實是台語原就存在的，**僅取意義**做標記之假借字。而除了這種「**取漢字之義來做假借字**」（取義代音）之外，「屈話就文[14]」也是1930年代「台灣話文論爭」時期的關鍵問題點。「屈話就文」，亦即寫爲「我們」而讀爲「咱」、寫爲「你們」而讀爲「恁」、寫爲「他們」而讀爲「個」等。總之，台人作家多仍以台語的文言音、白話音、訓讀來書寫與閱讀作品，但也因創作過程中「言文『不』一致」的現象愈趨明顯，而引發「台灣話文」繼續討論如何讓「言文」應更趨「一致」，盡可能使用字能表現其讀音的方法。

爲什麼讀台語小說要先知道這些？因爲現代的台語文字，即把台語「寫白」，用台語寫白話文，非一朝一夕突然可得，它是一個思考如何協調「書面語」，也把「白話音」、「口語」逐步寫出來、寫好的漸進過程。

---

14 黃石輝爲了避免「屈話就文」的書寫不符合眞正的「言文一致」，而提出具體的採用「新字」或「新代字」等建議：

> 總不可想屈「阮」去就「我們」，將「我們」讀做「阮」，就算做不是屈話就文，亦是屈台灣話就中國話。屈二字去就一字，秋生先生的「沒會」是拼音的，尚且已經很不自然咯，那會堪得「你們」讀做「恁」、「我們」讀做「阮」、「他們」讀做「個」？所以我始終主張若是遇單字和複字相衝突的時，像——
>
> 我們——咱、阮　　他們——個　　你們——恁
>
> 這裡——嗟　　那裡——吪　　不能——賣
>
> ……這一款的話，若不另外做新字來添，亦著採用新代字。

且作者更認爲，採用新字或新代字，「攏總是要（按：愛）註音）」，但當時其提出的註音方式爲「反切」（黃石輝，〈言文一致的零星問題〉（《南音》1卷6號，1932.04，頁11-13）。

而要再強調的是，文字的確立與文學的形成，相互連動。無論是書面語或口語，其「語言」是相同的；並不因書面語漢字較多，它就只能是漢語或中國白話文，而不能是台語。那麼，我們可再進一步理解，無論是新文學運動對於中國白話文的模仿，或者接續的「台灣話文」倡議，甚且是戰後的「台語文」書寫運動，都是在創造台灣話這個「語言」的「新的文體」，一個能把文章寫得更白、把「白」的文字寫得更精確的文體；新的，但仍具書面語和口語功能的語文形式。

附帶一提，新文學運動中最大力鼓吹以中國白話文寫作台灣新文學的張我軍，其認爲以中國白話文寫作台灣文學，可「改造台灣話」(進行台灣話的語文改革)，他提出的具體方法論爲：「須多讀中國的以白話文寫作的詩文」，而在「技術層面」上則是將這些詩文以「孔子白」(文言音) 唸出[15]。事實上，漢文的習得原本就都以「文言音」記誦，「文言音」的閱讀對讀過「漢文」的人並不難。換句話說，雖是取徑中國白話文，但台人的書寫與閱讀皆以台語的文言音做基礎，再輔以白話音或訓讀來進行理解或創作。我們其實可將這些「類中國白話文」的文體，視爲台灣人寫作的白話文之「書面文體」。但這類文體在實驗與實踐的過程中，也隨著文類而有細緻變動，因此，在「書面文」和「口語文」同步被嘗試寫作十多年後，到了1930年代，評論家王詩琅才說台灣人寫作的白話文是「台灣話式的漢文[16]」。

---

15 張我軍，〈新文學運動的意義〉，《台灣民報》76，1925.08.26，頁 19-21。
16 語出王錦江（王詩琅），〈一個試評——以「台灣新文學」爲中心〉，《台灣新文學》1(4)，1936.05，頁 94-95。

正因台灣話的漢字書寫具有前述的文、白、訓讀之流動性，從1920年代的新文學運動開始，作家一面模仿中國白話文進行「書面」的改革，創作出許多「言文『不』一致」的作品；一面也希望往符合台人「口語」的寫作前進，因此，1930年代的「台灣話文」運動，繼續朝著更「言文一致」的改革嘗試，尤其追求表現「聲音」的口語（而非僅取意義的文字）之落實書寫。[17]

然而，這個開始把「聲音（言）」加以文字化（漢字）的語文改革工程，缺乏體制內的支持，且又要面對國家力量大舉推動「國語」的情勢，於是自1920年代以來，新文學運動中有關台灣話文的實踐，僅多停留在「書面體」的建立，而未能再進一步把「口語體」完完整整地接續完成。

讀者閱讀至此，大概能了解這部台語現代小說選所編入的日治時期漢字台語小說，包括蘇德興、賴和、楊逵、蔡秋桐的作品，大致都是當時一連串的實踐中，其文體是「總算」較接近「口語體」（但部分也以書面體呈現）的白話文小說；也就是所謂較傾向「台灣話文」的作品。而其他諸如新文學運動初期大量模仿中國白話文、或可謂台語文的「雛型」之作，雖亦可以文言音或訓讀等方式閱讀，但它們所需再修繕的「人工性」比

17　以上相關論述，有興趣可參考筆者拙論：〈訓讀、模仿、創造－「台灣白話文」：論日本時代台灣近代文體的形成與樣貌〉，《賴和．台灣魂的迴盪：2014彰化研究學術研討會論文集》，彰化：彰化縣文化局，2015.03，頁355-420。〈「言文『不』一致」的起點：重論張我軍〈新文學運動的意義〉及其時代〉，《台灣文學研究學報》第30期，台南：國立台灣文學館，2020.04，頁141-187。

例較高，幾乎得以現代台語重新翻譯，因此本選集未納入。

值得一提的是，許丙丁的《小封神》或鄭坤五的《鯤島逸史》，當然也是台語的小說，但它的文體與口吻較像傳統說書，雖可謂是台語書面語的文體形式之一，卻不是「現代小說」所追求的「以口語體書寫的文體」，故亦不在本書選錄範圍之內。

所謂較接近書寫台灣話的「口語體」（例如敘事部分也稍保留書面語的表現；正如中文小說亦有敘事文字與口語對白的文體之分）之白話文小說，即其文字是以較能表現「白話音」的文字寫出。例如前舉岩崎敬太郎提到的「只能表現意義」的詞彙，包括：讚美（o-ló）則應寫成「**呵咾**」；如此（án-ni）則應寫成「**按呢**」；事情（tāi-tsì）則應寫成「**代誌**」；羞恥（kiàn-siàu）則應寫成「**見笑**」；尚未（iáu-bē）則應寫成「**猶未**」；時候（sî-tsūn）則應寫成「**時陣**」等。其實當時的書寫也非一次到位，而這正是戰後台語文運動極力改革的重要面向之一。

另一方面，以基督教長老教會推動的白話字（Pe̍h-ōe-jī，教會羅馬字）所寫出的文學作品，則因不需以漢字書寫而未有書面及口語乖離的現象。有許多以白話字翻譯或創作的文學作品，更發表於所謂的「新文學運動」之前。

白話字的主要載體《台灣府城教會報》（今《台灣教會公報》）自1885年創刊之後，刊出不少實驗性的文學作品，例如短篇故事，甚且有林茂生的戲劇翻譯與論文。白話字的「自由性」，很快成就了長篇台語小說的創作與出版，較為人知的有賴仁聲的《Án-niá ê Ba̍k-sái》（俺娘的目屎；1925）、鄭溪泮的《Chhut-Sí-Sòaⁿ》（出死線；1926）等作品。

北部方面，自同志社大學留學回台，後擔任淡水中學校長，且被譽爲「台灣橄欖球之父」、「台灣合唱之父」（由呂泉生讓名）的陳清忠（1895-1960），在1925年創辦了「北部台灣基督長老教會教會公報」《KÒA-CHHÀI CHÍ》（芥菜子）[18]，此雜誌也可謂受到日本「言文一致運動」的影響所創刊。陳清忠在同年5月第482卷的《教會報》中，即以標題〈Hó siau-sit〉（好消息）預告《芥菜子》即將創刊，並提出設立「Hū-jîn-nôa」（婦人欄）作爲刊物內容之一，讓「婦人人」（Hū-jîn-lâng）有投稿機會，並以此裨益於其他女性讀者。最後他也說明稿件需求：(1)道理、(2)聖經研究、(3)宗教小說、(4)翻譯、(5)時機、(6)故事、(7)兒童科學以及相關有利文章。[19]

從陳清忠希望徵得「宗教小說」與「翻譯」的說明當中，可以看出他期待以能表現言文一致的白話字來建構台語現代文學的目標。如此一來，我們也便不難理解，爲何陳清忠在宗教色彩濃厚的《芥菜子》當中，也以白話字選譯了不少國外的文

18 《KÒA-CHHÀI CHÍ》（芥菜子）自1925年7月始，以季刊、白話字書寫、每號約50頁的形式發行；至第4號後（1926.05）改爲月刊，各號約14頁，獨立發行至22號（1927.11），第23號後才併入《台灣教會公報》刊行。《KÒA-CHHÀI CHÍ》爲筆者於2007年至2008年擔任李勤岸教授主持之國科會計劃「台灣教會公報白話字文獻數位典藏計畫(1885-1969)」時出土並進行初步整理的刊物。成果可參考李勤岸、呂美親、劉承賢，〈陳清忠與北部台灣基督長老教會教會公報《芥菜子》初探〉，《台灣kap亞洲漢字文化圈的比較：2008第4屆台語文學國際學術研討會論文集》，台南：國立台灣文學館，2008.10。

19 《教會報》第482卷，〈Hó siau-sit〉，1925.05，頁6-7。本篇未署名，但文末註明投稿處爲「淡水砲台埔三十五番地　主筆陳清忠」。

學作品，包括狄更斯的《聖誕鐘聲》等。而本選集選錄的第一篇小說〈拯救〉(Chín-kiù)，即是連載於《芥菜子》第1、2號的作品。就時間點而言，〈拯救〉可謂台灣新文學史上的第一篇現代中篇小說，且是早早就以「羅馬字」(主要爲「白話字」) 寫成的純粹的台語「口語體」。

從以上說明可知，日本時代的台語的小說 (較能表現口語的小說)，文字方面呈現兩種完全不同的面向：即「漢字」與「羅馬字」。也正因台灣話的語文改革受到種種阻礙而呈現諸多斷裂，目前所見以「漢字」寫作的作品中，較能同時實踐出言文一致的書面體及口語體兩個層次的小說作品相當少，且這些作品的寫作，都還處於現代文字／文學的實驗與實踐過程中，其不流暢的「人工性」仍然明晰可見，行文語法更不乏模仿中國白話文的痕跡，有時仍需以文言音、白話音及訓讀的方式交替進行，方能閱讀。至於「羅馬字」的書寫，雖能如實紀錄、表現發音，但因台灣身處「漢字文化圈」，一方面受漢字文化傳統浸透已久，二方面是戰後國語政策對於羅馬字的打壓，致使當今讀者閱讀羅馬字原文有諸多困難。

因此，本選集所錄作品，一方面部分保留原漢字的書面語式之文字表現，另一方面也爲便於讀者較快速閱讀並理解白話字文本，無論是漢字或羅馬字的作品，均依現今教育部之推薦用字進行標準化之處理。期待讀者在本選集的「翻譯」後，若對語文改革史或原用字的考察有更多興趣，亦可自行尋找原初選集或出土文章來參考。

日本時代後期，台灣文學進入戰時體制的「皇民文學」時期，而「文壇」的多數作家也已慣用日語書寫。戰後新的「國語（北京話）政策」降臨，以較純粹的「台語」完成的台灣小說之書寫，漢字方面有極大斷層，白話字雖也留下不少作品，但它們要與台灣的「文壇」開始有對話機會，得要到解嚴前後了。

接下來，再簡單介紹戰後的台語文學運動和台語小說的發展。

三、遲到的台灣文學「深化」：走向文字標準化的「台語／母語文學運動」

衆所周知，戰後初期的台灣，在政治面與社會面都受到巨大的變革與挑戰。就語言方面來說，尤其從戒嚴以後，一般在民間普遍使用的台語，受到的壓制越來越大；雖然從歌仔冊、台語歌、台語電影等文學與文化的創作與傳播來看，仍可見其生命力，但對經歷日本時期的絕大多數作家，其文字發表與文學創作的慣用語文，已是日語爲主。而戰後初期台人以漢字寫的白話文，即如前述王詩琅所言，爲「台灣話式的漢文」，這樣的白話文雖已然形成一種集體書寫形式，並且也是以漢字表現，但就連當時來台的中國人也難以理解[20]。此後，台人必須面對另一個新的「國語」，國語推行運動幾乎是全台風起雲湧[21]。在這種狀況下，台灣話原就未竟的語文改革，當然面臨極大斷

20 參考黃美娥，〈聲音・文體・國體—戰後初期國語運動與台灣文學（1945-1949）〉，《東亞觀念史集刊》3，2013.03，頁252。

21 同前註，頁235。

層。

語文轉換初期，較被提及的例子是國民黨於1946年2月在台南創辦的《中華日報》。創刊初時，該報爲顧及民衆的閱讀習慣而設日文版，並邀請客籍作家龍瑛宗自該年3月起任職日文版文藝欄主編，龍瑛宗也廣邀吳濁流、葉石濤、吳瀛濤、詹冰、王育德、黃昆彬等年輕作家參與寫作。然而，該年10月25日，報社便順應政策廢除日文版面，作家以日文發表的空間更受擠壓。等到1950年代以降，部分台籍作家習得北京話的書寫，開始討論「台灣文學」的走向時，「台灣話」已進入成爲「方言」的時代[22]，文壇的語文主流是另一個國語；要再重新發展台語的文字、建構台語的文學，乃至成爲運動，已是相當晚近之事。

篇幅有限，若是讀者對於戰後台語文學的發展有興趣，或可參考廖瑞銘、施俊州、方耀乾等人的著作[23]。簡言之，戰後以降的主流文壇之語文，一面倒地傾向中文（國語＝北京話、華語），即便仍有台語歌謠或歌仔冊等漢字作品於民間流通，

22　例如鍾肇政於1957年發起寫作的《文友通訊》，作爲台籍青年作家的重要交流園地，當時也曾以「關于台灣方言文學之我見」爲題進行討論。鍾肇政，《鍾肇政回憶錄（二）—文壇交遊錄》（台北：前衛，1998.04），頁135-136。

23　例如廖瑞銘《筆尖與舌尖：台灣母語文學的發展》（台文館，2013）、施俊州《台語文學導論》（台文館，2012）、《台語作家著作目錄》（台文館，2015）、《台語文學發展年表》（台文館，2015），或者方耀乾《台語文學史暨書目彙編》（台灣文薈，2012）、《對邊緣到多元中心：台語文學ê主體建構》（台南文化局，2014）、《台灣母語文學：少數文學史書寫理論》（台南文化局，2017）等。

但由所謂的「作家」以漢字來創作的台語小說幾乎不見。而白話字雖在1970年代之前仍有其書寫、發表空間，例如多產的作家賴仁聲牧師於1954年出版《Chhì-á-lāi ê Pek-ha̍p-hoe》（刺仔內的百合花）、1955年再出版《Thià^{n} Lí Iâ^{n}-kòe Thong-sè-kan》（疼你贏過通世間），接著於1960年又出版《Khó-ài ê Sîu-jîn》（可愛的仇人）等小說作品；其他亦有短篇作品發表於《台灣教會公報》，如1955年的〈Chi̍t-poe léng-chúi〉（一杯冷水）、1969年的〈I koan-sim tī lí〉（伊關心佇你）等，但這些作品在當時幾乎未見於所謂的「文壇」。

雖還未能與「文壇」產生交流或對話，但從戰前持續推行到戰後、於基督教會中普遍使用的白話字，也在1950年代開始受到國語政策的影響而逐漸被禁止。尤其是1969年11月的「羅馬拼音文字處理要點」發布後，白話字被全面剷除，其文學發展也自此完全停滯。要到1970年代中期以降，由居於美國的鄭良偉發行《台灣語文月報》，實踐了王育德於1960年代以來提倡的「漢羅合用」之台語文書寫，白話字才開始與基督教以外的社會及文化，產生更多深層的連結。特別是1990年代以降，「台語文學化」的工程因爲「漢羅合用」的書寫而得到較集體式的實踐。

也正因此，本選集選編的戰後台語小說作品，主要以1990年代以降的台語小說作爲時間起點。但這並不表示1990年代之前都沒有台語的現代小說。除了前述的白話字小說，戰後以「全漢字」創作的台語小說始於1980年代。1960、70年代的鄉土文學作品中，常見部分的「方言」使用；而衆所周知的是，1970年代開始，林宗源、向陽開始寫台語詩（當時稱方言詩），要到解嚴前後，台語的「文字化」論述，才在政治或文化雜誌中開始被討論。其中，《台灣新文化》是一個重要的論述開展空間。

《台灣新文化》刊載許多台語文字與文學的論述與主張，例如第5期有宋澤萊發表〈談台語文字化問題〉（1987.01）、第12期有許水綠（胡民祥）〈舌頭與筆尖合一——台語文學運動的深層意義〉（1987.12）等，林央敏、洪惟仁也有較長篇幅的台語散文發表。作為台語文學論述的實踐之行，李竹青（胡民祥）的〈華府牽猴〉、宋澤萊的〈抗暴的打貓市〉，都在1987年相繼發表於此雜誌；這兩篇都可說是戰後最早以漢字創作的台語現代小說。同年9月，陳雷也在美國發行的《台灣文化》發表小說〈美麗 ê 樟腦林〉，這些作品的發表，鼓勵越來越多人投入母語的寫作。

然而，這樣的寫作風潮與相關論述，也引起1980年代末期至1990年代初期的台語文學論戰[24]。簡言之，台語文／學的書寫，對於國語政策的正當性造成威脅，也讓好不容易習得華語的台籍作家感到焦慮；另一方面，對於剛「正名」且正邁向文學史重構之路的「台灣文學」而言，「台語文學」此時的「介入」，毋寧讓「台灣文學」面對更多關於內涵、形式、定位等挑戰；且這些挑戰，事實上延續至今。

24　論戰相關文章收錄於呂興昌主編的《台語文學運動論文集》，台北：前衛，1999.01。

1990年代，有非常多的台語文、台語文學雜誌出刊，包括《台文通訊》、《蕃薯詩刊》、《台語風》、《台語學生》、《茄冬》、《掖種》、《台江詩刊》、《台語世界》、《台文BONG報》、《菅芒花詩刊》、《島鄉台語文學》、《時行台語文月刊》、《蓮蕉花台文》、《TGB通訊》等。這是從戰前以來，從事台灣話的語文改革與文學改革的運動當中，首次可見最具規模的出版現象。無論是主張的提出、理論的奠基、作品的產出，都遠遠超過上個時代。可以說，台灣本土語文的現代文學改革運動，在這個時間點才開始凝聚出一股較大的力量。台語小說的質與量，也大概從1990年代後期有了更多蓄積。

也因此，台灣史上第一部台語小說選，出版於1998年、由宋澤萊主編的《台語小說精選卷》，可謂遲到久矣。這部選集收錄8篇作品，包括賴和〈一个同志的批信〉、黃石輝（按：蘇德興）〈與其自殺，不如殺敵〉、宋澤萊〈抗暴的打貓市〉、陳雷〈美麗的樟腦林〉、〈大頭兵黃明良〉、〈起痟花〉、〈圖書館的秘密〉、王貞文〈天使〉。8篇作品當中，蘇德興之作在1996年才出土重刊，王貞文的小說也在該年發表，而旅加醫師陳雷的作品就有4篇。

從選集的文字即可看出，編者的視角仍較停留於漢字的作品，即便陳雷的小說已加入不少羅馬字作爲聲音輔助，羅馬字或白話字的文學作品，在當時還不太被文壇認識或肯定。另外，用字方面也較保持原作，部分作品存在許多當時電腦無法呈現的造字，使得各篇用字不一，漢字的發音也未必精確，對於較年輕的、重學台語的讀者而言，恐有莫衷一是之感。內容方面，這8篇小說都與當時的政治意識、社會思潮有著較緊密的關係；這也看得出編選當時，台語文學寫作者及建構者們的社會關心與所想像的文學內涵。

2000年代初期，在台灣學術界還鮮少關注台語文學時，日本學者松永正義曾在論文〈在台灣的日語文學及台語文學〉中，簡述了解嚴前後的台語文學發展，並提及旅美學者鄭良偉主編的《林宗源台語詩選》(自立晚報，1988.08)、編選《台語詩六家選》(前衛，1990.05) 作爲「台語文學叢書」的第一冊。松永正義認爲，「台語文學之所以要等編者出現之後才集結成書，是因爲台語的表記方式尚未統一」[25]。松永提及的「**台語表記方式尚未統一**」的問題，的確是一個很大的重點。這也印證了前述台灣新文學運動以來的「語文改革」之艱難與耗時。

鄭良偉編選的《台語詩六家選》，乃是台灣第一部「台語詩選」，也是首度將各作者的書寫文字加以「統一」，改成「漢羅文字」的台語詩選，是台語文學史上極重要的階段性里程碑。從編者序中可明確看出，台語文學的「文字」之「標準化」，是當時極重要的目標。[26]這也象徵著，從1988年到1990年的這兩三年間，是戰後台語文、台語文學正要勢如破竹的起飛之時。松永在論文中又說：

---

25 松永正義著，何瑞雄譯，〈在台灣的日語文學及台語文學〉，《中外文學》31(10)，2003，頁23。

26 拙論，〈1990年代以降的「台語文學化」工程奠基：以月刊《台文BONG報》與陳明仁的寫作實踐爲討論中心〉，《台灣文學研究學報》第32期，台南：國立台灣文學館，2021.04，頁13-14。

> 在八十年代後期興起了一股台語寫作的風潮，我們可以將其視爲從**鄉土文學**到**台灣文學**、**台語文學**的轉變，也就是**讓台灣文學的概念更加深化的運動**。[27]（粗體爲本文引用所加）

這裡的「深化」可如何理解？本文在前兩節介紹了台灣新文學運動以來的語文改革與文學革命之過程與曲折，若讀者能夠掌握如此的發展脈絡，並對於國語政策與殖民歷史有所反思，或許更能會意「深化」的內涵。深化，之於現當代的意義，或許還包括對殖民主義、國語政策、錯誤的歷史有更深刻的反省，進而回歸並紮根於母土，且再以它爲基礎出發，進而創造出新的、獨特自主的各種可能。而「我手寫我口」的意義，現在更不僅止於語言和文字得已完全契合、將「言文一致」極致地實踐，更可謂是跳脫百年來受縛於殖民語文枷鎖的象徵，更可謂是重新找回原本樣貌的行動，以及創造集體新的意志與意識的開始。

言文一致、白話文、台灣話文、台語文／台語文學……種種名稱的變革，反映了各階段的運動目標。這是從新文學運動以來，文學語言形式上持續但緩慢的深化過程。尤其解嚴之後的台語文學運動過程中，「**台語表記方式尚未統一**」的問題難以跨越，各家文字或拼音爭鳴、爭辯不休，但在2006年9月，

27　松永正義，〈在台灣的日語文學及台語文學〉，同註25，頁22。

教育部國語推行委員會通過「台灣閩南語羅馬字拼音方案」（台羅），10月公告實施後，長年來的爭議大致結束[28]。而後，教育部陸續公布推薦用字（漢字）、《臺灣閩南語常用詞辭典》網路版提供檢索及查詢，再加上每年的認證考試，以及教育現場的標準化學習等，體制內的制度化推行，已大幅改變台語文使用者的用字習慣，甚且影響流行音樂、網路社群等更多非圈內人的參與寫作。

另外，《國家語言發展法》於2019年1月始施行，台語的被污名化逐漸得到平反；「公視台語台」也於7月開播，字幕主要以教育部用字呈現，「台語文」的傳播影響力已大幅超越前期。語文形式的問題得到解決，要寫台語小說，要以母語來復興文藝，應該已不再是難事。

從1920年代初期，以台灣本土語言出發的語文及文學改革，至今走了近一百年。一百年來雖是窒礙難行，卻也留下不少美麗的足跡與文學風景。

以下介紹本選集所收錄的小說作品內容。

四、百年來的台語小說風景

本選集收錄14篇台語小說。其中5篇寫於日本統治時代，9篇則是1990年代以降的作品。誠如前文所言，由於各篇小說

28　李勤岸，〈「優勢符號」kap「合理符號」ê互動——論台語羅馬字拼音符號ê競爭kap整合〉，《台灣話ê文字化kap文學化》，台南：開朗雜誌，2015.07，頁8。

原文有以全漢字、全羅馬字、漢羅等不同文字形式寫成者；全漢字諸多假借字且未統一，全羅馬字因歷史、政治、教育因素，仍不易於今人閱讀，漢羅合寫的比例與規則，各篇亦有差異，爲便於衆多重學台語、較不諳台語的年輕世代來閱讀，且未來本土語文學習也多以教育部用字爲準，本選集將收錄作品皆改爲教育部於2006年以降陸續頒定之常用字，並在逐篇作品加上註解；無註解的大部分詞彙，亦可從教育部台語常用詞典網站（https://twblg.dict.edu.tw/holodict_new/）查詢。

語文改革有了最大步的跨越，那麼，百年來以它成就的文學，究竟呈現怎樣的內容？尤其是日本時代的寫作脈絡，對一般讀者而言相對陌生，以下主要針對戰前的幾篇小說，來說明其寫作背景與梗概，並簡單介紹戰後的作品，提供讀者參考。

一般而言，台灣新文學運動的論述多從1920年代知識分子受到西方思潮影響進而以政治、社會、文化運動的方式，起身抵抗殖民統治等行動談起。特別是作家們接收社會主義、共產主義等思想，而在作品中揭露受殖民主義與資本主義雙重壓榨之殘酷，且呈顯出人道主義與社會關懷等特色。本選集收錄的幾篇小說也不例外，但仍有不少值得關注與提供吾人重新思考的面向。

首先，第一篇作品是企業家郭頂順原以全白話字發表的〈拯救〉。這篇小說的人物很簡單，僅有少女水蓮、其父母親以及主日學先生。開頭先以水蓮去教會做禮拜而慘遭父親毒打，母親在旁哀求停手的場面作爲序幕。進而再敘述原爲「好額人」（hó-giah-lâng，富人）的父親，因不滿足於現有的生活而去買「株券」（tu-kǹg，股票），結果投資失敗而致一家窮苦的現狀。小說的主軸是這位11歲的少女，從如何信仰基督教，到先帶領母親信仰，而後再以其智慧感化原本極力反對的父親，最後全家一起信仰基督教的過程。

雖是宗教小說，且看似落於俗套的大團圓結尾，但其布局明顯有著模仿當時西方劇作的痕跡，不但對人物的心境轉折有較爲細膩的刻劃，對於台灣傳統的性別觀念等亦有開導式的批判。整體鋪陳也跳脫傳統民間故事的敘事架構，作爲台灣現代短（中）篇小說的最初嘗試，是結構完整、節奏也相當順暢的成功之作。1920年代初期，除了左翼思想之外，因宗教而直接承襲西方文明觀之小說，〈拯救〉可謂最具代表性的作品。

第二篇〈連座〉，作者是最具代表性的台灣話文小說家蔡秋桐。其出身雲林鄉間，但漢學底子相當深厚，小說敘述留有講古餘韻，但口語用字則可見其斟酌，原文的假借字比例已相當少。〈連座〉和作者的其他小說相似，也聚焦於農村在面對因殖民統治而實施的現代化建設時，遭受大幅改變而產生的種種矛盾。

小說開頭便血淋淋地揭露原來宛如仙境的G村，如何因禍而在短期內成爲牛塚的過往。村人不顧牛瘟肆虐與政府的規定而偷偷「刣牛」（thâi-gû，殺牛），把可用的牛皮、牛骨也都藏起來，甚至甲長也未遵守保甲規約，私自「偷刣」而未報告。小說中，就連保正、甲長都難逃補大人的淫威，其他村民與整個村子，都活在全無尊嚴的殖民統治執行者之下。作者把農民被逼到恐怕「冬尾欲食塗」的焦灼、地方保正扭曲且卑微的「烏紗」（oo-se，賄賂）行爲等，有層次地加以揭示，更顯其欲批判的處罰制度「連座」之荒謬，也更強化這些認命於智識不足、只能爲奴的底層人民之悲哀處境。曾擔任保正的蔡秋桐，小說含著告誡般的自省，也如挖掘「秘史」般的告白，引吾人深思統治者宣稱的美麗果實背後的慘痛代價。

除了「公務員」視角的批判，接下來的三篇小說，都可見馬克思主義的影響，也剛好呈現當時代社會運動者所處的思想光譜與實踐方向。

〈與其自殺，不如殺敵〉手稿首頁署名蘇德興，信封寄件者爲黃石輝。經學者考證，蘇是黃的姪輩，兩人可謂左翼文藝戰友。蘇更是漢詩社「礪社」中大力提倡自由戀愛與性別平等的年輕領導者。本文眞實作者雖仍有討論空間，但本選集在作者簡介列蘇之名，乃基於手稿署名，且小說內容亦符合其實踐。祈日後有更進一步的考證與深度析論。

小說主角阿變的父親與庄人，因20年前被政府強奪竹林土地給會社經營而起身反抗，卻遭官方大規模屠殺。於是阿變的父親南遷租地種作，卻因種種不合理的制度無法生存，找人一起組織「農民組合」繼續反抗，卻被活活打死，連兄長也被捕入獄。後來，阿變於農場工作也遭逢諸多非人道的制度與待遇，決定投入農組從事鬥爭，卻被出賣而險遭打死，同志萬直忍無可忍之下以鋤頭敲死出賣者，阿變受牽連入獄。

而後，阿變在日本人開的鐵工場做工，工人們因備受老闆剝削而罷工抗議，阿變再度被捕。之後阿變輾轉到了醫館工作，與醫生的小妾、原是高女學生的劍紅相識。劍紅因平時就閱讀社會主義的書籍，且在報紙讀過阿變的文章，兩人後來相戀。小說最後，劍紅的告白相當進步，她認爲女性解決性慾亦非羞恥之事，她欲與阿變出走，並堅定地選擇走向比自殺更有意義的，爲婦女、勞農爭取權益的鬥爭之路。

這篇小說相當值得我們重讀，相較於同時期的小說，無論是人物之名，或者通篇鉅細靡遺的受迫現實、勞農意識與立志行動等鋪陳，都可謂是當時最激進、最提倡女性自主的馬克思主義、共產主義小說。且其中藏著許多以台語表現的，對屠殺鎮壓事件、受帝國保護而前進殖民地的資本集團等進行批判之「隱語」。也難怪原稿寄給賴和後，雖有被潤稿的痕跡，但最終未被刊出。這大概也是因爲1930年代已是「八面碰壁」（葉榮鐘語）的時代，是台灣的政治運動遭到最大的挫敗後，知識分子轉向文化戰線的時期，文藝方面已不再容許強調階級鬥爭的文學作品之故。

第四篇〈剁柴囡仔〉，出自以「日語作家」爲人所認識的楊逵。《楊逵全集》出版後，我們才看見楊逵在小說創作初期，曾寫作兩篇台灣話文小說，且各是長篇小說的第一章。包括〈貧農的變死〉爲預計有六章的長篇小說《立志》之序章，其手稿的台灣話文版本，與連載於1935年《台灣新民報》中文體較傾向中國白話文式的〈死〉內容幾乎相同。而1932年的〈剁柴囡仔〉，最末亦括號註明「這篇是一篇長篇的一節」。亦即，楊逵小說創作初期原有以台灣話文寫作長篇小說的目標，但或許因日文小說〈送報伕〉在日本文壇受到肯定，且台灣話文的用字也讓他在書寫時不斷受挫，最後便主要以日語進行創作。

〈剁柴囡仔〉雖未能發表，且僅爲長篇之一節，但從結構、敘事風格，以及人、景、物與思想的描繪和連結，都足見楊逵的寫作天賦。楊逵曾住在高雄內惟，此小說或可謂其親身所見，且帶著自省所寫下的作品。故事從一年輕人明達（我）在晴朗天氣、青綠景緻、悠閒心情的時刻開始敘述，因想繼續探索如烏托邦的「仙洞」，在途中巧遇「剁柴囡仔」兩兄弟，經由對談和一起去剁柴後，才透視了原來不僅勞工受盡剝削，現今台灣的農民竟也如此淒慘不堪的現實。參與農民運動的楊逵，作品關注的是無產、貧困大衆的黑暗生活；而〈剁柴囡仔〉雖也對帝國與資本主義提出控訴，卻是以溫柔、浪漫的自省筆觸，把最底層的貧苦與無助，表現得更引人憐憫。讀者也不難發現，〈剁柴囡仔〉與經典之作〈送報伕〉有著類似的決志結尾，但應是創作時間不同，〈送報伕〉最後充滿希望和信心要回來改造台灣，但未竟的〈剁柴囡仔〉最後卻像是苦難無盡的呻吟，也更突顯殖民地難以改變的困境。

〈一个同志的批信〉，爲台灣新文學之父賴和發表的最後一篇小說。賴和在新文學運動初期，模仿中國白話文書寫台灣的白話文，甚至把楊逵的台灣話文作品修改成更精練、更接近中國白話文式的書面文體，但其後期的創作卻越來越趨向台灣話文。除了是言文一致的徹底落實，更是其關懷目光更聚焦於台灣普羅大衆的體現，包括他留有另一篇僅存手稿的台灣話文小說〈富戶人的歷史〉。

這篇小說以第一人稱的敘述與獨白呈現，寫入獄中的同志許修因病情嚴重，寫了一封信來跟「我」（施灰）借錢。「我」

剛收到同志的信時極其生氣，想起「他們」這些同志曾笑「我」是信念不堅的「落伍者」，甚且爲了「同志」要借錢才想到「我」而感覺「晦氣」。但「我」也諒解垂死獄中的同志所做的「選擇」、同情其遭遇，仍舊準備錢要寄給他。但總替人賠錢、也常認捐社會運動而犧牲家庭開銷等，極具公衆性格的「我」，卻因時局的苦悶而在「樂園」把錢花光了。幾天後又有些收入，想說已「夠額」可寄予同志，想不到「大人」卻來要求「寄附」（捐款），沒有拒絕的勇氣也無法拒絕，最後只能帶著歉疚遙想著：「啊！同志！這是你的運命啊！」小說最後附著同志以僅存的錢作爲郵費，所寄給「我」的批信內容，以及作者的附註，更突顯「我」因時局處境的內心挫折、掙扎、失落與無可逃避。

堅定的共產主義行動者阿變、仍繼續透視農民處境的社會主義者明達，以及看似已「轉向」[29]的「落伍者」又深感挫敗的施灰。三人可謂受社會主義思想影響下、左翼力量分裂下，重疊卻也各自孤立的各陣營代表。讀者們從這些作品，或可更理解「八面碰壁」的1930年代，許多被迫「轉向」文化運動的左翼知識人，其無奈卻也仍各自繼續追尋著希望的心境。

接下來簡單介紹戰後作品的發展與梗概。

如前所述，1990年代以降，台語文學論戰展開、運動興起，諸多雜誌發行，作品的質與量都愈來愈豐富。而這一波運動與

29　「轉向」：爲1920年代後期至1930年代的時代詞彙，源自日語「転向（てんこう）」，指信仰社會主義或共產主義者，因遭到鎮壓拷問等而被迫放棄、改變原有的思想與立場。許多被迫「轉向」的知識分子，進而從事文化、民俗等較不「激進」的活動，延續其思想的實踐。

起於戒嚴之後，且作爲當時的社會運動之一環被加以推動，多數作品都帶著強烈的政治性，包括二二八、白色恐怖的書寫、台灣意識的表現等，都是此時作品極大的特徵。而台語小說還有個較大的特色，便是將「平埔族」(特別是西拉雅族)，即大部分的「消失的台灣人」受漢族殖民的過程，以及其與漢族在文化觀點的差異，加以還原的書寫。正如宋澤萊所言：

> 所謂的「西拉雅書寫」是一種狹義的說法，廣義來說就是「平埔族的書寫」。也即是在傳統的台灣文學裡，不斷有作家書寫了平埔族的生活、習慣、面貌。比如說，在清治前期的郁永河、孫元衡、黃叔璥的作品裡就出現了大量有關平埔族的描寫。之後的每個時代，有關平埔族的書寫就不曾間斷。（中略）在台語文學的作家裡，平埔族的書寫尤其普遍，公開承認自己是平埔族後代的作家不在少數，比如羊子喬、方耀乾、王麗華……，都不再說自己是純粹的漢人，而寧願說自己是平埔族的一員了。這種警覺是很教人震驚的，據我們所知，僅管戰前有許多作家書寫了平埔族，但是很少作家願意承認他們有平埔族血統。（中略）現在則完全不一樣，由於作家學會了懷疑自己的血統成份，所寫出來的台灣的歷史、文化就不再是那麼淺薄和無知，可以說和日治時代的作家完全不同，文學在不知不覺中就轉變了。簡言之，「台灣人」這個人種在當前的作家眼中是個新的種族，逼得作家必須重新探討自己的來源，甚至改變自己

的認同。[30]

也因此，從陳明仁、陳雷、胡長松、陳正雄等人的作品，都可見含有平埔族歷史文化的溯源痕跡。但也因多數平埔族語已爲死語、無法還原[31]，作家以仍保留許多平埔文化的台語寫作，一方面是建構一個獨立於中國圈／漢族以外的文化主體，一方面也是對於國語（華語）政策的反抗。

倒是本選集收錄的陳明仁作品〈詩人的戀愛古〉，是台語文學史上一篇罕見的「探索自我性向」的同志小說，謂之情慾文學，亦無不可。小說敘述一個無名詩人和一名妓女，以及一名歌女之間若有似無、難以穩定的感情。故事從一般對話、一段非自主的性愛開展，夾帶著老歌與流行歌的曲調，帶出都會男女們刻意隱藏的生命思索，進而以身體的反應與回應，來辯證性向與生命的認同。1990年代的台灣社會，對於同志（同性戀者）議題的態度仍相當保守，小說以都會且跨國的視野，如實地呈現當時同志們對於自我性向的懷疑與掙扎，這是當時剛在發展階段的台語小說題材中極罕見的嘗試，也可謂1990年代作爲「後現代文學」一環所產出的作品，至今仍是台語文學當中刻畫同志、情慾的代表之作。

30 宋澤萊，〈評陳雷的台語長篇小說《鄉史補記》——並論當前台灣「新傳奇浪漫文學」的三個支派〉，氏著，《台灣文學三百年續集》（台北：前衛，2018.03），頁426-427。陳雷的《鄉史補記》於2008年6月出版（台南：金安出版社）。

31 目前在「台南市西拉雅文化協會」的努力下，西拉雅語逐漸復振中。

〈鄉史補記〉是陳雷開始思考平埔族書寫的起點，也是長篇小說《鄉史補記》最早的雛型，記述戰後初期鄉里中的一段恐怖軼事。小說開頭明確地置入了作者重構地方誌之意圖，因對於鄉史中「狗吃人」的傳說有所疑問，爲了補足「正史」，而在經過田野調查之後所寫下的故事。本作透過地方上人稱「雙頭蛇」、「十二指」的「竹雞仔」（地痞流氓）勇仔與「外來狗」的結怨端由，以及所造成的狗吃人之悲劇，暗喻一般地批判外來權勢對於地方社會與文化的侵蝕。除了重構這段「傳說」，小說中的女性形象特別值得注意，其書寫表現出鄉野間仍存在的平埔母系社會，正處於受漢文化影響之過渡期的一個縮影。

王貞文的〈自由時代〉，標題取自爲反抗國民黨、爭取言論自由而自焚的社會運動家鄭南榕所創刊的系列雜誌之名，最初題爲〈純眞時代〉[32]。小說主角阿河曾受到建國大業的感召，而投身參與追求「自由」的行列，卻也因黨外運動遭受更嚴厲的鎮壓，使他的生命停滯在被禁錮的時代而無法前進。作者一方面細緻地描繪阿河的經歷與心理轉折，一方面以女主角靜珠的母性溫柔地撫慰阿河的時代創傷，幫助他得到救贖，且願意迎接另一個「自由時代」來臨的可能。雖是以政治事件爲底圖的小說，卻也是實踐基督教思想的作品。

胡長松的〈金色島嶼之歌〉，主要舞台是種著金色椰子樹的「金色島嶼」，即今日的小琉球；故事背景是發生於1636年

32　2006年10月15日，筆者幫忙策劃並主持於「李江却台語文教基金會」舉辦的王貞文《天使》新書發表會（與清文《虱目仔ê滋味》共同發表），會中作者自述小說原題爲〈純眞時代〉。

Lamey族被荷蘭東印度公司屠殺滅族的事件，第一個被殖民者消滅的台灣部族之悲歌。小說主角包括Lamey的勇士Tapanga、其曾與漢人接觸的哥哥Rutok，以及大頭目之女Salom，還有一名漢人李發。就在荷蘭人放火屠殺Lamey時，族人們因對外族的觀點不同而產生衝突，後來熟識紅毛人與新港社人的漢人李發，成爲拯救Lamey的關鍵人物。小說並不平鋪直述地書寫歷史，而是讓這四個人物各自述說自身經歷、遭遇與思考，是一篇嘗試以解構觀點，帶領讀者正視受統治者剝奪自我認同的前衛之作。

胡民祥的〈簽證〉，是親身參與政治運動的台美人[33]，爲自己被列入黑名單寫下的文學見證。主角許青峯於1967年留學美國，畢業後順利進到西屋公司工作，至1981年6月之前都不曾回台。某次因商務之需前往日本開會，而在上司的建議下順道規劃回鄉。出差期間，青峯到奈良旅遊，於東大寺旁的鹿苑，回想起也曾在此與鹿合影的台灣新文學之父賴和，回想起台灣曾是逐鹿之島，回想起自己在海外參與的民主運動以及日夜思索的回鄉之路。但前往大阪「亞東協會辦事處」申請回台簽證時，卻因「電腦裡有資料」而受阻礙。只能直接返回美國的青峯，幾週後聽到摯友杜文勇（現實中的陳文成）回台時遭警總約談後橫屍台大校園的消息。這件1981年的「驚歷」與創傷，如何成爲胡民祥極力投入「台灣民族文學史」研究與台語文學運

33　「台美人」（Taiwanese Americans）可謂在非自然情況下有自覺性地思考而產出的詞彙。原指涉爲某些因政治迫害而流亡美洲者，也多意指在美國東部大紐約區的在美台灣人，或台裔美國人。

動的力量，並於2013年將此軼事寫成小說發表，吾人或可再深深吟味與思考。

陳正雄的〈命〉，是「我」回憶小時候一段似被魔神仔牽走的往事，而那位魔神仔卻是「我」小時候最好的朋友阿明，一個被「土公仔」(thóo-kong-á，撿骨師) 收養的棄嬰。故事不僅還原了1970年代台南鄉間的荒涼面貌、社會底層「土公仔」的各種「技藝」與生命觀，也觸及鄉間教師對於弱勢孩童的歧視。小說的敘事口吻與陳明仁、陳雷類似，看似淺白，卻自然呈現出這一代人的表述模式，成爲作品獨特的美感表現。作品當中，諸如土公仔與屍首共眠的場景，或者應是源自平埔文化的「番仔姑婆」之收驚咒語，以及「我」在病癒時，口袋裡確實有著阿明在「那個世界」裡送給他的蟋蟀「烏將」展翅飛出等，諸多自然地再現鄉野現實的魔幻筆觸，成就了「命」裡的「輕」之「重量」。

藍春瑞的〈奪人的愛〉，是一篇以男性觀點來反省傳統婆婆壓迫現代媳婦的小說。「奪人的愛」，可有形容詞「『橫取的』愛」，以及動詞「『奪取他人』之愛」兩種看似雙重卻也雙向的共通詮釋。正如小說開場詩的其中一句「奪情搶愛心肝殘」，雖是對寡母因兒成婚感到失落而虐待媳婦的批判，但故事最後也點出媳婦成爲剝奪母親對兒子之愛的第三者，才是引來被婆婆「苦毒」的原因。小說一方面「精緻」地再現傳統婆婆的「勥跤」(khiàng-kha，能幹) 和極盡所能的刻薄言行，一方面也讓現代媳婦在受迫後「勥跤」地選擇出走。藍春瑞深度掌握傳統文化，進而書寫兩個世代的女性之苦，且能置入合乎時宜的觀點：「一鼎仝灶袂平安，兩家雙戶較簡單」，這樣的男性作家，實屬難得。

林美麗的〈八卦紅之心〉，以外表冰冷多刺、內在柔軟的仙人掌科植物八卦紅爲喻，細膩地書寫台灣社會的弱勢群體——精神病患者，他們苦於疾病的心理狀態，以及致病的可能原因，包括曾受到家暴、希望更加上進而過於苛求自己等內心束縛。主角淑美，是女兒，是母親，是媳婦，是妻子，是爲人師者，也是患者。淑美爲了扮演好多重角色並保護自己，不斷出現異於常人的行爲與思想，如同帶著尖刺一般的不定時炸彈，隨時會傷害他人，也傷害自己。但作者不僅止於書寫「症狀」，更寫出她深層的堅毅、細心與溫潤，且藉著主角的女兒與親人們的體諒與接納，給予這些精神患者多一些安慰。此亦爲女性觀點的可貴之處。

王羅蜜多的〈地獄谷〉，主角是一名希望能深度考察地方選舉生態而成爲議員祕書的碩士生阿良。阿良被爲了選上D縣議長的議員老闆賦予重大任務：幫忙把被收買的議員們關在溫柔鄉享樂，以確保勝選票數。溫柔鄉途中的「地獄谷」作爲危險、恐怖、深沉、陰暗的政治現實與鬥爭之比喻；作者運用各種象徵，精彩地描繪北投溫泉區美麗之「景」與污穢之「色」，以非常冷靜的筆調書寫地方政治人物的兩面性，且以明快又驚險的敘事節奏，揭露志願從事政治工作的年輕人，其內心難以接受的煎熬，包括跟著墮落於溫泉鄉、見證了政治的醜陋面、更差點成爲議長選舉政治鬥爭之犧牲品等等的幻滅。這是一篇「年輕化」卻又相當「純熟老練」的台語小說。

陳正雄是1990年代中後期即開始投入台語文學運動的作家，而林美麗與王羅蜜多都是近年投入台語小說寫作且獲獎無數的新銳作家。他們的作品都已跳脫前一世代台語文學家的大敘事框架，從鄉野中不被記憶的故事、性別與疾病，以及對家庭與教育的反思、政治潮流下受困的小螺絲釘等視角，開展一篇篇看似小敘事的書寫，卻也表現出1990年代以降，以華語爲主流的台灣文學史中，強調後現代、解構、多元的寫作呈現，以及台語小說雖步伐稍緩一些，但絕不缺席地緊追跟上的積極性。甚且，它們展現出的與時並進之反叛，諸多深刻的社會關懷與文史反省，都值得我們再細細深思。

五、期待更多語的「台灣物語」

這篇導言從「語文改革」與「文學改革」說起，尤其就語文方面，「言文一致」雖是老調重彈，但從日本時代寫得還有點「khê」（仍具人工性、不流暢）的台灣話文小說，到現當代能夠自然成形的台語（文）小說，整個足跡與其變化，在在突顯台灣話走向言文一致的難能可貴。而就文學意涵的面向來說，總要劈荊斬棘地把看似不登大雅之堂的用語加以藝術化，這是母語復振和台語文學的建構路上，非常辛苦且困難重重的過程。

導言一路談到本文收錄的最後一篇年輕化卻相當老練的小說。對於台語小說的形式與內容的發展有多一層理解後，若能就此開啟讀者們對於台語小說的更多興趣，那麼，林央敏的

《台語小說史及作品總評》(印刻，2012)，相當值得一讀，作者對於諸多作品有相當獨到的評述。若讀者希望在有限時間內能一窺幾篇經典、精采的作品，我也邀請大家在1998年的《台語小說精選卷》之後，竟已過24年的今天，來閱讀仍是遲到的這第二本《台語現代小說選》。而即便導言已相當冗長，最後筆者仍想再藉些篇幅提出一些對話的可能。

《聯合文學》在2020年12月推出「20位最受期待的青壯世代華文小說家」[34]的專題，編輯室報告中提及2012年的5月號也選出「40歲以下最值得期待的華文小說家」，推出之後受到極大注目[35]。從這兩個專題即可知其選文視野主要乃置於「華文文學」。另一方面，《文訊》亦於此同時評選出2000年至2020年之間出版的50歲以下之作家著作，新詩、散文、小說各20部[36]。向陽在評選專題的觀察文章中謂：「這次評選出的作家作品名單，因此可以看到台灣文學新世紀典律的逐步形成」、「完全以台語文書寫的是胡長松的《復活的人》，在眾多中文小說中脫穎而出，更顯獨特」、「台語、客語作家只入選胡長松一人，對比1980後台客語文學作家的激增與創作表現，似乎不

34 《聯合文學》雜誌於2020年12月的第434期推出「20位最受期待的青壯世代華文小說家」專輯，以大篇幅的採訪報導來介紹這20位華文小說家，引起文壇諸多討論。

35 王聰威，〈歡迎您告訴我們，我們錯過了誰？〉，《聯合文學》第434期（2020.12），無標頁數。

36 《文訊》雜誌於2020年12月出刊的第422期以「21世紀上升星座」爲專題，評選了「1970後台灣作家作品評選（2000-2020）」，共選出57位作家，60本書作爲這20年來台灣文學最耀眼的著作。

成比例，這恐怕也是值得我們面對的問題」[37]。如此發言，值得當代吾人省思。

換句話說，60 部被選出的新世紀「典律」作品當中，「終於有了一部台語文學」，這是對於台語文學被選入的鼓舞之語。但從另一個角度來看則是：「竟才一部台語文學著作被選入」。這也提醒了主流文壇，的確仍忽視著台語文學或者更多以本土語文書寫的文學之事實。

1990 年代以後的台灣文學，有更多後現代、具解構意義的前衛作品。不過，文學史在討論這些「前衛」時，往往未將「語言」的實踐納入考量。現當代的台語小說家尤其需要克服許多障礙，包括以母語書寫的難度，並不亞於 1920 年代慣以漢詩書寫的作家轉而寫作新文學時的處境；也包括因爲掌握母語而能深度理解母土文化，進而要轉化成文學之語、小說之技，以及作爲現代作品能夠與時並進的時代之眼等，種種得加倍習得的能力；甚至更包括其書寫還無法得到更多讀者共鳴的寂寞。

這部《台語現代小說選》的出版，雖也期待能帶給台灣當代文壇一些新的想像，但猶如台語小說發展至今的處境一樣，一路既艱困難行，又難以期待當下的應聲。然而，這部選集也希望作爲台灣文學、台語文學進入新階段的基礎，提供未來的作家們一個形式的參考。畢竟「語文改革」的工作大致完成，文字已經「標準化」，「文學改革」已有了稍稍成熟的果實。那

37 向陽，〈新世紀・新世代・新興圖——「21 世紀上升星座」專題觀察〉，《文訊》422 期，2020.12，頁 32-33。

麼，未來的文學史，以本土語文出發、具備多元主體的視野之台灣文學史，將更令人期待。

這部《台語現代小說選》得以付梓，首先要感謝諸位作者的思考與行動，他們走在台語文仍舊昏暗的時代前沿，身負創作的天職，承受創作的孤獨，留下這麼多寶貴的作品，及其個人、後人與團體對於本計畫的支持，授權編選與用字調整。其次，要感謝文化部的補助，台師大台文系許慧如主任、林巾力教授的極多鞭策與鼓舞，更要特別感謝台師大台文系劉承賢副教授、李江却台語文教基金會執行長陳豐惠老師，他們擔任選集的顧問，給予相當多寶貴的編輯意見；也感謝台師大台文系碩士生吳函篩、陳致綸兩位同學幫忙諸多繁瑣的文字整編工作。尤其要非常感謝前衛出版社林文欽社長的支持，前衛主編鄭清鴻先生的專業、耐心與細心，才能讓這部選集能夠順利出版。

作爲一個小小的台語文學研究者，我常感同身受於時代裡一群被認爲是烏鴉（理想主義者）的前輩們所呼籲前進的美好目標，卻總無法見容於現實的挫敗；但我也常慶幸著有這些理想主義者們的存在，讓這世界不至於太過單調。最近我常想起，2021 年 10 月，呂興昌教授在第 25 屆台灣文學家牛津獎暨林宗源文學學術研討會的座談中，語重心長地呼籲年輕人們：「若是你有予一首台語詩感動著，按呢請你閣較積極去替伊性命的延續，投身拍拚落去。」我也想說，若是您讀到一篇喜歡的小說了，那也請更積極地投身，爲它們的生命延續下去。

台語小說，是前人「開荒」（khai-hong，墾拓）多年，後人才好不容易跟上並走了很久，才終於走出的一條小徑的開端。也希望客語小說、原住民各族語的小說能接續發展、臻於成熟。那麼，台灣的文學，會朝向更多元、多數共爲主體的理想目標前進。而這篇冗長的導言，題爲「成做咱本土語文的『台灣物語』曲頭」，但願它成爲未來更大部、包含更多台灣國家語言的「台灣物語」之序曲，鼓舞更多新曲問世，成就完美的多音交響。屆時，我們將能有更新穎的台灣文學面貌，更壯闊的台灣文學典律。

2022.04.07，台南大港寮

編輯凡例

1. 《台語現代小說選》共收入日本時代台語小說5篇，現當代台語小說9篇，共14篇。
2. 小說作品主要依發表時間排列。
3. 各篇作品原以全白話字（羅馬字）、全漢字、漢羅合用等各種文字形式書寫，但由於各時期各篇作品之間有「用詞相同」卻「用字相異」的問題，且漢羅合用之漢羅比例、規則皆有不同。爲求統一體例，提供讀者閱讀、教學、自學之需，本選集主要依據教育部頒定的常用漢字進行用字調整，羅馬字之標註亦依據教育部公告用字。
4. 本選集雖以漢字爲調整用字之主要原則，但原以白話字書寫的作品，部分詞彙仍附括號呈現原讀音，以保留其發音之特殊性與可分辨性。例如〈拯救〉中的呈現方式：「後擺敢(kánn)閣去無？」、寶玉(Pó-gik)等。
5. 無論日本時代或現當代的台語漢字，皆有「**一字多訓**」(如「要」，可讀作ài、beh、iàu）或「**一訓多字**」(如「beh」，寫作「要」、「欲」、「愛」，或僅借音寫作「未」; 或者「hōo」寫作「被」、「俾」、「互」、「給」、「乎」、「予」）等現象。

尤其在舊文體過渡至新文體時，「**取義代音**」的「**訓讀**」現象更爲常見。例如「呵咾」常寫作「讚美」;「代誌」常寫作「事情」;「按呢」常寫作「如此」;「猶未」常寫作「尙未」;「家己」常寫作「自己」;「當時」常寫作「何時」;「爾爾」常寫作「而已」等。原用詞雖亦可以文白音交替閱讀，但本選集中的小說，尤其日本時代的作品，則盡可能遵循原意，以教育部用字爲基準調整用字及用詞。

6. 日本時代的台語小說作品，尤其有「**屈話就文**」的現象，例如寫作「我們」而讀作「咱」;寫作「你們」而讀作「恁」，此亦爲1930年代台灣話文論爭的幾項重點。這部分編選時亦改爲「咱」、「恁」等字。以上5、6點另請參考本書編者導言之詳細說明。

7. 部分日本時代的作品因模倣中國白話文，語法上難免也受影響，主要是量詞、完成體、副詞等。如〈連座〉當中省略量詞的現象，「有個G村」此類書寫方式即是，本選集將依口語習慣及現代用字改爲「有一个G村」。至於句中接於動詞之後的「了」(完成體) 則刪除，如:「足足占了全面積的三分以上」，改爲「足足占全面積的三分以上」。另外，出現於句末的「了」，有時是「狀態改變的語尾助詞」，則依口語狀況改爲符合現代用字的「矣」或「囉」;有時則是表示「訊息單位結尾助詞」，例如「這也可以知影當時的智識程度了」，此例視語境改成:「這也可以知影當時的智識程度啦。」這部分的更動，並不使內容造成歧義。

8. 諸多原爲台語華語的共通詞，但現今多被認爲是華語的台語詞，乃爲漢語的共通用詞，例如「玩具」、「一樣」、「常常」、「怎樣」、「一同」、「這樣」、「擦火柴」、「因何」、「早晨」、「談天」、「缺課」、「東西」、「吝嗇」等等，皆可見於《台日大辭典》(小川尙義編，1931-1932)，這類詞彙則保留原貌。
9. 標點符號之調整，以現行標點符號規範爲原則，僅部分保留作者原作，如〈金色島嶼之歌〉中破折號的呈現：

> 有時，是個坐船來遮佮阮交換的……本底，阮毋是對個遐爾嫌瘩的，只是前一站個眞過份，刣足濟船仔來阮Lamey的海掠魚，遐佮紅毛做伙的漢人攏是大蜘蛛佬仔，冬天個提大網仔來，欲共Lamey上寶貴的烏魚掠了了——確實愛共個教示——阮的大頭目Tukoolu講的無毋著，干焦勇敢的人才袂hőng欺負。伊是Lamey通人尊敬的老戰士。

10. 本選集考量諸多註釋以羅馬字呈現，以及便於接軌當代數位化資訊之傳播方式，本文及註釋皆採用橫式編排。

拯救

郭頂順（Kueh Tíng-sūn）

原刊佇《芥菜子》第1、2號，1925.7、10

老母看著，真可憐就講：

「今好啦！有拍就好啦！」

欲去爲[1]的時，老爸受氣講：

「你恬恬，各人去做各人的工。」「這个查某囡仔無拍就毋聽喙[2]。」

就對查某囝講：「後擺敢 (kánn) 閣去無[3]？」

若是查某囝無應就閣拍，已經真忝，查某囝姑不將[4]講：「毋敢啦！」老爸箠仔[5]下[6]咧，就做伊去市場辦伊的代誌。

這个老爸名叫陳正直，現時搬來佇一个小街市，咧予市場的會社[7]倩[8]，真勢趁錢也真勢開，所以一家無賰錢[9]，定定[10]散

1 爲：uī，辯護、袒護。
2 聽喙：thiann-tshuì，聽話。
3 無：bô，句末疑問助詞，用來詢問是否、有無等。
4 姑不將：koo-put-tsiong，不得已。
5 箠仔：tshuê-á、tshê-á，竹枝、竹條。
6 下：hē，放置。
7 會社：huē-siā，日語借詞，原讀「かいしゃ」；公司。
8 倩：tshiànn，聘雇、雇用。
9 賰錢：tshun-tsînn，積蓄，多餘的錢。

散[11]。伊幾若年前是一个好額人，蹛佇大街市；總是因爲伊的袂滿足，去買當時咧賣人的株劵[12]也失敗，所以今就逐日勞苦才有通食。

佮一个眞通可取的婦人人[13]，名蔡寶玉 (Pó-gik)，結婚 10 數年，孤單一个查某囡仔名叫水蓮；今年 11 歲。對這个囡仔的穿插逐日眞鮮沢[14]眞次序，總是無婧，就通知毋是老母貧惰[15]，是老爸的散赤。水蓮眞婧，眞得人疼閣眞勢，學校讀煞若轉來，就幫贊伊的老母洗衫煮飯，所以予伊的爸母眞疼伊。

今，按怎遮乖的囡仔會予伊的老爸拍到按呢？就是拍伊去做禮拜。

有一日對學校轉來佇同伴遐迫迌的時，無張持觸著石，血流眞濟，拄拄彼時有一个主日學的先生 (sian-sinn)，名叫陳有爲，對遐過，看見血直直流，就緊拆伊的手巾包伊的跤，悉伊到家己的厝，用藥共伊糊；就佮伊的同伴悉伊到厝。水蓮共先生說謝欲入去的時，先生叫伊若好才去伊遐迫迌。查某囡仔將遮的代誌共老母講，老母聽了眞呵咾先生，也想欲看伊，總是到戶模[16]已經無看見人。

禮拜日水蓮的跤好，去先生遐迫迌，先生順紲悉伊去禮拜

---

10 定定：tiānn-tiānn，時常、經常。
11 散：sàn，貧窮。
12 株劵：tu-kǹg，日語借詞，原讀「かぶけん」；股票。
13 婦人人：hū-jîn-lâng，婦人、婦女。
14 鮮沢：tshinn-tshioh，鮮豔、整潔、亮麗。
15 貧惰：pîn-tuānn，懶惰。
16 戶模：hōo-tīng，門檻。

堂看主日學。伊看主日學的學生逐个眞活動[17]，歡歡喜喜，伊也想愛入。出禮拜堂問先生看伊會得入未？先生隨時允伊；也講眞濟耶穌來歷予伊聽，水蓮眞快佮有爲先生熟似，因爲先生定定笑誼誼[18]，眞心適[19]、眞親切。

對彼霎(tia̍p)了後，查某囡仔逐禮拜攏有去赴[20]主日學，若有閒就來先生遐學字母。眞巧閣眞勉強[21]，所以毋上三月日就字母攏看了。有一日水蓮到眞暗猶咧複習字母的時，老爸食酒轉來，問伊看咧看啥物(sím-mi̍h)。水蓮笑誼誼，攏袂記得老爸有禁伊讀耶穌的冊，就講：

「呢[22]，阿爸這你捌無？」

「彼敢(kiám)毋是紅毛字？你當時也遐勢會讀彼款字！」

「毋是咧，人這 B CH CHH[23]。」「白話字的字母啦，我頂日共你討一仙[24]去買的(uê)，我一張攏會曉讀啦呢。遮嘛一本聖詩眞心適咧，我讀你聽嘿！」

彼時咧紩[25]衫的老母也行倚來。水蓮就讀：

「上帝創造天佮地，生成萬物逐項會。講……」

17　活動：ua̍h-tāng，活潑開朗。

18　笑誼誼：tshiò-gī-gī，笑嘻嘻。

19　心適：sim-sik，有趣、愉快、開心。

20　赴：hù，參加。

21　勉強：bián-kióng，日語借詞，原讀「べんきょう」；認眞。

22　呢：neh，日語借詞，原讀「ね」；發語詞。

23　B CH CHH：即教會白話字之字母；一般教會內信徒讀爲 bi、tsi、tshi。教會外多讀爲 bo、tsir、tshir。

24　仙：sián，錢幣的單位，源自 cent（一分錢）的音譯。

25　紩：thīnn，縫紉、縫合。

彼時老爸聽見講著上帝，就知是耶穌教的冊，眞受氣：

「你去佗位提這款冊，提來，我提來去燒！」

就共查某囝搶字母佮詩，想欲提去抗[26]落灶跤。水蓮入去講，阿爸彼本詩毋是我的，彼本先生的！總是無彩工[27]，老爸已經抗落去啦。

這个老爸就是這款的性質，眞快受氣，不管啥物代誌，若想按呢就行按呢。無偌久對窗仔有聽著老爸咧睏的聲，konnh-konnh 叫。總是佇灶空口，水蓮干焦流目屎咧看變做火灰的字母佮詩。老母安慰伊，焉伊去眠床，總是水蓮倒咧攏袂睏得。毋過[28]咧受氣伊的老爸共伊燒去，干焦煩惱毋但對先生袂得過，也想講對上帝袂得過的款，因爲伊問老母講毋知耶穌會赦免伊抑袂？老母講隔日拄拄是禮拜日，才欲焉伊去先生個兜會毋著，水蓮安心才睏。

隔日老母佮查某囝到先生的厝，就 (tsiū) 講所拄著的情形，也講伊眞煩惱這馬無夠額的錢通賠伊，也問先生看會且慢幾若日也 (ā) 袂。這个中間，水蓮恬恬，干焦流目屎。先生看著，提伊的手巾起來拭查某囡仔的目屎，講：「你按怎咧哭？毋是你燒的，所以毋免驚。」

就共伊的老母講：「正直嫂，做你安心！」

就去冊櫥提一本別本聖詩來。彼本若是燒去，遮猶一本提去用。這个中間，正直嫂心內想講按怎會遮親切，伊的目睭親

26 抗：hiat，丟棄、亂扔。

27 無彩工：bô-tshái-kang，徒勞無功、白費工夫。

28 毋過：m̄-kú，此指並非。

像咧共伊說謝的款。

學校的歇熱賭無幾日的時，這个地方 (tuē-hng) 也有咧普渡。正直兄用眞濟錢，一桌辦到眞腥臊[29]。伊就攑香去來拜好兄弟仔保庇。無拜了，問看水蓮走 tái 去，就四界揣四界叫。老爸揣到房間，看見水蓮覕佇遐，就共揬出來，

「我叫遐大聲，你按怎佯[30]無聽見，跪！較緊去拜。」

查某囡仔就走去門口，攑香跪咧，就拜講：

「疼痛[31]阮的上帝求你憐憫阮，予阮阿母佮阿爸毋通拜好兄弟仔，毋通拜神明，著緊來拜上帝。求你滅無[32]假的上帝，才袂予阮阿爸阿母去拜伊，求你……阮靠主的名來求心所願。」

老爸毋知伊是咧拜上帝。

老爸一禮拜才有容允水蓮討一仙。總是這日普渡，歡喜囡仔跪咧拜遐久，就家己提 5 仙予伊。也學校欲開學 (khui-o̍h) 的時，閣對老母得著 5 仙；遮的攏儉[33]起來，雖罔一禮拜一仙一仙，今所積的已經有夠通買一本掛譜的詩。伊的歡喜毋是小可。水蓮提彼本共先生借的，去還，也紲講按怎儉幾若月日才有得著一本詩。先生聽了眞呵咾伊，也知影水蓮愛唱歌，就熱心教伊譜。學的人骨力，教的人熱心，所以彼中間的進步是眞緊。

---

29 腥臊：tshenn-tshau，指菜色豐富。
30 佯：tìnn，假裝、僞裝。
31 疼痛：thiànn-thàng，疼愛、關切憐惜。
32 滅無：bia̍t-bô，湮滅、消滅。
33 儉：khiām，此指存錢。

有一日，先生叫伊著招伊的老母來聽。水蓮應講後禮拜才招看咧，就離開先生。猶未到厝，遠遠就有看見老母徛佇門裡咧等，就歡喜緊走去，伊的老母對看有爲先生會遐親切，就真贊成基督教，也真愛去聽道理。總是伊無親像查某囝遐好膽，驚丈夫責備。水蓮走倚就講：

「先生叫我後禮拜著招你去做禮拜；來去呢！阿爸著到欲暗仔才會轉來，咱到彼時陣就會轉來啦，所以毋免驚。」

老母拄咧想愛去，閣予水蓮招著，就允伊好。

禮拜日下晡，牧師楊凡標拄拄咧講「死」的問題，正直嫂聽了真感激，真注神聽。牧師講：

「咱這世間的裁判官對跪佇伊的面前的罪人講：『定你死罪！』罪人磕頭求講：『這幫赦免我，我後擺毋敢閣做歹啦，我毋敢閣犯罪啦！』裁判官講：『無，佇遮無赦免。我毋是咧辦將來的事，我是辦你到這霎的所做。你因爲你的罪，著死。』裁判官攏無容赦。啊！兄弟姊妹啊！死後的裁判官閣較嚴你知毋？你若有一屑仔罪就定死罪你知毋？今啥人敢講恁無罪？啊！若有罪的人就緊來予耶穌擔。耶穌欲救恁，毋通延延[34]！」

牧師就拆十字架的道理，講看耶穌按怎替咱死。提放蕩子的譬喻，講看上帝偌爾愛咱遮的放蕩子轉去。就閣接紲講：

「我捌佇上海看見一个人，頭向向[35]，心肝咧想錢，拖車直直行。我看見一張電車咧來，真危險，走倚直直喝講：『某

34 延延：iân-tshiân，遲延、拖延耽擱。
35 向向：ànn-ànn，低頭。

人危險！電車來啦！』總是彼个人全然毋聽，抑是無欲聽，電車到，就共伊軋落去。結局死。咱這世間眞濟親像這款心肝向[36]世間；家己若想有利益，就無管用啥物手段，囥錢咧歡喜，有人忠告伊，伊也無欲聽。這款到尾按怎？這款就是親像羅得 (Lôo-tik) 的某向世間，到尾上帝予伊死。」

「今我就是徛佇十字街路，親像驛夫擛旗仔咧喝講：『某人啊！對彼條路去無駁[37]，車咧欲軋死你，著對遮這條較細條的，因爲這條細條的，無車通軋，眞安全。』我按呢擛旗仔喝來喝去，若有聽我的話的人得著平安；若無就定著死。今恁毋知有欲聽我咧講這條眞的活路抑無？」

牧師的話氣夠額，有力通感化這个婦人人。牧師講煞，有爲先生送伊到厝。

丈夫看見某入來，就問看彼个來到門裡彼个，是啥物人。某應講，彼个是水蓮的先生，也眞親切，這馬送伊轉來。

「你是去佗位？」

「去聽道理。」

「啥物人允准你去聽彼款番仔道理？」

伊的枵，予伊閣較惡，干焦講：

「後擺才閣去看咧，較緊創一个來食，腹肚枵甲 (kah)。厝裡的代誌毋做，亂亂佮查埔 (ta-poo) 行。」

這个中間，水蓮驚伊猶原會予老爸罵，就緊去灶跤捾[38]茶

36　向：ǹg，心向著。

37　駁：poh，堤防、牆岸。

38　捾：kuānn，提、拿。

出來：

「阿爸啉茶！」

兩月日 (gėh-jı̍t) 的中間，寶玉姊仔逐禮拜都有去禮拜，較早轉來，毋捌予丈夫發見[39]著。總是有一日，丈夫人毋拄好，忽然間轉來到厝看見個某無佇咧，就憢疑[40]伊去做禮拜。

就受氣，隨時[41]去禮拜堂，到遐看見無人佇咧，就閣走轉來，到厝又閣看某無佇咧，心肝噗噗惝[42]，頭殼做一下眩起來，受氣差不多擋袂牢。因爲伊想講敢是佇彼 khian 先生個兜，伊就閣出去。先生看見伊來，就好禮：

「啊，正直兄來坐，我佇咧開拆這本聖冊予正直嫂聽。」正直兄受氣講：「恁的聖冊敢有講會得亂亂佮人的某坐咧講話？」

無欲予先生辯解，對伊的某講：

「轉來去！」

有爲先生想講若無來去講予伊了解，毋知欲按怎款待[43]個某，就綴後面去。

到厝，丈夫拄咧責備「你啥事[44]閣去，我敢 (kiám) 無叫你毋通去」的時，有爲先生入來。正直兄看著先生入來，就且吞忍，想講欲注意，看伊的某會按怎款待伊。先生坐咧就講：

---

39 發見：huat-kiàn，日語借詞，原讀「はっけん」；發現。
40 憢疑：giâu-gî，猜疑、質疑。
41 隨時：suî-sî，即刻、馬上。
42 噗噗惝：pho̍k-pho̍k-tshíng，心跳加速。
43 款待：khuán-thāi，對待。
44 啥事：siánn-sū，爲什麼。

「正直兄你 kánn[45] 眞受氣，是因爲你無明白。基督教是眞的宗教，我才悉恁來入；上帝是眞的，我才愛悉恁來拜伊。」

彼時正直講：

「彼款番仔教是番仔來台灣欲騙人的，你會予騙得，若是我，袂予騙得。」

「啊，正直兄，彼款是毋捌字的人咧講的話，有幾若項毋著你知無？咱咧講番仔是現在生活程度猶眞低，無文明，上少嘛著比咱較無發達的才會叫得。今咱台灣人予人叫做土人[46]欲受氣，thài-thó[47] 會用得對比咱較文化的西洋人叫做番仔。你閣一項毋著，是想講耶穌教是歐羅巴洲[48]的；總是毋通袂記得耶穌是對亞西亞洲[49]出世的。是對亞西亞傳過去到歐羅巴，也佪想講要緊著傳予東洋，也佪一部份才來台灣。所以佪是欲來救咱，毋是欲騙咱。」

「毋過 (m̄-kú) 咱有王爺、媽祖、神明、孔子遮濟神，都拜袂了，閣去拜到上帝！」

「好朋友，眞的神敢有遐濟个，若是眞的，一个就夠額。親像日頭，眞的，一个就夠額，若幾若个就擋袂牢；若是假的，親像細粒星就眞濟，嘛無夠光。閣一項，正直兄請你想看是神做人才應該，抑是人做神較應該，你所講遐的神，咱敢有受佪

45　kánn：即「敢若」，似乎，好像。

46　土人：thóo-jîn，日語借詞，原讀「どじん」；原住居民，亦有蔑稱未開發地區之居民的意涵。

47　thài-thó：怎麼、豈是、怎會。

48　歐羅巴洲：Au-lô-pa-tsiu，歐洲，Europe 之音譯。

49　亞西亞洲：A-se-a-tsiu，亞洲，Asia 之音譯。

做？無，遐的是人假造的。咱造的神無價值通拜。勢人，咱著用尊敬，毋通用拜的。」

這个中間，正直兄厭瘤[50]，想法度欲閃避這个先生，就講：「我猶有代誌佇市場著來去辦。」

對佃某講：「你也著去創食。」就出去行行咧，無偌久入來，想先生的確轉去，總是到廳裡，看某佮查某囝眞注神聽先生講話，眞受氣問講：

「飯煮 (tsí) 熟未？閣咧聽先生講道理，各人有代誌著緊去創。」

水蓮塗跤掃掃咧。有為先生看見正直兄無啥物歡迎的款，就講：

「今晏[51]矣，我著好轉去。」

正直兄眞袂安，伊的某定定佮先生做伙，就叫伊的某來。

「你按怎會遮好款待彼个耶穌教的先生到按呢？」

應講：

「我咧款待伊，毋值著伊咧款待我。伊誠親切。」

丈夫聽著這句閣較袂安。

「親像今仔日領洗禮，嘛是予這个眞看顧我眞濟項的代誌。」

「啥物號做領洗禮？」

「就是入耶穌教的證據 (kù) 啦！」

50　厭瘤：ià-siān，疲倦、疲憊；此指心理上覺得厭倦、厭煩。

51　晏：uànn，晚、遲。

丈夫生狂，問講：

「你按怎遮好膽？有祖公通拜，啥事遮不孝？」

用無溫馴的話講：「你欲講無孝，毋過你若並看，就知影耶穌教的人比咱拜佛的人較有孝。」

丈夫做一下受氣。

「免講！洗禮去討轉來，去取消彼个證據，若無下昏[52]著共我出去！」

丈夫的話氣眞雄閣有威嚴，某聽著這句，無話通應，心肝若準欲熠裂，眞艱苦，目屎流出，彼下昏無食，覆[53]佇眠床求上帝著指示伊著行的路。咧祈禱的中間，想著有爲先生捌講：

「恁若欲就近我，著放揀爸母、某囝、兄弟，才是我的學生。」（路加 14：26）

「啊！有影我若欲做主的學生，著聽耶穌的話較贏佇丈夫。我放揀丈夫來綴主。」

決意了，心肝歡喜欲起來的時，看見水蓮也跪佇伊的身邊咧祈禱。老母的心肝閣實[54]起來。

「啊！這个囝無放揀敢 (kiám) 袂用得，啊！我袂忍得！我疼這个囝贏過我的性命，我一時都袂離得。啊！若會得免我離這个囝！」

彼時若準佇耳空邊有聲講：

「袂，袂用得，你著放揀你所疼的囝來綴我。」

---

52 下昏：ē-hng，晚上、今晚。

53 覆：phak，趴。

54 實：tsa̍t，裝滿、塞滿；此指心情鬱悶起來。

老母心肝實，目屎滴落佇囡仔的頭毛。

「阿蓮仔，我著轉來去阿公遐，你佮我來去到車頭好毋？」

「好啦！阿母你毋通煩惱，耶穌佮你相佮 (sann-kap) 佇咧。」

母囝咧欲出門的時，老爸因爲伊也眞疼這个囡仔，就講：

「阿蓮，啊你著蹛遮。」

應講：「人我欲送阿母到車頭。」

暝已經暗，路站遠，兩个到車頭無久，暗車連鞭[55]到。老母踮上車，囡仔徛佇車邊，兩个相相[56]的時，目屎就流，愛講的話講袂得出來。時間到，水螺[57]嘟嘟叫。啊！眞可憐！老母聽著這个聲，心肝若咧予鑽仔揻[58]，蹛愈久愈艱苦，目屎綴彼个聲直直流出。老母想講遮暗，風、雨遮透，欲予查某囝家己一个轉去，毋甘，叫伊紲起來佮伊做陣去。總是查某囡仔拭目屎講：

「我著𤆬阿爸去聽道理，我毋通佮你去；我嘛無買車單[59]。」

車振動，兩爿目屎那流，總是佇無偌遠的時，水蓮忽然大聲喝講：

「阿母啊，毋免煩惱，我才來去𤆬你轉來。」

老母聽著煞尾這句，心肝到極受安慰，向望有影會去𤆬

55 連鞭：liâm-pinn，隨時、立刻。
56 相相：sio-siòng，眼睛對視。
57 水螺：tsuí-lê，汽笛、警笛。
58 揻：ui，以針狀物刺、戳。
59 車單：tshia-tuann，車票。

伊。

查某囡仔看火車到無看見，越頭欲轉去的時，看見遠遠老爸擇一枝雨傘咧來，就走倚去講：

「阿爸，阿母無做歹，你按怎共趕出去？」

「恁阿母都好膽，敢去領洗禮。」

「阿爸，我今仔日嘛佮阿母平洗禮，你哪無欲予我佮阮阿母做陣去？」

「啊！阿蓮啊！我眞疼你毋甘離開你！你講有領洗禮，無要緊，我才共你領出來；你細漢較快領。」

「你若共我領出來，我欲來去阮阿母遐。」

老爸知囡仔的心肝眞熱，就應伊講：「毋領。」

過無幾日，拄搪禮拜日下昏，老爸咧啉酒的時，聽見遠遠查某囝咧唱歌眞好聽，就叫伊倚來問看是啥物歌遐好聽？應講：

「這聖詩歌呢，你禮拜日都毋去做禮拜，你若歇睏去做禮拜嘛有通唱遮好聽的歌。」

老爸驚著講：

「叫我禮拜日歇睏！？我親像幾若年前遐好額，我，毋但禮拜日，逐日嘛咧歇睏。總是這馬禮拜日若休睏，紲無通(thang)食。」

水蓮就共伊的老爸講：

「阿爸，我，共你講上通的法度，禮拜日，毋免做工閣有通賰錢的法度予你聽。你乎！禮拜日彼日所趁的錢的確袂比一禮拜所買的薰佮酒的錢較濟。你若儉遐的薰佮酒的錢，禮拜日毋免做工也會賰錢，有通 (thong) 無？」

「你有通，我閣無通咧。」

老爸雖然應按呢，心內眞見笑，也眞歡喜有一个囝遮勢。

有這个代誌了後無幾日，水蓮寒著，頭殼楞[60]，無力通蹈起來；猶閣 (kú) 伊的心也想欲去學校，若是伊的老爸禁伊，伊才無去。閣過兩日，病無較好，直直傷重[61]，身軀衰荏[62]，醫生也注意講著眞細膩[63]照顧，毋通予囡仔受氣，因爲小可危險的款，某無佇咧，正直兄有倩一个老婆，總是彼个阿婆所做、所煮 (tsí) 的攏袂予正直兄滿足，水蓮就幫贊老婆煮食佮厝內逐項代誌。若是水蓮眞知家己老爸的性質[64]，就所做攏會得著老爸歡喜，所以對某離開厝以來，閣較疼閣較惜這个查某囝，這馬聽見囡仔危險，心肝到極煩惱。

彼下昏，先生佮牧師看顧這个囡仔到暗暗，替囡仔祈禱煞，就欲轉去，到門裡的時，正直兄若準忽然想著得款，就走倚，對牧師講：

「水蓮的洗禮還阮 (guán)，趁囡仔猶活咧。」

兩个聽著就笑，總是牧師連鞭用威嚴的話講：

「正直兄，你生伊的肉體 (jio̍k-thé)，你敢 (kiám) 有生伊的靈魂，伊的肉體會用得在你的手，伊的靈魂毋是在佇你的手，你

60　楞：gông，眩、暈。
61　傷重：siong-tiōng，嚴重。
62　衰荏：sue-lám，衰弱。
63　細膩：sè-jī，小心、注意。
64　性質：sìng-tsit，本質、特質。

著問囡仔本身。」

「阿爸 (pâ) ！」

這个囡仔親像病人的耳仔穎[65]較利，攏有聽著個的應答，就叫出聲：「請來咧！」

老爸姑不將，共先生約講隔日欲去閣佮個交涉[66]，就予個轉去。老爸入囡仔的房間的時，囡仔就講：

「你若討我的洗禮轉去，我欲來去阿母遐。」

「無啦！做你睏，毋免煩惱。」

驚水蓮受氣，所以講按呢。水蓮真迫切對伊的老爸講：

「我真荏，你知無？你毋知有疼我，你若無疼我，我會死；你若疼我，較緊替我祈禱，予我會好。」

「阿蓮仔，做你安心睏。」

「你無祈禱，我袂睏得，較緊咧，替我祈禱啦！阿爸！」

老爸聽見囡仔聲真癗，也無愛予水蓮無歡喜，姑不將開喙求個的神明保庇。

「啊！阿爸！你求彼欲予我死是毋？！你著求上帝才有彩工。較緊咧，我也欲替你祈禱，因為你比我閣較傷重。」

「我無破病，你按怎講我較傷重？」

「阿爸，你的靈魂的破病，比我的身體較危險。你知毋？我欲替你祈禱你的靈魂通得救，你也著替我祈禱，我身軀會好。較緊咧嘿，著大聲嘿，著跪咧，親像拄仔牧師咧祈禱的款。」

65　耳仔穎：hīnn-á-íng，外耳多長出的肉芽。

66　交涉：kau-siáp，日語借詞，原讀「こうしょう」；商量、商議。

講按呢，就祈禱講：

「疼痛阮的上帝，求你予阮阿爸會緊反悔改變來拜你，會緊認罪來做你的囝，求你救伊的靈魂親像救我的身體，靠耶穌的名心所願。」

囡仔祈禱未煞的時，老爸已經受感動，跪咧，就出大聲求上帝予囡仔的病明仔載會得著醫好。伊對毋捌的上帝按呢祈禱；總是上帝無毋接納伊。祈禱煞，毋知啥物因端，心干焦眞淸眞歡喜。

隔早起，水蓮的病果然好，眞歡喜就緊跳去老爸遐，愛欲報伊知。老爸講：

「醫生叫你攏毋通振動，你哪遮早就跖起來行？」

「阿爸毋免煩惱，上帝有聽咱的祈禱，我好啦！」

「啥物？你好啦！？啊！上帝也有欲聽我這號人祈禱！我今欲拜伊啦！有影，我著來去先生遐認罪，也報伊這个好消息，我著緊來去，我今欲拜恁的好上帝啦！」

衫，穿咧就直直走，本是欲趕這个先生，這馬愛欲就近伊。啊！囡仔的病好，若會得講是神跡，老爸的變心也閣較通講是神跡，上帝的恩惠通呵咾，通呵咾。

正直兄到先生個兜就拍門，那喘那講：

「我正直啦！較緊共我開門。」

先生拄咧讀聖經，聽見正直兄來，心肝想講：

「害啦！正直兄遮早著欲來討囡仔的洗禮轉去。」

門開去的時，有爲先生閣較著驚，就是看見正直兄跪佇戶模求講：

「我毋著啦！你著赦免我，著赦免我！」

「正直兄是啥物代誌？來去內面坐。你若有啥物毋著，著共上帝認罪，thài-thó 共我會毋著！」

正直兄講昨暗先生轉去了後的代誌予伊聽。先生就掀開聖經。

「求就得著……。」(馬太 7：7)

拆明彼个意思予伊那[67]堅固，講眞濟項的道理予聽，因爲知正直兄這馬眞愛聽耶穌教的奧妙。彼早起正直兄紲予先生請，食飽先生就閣接紲講：「咱人著死兩擺，一擺是肉體上，一擺是靈魂上，若是有生兩擺，就雖然肉體氣斷，靈魂猶閣活。我眞歡喜這馬咧病囝，無久欲生靈魂，眞感謝上帝。」

彼下昏倒佇眠床，正直想著家己的某，差不多袂睏得。啊！我哪會無較早發見。寶玉佮阿蓮對去禮拜以來，比前加眞勢款待我！啊！若較早反悔，就毋免趕伊出去！啊！我毋著；彼个先生眞正親切，毋是干焦對查某，啊！我前所憢疑的攏毋著。親像按呢，猶閣直直想家己的錯誤。

隔日，水蓮食飽去先生遐講：

「你錢一屑仔借我，我欲來去𤆬阮阿母轉來，阮阿爸的確眞愛伊轉來。所借的錢我下昏才提還你。啊！先生！今仔日救主聖誕乎！先生你下昏才來招阮去看好無？」

這兩項先生攏允伊，水蓮就離開先生去赴車。

這日的中晝，正直嫂無食，揹一个包袱，孤單咧漂浪，到

67 那：ná，越、更加。

田岸的時，遠遠看著一个查某囡仔，行對遮來，眞婧，眞成水蓮，心內也歡喜也煩惱，阿蓮毋知有平安無，我眞愛佮伊閣相見，啊！這爿一个查某囡仔也忽然徛恬，直直繩[68]正直嫂仔，心內想講若是家己的阿母的確較婧，的確無遮瘖的款，也 thài-thó 家己一个揹包袱咧行。

水蓮雖罔按呢僥疑，猶閣咧想講按怎會遮成老母。總是兩爿閣行較倚的時，水蓮知毋是別人，是家己的老母，就緊走倚去。

「阿母！」

「啊！水蓮囉！」

兩个按呢忽然拄著，袂免得佪霎仔久的中間，恬恬流目屎。總是這幫所流的是歡喜的目屎。停霎仔久，老母就開喙講：

「我無想你會遮早來炁我。」

「阿母，阿爸咧等你較緊轉來去，包袱我共你揹。」

水蓮講佪老爸按怎反悔予伊聽，老母等伊講煞才講：

「我彼日遐暗轉來，阿公、阿媽眞僥疑，也四界查問我的代誌。拄拄早起，對咱遐來一个人聽見講我是去拜耶穌教才予恁阿爸趕出來，恁阿公聽著袂講得受氣，就隨時叫我去問，講我啥事遮不孝，一家攏予我帶帶著[69]。也問我若欲閣拜耶穌教，唐，就毋予我踮。總是我的心已經眞決意，我袂離得基督教，所以姑不將才出來。我一路直直祈禱，我拄拄咧想，今欲

68 繩：tsîn，盯著看、凝視。

69 帶帶著：tài-tài--tio̍h，連累。

對佗位去，著按怎做，咧想無路的時，上帝有悉你來悉我！啊！上帝攏有佮咱佇咧，知咱的欠缺。伊的恩，咱感謝袂盡，我的心，歡喜、感謝滿滿。」

兩个欲暗仔到厝，話猶閣講袂盡的時，老爸對市場轉來。水蓮看見老爸入來，就趕緊叫伊的老母且去家己的房間，才出來問個爸：

「阿爸你轉來 hannh ？」

老爸面憂憂講：「啊！我佇市仔辦毋成代誌，定定想著恁阿母，毋知著按怎去叫伊轉來？也伊毋知欲轉來無？我眞煩惱。」

查某囝應講：「阿爸你車錢提予我，我來去悉伊轉來。阿母若聽見你反悔，的確眞歡喜。」

「好好，我來去提錢。」

老爸入去房間提錢的時，有爲先生拄入來。水蓮看見的時用指頭仔比喙叫先生著恬恬。老爸提錢出來。水蓮接過的錢就講欲去悉，叫伊且佮先生講話。老爸講：

「且慢咧！你若悉伊轉來，我著先想看著按怎共恁老母會毋著。」

「你做你想我來去穿較燒咧。」

老爸聽著這句才講：「啊，有影！我煞袂記得已經暗啦。阿蓮啊！明仔載才去。」

總是水蓮悉老母出來講：

「我坐飛行機去悉轉來啦！」

就對先生講：「先生眞多謝！錢還你，眞勞力！」

老爸看了楞 giàh[70]。

某對伊講：

「毋免想欲會毋著，我攏有聽著逐項代誌，我已經求上帝赦免你了啦！時間咧欲到啦，我著緊來去鬥煮。」就對灶跤去。

水蓮也去揹茶出來請先生，面笑笑，先生呵咾伊的智識。老爸也歡喜有這號囝。

食飽，四个相 (sann) 悉就到禮拜堂。彼下昏的救主聖誕眞鬧熱眞趣味，囡仔逐个眞活動眞歡喜。水蓮也看甲眞歡喜，總是到尾齣，逐个同伴咧分賞品的時，忽然吐氣想講：「啊！我莫破病……！」

總是到逐个分了的時，有爲先生忽然蹈上台頂講：

「我這馬欲講一个模範的主日學學生予恁聽。伊的名叫做陳氏水蓮……。」

講煞，欲將第一好的賞品、金墘[71]的聖經送伊。先生就講水蓮按怎捌儉幾若月日的錢買一本詩，也按怎伊的老母來信道理，也按怎伊的老爸來反悔，也講今仔日查某囡仔用啥物法度悉伊的老母倒轉來。煞尾，講這个囡仔夠額做個的模範。這个中間，水蓮直直見笑，先生叫伊起來提賞品的時，面已經眞紅。衆人直直拍噗仔，水蓮面紅紅，共個行一禮就緊落來。

水蓮眞久的中間咧想無法度通得著一本聖冊，若是這馬忽然間得著，伊的歡喜，咱袂會測量得。水蓮眞惜這本冊，也無一日無讀著。水蓮的老爸無久領洗禮，做教會眞有路用的人，

---

70 愣 giảh：gông-giảh，吃驚、愣住。

71 墘：kînn，邊緣。

老母也聽見講有閣抾幾若个囝。一家逐个眞圓滿，逐日用感謝咧過日。（完）

作者簡介

郭頂順（1905-1979），台中人。淡江中學畢業了後赴日本同志社大學留學，期間也捌到美國遊學。轉台灣了承接家業，擔任過中央製冰會社社長，南瀛新報社的台中佮屏東支局長；經營屏東客運、豐原客運。佇1940年受按立做長老，改名郭順命；捌擔任真耶穌教會台灣總會董事長。伊也是台中新民商業職業學校、淡江文理學院、台灣基督教兒童福利基金會等機構的創辦人之一。戰前伊捌主編用漢、日文佮白話字發行的《真生命》月刊報，戰後也負責真耶穌教會的「文字強化案」的英文事工；是真成功的企業家，對社會、教育佮文化也有真濟貢獻。

連座

蔡秋桐（Tshuà Tshiu-tông）

原刊佇《新高新報》第273、274、275、277號，1930-1931

K平野的西方，將近海邊，有一个G村。這个農村氣候溫和，土地肥沃，五穀有種就有算額[1]；村民和睦，日出而作，日入而息，宛然一个仙境。

村的北爿，有條四間闊的交通道路，可通南北都會，也不亞一个文化村落。S會社的原料運搬鐵道，也敷設[2]到當村的北方四五百步地點。在11月起至翌年的5月，也有火車的利便。村中的道路四通八達，絕對不感覺著絲毫的不利便。兼之，村的中間有一間K組合的監視所，更添一戶內地人[3]住家的異彩。

農產物免講也就可以知影是甘蔗最大宗啦，一望無際四面都是甘蔗畑[4]，足足占全面積的三分以上。現時甲當[5]的收量，已經突破十萬斤啦！本是不毛之地的北方一帶（俗稱後壁埔

1 算額：sǹg-giàh；收成得以作准、算數。
2 敷設：hu-siat，日語借詞，原讀「ふせつ」；施設、鋪設。
3 內地人：lāi-tē-lâng，此指住在台灣的日本人。
4 畑：hn̂g，日語借詞，原讀「はたけ」；田園之意。
5 甲當：kah-tong；1甲當約10分地，此爲相當廣闊之意。

仔），也已經變成肥沃的良田囉！可惜！這遍全部是別方面人的所有。唉！地生成[6]在咱[7]的地方，又是咱開墾成畑的，怎樣會去予別位人[8]所得去呢？這也可以知影當時的智識程度了。

後壁埔仔的中間，有一跡牛塚。

唉！牛塚。這个牛塚就是G村哀史的中心點，伊就是G村的致命傷痕！

G村有得著這樣地利，自然是一个富裕的農村。Ná-mooh[9]，雖有這樣地利卻是人所講：「年頭 kho̍k-kho̍k 算，年尾賰一條空錢貫[10]。」唉！這是爲啥物緣故所致呢？

7月19日T補大人[11]庄裡做節，遍走覓親。G村彼个老T毋知影是揣食，抑是探親，卻未能盡知，也到了T補大人厝裡來啦！T補大人這時陣，是才做無[12]偌久的，家庭也無富

---

6 生成：senn-sîng，先天性、原本。

7 咱：lán，我們；作者原多以「屈話就文」的方式標爲「我們」。

8 別位人：pa̍t-uī-lâng，別地方的人。

9 ná-mooh：即「那麼」。此原模仿中國白話文標爲「那末」。

10 年頭 kho̍k-kho̍k 算，年尾賰一條空錢貫：Nî-thâu kho̍k-kho̍k-sǹg，nî-bué tshun tsi̍t-tiâu khang tsînn-kǹg；不管怎麼精算，到最後仍只剩一條空的錢貫，即收支不平衡、貧窮之意。此爲明明是豐沃之地，卻是貧窮之鄉的意思。錢貫，爲貫串錢幣的繩子。原刊稿部份以假借字標記：「年頭各々算，年尾伸一條空錢縢。」

11 補大人：póo-tāi-jîn，台人對台籍警察的稱呼。「巡查」（sûn-tsa，じゅんさ）爲日本警察之職稱，台人稱呼爲「大人」；而台籍警察則爲「巡查補」（sûn-tsa-póo）。1920年8月31日以降，巡查補一律晉陞爲巡查，但台人慣稱台籍警察爲「補大人」。

12 無：bô，沒有。作者原多標爲「沒有」。

裕，也是算在普通家庭之列。所以在這節日同僚[13]的大人[14]，猶無有一个來食酒，攏是老朋友、舊親情[15]，料理也是T補大人娘[16]親手辦的粗菜牛肉湯。開宴囉，T補大人這時節，也都無帶著大人的氣氛，和遮赤足檳榔漢住食，而盡主人之禮了，請逐家隨意用。

「來，這牛肉較好！」

T補大人招呼了閣招呼：「牛肉若有食的，實在無有輸豬肉呢，我食牛肉也較好食豬肉。」

「來啦！來啦！免細膩（客氣）[17]啦！老朋友、老親情也著客氣？」補大人慇慇勤勤咧招呼，一句也呵咾牛肉，兩句也講牛肉好食，引起了在座之老T的話頭啦！

「我無細膩，若有食的人都好！咱庄裡現在牛肉眞濟，講一句較逆天[18]的，我牛肉食到癗，無愛食。」

老T無意中漏了這句話，後來成了G村的哀史。

「恁[19]庄裡怎樣哪有遐爾濟的牛呢？」

「你毋知影mah[20]？庄裡牛著瘟，逐日都有死牛、逐日嘛有刣牛。」

13　同僚：tông-liâu，日語借詞，原讀「どうりょう」；同事。

14　原文後有加「們」，乃模仿中國白話文作爲書面語之痕跡。於此刪除並加註說明，其餘不再複註。

15　親情：tshin-tsiânn，親戚。

16　補大人娘：pôo-tāi-jîn-niû；對補大人妻子的敬稱。

17　細膩：sè-jī，客氣。（客氣）爲作者原括號註解。

18　逆天：gik-thian，違背天意，此指超過。

19　恁：lín，你們；作者原多以「屈話就文」的方式標爲「你們」。

20　mah：語尾疑問詞。原文以模仿中國白話文的「嗎」標記。

「Siáng[21]？Siáng 刣？」補大人想欲建個大功，詳詳細細調查，一一告發啦。老T是本意欲報告，抑是無意中講出來的，卻是難以盡知。Ná-mooh，自這事件發覺了後，就棄了慈愛的故鄉G村，而走去和補大人的庄裡居住囉。翌日補大人來囉，G村的哀史開幕矣。補大人未到進前，也閣偸刣一隻死牛猶未好勢，一聽大人到，全庄民心戰膽寒，將彼把心神刣好的肉骨，投落去後壁溝仔底去啦；共熟肉掩在番簽[22]笨[23]內，掩了卻也可以周至。天網恢恢疏而不漏，其實一空一縫伊已明明白白。哪有路用呢！只是加擾亂精神罷！

七八个偸刣死牛的召來矣，恭恭敬敬來到T補大人面前，雙跤齊齊跪落去，補大人做伊㗂薰，有看見假做無有看見，表示著大人的派頭。無一刻，保正甲長也齊到[24]矣，保正見補大人鞠了一躬說聲：

「大人你來矣。」將坐落去。

「保正，你保內偸刣死牛，你怎樣免報告，你毋知影mah？歹歹呢[25]。彼跡徛！」補大人大聲喝保正。

「大人啊！我實在毋知影。」保正應一聲，「免講，好閣講你著食拍[26]。」各甲長看見保正也著徛，知影T補大人變面[27]

21　siáng：啥人（siánn-lâng）之連音；原文記爲「誰」。
22　番簽：han-tshiam，「番薯簽」（han-tsî-tshiam）之簡稱，即番薯的刨絲。
23　笨：pūn，農家以粗竹編製用以貯存穀物的竹籠。
24　齊到：tsiâu-kàu，全員到齊。
25　呢：neh，原以日文片假名「ネ」標註的語尾助詞，亦爲日語借詞。
26　食拍：tsia̍h-phah，討打。
27　變面：pìnn-bīn，翻臉。

囉，不約而同齊齊跪落去：「大人啊！叫阮甲長來，毋知影有啥物教訓呢？」

T補大人看見這號光景竟然好笑起來，像暗示著自己障般的威風，得意揚揚。T：「我叫恁去和我犁園，恁若有像今仔日的規矩一叫就到，也毋免致到這樣田地。今[28]！哀求也是無重用，也毋免騙我，欲著事事實實對我講，若無拍你到皮裂骨折喔！」

這時陣日已將罩，去畑裡的百姓也陸續轉來啦，那行那唱[29]著哭調的台灣小曲轉來矣！行將入庄時候，忽然聽見有無好的風聲。到保正宅前竟然看見T補大人端坐在交椅裡，喙噗薰，伊的面前跪一、二十人。

「啊！」

愈圍愈濟人囉！四面圍到密密如同鐵城，補大人親像故意欲等看的人濟才欲拍人，展伊的威力予一般的小百姓看看伊的威風。Pin-pin-piāng-piāng[30]拍了，對頭名就先叫來拍，拍了閣拍。嗳喲！補大人看手掌紅、腫了，就命令保正去擇籐條來囉！衆人看見籐條皆心驚膽寒起來，暗暗咧叫苦著。

「若毋承認，必然受伊再一番的毒拍啊！了然[31]！」

「大人啊！我願承認。」甲承認了，乙也承認，齊齊逐家承

28 今：tann，而現在，發語詞。
29 那行那唱：ná kiânn ná tshiùnn，邊走邊唱。
30 pin-pin-piāng-piāng：狀聲詞，指一陣亂打。原文記爲「乒々乒々」。
31 了然：liáu-jiân，窩囊、落魄；另有枉費、徒然之意。

認了。

補大人想來想去，毋拍呢，無彩攑這枝籐條來；欲拍呢，伊已承認。補大人噗一喙薰了後，「有矣有矣！」

「甲來！你牛皮提對佗位去？」

甲想若照實講，必然閣連累著人，干焦「無！無！」。T補大人閣氣起來矣，用籐條頭開天門直拍囉，連拍毋知影有幾下，被拍得魂不附體、無氣力地。

「大人啊！我認，我認！」

「牛骨你提到佗位去？」

猶咧想牛骨的去處，未及應答，閣拍囉。正是「拍皮未了閣拍骨」，拍得落花流水。個個嘗了籐條頭的滋味垂頭喪氣，T補大人拍得十二分歡喜，忽然轉了愁容。

「好好！如此的無禮！大人來，應應該該著一一自首才著，好大膽！忤逆大人！害大人拍恁畜生到手骨發癢起來……。哼！猶閣甲長也偷刣，小百姓算是罕去聽大人講話，恁保正、甲長一月日[32]去會議一次，也聽無明白大人講的話，眞眞禽獸不如呢？保甲規約[33]明明有記載，這事件是連座責任，欲全庄攏罰，保正你知影 kha[34]？」

講罷，自轉車[35]牽起行矣。奇怪？大人若到，保正定著愛

---

32 一月日：tsit-gue̍h-ji̍t，一個月。

33 規約：kui-iok，日語借詞，原讀「きやく」；規章、規定。

34 kha：以日文片假名「カ」標示的語尾疑問詞，亦爲日語借詞。

35 自轉車：tsū-tián-tshia，日語借詞，原讀「じてんしゃ」；腳踏車。

請是定例[36]，見[37]來都有拍算，況兼十二點又經過，保正準備中午欲請伊，鷄刣一隻、白鹿酒揹[38]一矸。然T補大人今日因建大功要緊，留伊也留袂牢。保正看見腥臊也毋食，家己也覺悟無有好事囉。保正順紲利用彼隻鷄和彼矸白鹿酒請甲長。是夜，保正想了一法，就緊召了甲長來開緊急會議啦。

「這事件非同小可，我想，著[39]包紅包提來去求情。」

「無，鬧起來就歹[40]！」

「到如今，包紅包哪有路用？」

「紅包毋是欲求伊保咱全無事，無過[41]是求伊報告較好聽寡罷。」

「有理有理，今……咱的生死好如佇伊手中心。」

「甲長各人著緊抾[42]，明早愛提來交我……」

當協議間，補大人透暗[43]又到啦。全庄的牛隻不得牽去。牛牢[44]門封鎖起來矣。今日也死牛，明日也死牛，日日擴大起來矣。這時陣，干焦補大人一肢手，終是管顧袂到，G村將欲設臨時衙門囉！

無一日，衙門果然創好，牛隻也欲趕出去境〇近衙門囉。

---

36 定例：tīng-lē，日語借詞，原讀「ていれい」；既定之事，慣例。

37 見：kiàn，每次。

38 揹：kuānn，提、拿。

39 著：tio̍h，該、一定要。

40 歹：pháinn，不好了、糟了。

41 無過：bû-kò，只不過。

42 抾：khioh，此指籌錢。

43 透暗：thàu-àm，深夜。

44 牛牢：gû-tiâu，牛舍、牛欄。

後壁埔仔一時化成牛村，遮一个寮、遐一个亭，其狀之慘令人心酸！

「天啊！果欲滅嗎？」

不然！願較早一點仔平靜起來呢！ Ná-mooh，G村將成瘧疾之村啦！

「獸醫，你敢會醫牛 mah ？」

「如果會醫，按怎見看便刣呢？所以人人稱呼你做刣生。」

死的死、刣的刣，眞是死牛歸屯。然獸醫何苦每日檢查數次呢？如果有發見[45]著淡薄生目屎膏的，就牽去刣死，干焦埋死牛的用地占成分畑[46]去，這也可以察其死了外濟啦。這搭竟然成了一个名號，叫伊做牛塚，這个牛塚的名稱毋知影會流傳到何時？也毋知影到何時才會消滅去呢。

「鬧到番薯也袂當種，這季番薯無插，冬尾欲食塗 mah ？」

小百姓心急啦。這時陣雖有寡平定，奈因大人的頭不頓，不得不目瞷金金[47]看別庄人的番薯，一日插過一日，早插的也有成草花心囉！

人著捌禮數、曉法度，這時陣袂曉得用路[48]是千空萬空，有用過路的也准人牽出去耕作。我牽姑夫（盲者）[49]欲到衙門

45　發見：huat-kiàn，日語借詞，原讀「はっけん」；發現。

46　成分畑：tsiânn hun hn̂g，將近 1 分的田園。

47　目瞷金金：ba̍k-tsiu kim-kim，眼睜睜地。

48　用路：iōng-lōo，賄賂。一般說「用空用路」（iōng khang iōng lōo），即以紅包賄賂。

49　姑夫：koo-hu，盲者。（盲者）爲作者原括號註解。

去，枴仔釣一跤[50]網袋[51]，中入一隻閹鷄，閣利用彼枴仔引伊，一步一步行對衙門口來矣。恭恭敬敬地掠彼隻閹鷄起來，欲送大人去刣囉。

「有燒香果然有保庇，明早咱的牛可以自由牽出來耕作矣。」

有禮數果然就有差，伊也禮數、彼也禮數，經過幾日了後，牛已準人自由耕作，衙門也欲撤啦。Ná-mooh，連座的罰金單接著矣，五十圓、四十圓、三十圓、二十圓、十圓、五圓，總共五百三十五圓。

唉！五三五連座案，連座責任，果然會驚人啊！

完納[52]這五三五案，竟閣佇這冬尾謝一个啥物平安，也花費幾千圓！牛閣死失、番薯閣減收，G村受了這連座之苦，一年也還連座的債，兩年也還連座的債，任還袂了！唉！好笑保正罰保正，閣是罰一等濟錢，這款好規約，我願時時存在，好好分別漢民族和大和民族罷。

G村受著這連座的好教訓，日日勤苦，這難關拍算[53]將過啦。像當時起[54]衙門、起牛亭的後壁埔仔一帶，已經變做良田，就是彼个致命傷的牛塚，也變變起來耕做畑作，將是難得認識眞跡，而成黎明之鄉啦。

50　跤：kha，計算袋子的單位。

51　網袋：bāng-tē，原住民使用的網狀袋子。

52　完納：uân-la̍p，日語借詞，原讀「かんのう」；罰款全數繳清。

53　拍算：phah-sǹg，大概、也許。原文僅以連音「打」（phàng）簡易標示。

54　起：khí，建造。

作者簡介

蔡秋桐（1900-1984），雲林元長人。筆名有愁洞、秋洞、蔡落葉、匡人也、元寮等。公學校畢業了後，就擔任保正 25 冬，一直到「保甲制度」廢除；捌加入台灣文化協會，嘛捌兼任製糖會社原料委員。伊是「台灣文藝聯盟」的南部委員，也參與創刊文藝雜誌《曉鐘》。伊的新文學創作集中佇 1930 年代，包括用台灣話文寫作濟濟篇小說作品，也發表袂少新詩、民間歌謠佮故事；戰前戰後攏有參與傳統詩社。1948 年捌參加台南縣參議會考察團，赴中國考察一個月。1953 年，受知匪不報的罪名予人判罪 3 冬，2 冬後出監，紲就無閣插政治事。

與其自殺，不如殺敵

蘇德興（Soo Tik-hing）

原題：〈以其自殺，不如殺敵〉
1931年2月11日完稿，手稿收藏佇賴和紀念館

一庄兩三百戶的農村，其中雖然有十外塊磚仔壁的瓦厝，其他的攏是四壁零落，無力修補的草茅。佇煮三頓的時，煞無看見啥物火煙。你若有時行入去內面看個的食飯，老實眞可憐！一桌頂幾碗，只是豆腐啦、鹹菜啦、鹹王梨醬啦，上好的也只加一砸[1]鹹鰱魚[2]抑是鹹鰮仔[3]，飯坩[4]裡煞是不約而同的，盡是番薯簽[5]白焄[6]的長米飯，大抵無啥物差異。

佇下晡時八點外鐘的時陣，這冷冰冰閣兼寂寞的庄裡，一間破厝內有一个兒童佮伊的母親咧講話：

「阿母！我綴頭家去街裡，對學校過去，看見眞濟學生，有的讀書，有的拍球，我看了誠欣羨咧。阿母！予我讀書好無？」

伊的母親名叫怨，人人攏叫伊怨姊。伊聽見囝兒討欲讀

1　砸：phiat，盤子。
2　鹹鰱魚：kiâm-liân-hî，醃製鮭魚。
3　鹹鰮仔：kiâm-un-á，醃製沙丁魚。
4　飯坩：pn̄g-khann，飯鍋。
5　番薯簽：han-tsî-tshiam，番薯的刨絲。
6　焄：kûn，將食物放在水裡長時間熬煮。

書，便誠沉痛的咬定牙關講：

「阿變！你眞毋知頭tī來、尾tī去[7]啊！我是誠愛你去讀書，愛你捌理氣，愛你佮人有比並[8]，總是，咱家內艱苦甲按呢，你佇恁頭家的所在看牛、擔糞，每月日也只有兩圓通趁。我艱難受苦做農場工，食家己也一日只有三角銀，也欲飼恁6歲的小妹，有時身苦病疼[9]，猶閣無錢通拆藥喔！自恁爹枉死，您大兄入獄了後，我欲飼恁兄妹，已經是千辛萬苦囉，哪會得予你讀書……。」

阿變聽了這幾句話，一時著驚起來：

「唉我爹怎樣枉死？我兄怎樣入獄？」

一陣心疼，怨姊又講落去：

「囝呀！我無講你也毋知。你今年14歲囉，我也應該將咱的悽慘講予你聽，你別日長成[10]，若是有才調[11]，這个冤仇總著報啦！這也毋是咱一家的冤仇，咱這庄裡除起彼幾若口灶[12]好額人，逐家攏是受著這款的悽慘。咱本成是蹛佇北部的德刪[13]，自恁祖、恁老爸手裡，攏是經營竹林，逐家勤勤苦苦照顧竹林，雖然毋是好額人，都也快快樂樂咧過日。哪會知雨

7　頭tī來、尾tī去：原因從哪裡來，結果向哪裡去。tī，原文以假借字標記爲「値」。

8　比並：pí-phīng，比較。

9　身苦病疼：sin-khóo-pēnn-thiànn，生病。

10　長成：tióng-sîng，長大成人。

11　才調：tsâi-tiāu，才能、本領。

12　口灶：kháu-tsàu，户、住户；計算家庭的單位。

13　德刪：Tik-san，此保留原文以假借字標記之「竹山」地名；文中提及事件即於1912年發生在南投竹山的「林杞埔事件」，又稱「竹林事件」。

潑對天窗落來，差不多二十年前，衙門叫人來叫恁爹佮規庄有種這竹的人去，衙門的大人講：『恁逐家眞骨力，種甲彼林眞婧，大人欲獎勵恁，愛賞恁，恁逐家提印來㧒，若是無印，指模也好。』彼時庄的農民攏總毋捌字，逐个戇戇，逐家攏聽大人的喙。其中有一半个較有智識的，毋肯聽伊的喙，就予伊掠去拘留，拍、踏，毋肯用飯予食，險險就死佇衙門內裡，不得已才聽從大人的喙。衆人㧒印予衙門了後，停了差不多無一月日，這幾千萬甲的竹林四邊就插起誠濟柱仔，四角柱仔，講是界址，啥物寫是「慘井竹林[14]」囉？當時我也毋知這是啥物意思，總是後來，庄裡人無限定袂得靠遮的竹林過日，連割一枝竹杖仔也予衙門掠去辦做賊仔案。」

「通庄的人受著這款的災難，像魚無水仝款，一時無法度，就去對慘井會社求好喙，求伊來贌[15]咱耕作。總是任你怎樣求，遐的路旁屍[16]都毋肯！才毋肯？猶閣常常利用伊的狗奴才來掠庄裡人去拍迌迌。甚至連 17、8 歲的在室女[17]查某囡仔，也誣賴伊偸抾柴，掠入去衙門去，三更半暝去輪[18]。蹧蹅[19]了後，就叫伊轉去毋通講，若講就欲閣掠去……。受著一擺過一擺的

14 慘井竹林：tshám-tsínn tik-nâ，此以假借字暗諷當時的三井物產強占竹林耕地。三井物產在殖民地時期藉總督府之力，與三菱商事、藤山集團等三大公司，獨占台灣諸多進出口事業。原文誤植爲「悽井竹林」，見後文的「慘井會社」可知是對三井物產之諷寫。

15 贌：pa̍k，包、租。此爲承租田地耕作之意。

16 路旁屍：lōo-pông-si，以棄置在路邊的死屍來咒罵人的用語。

17 在室女：tsāi-sik-lí，處女，未出嫁的女子。

18 輪：lûn，此指輪姦。

19 蹧蹅：tsau-that，此指強暴少女。

躪躂，猶閣迫到無通食無通穿。較有性地[20]的少年家，就去刣死一兩个 ××，嘩喔！隨時[21]就勞軍動衆，派啥物搜索隊來，掠了幾千人。現刣死的無算，干焦佇扒刈刪[22]就絞死六、七百人！猶閣毋但這一起，一起過一起，用啥物非刀行伐令啦，毋知啥物意思，掠了幾十萬散凶人[23]去。虧得恁老爸是誠無膽的人，竹林予慘井會社奪去了後，伊就將家私雜物變賣，搬來南部貺土地耕作，不致受著這場災難，哪會知前嶺毋是崎，後嶺較崎壁[24]！」

「來到南部，雖然無像北部遐爾的悽慘，總是咱勤勤苦苦耕園來種甘蔗，也予狡怪的會社內外除、七八扣，年年做白工袂得準過，閣著賠租。若毋種甘蔗，換種弓蕉，就有啥物桔榾會社囉、斬頭會社囉，死人重役囉……，搶甲無錢通領，猶閣著貼伊的籠仔錢。恁老爸想甲無法度，就招了幾百人，組織一个『農民組合』，佮別位的『農民組合』聯絡起來，想欲顧作田人的生活。眞慘喔！彼一年拄著歹年冬[25]，五穀攏無收成半粒，恁爹招集衆人去佮田頭家商量免租，頭家毋但毋肯，顚倒等到下冬稻仔會割得，就請狗官來差押矣。恁爹出去講幾句話，頭家的奴才佮 ×× 就罵恁爹狡怪，講作田人的組合是恁爹作

20　性地：sìng-tē，性情、脾氣。
21　隨時：suî-sî，馬上。
22　扒刈刪：pak-kuà-san，此保留原文以假借字標記之「八卦山」地名。
23　散凶人：sàn-hiong-lâng，窮人。
24　前嶺毋是崎，後嶺較崎壁：tsîng-niá m̄-sī kiā，āu-niá khah kiā piah，一山更比一山高。
25　歹年冬：pháinn-nî-tang，荒年、歉歲，農作物收成不好。

弄[26]的，就將恁爹縛起來拍、踏，恁兄佮幾个朋友倚去占，××仔就去講電話，隨時就來了一大陣的××，將四五十人掠掠去，恁爹就佇衙門內予××拍死矣！彼四、五十人攏掠入去監獄關禁。恁兄雖然有放出來，總是聽見恁爹予人拍死，伊哭哭一停，就去告訴[27]，啥物公醫診斷是家己死的囉，顛倒將恁兄辦做誣告罪，也掠去監獄關。你看這毋是眞冤枉mah[28]？……」

怨姊講到遮，就哭掛詈[29]，阿變也非常興奮[30]起來。

一片誠大的農場，有百幾个日雇農[31]，佇彼炎威烈烈的蔗園裡做工，逐个攏汗水流到像落雨仝款。逐个都是瘦枝落葉，逐个都是鵠形菜色[32]，逐家骨力啊，拍拚囉，做到午時銃霆，監督也猶未命令停工。這班日雇農，佇這日頭熱、腹肚枵的時陣，一枝鋤頭差不多加有幾百斤，也是逐家苦苦做。其中有一个忍耐袂去的女工，煞細細聲咧詈罵：

「蹔頭路旁[33]！日頭過晝囉，猶未停工！」

---

26 作弄：tsok-lōng，唆使、煽動。
27 告訴：kò-sòo，向法院提出告訴。
28 mah：語尾疑問詞。原文以模仿中國白話文的「嗎」標記。
29 哭掛詈：khàu kuà lé，邊哭邊咒罵。
30 興奮：hing-hùn，日語借詞，原讀「こうふん」；心情激動。
31 日雇農：jit-kòo-lông，臨時雇用的農場工人。日雇：jit-kòo，日語借詞，原讀「ひやとい」；臨時工。
32 鵠形菜色：go̍k-hîng tshài-sik，形容面黃肌瘦。
33 蹔頭路旁：tsām-thâu lōo-pông，以被斬首棄置路邊的死屍來咒罵人的用語。

不幸，被監督聽著，即時走倚來，大大力抉[34]倒一下喙顊，抉甲彼个女工的喙顊腫甲像麵龜仝款。猶閣毋甘願，起跤閣踏，一時將這个女工拍甲哀爸哭母，倒佇甘蔗園大哭起來。一農場的人，看著這款的光景，攏是替伊可憐，個個攏誠怨恨這个監督的橫暴。總是，敢怒而不敢言，因爲若加講一句話，毋但現場就會受虧，猶閣明日就會無工通做，所以逐家攏毋敢做聲。這班人爲著受飢餓所迫，無論受監督怎樣欺負，也只得忍氣吞聲。

監督拍人了後，又大聲對衆人喝：

「無骨力的愛扣分喔[35]！」

足足閣等有一點鐘久，才聽著「停睏，食飯」的命令，這群做工的宛然像無期徒刑拄著大赦，各人放了鋤頭，走去樹仔跤食家己紮來的冷番薯簽飯，差不多九分番薯簽一分米，又是配「無跤紅蟳[36]」。

佇一欉相思仔樹跤，阿變佮兩个做工伴食飯了後，這時監督猶未叫做，三人就坐咧講閒話，阿變講：

「恁看，做農場工遐艱苦，一工總趁三角銀，實在食都食無夠，也著任在伊選。查埔人若毋是一工會做兩工額的，就免想來；查某人若毋是媠兼少年的，也免想來做。這兩角銀食都無夠，猶閣紅單囉、白單囉，開來就是愛錢，這張納了，閣一

34 抉：kuat，用手掌打人的臉。

35 喔：ooh，語尾助詞。原文記爲「噁」，表現生氣的語氣。

36 無跤紅蟳：bô-kha âng-tsîm，整碗幾乎全是番薯簽有如「蟹黃」。此以吃沒有腳的紅蟳的比喻來自我安慰。

張來咧迫。咱，害囉！眞正是上天無路，入地無門囉！阮老母因爲做這農場工，過頭拖磨，損害了健康，閣無錢通好調治，講阮小妹賣予人做查某嫺[37]來開用，到底[38]也無功效，白白磨到死。啊，實在咱做人，一條性命眞正毋值一隻狗蟻喔！」

阿變講到遮，不知不覺之中，煞就流出幾滴目屎。其中有一个叫做施狗的就講：

「有影！咱做這農場工哪會得出頭天？」

萬直也接落去講：

「害囉！本成咱攏總有土地通贌來種作，這馬的土地予會社買去的買去、拂下[39]的拂下，贌去的贌去，實在是捻斷咱的性命根囉！聽講毋知啥物所在囉，講新開一條大圳，每甲一年愛納六、七十圓的水租，三年統共納去兩百捅銀的水租。才食一年的水，總收總納水租都無夠，所以有幾甲土地的人，攏是俗俗仔賣。賣予會社去，結局[40]遐的作田人，也是佮咱相仝，著來做這比牛馬較狼狽的農場工才有通食囉！近來有小可家伙[41]的，也是一日一日艱苦起來，做農場工的人一日一日濟來囉！我閣聽人講，農場若是整好勢，就會用機器耕作，到彼當時，農場工一千人就辭去九百九，用十人來駛機器就夠額囉！

37 嫺：kán，婢女。

38 到底：tàu-té，日語借詞，原讀「とうてい」；終究、根本。

39 拂下：hut-hā，日語借詞，原讀「はらいさげ」；政府將公有地賣給民間，此指政府將土地放領給退休的公務員。

40 結局：kiat-kio̍k，結果。

41 家伙：ke-hué，家產。

到彼當時，咱著煞枵死煞尾[42]喔！」

阿變聽了，忽然昂奮[43]起來講：

「有影，有影！我聽農民組合的人講，農民若無團［結］起來，就會愈悽慘咧！可惜，近來掠誠濟人去關，所以誠罕得來講演。總是我看今日按呢的地步，入去雖然會受著災難，總是退來是白白枵死，不如咱暗中也來團結起來，來和這班賊心賊行的大賊蝦計較一下，就是輸，也是死息而已，結局比白白餓死較值！」

施狗佮萬直齊聲應著：

「著！咱著團結起來……」

阿變閣講：

「恁兩个若是肯，就來暗暗招人好無？」

萬直佮施狗攏講：

「是啦，眞好……」

「做喔！」監督的一聲命令，逐家閣開始做工矣。

施狗雖然是一時興奮，附和阿變的提議，其實伊的地位和阿變無相仝，伊佇開始做工的時陣，又另外有一種心思矣。

「嘿，個欲佮會社計較，到底袂輸剃頭刀砍大松樹，哪有啥物中用？我看若是無順從的，就會掠去關。我想阮爹做會社的委員，年年有賞金通領。我佇農場裡，監督也誠屬目[44]我，

---

42 煞尾：suah-bué，末尾、最後。

43 昂奮：gông-hùn，日語借詞，原讀「こうふん」；心情激動。當時日本漢字亦有記爲「興奮」。

44 屬目：tsiok-bók，日語借詞，原讀「しょくもく」；注目、期待。

我做工也加誠自由。猶閣欲入來做工的人，定定著來巴結我，拜託我對監督講好話，生死在我的手頭。而且我利用這款的勢力，也會得予彼幾个婧查某囡仔來巴結我，來佮我相好[45]，這是有食兼有掠[46]……。」

這一番盤算了後，猛然計上心來：

「好，好，這正是我的進身[47]的好機會啦！」

……

明日的農場依然是這半食半餓的日雇農佇遐拍拚，大監督忽然叫萬直和阿變去事務所，叫十幾个小監督將這兩人，阿變和萬直，拍到死來昏去。拍了後就講：

「恁兩个轉去，毋予恁做！」閣來園裡對眾人講：

「阿變和萬直誠可惡！欲來這農場裡煽動恁，恁若聽伊的喙，後日就會像葛仙埔噍吧哖[48]仝款，逐家掠掠去絞死……。」

大監督當講甲起勁，施狗就插喙講：

「頭戴伊的天，跤踏伊的地，咱逐家著戇戇做才好！」

阿變和萬直當欲攑鋤頭轉去，聽見施狗講這幾句話，明知這件代誌是施狗出破[49]的，一腹恨氣無處敨[50]，行到施狗的後面，出其不意，萬直一枝鋤頭相精精，對施狗的頭腦拚力砍落去，「哎唷！」一聲，眾人圍來一看，施狗已經一身倒地，腦蓋

45　相好：siong-hó，男女之間彼此有意愛，或指有肌膚之親。

46　有食兼有掠：ū tsiah kiam ū liah，比喻一件好事還另有其他附加價值。

47　進身：tsìn-sin，提升地位、晉升。

48　噍吧哖：Ta-pa-nî，原文以假借字標記爲「乾巴哖」，此指噍吧哖事件。

49　出破：tshut-phuà，揭露、密告。

50　敨：tháu，打開、暢通。

開花，兩隻跤亂搐一陣，看看嗚呼哀哉矣。衆監督一齊[51]動手，將萬直和阿變掠去交警官。兩人也就增加了人間的一種閱歷，去嘗試鐵窗的風味矣！

阿變出獄了後，好得有一个都市的舊朋友，舉薦伊入去鐵工場做工，工錢雖然有五角銀，總是也著厝稅，究竟[52]都市的生活閣不比田庄，過日實在爲難！工場內又是佮火坑仝款，逐家做甲人毋成人，鬼毋成鬼，大粒汗細粒汗直直流，有時拄著歹運，予機械傷著，工場主[53]毋但全然無津貼半个錢，顛倒將這个受傷的職工解雇。這是大概鐵工場攏是這款。

有一夜，阿變因爲無做夜工，佇厝內佮伊的同僚鐵漢君講閒話。阿變問鐵漢：

「鐵漢兄，咱雖然捌無偌久，總是感情已經是兄弟仝款，你佇這工場裡的經驗佮感想，哪毋講一遍來我聽聽咧啊！」

鐵漢講：

「好，我講予你聽……。這个工場主，起初是內地[54]來的一箍鱸鰻[55]，穿一領破蠓罩，結一條跤梢腰帶[56]。因爲伊佮一个大官是親戚，閣和銀行一个大粒的是同窗[57]的朋友，因爲

51　一齊：it-tsê，日語借詞，原讀「いっせい」，所有人同時做一件事，一起。
52　究竟：kiù-kìng，畢竟。
53　工場主：kang-tiûnn-tsú，日語借詞，原讀「こうじょうしゅ」；工場老闆。
54　內地：luē-tē，日語借詞，原讀「ないち」；此指日本本土。
55　鱸鰻：lôo-muâ，流氓。
56　破蠓罩、跤梢腰帶：phuà báng-tà、kha-sau io-tuà，形容穿著簡陋日本和服的樣子。

這兩个人的援助，就來開這間鐵工場。論起伊的手腕，卻毋是啥物敏捷，頭腦也毋是啥物聰明，不過是四跤的爲四跤的[58]，所以一切的工事[59]攏予伊包辦。無幾年，伊就變成一个大資本家矣！你看！伊洋樓起甲三四層，花園整頓甲遐爾婧，出門就是自動車[60]，宴會定規是西洋料理，若是佮做官的交際，一夜間幾千幾萬也無惜著。伊的囝，有的入大學，有的入專門學校。伊也當眞濟名譽職，啥物府評議員囉，州協議員囉，慈善會長囉……。實在人講歹心的戴紅帽，好心的倒地餓，眞正無錯！實在伊哪有啥物好心咧？我佇這个工場裡，已經做有十五、六年，由師仔[61]做甲變師傅，現在的薪金也只有箍八銀，猶閣扣東扣西，啥物俱樂部費囉，這是欲𪜶的野球團用的。你想，資本家獎勵俸給生活者[62]的體育是啥物意思？我聽人講，第一就是予智識份子去研究體育，就無閒工通去研究社會問題；第二是一旦發生戰爭的時，也好利用這班俸給生活者去屠殺工農大衆。這款的批評，我是誠感服。俱樂費以外，閣啥物義務貯金[63]囉，交際費囉……，內外除七八扣，逐月領極加的也是

57　同窗：tông-tshong，日語借詞，原讀「どうそう」；同學。

58　四跤的爲四跤的：sì-kha--ê uī sì-kha--ê，日本人都是維護日本人之意。「四跤的」，即動物、畜牲，爲台灣人對日本人的蔑稱。

59　工事：kang-sū，日語借詞，原讀「こうじ」；工程。

60　自動車：tsū-tōng-tshia，日語借詞，原讀「じどうしゃ」；轎車、汽車。

61　師仔：sai-á，學徒、徒弟。

62　俸給生活者：hōng-kip sing-uah-tsiá，日語借詞，原讀「ほうきゅうせいかつしゃ」；指領薪階級、上班族。

63　貯金：thú-kim，日語借詞，原讀「ちょきん」；儲蓄。

四十捅銀。阮厝內一个牽手[64]佮四个囡仔，是愛靠這筆錢用，毋但大漢無得予伊入學校，連身苦病疼也定定無錢通拆藥[65]。這也毋是我按呢 niā-niā，其他的師仔、小工[66]，也是逐日煩惱無錢咧！啊！這兩年來愈艱苦囉！好額的愈好額，散赤的愈散赤。做工的、作田的，一百个九十九陷落去佇半食半枵的地步，致到有的連某囝也著出去做工。資本家趁這工人量濟、容易倩的時陣，就欲減工錢，延長時間，實行啥物產業合理化，其實在我看起來，也是搾取[67]的過激[68]化。你若是毋肯做，結局後面失業的工人，太濟，實在予咱膽寒起來！我聽人講，鄰邦本國[69]的失業者有二、三十萬人，官廳無法度通救濟，就想將遮的失業者徙出去殖民地，欲將殖民地的人的奪來予遮的失業者。按呢的做法，聽講一來會得緩和國內的 ×× 勢力，二來將殖民地的工場裡的重要機關，收在本國人的手頭，若是拄著戰爭，就通好安心裝送軍用品，閣通好預防殖民地的反亂。這款的方法，在個想起來，卻是真通，卻是咱的悽慘咧……。」

鐵漢講甲滔滔不竭，阿變聽得出神。

64　牽手：khan-tshiú，妻子、太太。

65　拆藥：thiah-io̍h，買藥、抓藥。

66　小工：sió-kang，指一般打零工的人，因其工作性質、內容均不定，有時擔任副手者亦稱小工。

67　搾取：tsà-tshú，日語借詞，原讀「さくしゅ」；資本家對於勞工的勞動時間過度取用。原文以「榨取」標記。

68　過激：kò-kik，日語借詞，原讀「かげき」；過於激進，此指過度。

69　本國：pún-kok，日語借詞，原讀「ほんごく」；祖國、宗主國、殖民母國。

過了無偌久，這个工場因爲種種刻薄工人的問題，工人的不平不滿的聲浪四起，遂發生同盟罷工。阿變因爲前番農場的關係，毋但被檢束[70]，猶閣予警察拍到半小死，後來問題解決，工人復業，伊也是被免職矣。

阿變因爲佇鐵工場的時，夜時有讀幾本工人運動的書，閣常常接近工會的幹部，所以毋但有捌幾字，猶閣有眞濟常識，就有人介紹入去醫生館做小使[71]。

這个醫生名叫愛銀，伊的老爸，本是一个散凶人，因爲是誠勢巴結這地方有幾个慈善家——實在是無惡不作的人，平時剝削了眞濟無天良錢，想欲博一个好名譽，就組一个慈善會。愛銀的老爸因爲會巴結，所以就得著這个慈善會的看顧，援助愛銀去學醫生。

這个慈善會本來的用意是假公濟私，一來通博一个慈善的好名譽，二來通麻醉一般的民衆佮青年。是毋是，個也無出啥物大錢，大概攏是募集[72]寄附[73]的。

愛銀卒業[74]醫學校，因爲拄著西醫稀罕的機會，就趁著大錢。伊一下有錢，就出來做寡掛羊頭賣狗肉的社會事業。佇外頭，卻也誠好名聲。伊一下有錢，大某以外，閣娶五个細姨，

70 檢束：kiám-sok，日語借詞，原讀「けんそく」；羈押、拘留。
71 小使：siáu-sú，雜役、工友。
72 募集：bōo-tsip，日語借詞，原讀「ぼしゅう」；招募。
73 寄附：kià-hù，日語借詞，原讀「きふ」；捐款、捐獻。
74 卒業：tsut-gia̍p，日語借詞，原讀「そつぎょう」；畢業。

猶閣夜夜就是尋花問柳，慣練[75]包飼上等藝旦[76]。

阿變來到這間醫生館，漸漸就看透愛銀的甕底豆菜[77]，因爲這一夫多妻的制度，自然是靠金錢的魔力來籠絡女性，蹂躪[78]女權，所以遮的新入來的美人，起初自然是得著愛銀先生的寵愛，到尾總是窒壁角。以前娶入來的，第一、第二、第三，攏是散凶人查某囝，予伊用金錢的勢力買來的。起初攏食好穿好，卻也歡歡喜喜，到今來，卻是只得空房飲泣，怨身感命[79]矣。第四个叫做劍紅，也有讀書，伊也入高女[80]，讀三學年的時，因爲伊的老爸生理失敗，致到就墜落[81]煙花，愛銀先生買伊來做細姨了，起初實在是愛甲像寶貝一樣，總是這款採花蜂的愛，怎樣會得有久長呢？免兩年，伊也是守生寡[82]矣。總是劍紅卻袂比得別人，伊佇這寂寞無聊之中，得著同窗友一張批，叫伊愛明白社會的種種惡濁，著愛研究社會科學……。所以伊眞正去買了眞濟本社會科學的書來，深閨自守，閉門潛修，到阿變來做小使的時，伊已經研究年外久矣；伊的人生觀已經佮其他的貴夫人大不相同矣。

劍紅的人生觀既然變動，便漸漸對遐的使金錢勢力來蹂躪

75　慣練：kuàn-liān，熟練、熟手、強項。
76　藝旦：gē-tuànn，藝妓。
77　甕底豆菜：àng-té tāu-tshài，虛有其表。
78　蹂躪：jiû-līn，踐踏。
79　怨身感命：uàn-sin-tsheh-miā，怨嘆命運、自怨自艾。
80　高女：ko-lú，舊制高等女學校，戰後多改制爲高級女子中學。
81　墜落：tuī-lo̍h，淪落。
82　守生寡：tsiú-sinn-kuá，受丈夫拋棄的女性。

人權的徒輩生出厭惡的心，顚倒可憐一般受壓迫的工農階級。佇厝內特別看重阿變，因爲伊常常佇新聞紙[83]上看著阿變的勇敢奮鬥，實在非常羨慕[84]。

有一日，愛銀先生往診[85]，劍紅佇後花園看阿變割草。只有阿變一人，也無別人，就叫阿變去到一位偏僻的所在問：

「阿變，你參加社會運動的感想怎樣？」

「喔！這也毋是好惹事的，不過是次次予資本家欺負甲忍無可忍，不得不起來鬥爭[86]。因爲若無鬥爭，是袂得叫醒工農階級的，不但永遠做奴隸，猶閣是病無藥死無草蓆。坐咧聽候死，不如奮鬥。若會得拍倒這班敵人，替後來的工農兄弟拍開一條活路，是誠好的代誌……。」

阿變講到遮來，就將家己的經歷佮感想講了一遍。劍紅也十分感動，走來佮阿變握手講：

「阿變！你眞勇敢啊！彼一班重富欺貧的人面獸心的豬狗，眞正可惡！我佇遮的苦況，免講你也會知影。我常常聽著被壓迫、被凌辱的人自殺，像以前我佇菜店[87]的時，有的受烏

83　新聞紙：sin-bûn-tsuá，日語借詞，原讀「しんぶんし」；報紙。

84　羨慕：siān-bōo，欣賞、仰慕。

85　往診：óng-tsín，日語借詞，原讀「おうしん」；出診，即醫生到病人家中看病。

86　鬥爭：tàu-tsing，日語借詞，原讀「とうそう」；反抗、爭取權利。此爲在主張「階級鬥爭」的社會主義氛圍下從事社會運動、勞工運動之時代用語。

87　菜店：tshài-tiàm，酒店、酒家。

龜婆[88]欺負，就去自盡；有的是情死[89]的，這實在攏是無意義的死。像佮我做伙佇這家庭監獄裡的三四个姊妹，不時家己暗暗啼哭，家己凝心[90]，致成疑心病，也是誠無意義。我想，婦女佇社會上怎樣會予人看做玩具、看做財產、看做私有物？貞操只有婦女愛守，經濟、法律、風俗、習慣、道德，攏總是袒護男子呢？阿變！我實在攏總明白矣！有錢人包飼幾十个婧查某，社會上也認做是應該的。婦女若是正當欲解決性慾，便叫做淫奔[91]。這類無平等的貞操、道德，只好去騙無智識的戇查某。我毋是一个糊糊塗塗的人，我毋願做籠中的鳥仔，我情願向這萬惡的私有制度苦戰！」

佇講話的中間，劍紅不知不覺將阿變抱咧，閣繼續講：

「阿變！我這个身軀是社會的一份子，若是欲自殺，不如獻予社會。我也毋肯閣佮人結婚矣，總是解決性慾也毋是啥物見笑。我欲做獨立的婦人，我情願佮被壓迫的兄弟姊妹共同努力，來拍倒咱的敵人，望你替我揣一个活動的所在，我就正正當當脫離這个家庭監獄。愛銀？伊若是敢干涉我的行動，我就是先下手爲強，就是去監獄關，也比自殺較有意義！」

……

後來，劍紅果然佮愛銀醫生鬥爭起來。俗語講：「一人敢死，萬夫莫當」，到底有錢人驚死，所以愛銀醫生也只得無條

88　烏龜婆：oo-kui-pô，老鴇。
89　情死：tsîng-sí，殉情。
90　凝心：gîng-sim，抑鬱、鬱結、憂鬱。
91　淫奔：îm-phun，淫亂、淫蕩。

件承認劍紅離開家庭，猶閣予伊四五百箍的生活費。

劍紅出去了後，阿變也辭頭路，一同行上鬥爭的路上去矣。

一九三一、二、一一舊稿

作者簡介

蘇德興，屏東市人，又名蘇維吾。屏東礪社主要的幹部，濟濟漢詩佮擊缽吟詩作發表佇《台灣日日新報》、《台南新報》、《詩報》等；也捌參與台灣文化協會、台灣農民組合、台灣勞働協會等組織。父親蘇允棟是黃石輝的表兄；伊佮黃石輝時常佇講演會擔任辯士，予官方注意佮中止活動。因為佇礪社鼓吹白話文佮新文化運動、提倡文明教育，閣支持左傾的新文協，也致使社內受著當局打擊，後才以「屏東聯吟會」（屏東詩會）之名繼續活動。蘇德興捌擔任礪社文藝集《砥礪集》發行人，集內有鼓吹女權佮自由婚姻等男女平等的觀念，佇當時受著真濟批評。

剁柴[1]囡仔

楊逵（Iûnn Kuî）

1932年4月14日完稿，無發表

連紲落幾日雨，頭殼茫茫然起鬱悶，致到工作總做不得落手的時，拄好一日的快晴，我就想去市外散散鬱悶，吸吸新鮮的空氣，伸直倦惰的跤手腰骨，趕緊食飽早飯就向內惟方面去。

行過了紅毛塗[2]會社，我就看見展開在大路邊的一面青青綠的田圃，受這幾日雨洗得真清淨，總[3]發了新芽，呈出活氣，照著3月的陽光，一葉一葉所含的露水，總發出像寶石的光輝。路上也受大雨洗淨了無一點的塵芥，無一屑仔的飛砂。

漸漸離開紅毛塗會社，當工場裡發出的騷亂聲響也就漸消失。對[4]田圃中響來的鳥聲，蟲聲也就愈明顯起來啦。

這快活的叫聲佮這幅醒光的春景，使我感覺真爽快。我的鬱悶即時[5]也就雲散霧消一般的消散去。

1　剁柴：tok-tshâ，砍柴。「剁」，手稿記爲「剁」。
2　紅毛塗：âng-mn̂g-thôo，水泥。
3　總：tsóng，全部。
4　對：tuì，從。
5　即時：tsik-sî，馬上。

我沿路行，伸跤屈手，躍躍跳[6]，好像是回到少年時代一般的快活雀躍。不知不覺的中間，就行到龍泉寺前的大路來矣。

對大路倒爿寫著：萬壽山、龍泉寺的兩枝柱間進去，閣行兩三百步就是捌遊過的，後聳青山、前流碧水的龍泉寺。

我見[7]行到這裏，總要怪恨……，因何這清爽的地毋造遊園提供工人去靜養清遊，慰藉過勞的身軀，煞欲飼這寡寄生流毒的食菜念經蟲。這種怪恨，至今我總是以時機未到的一句糊糊塗塗的話來自慰的。

佇遮居住，對保健一定是眞好的。更在今日這樣不寒不暑，天晴風靜的早晨，使我羨望至極啦！

我眞歡喜，慢慢仔看四界，閣行到寺前龍津橋的時候，恍惚然的感覺頭殼輕去啦。

流佇龍津橋下的清蒼的龍目井泉水，傾在水面的老樹，跖起去排列佇樹幹的小龜，對樹中散照落水的陽光……。

擔起頭一看，聳佇寺後一面青山，反射映著陽光，在其露顯岩石上啊啊遊玩的大猴小猴，跳跳去出出沒沒……。

我坐佇橋欄頂，竟會無覺著時間的經過啦。

「你去仙洞這樣早就轉來矣 mah[8]？」

經過足久，我忽然聽著對寺內響出按呢的聲音，擔起頭一

6　躍躍跳：io̍k-io̍k-thiàu，形容腳步輕快。

7　見：kiàn，每、每次。

8　mah：語尾疑問詞。原文以模仿中國白話文的「嗎」標記。

看，像是彼个年輕的尼姑問一个紳士派的少年家的。

「是……。」

紳士派的少年家應了，就佮伊入去應接室[9]。

了後，一遍山跤，閣受眞閑靜的空氣支配[10]著。

我受個[11]的問答叫醒了，我也就起了想去看仙洞的好奇心。

對我坐的橋欄的龍津橋，向大路行回去一、二十步的倒爿猶有一个橋。

橋邊插一枝路標寫幾字，「內惟仙洞登山路」。

過這橋去正爿一條深溝，是接佇龍津橋跤的。倒爿有幾十軒[12]像亂糟一般的，起甲眞亂雜的厝。厝過盡了就到山跤。遐[13]閣有一枝寫「內惟仙洞登山路」的路標。佇這路標指示的邊仔，一條白白的、眞無平坦的傾斜甚急的小路，向鬱蒼的山頂去。

對這六、七十度崎的，眞艱苦行的崎路行去一百外步，在中彎轉了幾次，我就發見一遍平坦的草地。圍這草地，四邊是鬱蒼的相思樹林，向南向西漸漸上崎去。

「呼！遮爾仔清淨！」

這款所在是我最歡喜的。我未來高雄市以前，我是蹛佇S

9　應接室：ìng-tsiap-sik，日語借詞，原讀「おうせつしつ」；會客室、客廳。

10　支配：tsi-phuè，日語借詞，原讀「しはい」；統馭。

11　個：in，他們。原文此處以「屈話就文」的方式標爲「他們」，但其他部份則多記爲「個」。

12　軒：hian，日語借詞，原讀「けん」；房屋、房間的量詞。

13　遐：hia，那裡。原文此處以「屈話就文」的方式標爲「那裏」。

庄的。當庄[14]後面有一粒山。這粒山雖無到這樣的鬱蒼，也是眞閑靜的。彼時陣，我會記得若學校放學了，我總著孤孤一人走去佇遐睏全晡的。我想起這少年時，感慨無量。我即時就選一位草愈繁茂的，差不多十度傾斜的所在，直直伸去跤手就倒落去矣。

我對懷中抽出一枝的七星薰枝，擦火柴點火，深深欶一喙……，因是眞爽快，欶了傷大喙，一枝薰枝差不多燒去一半。

我以深深欶入的薰，長長氣吐出，一喙薰變成一條像樓梯一般的，平平靜靜無浪一層，直直向天頂昇去。

繁茂的草埔像是軟戡戡的西洋眠床，對四面鬱蒼相思林中響來的嘻嘻嗰嗰鳥鳴聲，好像是搖囝歌，使我一時處佇半眠半醒的境地。

我佇這半眠半醒的境地，感覺像聽著人聲，忽跳起來，四邊一看，看見向西相思樹跤的小路上，有兩个眞細漢的囡仔慢慢行去。

「囡仔，恁欲去佗位？」

聽了我這突然的叫聲，兩个囡仔像食大驚[15]的款，直直走上山頂去啦。

我狼狽矣。我的陷眠無聲，一定響甲眞無平常也未可知……。

「囡仔！免驚免驚！我想欲請恁𤆬我去看仙洞的。恁捌路

14　當庄：tong-tsng，該庄。「當」（とう）的用法爲日語借詞。

15　食大驚：tsiah-tuā-kiann，受極大驚嚇。「食驚」爲日語借詞（びっくり），日語漢字原記爲「吃驚」。

無？」

閣聽我這幾句，囡仔才安心矣的款，停佇山崎中，看向我這面來。我就趕緊綴個走上崎去。

「恁知影去仙洞的路無？恁悉我去好無？」

我走到個的身邊閣按呢問。

「阮無閒。你對這條路去就會到仙洞。」

彼个小[16]大漢的擇手指路應答這句。兩个像是兄弟仔、面貌眞相𫝛。

「恁是遮爾細漢的囡仔……欲創啥物無閒？」

我想個是佮我佇少年時代相𫝛，欲佇這寂靜地域遊玩的，所以我才問伊這句。

「阮欲去剁柴。」

「呼呼！剁柴……」

我感覺個這樣的生活眞有趣味。兩个兄弟相伴，來到山頂半遊玩、半運動，閣會當剁多少[17]的柴轉去相添用。

「我去和恁相佮剁，剁了，恁悉我去看仙洞好無？」

「阮下晡愛剁兩擔。恐欲暗去。」

「剁兩擔？是早起一擔下晡一擔呢 (nih) ？」

「毋是！早起我愛去學校讀書，袂得來剁。是下晡愛剁兩擔的。」

我擔起頭一看，日頭已經昇佇天的中央了。

16　小：sió，稍微。

17　多少：to-siáu，日語借詞，原讀「たしょう」；一些。

我佇草埔睏了爽快，不知不覺之中竟是睏過午去矣。我又感覺肚饑矣。

「喔！是下晡愛剁兩擔……，這馬已經是過午矣，你學校是下晡休課呢？」

「毋是！我逐下晡無閒，所以缺課[18]。」

「逐下晡？你逐日的下晡攏無去學校？」

「是。因爲厝內眞無閒。」

「你是幾年生？」

「三年。」

「啊！恁下晡愛剁兩擔？……來去[19]，我去佮恁參加剁。仙洞毋是的確[20]愛去的。後日[21]才去也是無要緊。」

我雖然眞愛寂靜，但是佮這兩个小朋友做伴，佇這山裡談天也是無嫌的。閣有歡喜會當助力[22]這兩个囡仔。

我又感覺我太無常識囉。我看田埔遐爾仔美觀，我看山跤景緻遮爾好，我看山頂遮爾仔爽快，總會想蹛佇遮[23]的人總是富裕、幸福……眞是錯啦。也有愛這款幼小囡仔缺課來助忙的！

「你講每日下晡攏缺課無去讀書，先生袂罵你呢？」

「袂！起初會罵。近來袂罵啦。去讀頂晡，下晡無去的差

18　缺課：khuat-khò，無法上課。
19　來去：lâi-khì，走吧！
20　的確：tik-khak，一定、得。
21　後日：āu-jit，改天。
22　助力：tsōo-la̍t，幫助。
23　遮：tsia，這裡。原文此處以「屈話就文」的方式標爲「這裏」。

不多有一半。先生近來袂罵啦！」

「一半？一半的學生下晡攏無去讀？……」

「是。」

「恁老爸去佗位？……」

「去田做工。」

……我又是錯啦。我聽伊講愛缺課一晡來佇厝助忙，起初想伊是無老爸的孤兒。有老爸閣愛遮爾仔無閒，伊閣講個老爸咧做工，卻毋是講個老爸咧啉酒放浪的。喔！按呢的閣毋但伊一人，是全學生的一半。現在的農民眞正害[24]到這款呢？……

一項一項的話，聽起來都是奇異，都是使我食驚的。

三人行到深山的時，彼个小大漢的問我一句：

「你是做啥物生理的？」

伊自前像眞怪疑我對伊問東問西烏白問的。

「我？……我是咧寫字賣人的。」

「寫字賣人？……你是代書是無？」

「代書？……毋是。我是寫原稿[25]……原稿你曉得無？……」

「袂曉得。」

「……新聞[26]你曉得無？…」

「新聞？……新聞紙是無？是人用咧包東包西的新聞

24　害：hāi，悽慘。

25　原稿：guân-kó，日語借詞，原讀「げんこう」；爲發表文章所撰的底稿，此指文學作品之稿件。

26　新聞：sin-bûn，日語借詞，原讀「しんぶん」；報紙。

紙？……你是寫彼種字的？喔！你足巧啊！你會曉得寫遐爾美麗的細字……」

「毋是毋是……」

我[27]搖手否定。但是，我總想無一句會得使伊了解的話來對伊說明。

想來想去，我才想起伊佇學校裡一定有學作文。

「你佇學校有學作文……綴方[28]，有無？」

「有。」

「我是作文去賣啦。」

「作文賣人創啥物路用？」

「賣人去印佇新聞、書籍，去讀……。」

「啊！我知影啦！我知影啦。我起初想你是巡山的。阮兩人拄欲來的時，聽你叫一聲囡仔！共阮驚一趒。」

「巡山？……巡山的叫恁是會怎樣？」

「巡山的會掠人去衙門。」

「掠去衙門？因何呢？」

「山頂的柴，毋准人來剁的。」

「山頂的柴毋許人來剁的，叫人去佗位剁呢？」

「毋知啊！」

「哼！眞無理，眞無理！」

佇阮[29]經過這樣的問答，囡仔看也像安心矣。幾分鐘後，

27　我：guá，第一人稱。原文以日文漢字「私」（わたし）呈現。

28　綴方：tuat-hong，日語借詞，原讀「つづりかた」；作文。

我已經是這兩个囡仔的好朋友啦。

「你名啥物？」

「我名做龍山。」

「喔！眞好名，你的小弟名啥物？」

「伊名做龍井。」

「喔！兩个攏是眞好名。」

我問個的名了後，我也就共我的名報個。

「龍山，龍井！我名做明達啦！」

「明啥物？……」

龍山聽了未明閣問我，我就以最正確的喙的開法，慢慢講。

「明……」

「啊！我曉得啦！明達，明達，明達兄是無？」

「是！無錯。」

「明達兄，咱趕緊來剁，剁了若有時間，我才悉你去看仙洞……。」

「好好！但是你若無閒，明後日[30]才去也好啦！」

我講這句完，兩个小兄弟相悉就向崎跤的深谷去矣。我也就跟個落去。

「恁欲剁啥物柴？……我替恁剁也好咧。」

「你捌剁柴過？……」

---

29 阮：guán，我們。原文此處以「屈話就文」的方式標爲「我們」，但其他部份則多記爲「阮」。

30 明後日：miâ-aū-jit，後天。但此應爲「後日」，改天。

「毋捌剁過，……總是……拍算[31]會曉剁啦。」

龍山雙手抱著一欉的相思樹，像猴仔的輕快，一瞬間就蹈起到幾十尺懸的樹頂矣。

「你蹈去到遐爾懸……危險咧！」

「袂啊！」

「愛較斟酌啊！你哪著愛蹈去到遐爾懸剁。敢毋是這低低就有呢？……」

「低處無。我是愛剁枯枝的……巡山的眞嚴，無地去曝。」

伊一面講，一手夾佇樹枝，另一手擛刀就斬甲嘓嘓響矣。

我見笑[32]笑矣。我對伊講了我拍算也會曉剁，看伊蹈起到遐爾懸，我想著跤手就顫[33]矣。

……嘓嘓嘓……。

越頭[34]一看，龍井也蹈起我後面彼欉相思樹，雙跤夾著樹幹，全身翻到倒倒倒，咧剁一枝的枯枝。伊看像是未上學齡的幼少。我看這兩个小兄弟佇樹頂的動作，竟會冷汗淋漓。

幾分鐘後，我看慣啦。我的神經也就鎮靜寡囉。這時我閣感覺這兩个幼小兄弟佇遮遐爾仔忙碌，我這个堂堂的男子拱手旁觀眞無趣味，我才去共個剁斷落來的枯枝拖拖做一堆起來。

「嘓……嘓嘓……。」

「嘓嘓嘓……。」

---

31 拍算：phah-sǹg，應該。
32 見笑：kiàn-siàu，羞愧。
33 顫：tsùn，發抖。
34 越頭：ua̍t-thâu，轉頭。

慢慢抑或是緊迫的斬柴音，不絕響著。這兩个幼少兄弟對這欉揣到彼欉，一起一落眞忙碌。

我爲拖徊剁斷落來的枯枝做堆，佇這難行的山崎眞急的林中，行到發汗矣。

「Phik[35] ！ Phik-phik……。」

忽然我聽見一聲響得異常的，擔頭一看，使我食一大驚啦……。

「哎！……」

我嚷一聲，直看龍井佇我倒爿七八步的相思樹頂十幾尺懸拄欲顚落來，我急迫想欲走去受[36]伊，無顧看路，踢著樹頂我也倒落去囉。

當我倒落時，我聽見一聲鈍重的

——嗙！——

「害啦！跋一下會食力啦！」

我急急忙忙跖起來，走去扶伊一起，看伊茫茫然，像頭殼受拍了眞食力的款，前額的裂傷約有一寸，血淋漓流落來。

我心臟鼓動起來矣。

我一面叫龍山趕緊落來，一面裂 (liah) 手巾將額傷縛起來。佇我拄欲縛完，伊才吐出一个大氣。

「哎……哎……哎……。」

出聲來。

35　Phik：狀聲詞，樹枝斷裂聲。原文記爲「𠾴」。

36　受：siū，接住。借自日語漢字「受」（うける）。

龍山也這時才對樹頂落來，走到我的身邊，看了伊的小弟規面全全血，大大的生驚[37]就哭出來矣。

「呃[38]……呃……呃……」

「你毋通哭啦。緊做前[39]去叫醫生。龍井我抱，綴你走落去。」

龍山聽我這句，趕緊就走矣。我也就起來抱龍井綴伊走。

總是，因為路太崎，閣遍滿樹藤莿仔，我的跤步走甲慢慢袂進矣。

一瞬間，走慣山路的龍山，已經走甲袂得看見人影矣。

這款行袂慣的山路，閣愛抱一个 7、8 歲的龍井走，實是十分艱難的。

佇路中，我險[40]跋倒幾回，手也真痠矣。總是，看龍井流了遮爾濟的血，閣聽伊吼甲呃呃叫，一刻我都毋敢停，真拚力抱咧走去。

「我囝……哎……我囝……我囝……。」

拚力抱龍井走甲大粒汗細粒汗流滿身，差不多走到一半路的時，我忽聽著這樣的哭聲。

……龍井的母親來矣……。

我就愈著急矣。

37　生驚：tshenn-kiann，驚惶失措。
38　呃：eh，哭聲的狀聲詞。此保留作者所用漢字。
39　做前：tsò-tsîng，先。
40　險：hiám，差一點。

我閣大步細步走落崎去幾分鐘，個像也真拚勢走來的款，哭聲愈近來矣。

我走出直路的時，就看一个老婆對崎跤走上崎來，伊像也已經聽著龍井時常發出的吼聲一般的，擔頭起來看，看我抱龍井從崎頂下來，伊愈大步走，閣幾秒間伊就走到我目前了。

伊看龍井規面全全血，哭聲就愈悲切，伸手對我接去滿身血的龍井，緊緊抱貼胸前，坐佇塗跤。

「哎……我囝……我囝……你按怎跋……跋甲這款……哎……我囝……。」

伊愈大哭矣。

龍井目睭瞌咧，猶原是呃呃哭。

「阿婆……，你毋通坐佇遮傷悲！今著愛緊緊轉厝，去請醫生來看……哭是無法度的……。」

我伸手去閣講；

「閣予我抱……緊緊起行吧！佇遮哭是無法度的……。」

伊因爲哭了太悲傷，我對伊所講的，伊像全無聽見一般，哎哎紲咧哭。

「阿婆！愛緊緊轉去啦！龍井予我抱，緊緊轉去啦！傷了遮爾食力毋通閣延遲[41]！」

我閣翻這句，強強對伊的手抱龍井來，大步就走落崎去。伊看我走，伊也綴我落崎來。因爲顧哭，走甲囒囒跋[42]。

41　延遲：iân-tî，拖延。

42　囒囒跋：kok-kok-puah，一直跌倒。

我走到我早晨佇遐睏的草埔中，看見龍山一个人也茫茫然走來徛佇遐，我就著急問伊：

「醫生叫來矣呢？……」

「…………」

伊猶原是茫茫然望著我佮龍井，無應答。

「咦！醫生叫來了呢？……」

我閣問。

「無……」

「你無去叫是無？……」

「無……」

「按怎無趕緊去叫？龍井遮爾食力……。你無趕緊去叫袂使咧！緊去！緊去！」

「遮無醫生啦……。」

「遮無……到佗位才有？……」

「打狗才有……。」

「緊緊轉來去……。遮有人有電話的無？……」

「毋知……。」

佇這落崎的中間，龍井吼就停，停閣吼，吼到逐家行到山跤的時，像起了腦貧血一般的，面變青，茫茫然囉。

我看這沉重的龍井，閣想起龍山講遮無醫生，就煩惱囉。

龍山焉我入一間暗茫茫的、空氣極無流通的厝。

因為對光入暗，佇厝內一時我攏無看見半項，停了一刻才看見壁邊一台[43]眠床。

我扶龍井倒佇床頂，閣走出門想揣阿婆，問伊叫醫生欲到佗位。

伊遲我幾步，哎哎哭轉來，我出到門外，伊也已經轉來到門口矣。

「阿婆，醫生欲去到佗位叫？……」

「遮無醫生……。」

伊應我這句，趕緊就走入去坐佇眠床邊，

「龍井啊……龍井……你醒起來喔……，哎……。」

閣大哭矣。

「醫生欲去到打狗叫是無？……」

「是……」

「遮有人有電話無？……」

「毋知啊……」

聽龍井母親的哭聲，厝邊的老婆也就走走來看；

「按怎……按怎？」

「龍井按怎呢？……」

「哎喲！可憐……，一个囡仔流遮濟的血……。」

「哎喲！按怎跋，跋到這款……？」

一人一喙，伊問你問。

龍井的母親總是哭，袂得應半句話。

「有地借自轉車[44]無？……」

我問龍山。

43 台：tâi，日語借詞，原讀「だい」；床的量詞。

44 自轉車：tsū-tián-tshia，日語借詞，原讀「じてんしゃ」；腳踏車。

「自轉車？……」

龍山越去看伊的母親，像是求伊准伊去借自轉車，來予我去叫醫生來療治[45]龍井的。

「阿婆……，有地借自轉車無？……借一台我趕緊踏去叫一个醫生來……。」

我對龍山的母親閣講。

「著囉！著趕緊去叫一个醫生來啊！你看流遮濟血……。」

厝邊的阿婆看龍井規面是血，我縛佇伊額頂的白手巾，全部染到無一點白，連我的衫也全是血，就按呢勸告龍山的母親。

龍山的母親共幾張金紙放火燒，看伊燒過[46]了，就共這投入水中浸水，才罟[47]起來對裂傷糊糊貼貼。血猶是袂止的。

「毋通去叫啊……。」

「……。」

我驚怪囉。血猶是袂止咧流……，一个囡仔流遮爾濟的血……，面色變這款來矣，伊猶是講毋通去叫……我驚怪囉。我停了足久才問會出：

「因何呢？……」

「……」

伊表出[48]哀容看我一看，無應我，越去閣用紙炢[49]糊糊貼

---

45 療治：liâu-tī，日語借詞，原讀「りょうじ」；治療。
46 燒過：sio kuè，指火已熄滅。
47 罟：koo，撈。
48 表出：piáu-tshut，日語借詞，原讀「ひょうしゅつ」；顯現、露出。

貼龍井的裂傷。

「哎喲……我囝……。」

閣啼啼哭哭出來。

「阿婆……，我看你這个囡仔眞危險咧……，愛緊叫醫生來才妥當咧……。」

我半憤慨對伊講。

「你毋通去叫啊……，一个醫生來到遮，毋知著幾箍銀咧……哎喲我囝……。」

「阿婆……你毋通惜錢啊……，你的囝遮爾沉重……性命無想去顧，你儉錢創啥物呢？……」

「……」

「緊緊叫龍山焉我去借一台自轉車去叫醫生啊，……毋通躊躇矣……」

受我按呢逼，伊像小有意向矣，問我：

「叫來到遮……，毋知愛幾箍銀咧……？」

「你猶咧惜錢……，你想性命要緊抑是錢要緊？……」

「……」

我問伊這句，伊袂得應我，竟欲閣哭出來啦。前哭的目屎未焦的兩眼，猶閣流兩條佇面裡矣。

……我想伊是也惜性命，而也惜錢的，我才閣迫伊一句：

「佇龍井遮爾沉重的時，你猶放錢袂離……你愛決心叫龍山焉我去借車……，自轉來已經過了不止半點鐘矣，毋通閣延

49　紙烌：tsuá-hu，此指燒過的金紙灰燼。

遲矣……。」

兩蕊［目睭］繩[50]著龍井的目睭，看龍井愈失元氣[51]去，伊就愈悲傷起來。

「龍井……龍井……唉……我囝……。」

伊只顧哭的。

「龍山……，你悉伊去借車，緊去叫醫生來看龍井……。」

厝邊的阿婆也贊喙囉。

「來……緊來，悉我去借車……。」

龍山受了厝邊老阿婆叫伊悉我去借車，伊才決心悉我出去。

看阮出去，龍山的母親閣像真狼狽追出來。

「龍山！龍山！」

叫伊停。我也就綴龍山停。伊卻無對龍山而對我講：

「你這位先生……實在我毋是惜錢啦。我的囝遮爾沉重，我豈有惜錢的道理……實在我只有一箍銀而已啦。我恐驚叫醫生來到遮毋知愛我幾箍，若無錢會當予伊著真見笑啦……哎喲！真歹命……。」

「……。」

我啞 (é) 矣！我再袂得講出半句矣。

我緊緊對袋中窮窮[52]我的錢……共共算來，只有六角三。

「我有六角三，對這厝邊阿婆敢袂得借幾角相添？」

50　繩：tsîn，定睛注視、凝視。原文記爲「瞋」。

51　元氣：guân-khì，日語借詞，原讀「げんき」；精神、精力。

52　窮：khîng，搜集、籌措。原文記爲「傾」。

「袂得借啊……這厝邊個個都眞散，我至今因種種的歹運，已經對厝邊借了幾箍銀矣……，到今袂得還半仙……袂得閣借啦……。」

「…………」

我閣啞矣。

「無夠錢呢？……」

佇厝內看我佮龍山的母親的會話[53]的一个三十前後農婦，雖然無見所講的話，伊看龍山的母親提一張銀票憂著面，閣看我對袋中窮了幾个銀貨出來，伊直覺是咧窮無夠錢，走出來問這句，對伊的袋中也就窮出來。窮來窮去，佇遮的老婆個個攏盡傾，結局也無上三箍銀，只共得二箍八角四。

「來到遮，總愛車賃[54]啦！紅包啦！藥賃啦！像這款的沉重，若閣愛注射[55]，拍算愛四五箍銀才有夠咧……。」

厝邊的阿婆一个講這句，圍佇遮的個個閣看這兩箍八角四……，就閣悲傷起來矣。這个阿婆閣講：

「拍算借一台後拖，請這个先生載龍井去，免車賃紅包，拍算就有夠用啦。閣會當較緊……。」

「是！是！這有地借無？……」

我感服[56]了這个老婆。我即時大贊成啦。

53　會話：huē-uē，日語借詞，原讀「かいわ」；對話。
54　車賃：tshia-jīm，車資。「賃」（ちん）的用法爲日語借詞。
55　注射：tsù-siā，日語借詞，原讀「ちゅうしゃ」；打針。
56　感服：kám-hȯk，日語借詞，原讀「かんぷく」；感動、感佩。

龍山的母親也就隨[57]叫龍山炁我去橋邊，對一个烏蕃叔借自轉車佮後拖，我緊緊拖轉來龍山的厝，先叫龍山坐落，才扶龍井並[58]佇龍山的身邊，予龍山用手抱咧。

我踏上車，拚力就走矣。

因爲我恐懼龍井的元氣袂得維持去到醫院，所以我盡我的力都做一時拚出來矣。

過紅毛塗會社，到巖仔……閣停一刻，我忽然聽著龍山的生狂聲：

「明達兄……明達兄……害啦……呃呃呃……。」

伊連紲哭矣。

我就生狂停車，跳落來一看，龍井的目睭吊起來矣。我伸手去摸伊的脈，感覺眞微弱矣。面色全變去啦。我看了，我的目屎就滴落來矣。

「呃呃呃……龍井啊……呃呃呃……」

龍山猶是呃呃吼。

我決心閣拚一拚，閣跳上車，就閣加倍下力踏進去。

我到一軒最近的醫院才閣跳落來，叫呃呃吼的龍山佮我扶龍井入去。

看這款，連醫生也食一驚。

伊伸手摸龍井的手，吐一个氣。

龍山起初入到醫院內，停了吼，望著醫生的面，看伊吐一

57　隨：suî，馬上。原文記爲「即」。

58　並：phīng，倚靠。

个氣，講這句無望，就閣大哭出來矣。

醫生趕緊掠龍井的手起來，注一枝射。

這時我也牽著龍井的手，注射了後感覺伊的身軀閣暖來一回，脈小可壯來了一刻，我歡喜到極啦。我想是有望；向咧診療裂傷的醫生問：

「先生……有望啦呢？」

伊搖頭答我，停了一刻。

我閣感覺龍井的手漸冷去，脈閣微小去，我的心臟就閣鼓動起啦。

隔了一點鐘後，我目睭予目屎掩到雺雺霧霧，拖一个斷了氣的龍井，慢慢閣回內惟去，龍山綴我後面沿路哭。我拖到個厝，閣看龍井的兩親[59]抱著冷却了的龍井哭無停，我也就哭矣。

我真疲倦轉到我的下宿[60]的時，已經過了八點，我的鬱悶毋知加早晨幾百倍，我的面色閣真穲矣（這是同居者Ｙ君講的）。

我踏入門就倒佇床頂，惱得再無講話的元氣，更無起來食飯的元氣矣。

連紲兩頓無食，我都也無感覺肚的餓。

受同居Ｙ君注意我規身血，我也無元氣起來換衫。

同居Ｙ君看我按呢，伊才替我共衣服提來我身邊予我換好，用水來洗淨我的手佮跤所糊的血。這時伊對我注意我的跤

59　兩親：lióng-tshin，日語借詞，原讀「りょうしん」；父母。

60　下宿：hā-siok，日語借詞，原讀「げしゅく」；寄宿。

指頭仔有兩、三分的裂傷，我也無元氣起來看，也無感覺疼的。只想，這傷拍算是為欲走去承龍井踢著樹頭跋倒的時所受的。自這日起，我惱到連倒三、四日，全然無元氣通起來。至今我只想工人苦，無想著極吞氣[61]的農民猶是按呢。

隔了約有兩個月，這件事也就漸離我的頭殼去，我的心也就漸寬矣。有一日，我閣走去龍井遭難[62]遐去遊玩。遊也倦矣，我走來佇彼平坦的草埔上倒直，忽聽著跤步聲，越頭一看，就是龍山擔一擔柴對山頂走來的。

「龍山！」

「明達兄！」

伊也同時發見我，一擔柴就擔來停佇我身邊。

「你足久無來？……」

「是。你一人去剁柴呢？」

「是……。」

「你的兩親近來猶會哭無？」

「時常哭的。」

「你今日遮爾早就來剁柴？……。」

「我這馬攏愛剁規日的……。」

「規日……，你無法讀冊呢？……。」

「無……。退學矣。」

---

61 吞氣：thun-khì，日語借詞，原讀「のんき」；悠閒。
62 遭難：tso-lān，日語借詞，原讀「そうなん」；遇害。

「因何？」

「無閒。」

可憐！龍井死了，龍山就愛連龍井的份合起來擔……。我看做是天堂的一遍地，深踏入來看，竟是這樣慘酷的地獄……。

——一九三二・四・一四——

（這篇是一篇長篇的一節）

作者簡介

楊逵（1906-1985），出世佇台南新化。本名楊貴，也有楊建文、林泗文、公羊、SP、伊東亮、狂人等筆名，是台灣重要的普羅文學作家。1924年留學日本，期間受社會主義影響真深，1927年轉來台灣了後，就積極參加農民運動佮社會運動。1934年以日文小說〈新聞配達夫〉入選東京《文學評論》，是台灣文學作品頭擺受日本文壇注目。1935年創辦《台灣新文學》，戰後創辦《一陽週報》，主編《台灣文學叢刊》等雜誌，積極投入台灣文學佮社會的重建。1949年發表〈和平宣言〉，受判罪12冬。《楊逵全集》共14卷佇2001年12月出版，楊逵文學紀念館佇2005年開館。

一个同志的批信

賴和（Luā Hô）

原刊佇《台灣新文學》創刊號，1935.12.28

郵便[1]！佇配達夫[2]的喝聲裡，「卜」的一聲，一張批[3]擲佇桌頂[4]，走去提起來。

施灰殿[5]

無錯，是我的。啥人寄來？翻過底面。

大橋市福壽町　　　許　修

嘿！是啥事？伊毋是被關佇監牢？怎寄批出來予我？是欲創啥貨呢？拆開封緘。

1　郵便：iû-piān，日語借詞，原讀「ゆうびん」；郵政、郵件。
2　配達夫：phuè-tát-hu，日語借詞，原讀「はいたつふ」；送件員，此指郵差。
3　批：phue，書信、信件。
4　桌頂：toh-tíng，桌上。「桌」，原文以日語漢字「機」（つくえ）標記。
5　殿：tiān，日語借詞，原讀「どの」；信件、公用文書用語，「先生」之意。

………………

啊！啊！費氣[6]！伊按怎想到我來？「身體病到太害，需要一點營養補給劑，身邊無半个錢。」無錢？你無錢，我敢賭有百外萬？有錢？我家己袂曉使？供給你？我有這義務？怎樣身體毋顧予好好？

同志？我毋是予恁笑過的落伍者，向後轉？現代怎樣？恁行毋著路呢？抑是我無認錯「戥花[7]」？恁忠實，恁信堅[8]，按呢，就該會堪得病，哪用[9]食藥？更至於滋養？

恁這一班東西，實在使我禁袂得愛罵，怎樣偏愛講我生理做去好，趁錢濟。趁錢濟？敢應該愛提去予恁開使[10]，怎欠用就來向我提。是欠恁的mah[11]？這東西。

雖然是佇頭殼裡獨語著，按呢發洩一下，心肝頭的悶氣也輕鬆了真濟。

提起批，重閣看一遍。啊！伊的身軀原本軟弱，這款病的確無騙我。毋管伊矣，我哪有這氣力？毋過！毋過若會一下病

6　費氣：huì-khì，麻煩。
7　戥花：tíng-hue，戥秤的刻目；「戥」爲一種小秤，用來秤金銀或藥品。
8　信堅：sìn-kian，信仰、意志堅定。
9　哪用：ná-iōng，怎得要。
10　開使：khai-sái，花用。
11　mah：語尾疑問詞。原文以模仿中國白話文的「嗎」標記。

就死去，彼都無講起矣，萬一病無死，後日[12]出來，怎有面目好相見？但是我雖講日日見財，卻毋是收入來就是利益，欲寄寡予伊，也著[13]濟日的粒積[14]。

一、二、三……這幾日間，遮的數目，是拄好寄去予伊矣。算算後，煞閣园入衫袋裡去，有一寡毋甘。寄去，到郵便局[15]路有點仔遠，今日跤也懶行。終究是愛寄出去的，伫袋裡加园寡時，也算閣是家己的錢。

Îng暗暗頓[16]食了太無滋味。食飯的時陣，老爸親像蘊積太久的悶氣，îng暗衝開安全瓣，帶點自傷，也含寡怒氣，向我警戒著：「我老矣，恁的事我本會當莫管，由恁欲去怎樣。但是也愛想看覓，家己幾歲矣，閣有幾年的歲月通拍拚，替人賠的錢猶賠未清，又閣共人認[17]幾筆錢。後生也大矣，錢攏毋知影好寶惜。」我毋敢應，恬恬任伊老人家去唸，量約[18]食一碗，就準[19]飽去，緊緊離開食桌[20]。

食飽就睏，這是上幸福的代誌，無奈我猶未修養到像豬一款的性情。暗時七、八點鐘，除去有病以外，無論怎樣都睏

12　後日：āu-jit，改天、哪天。
13　著：tio̍h，得要。
14　粒積：lia̍p-tsik，累積。
15　郵便局：iû-piān-kio̍k，日語借詞，原讀「ゆうびんきょく」；郵局。
16　暗頓：àm-tǹg，晚餐。
17　認：jīn，此指答應承擔、負責。
18　量約：liōng-iok，大概、約略。
19　準：tsún，當作。
20　食桌：sit-toh，日語借詞，原讀「しょくたく」；餐桌。

袂去。聽老人家的念挐[21]，聽囡仔人的吵鬧，更是無意思。日間[22]因爲有工課，猶袂感覺怎樣，暝時這厝內就使我安坐袂來，猶是外口好，來去，來去圍棋盤邊。

花廳[23]空空，一个人也無佇咧，烏白的棋子猶散佇棋盤頂，會當想像這經過一場惡戰了後。個一班啥所在去。醉鄉？樂園？去，我也去，一个人毋驚寂寞，有妓女的伴飲，有女給[24]的招待，去，我也去。

紅的綠的電波蕩漾著，緊的繁的樂聲吼喨的，酒的氳香，女人的貼粉的芳氛散漫著，佇這境地，孔子公也陶然過。無銷魂便是戇大呆。

「雨紛紛，路滑滑[25]，——」

台灣流行歌，這塊會當算是好的。聽了猶袂至拐斷耳空毛[26]。

我袂曉唱，半條也袂曉。這馬學袂來。

往過！往過，這馬無流行矣。

唱予你聽？二十外年前的無合時。

你猶未出世？是囉，我敢也老矣 mah ？哈哈！「喙鬚翡翡

21　念挐：liām-jû，嘮叨。

22　日間：jit-kan，白天。

23　花廳：hue-thiann，裝飾得漂亮的客廳。

24　女給：lú-kip，日語借詞，原讀「じょきゅう」；女服務生。

25　雨紛紛，路滑滑：出自 1935 年勝利唱片出版的歌曲〈路滑滑〉，賴碧霞演唱，顏龍光作詞，陳秋霖作曲，張福興編曲（參見葉龍彥，《台灣唱片思想起》，2001）。

26　拐斷耳空毛：kuái-tn̄g hīnn-khang-moo，指難聽、刺耳。

無合台[27]」囉。

是毋是呢？

毋是按呢講？毋是？怎樣講？

哈哈！無分？無嫌這幾把鬚，會刺癢你紅喙脣。

咱[28]是揣快樂的，使咱會當感覺快樂，就是恁[29]的職務，所以任便我怎樣攏會當？實在[30]？

哈哈！這款我也就袂當吝嗇著「tsih-phuh[31]」矣。

一个人，一矸月桂冠，也有寡醺醺然矣。走出樂園，行起路來，跤感覺特別輕閣快。哈哈！「毋通跋倒滿身塗」。轉到厝來，摸摸衫袋，錢是無矣，有的是一張計算書[32]。抽開屜仔，想欲共計算書囥入去。「大橋市福壽町　許修」那張批又映到目睭內。

啊！對不住，同志！煩你閣等幾日。

過了幾日，閣想起彼个同志的批信，算算這幾日的收入，猶通供應暫時的欠用。但是過午矣，送金[33]驚無辦理，等待明日，大概無要緊。若會死已經聽[34]也爛矣，新聞猶無看見發

---

27 喙鬚鬍鬍無合台：tshuì-tshiu hôo-hôo bô ha̍h-tâi，滿口鬍鬚蓬亂生長，不能合你的意。

28 咱：lán，我們；原文以「屈話就文」的方式標爲「我們」。

29 恁：lín，你們；原文以「屈話就文」的方式標爲「你們」。

30 實在：si̍t-tsāi，眞的、確定。

31 tsih-phuh：日語借詞，原讀「チップ」，源於英語 tip；小費。原文以「止卜」標記。

32 計算書：kè-sǹg-su，日語借詞，原讀「けいさんしょ」；消費明細、收據。

33 送金：sàng-kim，日語借詞，原讀「そうきん」；匯款。

34 聽：thiann，聽聞。原文以「聞」標記。

表[35]。

請坐！大人[36]！
今日公事較閒？
哈！寄附[37]？愛我寄附？
敢毋是講按[38]十外萬欲開？也著閣募寄附。
喔，是別項的無講，自動車[39]？
猶有別項的使用，無限定啥物？
無理解的，就無愛伊寄附？
哈！哈！我也是袂當理解的一个。
豈敢，是恁大人過頭呵咾。
啥！這款的袂當還價，按派[40]偌濟，就愛偌濟。
按呢，就毋是寄附矣，會當用告知書[41]來徵收。

按照咱的身份？
你大人對我的估價，估了過懸矣！
還價的也無愛伊寄附？
按呢我的份會當莫算在內啦。

35 發表：huat-piáu，日語借詞，原讀「はっぴょう」；刊出、報導。
36 大人：tāi-jîn，日本時代台人對警察的稱呼。
37 寄附：kià-hù，日語借詞，原讀「きふ」；捐獻、樂捐。
38 按：àn，預備、預定。
39 自動車：tsū-tōng-tshia，日語借詞，原讀「じどうしゃ」；轎車、汽車。
40 派：phài，分配。
41 告知書：kò-ti-su，日語借詞，原讀「こくちしょ」；通知單。

豈敢豈敢，我永遠是戇頭。

這是全市民的負擔？抑是限佇保甲民的義務？

無這種區別？這款就眞公平啦？

這款的實在無應當，但是我煞無公然反對的力量，也無講:「我毋寄附」的勇氣，就只有對你大人還還價，求減出多少[42]。

還價的也無愛伊寄附？這就無法度啦？

是你大人無愛我寄附，毋是我毋寄附。哈哈！

大人欲無客氣？我就特別著細膩。

這擺的寄附，就算做過怠金[43]，一年也罰袂了。

哈哈！保正伯愛做公道人，彼就眞好啦。

袂得半減[44]，閣勉強四分之一？毋知影大人肯無？

哈哈！保正伯的仲裁，大人無閣異議？

愛現交[45]，是怎樣？

別位攏去矣啦，錢也攏交淸，只有我這所在最後來？

因爲我是有識階級？凡事無像一般戇百姓，愛費時間，拍算一講就會當承諾，所以……

這項臨時支出，我無預算。

毋是過謙[46]，實在無便。

袂當閣緩？啊！

---

42 多少：to-siáu，日語借詞，原讀「たしょう」；一些。

43 過怠金：kò-tāi-kim，日語借詞，原讀「かたいきん」；違反公共義務的罰金。

44 半減：puànn-kiám，折半。

45 現交：hiān-kau，現繳、現付。

46 過謙：kòo-khiam，謙遜。

我躊躇一下，就共預備欲寄去予彼同志的款項移用矣。這是做國民應當盡的義務。彼个同志呢？非意識的，閣提起彼張批來，抽出信箋。

「……這張批的郵費，是窮[47]盡了我最後的所有，我毋願就按呢死去，你若憐惜我，同情我，毋甘我按呢草草死去，希求你寄寡錢予我，來向死神贖取我這不可知的性命，我也知影你困難，但是除你以外，我欲向啥物人去哀求？……」

啊！同志！這是你的運命啊！

一九三五，十二，十三

附註：
這篇有寡處應該是對話，因爲無對方的承諾，毋敢妄爲發表，遂成獨白，恐閱者疑誤，故特聲明。

十二月十三夜
灰

47　窮：khîng，整理、籌措。原文以「罄」標記。

作者簡介

賴和（1894-1943），彰化人。本名賴河，字癸河，號懶雲。曾署名小逸氏、硬骨漢、走街仔先、癲道人，發表用的筆名有賴季和、逸民、甫三、灰、X、安都生、浪、T、玄、賴種菜等。台灣總督府醫學校畢業，佇彰化街仔開設賴和病院；在地人稱呼伊是「彰化媽祖」、「和仔先」。捌擔任台灣文化協會的理事，也捌加入台灣頭一个政治結社「新台灣聯盟」。自1925年到1926年佇《台灣民報》發表頭一篇散文〈無題〉，發表頭一首新詩〈覺悟的犧牲〉佮頭一篇小說〈鬥鬧熱〉，紲積極投入台灣新文學的創作佮運動。1926年以後主持《台灣民報》文藝欄，培養濟濟新文學作家。1932年佮葉榮鐘、郭秋生等人創辦《南音》雜誌，鼓勵作家用台灣話文寫作；戰後予人稱做「台灣新文學之父」。

詩人的戀愛古

陳明仁（Tân Bîng-jîn）

原刊佇《台文BONG報》1-3期，1996.10 -12

第一葩　悲戀的熱天

「你是詩人？」

「敢有啥物奇怪的？」

「無啦，佮我想的無啥仝款。」

「我？」

「詩人啦！」

定定會拄著這款困擾，毋過，這毋是我的問題，佇咱的教育佮社會印象內底，詩人是無正常的人類，瘦瘦，愛留喙鬚，免食飯，食薰啉酒就會飽，穿插凊彩，無落雨出門嘛會紮雨傘。我佮遮的攏倒反，有的是我 kėh-lān-kuāinn[1] 刁工欲佮人無仝的，漢草是爸母生成矮鈍矮鈍的，想欲瘦閣瘦袂落去。

檢采恁想講我講這款無食薰袂啉燒酒，穿插閣擎紮[2]的人，一定是社會的標準青年，按呢 (án-ni) 就差大碼矣。社會的標準

1　kėh-lān-kuāinn：刁鑽古怪、乖張、彆扭。

2　擎紮：pih-tsah，形容服飾衣著合身、整齊鮮麗。

青年是一種癮頭癮頭[3]的範勢，我這款上卌[4]的人嘛離青年有較遠淡薄仔。這攏無牽礙[5]我做一个詩人的條件，較予我鬱卒的，是我毋捌佮人戀愛過。

用買的比拐的較有道德[6]

較少年彼站仔，嘛有佮妖嬌的查某囡仔 tsih 接過，彼陣我較戇直，袂曉掩崁家己的缺點，隨就予人看破跤手。我的缺點嘛無啥，干焦愛哺檳榔，跤一下散筊仔佮開錢揣查某。恁想看覓咧，一个 2、30 歲人，也無帶身命[7]，總是愛消敨性的問題，用錢買敢無比拐女朋友較有道德，毋過一般的查某囡仔攏無愛聽我的解說，個甘願 hőng 騙大腹肚才來欲哭欲啼、欲死欲活。

有一擺，我差一屑仔就眞正交著一个女朋友，彼是一个不止仔熱的 6 月尾，我去高雄揣出版社接洽出詩集的代誌，暗頭仔先去愛河邊一間 hotel 歇晒，身軀拄洗了，neh-tsiàng[8] 眞準時就 giang 電話推銷一隻貓仔[9]予我，潦潦草草就解決矣。聽我按呢講，毋通掠準我性能力抑是工夫無好，我是想講開查某是羅

3 癮頭癮頭：giàn-thâu giàn-thâu，呆頭呆腦，傻傻的。
4 上卌：tsiūnn-siap，年紀過了四十。
5 牽礙：khan-gāi，關係。
6 小標題（不包含三大段標題）是當時主編《台文 BONG 報》的楊嘉芬小姐加的。編按：此保留作者原註。
7 帶身命：tài-sin-miā，罹患難以治癒的慢性病，此指有隱疾。
8 neh-tsiàng：原爲對姊姊或熟識的女性之暱稱；日語借詞，原讀「ねえちゃん」（姉ちゃん）；此指女服務生、老鴇。
9 貓仔：niau-á，妓女之俗稱。

漢跤仔欲消敨，都[10]毋是癮頭講，了錢閣 thuh 久予對方爽。

我先睏一睏，才去踅六合夜市食物件，轉來 hotel 就翻點[11]矣，規身軀汗先沖一下；旅社的 neh-tsiàng 大概專門咧注意人客洗身軀的，拄拭焦，閣 giang 矣。我共講暗頭仔叫過矣，伊講 neh-tsiàng 換班矣，算閣一工矣，會使閣叫矣。我堅持無愛，掛電話 onn-onn 睏，毋知偌久，去予電話吵精神，我知影一定閣是 neh-tsiàng；也無別人知我蹛遮，我就直接共電話攑起來閣掛掉。

目睭拄欲瞌去，聽著敲門。有夠衰，定著是拄著臨檢。門一開，neh-tsiàng 就入來，後壁綴一隻貓仔，neh-tsiàng 講：

「報你一个好空[12]的，伊毋是遮貓仔間的，對台北來，無錢蹛旅社，下昏[13]佮你睏，thoo-má-li[14]算你 khiû-khé[15]的錢就好。」

「我足忝[16]的，無愛啦！」

「眞正良家的呢，看你古意才紹介予你的。」

「良家的，出家的，攏仝款啦，阮某講，厝裡有的物件，出去毋通烏白買！」

彼个掠我相一下，開始褪衫，胸坎敢若不止仔有貨的款，

---

10 都：to，就……，又……，表示強調的意思。

11 翻點：huan-tiám，過午夜十二點。

12 好空：hó-khang，好機會、好事情。

13 下昏：ē-hng，今晚。

14 thoo-má-li：日語借詞，原讀「とまり」（泊まり）；過夜、住宿。

15 khiû-khé：日語借詞，原讀「きゅうけい」（日語漢字「休憩」）；休息、小憩。

16 忝：thiám，疲累。

彼時陣『波霸』這个詞猶未對香港進口咧。

「好啦，較 a-sah-lih[17] 咧，人衫都褪矣！」Neh-tsiàng 煞做伊出去。

彼擺的感覺袂穤，詳細的過程我歹勢傷講，嘛無啥會記得咧仔，總是，伊有共我做 special service。了後，伊問我咧做佗一途的。我照實共講我是一个詩人，故事開頭彼幾句話，就是閣紲落去的應話。

性命佮肉體的詩

爲欲證明我有影是詩人，當場我念一首詩予聽，佇兩个人攏無穿衫的時，我念關係性命佮肉體的詩，伊聽了煞流目屎。頭一擺有人聽我念詩聽 gah[18] 哭的，無張無持，我感覺心肝穎仔鑿鑿[19]，頭殼內予幾若色的光鋩罩牢咧，烏的、紅的、茄仔色的，貼佇天篷[20]的鏡照出我的面，目睭仁淸淸，我知影欲去愛著伊矣。天光了後，阮閣做一改，眞自然、眞傳統的姿勢，無 special，我感覺閣寫一首詩彼款的。自彼時起，我彼首探討性命佮肉體的詩，就對我隨欲出版的詩集抽掉。毋是我無愛佮人分享彼種感覺，嘛毋是欲保存我初愛的記智；性命佮肉體的

17　a-sah-lih：日語借詞，原讀「あっさり」，原爲清淡、爽口之意，引申爲乾脆之意。

18　gah：即「kah」，副詞「得」、「到」之意。此保留作者原腔調之表現。

19　鑿：tshák，感官或感覺不舒服的。

20　天篷：thian-pông，天花板。

詩毋是用話語佮文字表達的，伊需要汗水、暢[21]佮目屎。

轉來台北了後，朋友報我去相一个查某囡仔，一个記者，學歷相當，生張、體態攏袂嫌得，天良講，我這款有人格無體格、矮肥短的（我是講跤短，毋是家私短），嘛無資格嫌人。記者有先讀過阮朋友送伊的詩集，講伊佮意我的詩，我的外在條件伊攏袂 care。這个時代，這款中著文學毒的戇查某敢若袂少的款，我也無感覺稀罕。

佮記者約會兩改了後，伊講家己是一个真 open 的人，袂排斥性關係。我講出我的性原則，伊煞懷疑我若毋是性能力有問題，就是神經線絞無絚，哪會有人抽著獎無愛，閣欲提錢去買仝款的物件？

為無愛走天涯

彼年熱人，我去 Europe 納涼，本底 9 月就欲倒來，煞熟似一个 Korean 畫家，阮做伙漂流，伊真照顧我，我嘛歹勢放揀伊家己走轉來。經過半年，知影伊是 gay，我有想欲強迫家己去 enjoy，毋過猶是無勇氣。轉來到台北，人攏咧穿厚衫矣。

佇 Denmark，我錢就開焦去矣，我彼个朋友先匯去借我；轉來彼工，伊來機場載我，沿路倒來台北，伊講記者結著一个槌仔，電視台的，無彩[22]伊一直替我講好話，我家己欲若毋咧、

21　暢：thiòng，高興、雀躍。此指性事達到高潮。
22　無彩：bô-tshái，徒然、枉然。

無攬無拈[23]，遐好的姼仔[24]去予飛去。

我心情自按呢輕鬆起來，到彼時我才知，我會佇 Europe 遊遐久，毋是迷戀異鄉的光景，也毋是爲著彼个 Korean 畫家，我確實是咧走閃彼段危險的感情。我無佮意彼个記者的氣味，閣無資格拒絕人；我若眞正拒絕伊，檢采予人當做起痟送去痟病院。尾仔，捌閣搪[25]著記者，伊 uân-nā 哭 uân-nā 罵彼个電視台的，講伊大腹肚了後，對方叫伊去提掉，閣共伊放揀；本底欲行短路，尾仔驚痛，手割袂落。哭幾個月了，美國的學校申請著，伊就出去讀冊矣。

彼年春天，雨水特別厚，沓沓滴滴，規个心情黏黏，我刁工無愛去納電話錢，共家己覕[26]佇岫內褪殼，一工食一頓，嘛學哺兩枝仔薰。錄影帶店的 A Video 予我租看了了，性問題攏親手解決，精神集中、神經繃絚彼个坎站，就想著高雄彼个姑娘；伊目屎流出來的時，我嘛出來矣。

5 月，電視台一个節目請我去講詩、念詩。彼時陣，有一首詩予人譜做歌，一个眞勢扭尻川花的歌星共彼塊歌唱 gah 眞 hit-tooh[27]，我眞驚人知影歌詞用的筆名是我。勢扭的一直揣我，想欲叫我閣替伊寫歌詞，我無啥趣味，尾仔，曲盤公司出面，叫我上電視節目，替個鬥宣傳。

23　無攬無拈：bô-lám-bô-ne，無精打采、提不起勁。
24　姼仔：tshit-á，女朋友、馬子；戲謔的稱呼。
25　搪：tn̄g，剛好遇見、碰巧遇到。
26　覕：bih，躲、藏。
27　hit-tooh：日語借詞，原讀「ヒット」；轟動、成功、搏得人氣。

曲盤公司驚我偲[28]連絡，閣替我去納電話費，電話拄通的翻轉工，我接著一通電話，彼个聽詩會流目屎的敲來的。伊講舊年離開了後，一直敲電話，我攏無佇咧；頭仔有電話錄音講我出國，尾仔，就斷話矣。前幾工仔看著電視，才知影我轉來矣，想袂到電話番閣原在無改。

伊號做阿秀

接著伊的電話，我才想著，我欲一年無出去揣查某矣，真自然攏無想欲出去開，當時仔我是咧爲伊守節，我有影去愛著一个趁食查某。伊的名我這陣才知，嘛毋知眞名假名，伊講號做「阿秀」。

對阿秀的身世我無了解，嘛無想欲知影，橫直每一个落煙花的，攏有一段予人心酸的歷史。閣再見面彼工，伊來我的住所，阮鬥陣去買菜，伊煮暗予我食。碗箸洗好，伊啉紅茶，我啉牛奶桔仔，伊問我：

「你敢無想欲知影我的代誌？」

「啥物代誌？」

「彼擺佇高雄，我是臨時客串的抑是職業的？」

「我知影，你是 phú-looh[29] 的！」

「Neh-tsiàng 毋是共你講我是臨時無拄好才……。」

---

28 偲：oh，困難、不容易。

29 phú-looh：日語借詞，原讀「プロ」（「プロフェッショナル」的簡略）；職業級的。

「會曉做 special service 的，當然嘛職業的。」

「算我假了無成啦，大概是職業反應。」伊面煞歹勢歹勢，慖[30]一下，閣問我：「你敢眞正有娶某？」

「我當時講我娶的？」

「恁某講厝裡有的，毋通去外口買！」

「講暢的啦，記牢牢！」

「這馬厝裡有，你敢欲用？」阿秀目睭用白仁共我瞭[31]。

「你猶有咧趁無？」

「你無愛我做落去？」

「我無按呢講。」

伊閣追問我敢知影伊落海的原因，我想欲應伊，總是，若毋是爲家庭自願的，就是予人賣去抑是予人騙去，我聽眞濟矣。阿秀講伊tann-á起頭爲家庭欠人錢半願意的，做幾年了，債務還淸矣，想欲收跤，閣想講伊才國中畢業niâ，做過這途，嫁嘛僫嫁著好的，少錢的頭路嘛做袂落，歸尾猶是做這輕可[32]閣較上手，加減嘛趁少年賰[33]一寡，做久了後，煞感覺興興。

30　慖：sīm，沉思、保持不動的姿態。

31　瞭：lió，眼睛快速掃過，瞄一下的意思。

32　輕可：khin-khó，輕鬆、簡單，沒什麼壓力。

33　賰：tshun，存下錢來。

一个詩人、一个趁食查某佮一个歌星

愈講話，伊身軀愈倚過來，鼻著一陣毋知啥物花的芳味，可能是佗一種牌子的芳水，有一種熟似的感覺對跤底升起來，伊伸手摸我，一時煞恍惚去，敢若聽著雨聲落佇鉛鉼[34]厝頂，落佇必巡洘旱[35]的田園，落佇規塗跤焦蔫的竹葉仔頂。我哀一聲，就去予伊的舌窒咧，肥軟肥軟。我共伊攬絚絚，伊身軀嘛軟 siô-siô，雨愈落愈大聲，雄雄伊共我揀開：

「有人咧揨門！」

我褲底弓牢咧，歹起身，叫伊去開門，搖尻川的歌星扭入來；前站仔我電話袂通，伊來過三、四改，對我的生活有了解一个譜勢。

「拄好對遮過，掊榴槤予你，歌友送我的。」伊可能也智覺著氣氛無啥正常：「失禮，煞共恁攪擾著！」

「你……，你敢毋是唱歌彼个許清慧？」阿秀真緊就認出來。這个時代欲出名，去電視台唱歌上蓋簡單。

「眞濟人按呢講，我感覺伊無我遐爾婧。」

我毋知欲講實話抑是共鬥講白賊，煞袂曉接喙，三个人攏恬去，氣氛愈奇怪。一个詩人、一个趁食查某佮一个歌星，毋知按怎鬥做伙的，拄著這款場面，你會使臆看啥人外交較好，基本上，這三種行業攏真需要佮人交陪、應酬，若無，就做袂

34 鉛鉼：iân-phiánn，鐵皮、鋅板。

35 洘旱：khó-huānn，大旱、旱災。長期不雨所造成的嚴重乾旱。

好。結果，阿秀較古意，先開喙：

「請坐，欲啉紅茶無？」

「你是人客，我家己揣啉的就好。」

兩个毋知啥物心情，相爭扮演女主人的角色，我心肝內暗笑，到遮來，我就恬恬看戲。本底，若拄著逐个攏無想欲講話，會使看電視，增差阮兜無電視。許清慧頭殼較好，佇音樂架仔抽一塊林英美的「天涯孤鳥[36]」放予唱。

這款暗暝，林英美幼秀閣高貴的歌聲袂輸天星閃爍，會敨放人佮人的怨氣。阮的氣氛愈來愈好，「深山的牧場」唱到「月夜的小路」，我才發現，個兩个攏坐倚來我身邊，阿秀佇倒爿，清慧佇正爿，我敢講，台語歌有伊偉大的利用。

大概是職業慣勢，清慧佇第二葩開始綴咧唱，伊是唱日語原版的「月がとっても青いから」，第三葩的歌詞我真佮意，原本嘛想欲綴唱，驚傷著阿秀，毋敢唱。

閣紲落是楊三郎佮鄭志峰的「秋怨」，阿秀毋甘願，嘛綴咧唱，兩个用歌拚洼 (piànn-tù)。這塊歌，阿秀的唱法真特別，深深墮落風塵的無奈，予人聽了心肝會疼。清慧煞恬去，注神聽阿秀佮林英美拚。

規塊歌唱了，阿秀才智覺著干焦伊咧唱，不止仔歹勢，先開喙：

「你是許清慧嘛，閣騙人！」

---

36 「天涯孤鳥」：日本曲改台語詞的，是林英美的名曲；亞洲唱片出版。編按：此保留作者原註。

「漏氣矣！」我總是做主人，盡一个責任。

清慧聽阿秀唱歌聽 gah 哭，共阿秀頕頭，表示呵咾佮會失禮。眞奇怪，阿秀聽我念詩會哭，清慧聽阿秀唱歌嘛哭，我想著遮的代誌，嘛煞無緣無故流目屎。

彼暗，一場戰爭就予林英美化解去。清慧爲欲表示好意，講欲先告辭。阿秀講伊嘛欲轉去矣，兩个同齊離開。我雄雄感覺孤單，予亞洲唱片的查某歌手林英美、張淑美、紀露霞、顏華，一个一个放伴來佮我做伴，一暝無睏。

阿秀閣敲電話予我，是半個月後的代誌矣，伊予人客灌酒醉，愛我去載伊。淡薄仔雨，伊坐佇 oo-tóo-bái[37] 頂，共我攬絚絚，大聲唱「酒女夢[38]」，歌詞嘛念袂清楚。我騎到半路，伊吵講無欲去阮遐，叫我載伊轉去個兜。伊蹛佇西門町包月的賓館套房，狹狹，毋過傢俱眞少，空間猶有，想袂到房間閣清氣，整理 gah 眞四序。

性佮愛的關係

我騙講有代誌欲先走，伊講是毋是歌星佇阮 (guán) 兜，伊的電話吵著阮的好齣頭。我共講伊誤會，清慧佮我毋是彼款關係。講咧講，我早就學會曉莫佮啉燒酒的花，干焦共扶去眠床頂睏，伊叫我袂使趁伊睏去偷走，轉去佮歌星約會。

---

37 oo-tóo-bái：日語借詞，原讀「オートバイ」；機車。
38 「酒女夢」：胡美紅的歌，亞洲唱片出版。編按：此保留作者原註。

我佇膨椅頂嘛睏去，精神的時，天欲光矣，阿秀洗浴的聲共我吵起來。阮閣開講一睏，尾仔，伊招我相好，我真理智共伊講我愛伊，親像一般男女朋友的愛，毋才無愛佮伊做彼款代誌。我紲咧討論性佮愛的關係，伊引用我彼首性命佮肉體的詩，講愛佮性袂使分開；我問伊用性趁錢是毋是佮愛分開。伊講做彼款代誌會當免愛，毋過若兩人相意愛，就無法度無性關係；無性關係的愛情佮別款的感情欲按怎分別？上 òo 尾[39]，伊講我愛伊是對性開始的。我無同意，我佮伊的感情是發生佇性交易了後，對詩開始的，是詩佮愛情，毋是性佮愛情。

阿秀總是感覺我咧騙伊，自頭到尾就是嫌伊趁食底的，社會術語叫做「豆菜底的」。若欲講騙，一个查埔的會當騙查某的啥物？騙色？我就是反對這層；騙財？若毋是阮祖公留一寡財產，我欲按怎做詩人。台灣有一个詩人，伊的詩無啥人知，佇伊一本詩集內底講：「佇台灣欲成做一个詩人，頭一个條件就是愛有錢[40]」。我知影阿秀咧酸我佮歌星睏過無？免講嘛無。伊講若按呢，照我的愛佮性的原則，敢毋是我有咧愛清慧。痟話練規擔，若這款 logic 會通，敢講逐个佮我 tsih 接過的查某攏予我愛著？

講著彼暗，我真感謝清慧，若毋是拄好伊來，閣來我毋知欲按怎處理佮阿秀的代誌。彼陣，大概是傷久無敨過，漚瀰咬

39　òo 尾：òo-bué，最後、後來。

40　「佇台灣欲成做一个詩人，頭一个條件就是愛有錢」：源自〈詩人的條件〉，《走 chhōe 流浪 ê 台灣》，陳明仁著作，前衛出版。編按：此保留作者原註。

骨[41]，佮阿秀若佇阮兜做彼款代誌，事後付錢予伊，毋知會傷著阿秀無？上少，會傷著我家己的戀情。

後來，閣佮阿秀約會幾改，煞尾，攏閣是咧諍性佮愛的問題，餾來餾去，我講男女做伙，若有一擺性關係，閣紲落，鬥陣就干焦性的世界。阿秀講「性」毋是用講的，是欲予人去做的，無性關係的愛情，袂輸起厝無拍地基，予人感覺袂靠得咧，伊無欠性生活，是欠有愛情的性關係。

頭擺發生這款代誌

6月底，阿秀來揣我，伊講今仔日是阮熟似拄好一年的日子，阮會使佇佮舊年仝時間做仝款的代誌，準講我閣共伊當做hotel叫的，事後付伊錢嘛無要緊。

這个辦法袂穤，阮先食物件、聽音樂、開講，翻點了後，共厝內的氣氛用gah不止仔romantic。阿秀親像較早做special按呢，唚我規身軀，我感覺冷冷，一直想欲配合應該有的反應，毋過重要的所在攏熱袂起來。伊用各種工夫，舞足久，嘛是袂起「色」，我嘛眞急，總是，袂hiùnnh就是袂hiùnnh。

食到遮爾大漢，頭擺發生這款代誌，我眞驚惶。阿秀較有經驗，伊講免緊張，先睏一睏，睏醒就好矣。阮無穿衫攬咧睏，彼暗，我夢著彼个記者，阮兩个佇Swiss一間趨雪[42]的旅社，

41　漚潲咬骨：àu-siâu-kā-kut，指男性太久沒有性生活，產生身體不適感。
42　趨雪：tshu-seh，滑雪。

伊褪光光跳舞予我看，我眞衝動共攬牢咧，猶未開始我就出來矣。我雄雄精神，阿秀目睭金金咧看我。

阿秀 uân-nā 共我洗身軀 uân-nā 講，睏到一半的時，伊感覺我有[43]起來，共伊 thuh 牢咧，伊就共我耍，我的性機能無問題。身軀洗好，阮閣開始，毋過猶是無法度。阿秀尾仔講無要緊，橫直我有爲伊付出矣，講來是我單方面的性關係，總是伊促成的。我毋敢共伊講我的夢，我單方面的性是爲伊，彼个佇美國讀冊的記者。

我有閣佮阿秀試過幾改，無論佇阮兜、個兜抑是去賓館，攏做袂起來。阿秀家己感覺是伊害我倒陽的，四界欲揣祕方共我醫。我無相信漢醫彼套，China 人攏咧諞[44]人的。尾仔，我佮阿秀就斷路矣。頭擺想欲戀愛的代價就是倒陽，攏是彼个悲戀的熱天。

第二葩　焦蔫的藝術

有一欉情樹青青
徙栽街市大路邊
隨就焦蔫無元氣
一直咧落葉散枝

43　有：tīng，堅硬。此指勃起。
44　諞：pián，詐欺、拐騙。

若到好日好時機
枝葉會發穎[45]重生
無疑[46]我拋荒的情愛
怎回復早日的翠青

我焦蔫的情愛
敢會閣倒轉來
我焦蔫的情愛
欲怎樣換新栽

粗俗的歌詞，一遍閣一遍一直唱，我聽gah giōng-beh起痟。我愛聽台語歌，毋過眞無法度忍受近代的新歌，上蓋悲慘的，這塊歌是我寫的，歌名閣較害，叫做「焦蔫的情愛」。

有一間「寶惜唱片公司」透過歌星許清慧的紹介，欲愛我替個的新歌手寫歌。起先一个製作人來揣我，無啥捌音樂，人生做媠媠，本底我想講伊行毋著路，應該做演員較有前途，尾仔，才知影當時仔彼間公司是個兜開的。我共推幾若改，講袂曉寫。進前許清慧彼塊賣gah袂穤，我的身價毋才綴咧好起來。製作人一直呵咾我詩眞勢寫，歌詞嘛有意境。我足懷疑伊敢捌讀過我的詩，這款公關的外交詞，我袂眩船啦。

45　發穎：puh-ínn，發芽、萌芽。
46　無疑：bô-gî，想不到。

製作人、歌星、記者

清慧的歌食市[47]，彼是伊的知名度有夠，伊所灌的作品攏有伊特別的唱法，配合伊演唱的時，特別的扭尻川花，逐塊嘛紅。個公司有趁錢，宣傳預算愈掠愈懸，按呢一直講，市面就沖沖滾[48]，這就是商業，佮我彼首歌詞實在無啥關係。我共這款理由講予媠媠的製作人聽，伊講伊知影，毋過這是伊頭一擺做製作人，歌手是伊上好的朋友，伊高中的同窗的，眞勢唱歌，頭擺出片，若無較愼重請高手寫歌，閣落去的路袂平坦。

第二逝[49]，製作人佮歌者鬥陣來。彼个歌者本名叫「洪淑玲」，藝名猶未號，有想欲叫「音慈」，爲著製作人的名叫「張意慈」，問我意見啥款。我想講莫親像製作人遐爾『音痴』就好矣，叫啥名嘛仝款。初會面毋敢想講笑，三个攏歹勢歹勢，製作人叫洪淑玲唱歌予我聽，伊問我欲唱啥物歌，我雄雄想著「月夜的小路」，毋過我無想欲聽別人唱，暗想有一工，許清慧會閣唱「月がとっても青いから」予我聽。

洪小姐檢采是欲予我好印象，就唱我替清慧寫的彼塊，音色眞清，可惜歌路毋著，嘛袂曉綴歌詞轉音，無應該轉的所在嘛咧轉，變淡薄仔流氣。我共缺點講予伊聽，伊講許清慧嘛按呢唱。我講這嘛是清慧的缺點。製作人罵洪小姐愛好好仔聽先

---

47 食市：tsia̍h-tshī，生意興隆，此指暢銷、熱賣。
48 沖沖滾：tshiâng-tshiâng-kún，水沸騰的樣子；引申爲人氣沸騰、熱鬧非凡。
49 逝：tsuā，趟、回。

生教，袂使應喙應舌[50]。洪小姐誠懇共我會失禮，我煞起歹勢。洪小姐閣講欲請我食飯、啉 coffee 陪罪。我懷疑是毋是個套好的招數。

製作人閣來揣我，拄[51]輸伊，我拄結束一段奇怪的感情，心情佮身體攏焦蔫去，就凊彩寫「焦蔫的情愛」這首歌詞應付伊。寶惜唱片請兩个譜曲，我攏感覺曲眞無味，平平無起落，尾仔，我家己譜曲，公司聽了有佮意，請人編曲，先錄音慈試唱的 Demo 予我聽，叫我看愛閣改進無。我才會一遍閣一遍聽 gah 欲起痟掠狂。

我家己綴 khah-lah[52] 唱幾遍了後，才知影問題出佇感情的表達方式，我敲電話予張小姐，伊講欲叫音慈來揣我。

許清慧敲電話來，請我聽伊試唱新歌。這塊新專輯仝款有一首我的歌詞，本底清慧想欲做主攻歌曲，毋過製作人堅持欲用家己譜的曲主攻，予伊不止仔懊惱。佇群聲唱片的錄音室，公司的主管佮製作人攏等欲聽，閣有一个方小姐是影劇版的記者。若照普通時，這款場合是無咧予記者聽的，尾仔，我才知影方小姐是清慧的好朋友，毋是記者的身份來的。

大部份的人，我攏無熟似，清慧先共我紹介，製作人佮方小姐敢若有較無仝款的反應。製作人猶眞少年，親像拄做兵轉來的款，伊看我的眼神冷冷，大概爲主攻歌的代誌無啥歡喜。

---

50 應喙應舌：ìn-tshuì-ìn-tsih，頂嘴、還嘴；爭辯，多指對長輩而言。

51 拄：tu，出言反駁、爭辯。

52 khah-lah：日語借詞，原讀「カラ」；伴唱帶。

方小姐用目色 a-i-siat-tsuh[53]，親像久年無見面的老朋友，彼款感覺可比佇街仔路行 gah 跤痠，雄雄看著熟似的眼神坐佇通光的 café shop 窗仔內，真自然就欲入去坐。

公司的人攏表示對清慧的演唱真滿意，清慧偷 pass 一个眼神予我，我用笑面應伊，去予製作人智覺著，伊煞講：

「各位，咱是毋是請名詩人、名作詞家流光先生發表伊寶貴的意見？」

逐个拍噗仔表示歡迎，我嘛綴咧拍，了後才想著流光是我寫歌詞清彩號的名，我咧想欲講坦白無，看清慧，伊無啥表情；看方小姐，伊目眉小可仔翹一下，咧共我暗示。

「真好，恭喜逐个！」

聽我按呢講，清慧的面色才較好看。

又閣是記者

方小姐欲請清慧食暗，清慧招我做伙去。我搖頭，方小姐笑講：

「拜託，算我邀請你。初見面，予我請一擺！」

我問講欲佗位食，清慧叫我坐伊的車。我有騎 oo-tóo-bái，伊講翻頭會送我倒來騎車。

方小姐駛紅的 Civic 做前，我坐清慧的車綴後；本底清慧有一个祕書兼司機，一个短頭鬃大目睭的，看著人面會紅。清

53　a-i-siat-tsuh：日語借詞，原讀「あいさつ」；問候。

慧叫伊先下班，免鬥陣去。方小姐這兩、三年來攏佇一間娛樂佮體育做主體的報社走歌唱界新聞，同時嘛是淸慧的死黨，專門替伊宣傳包裝，下昏伊家己欲做料理請阮，個兜蹛佇木柵欲去貓空的半山斡仔。

起先阮攏恬恬，我佇音樂箱仔看著一塊市面上早就無咧時行的 tape，是許石[54]、吳晉淮[55]、石橋[56]佮鄭日清[57]的合輯，我共揀入去予霆，是許石唱家己 (ka-tī) 的「鑼聲若響」，唱法眞趣味。淸慧講彼是個老師的作品，我講我知影，唱台語歌的，無做過許石的學生的眞少。過「自強磅空」的時，石橋開始唱「南鯤鯓之戀」，我綴咧唱。淸慧問我石橋按怎，我講眞拍損，伊應該會當唱較久咧，這馬佇台中開 khah-lah-ooh-kheh[58]。伊問我哪會知，我講捌拄著個查某囝，佇電台主持節目，做過討論台語歌的特色，有一擺節目煞咧開講，伊問我上佮意的歌星是 siáng。我講出十个人名，其中就有石橋；伊講伊就是石橋的查某囝。

「哪會遐拄好！彼个主持人叫啥名？」

我講伊的名了後，淸慧講捌彼个小姐，毋過毋知伊是石橋

54　許石：留學日本音樂家，替眞濟台灣民謠整理曲。作曲、演唱，代表作有「安平追想曲」、「鑼聲若響」、「夜半路燈」……。編按：此保留作者原註。

55　吳晉淮：留學日本音樂家，許石學長，專攻作曲、演唱。代表作有「關仔嶺之戀」、「暗淡的月」、「五月花」……。編按：此保留作者原註。

56　石橋：歌者，蹛台中，代表作「南鯤鯓之戀」。編按：此保留作者原註。

57　鄭日清：歌者，台北人，代表作「落大雨彼一日」。編按：此保留作者原註。

58　khah-lah-ooh-kheh：卡拉 OK。

的千金。彼个小姐嘛想袂到這時猶有人會提起個老爸。

「抂才眞失禮！」

「啥代誌？」我毋知咧會佗一个朝代的。

「我無愛你佇公司講意見。」

「無要緊啦，我本底就無想欲講啥。」

「有要緊！」清慧煞大聲起來：「我欲聽你的意見，我無愛別人聽著！」

「你是出名的歌星，無人會批評你唱歌啦！」

「我毋是驚人批評⋯⋯。」伊想一下，細聲講：「我無愛佮人分享你對我唱台語歌的看法。」

吳晉淮的歌聲抂出來，我共挼較大聲，阮攏恬去。佇吳晉淮唱歌的時，閣咧講欲按怎唱歌，袂輸去到華西街閣講揣無物件通食仝款。

方小姐家己蹛一間別莊，個爸母攏無踮台灣。進前，伊就佮清慧約下昏食飯，冰箱攢眞濟，伊叫阮客廳坐一下，一點鐘後食飯。

客廳的三爿壁攏是音樂架仔，有曲盤、CD 佮 LD、Video，西洋、東方、古典、現代的攏有，上濟的是現代流行的 China 語佮台語歌，應該攏是唱片公司送的。我架仔量約仔看一遍，敢若較無日本演歌佮台語舊歌，有幾十塊，攏毋是原編曲佮原唱。

清慧講伊眞無想欲出新歌，見若出一塊新專輯，伊就苦悶、鬱卒兩、三個月。伊知影台語歌的曲佮詞毋是按呢寫的，現代時行的唱法嘛眞譀，共台語的特色攏抉掉去，講好聽是宣揚台語，實際是咧損蕩[59]台語，傷害台語歌謠藝術。伊知影我無歡喜，毋過現此時個唱片公司的，攏感覺這款的歌較好賣，合時勢，上蓋譀古的，有真濟歌詞，根本就是 China 話寫的，用台語音唱出來 niā-niā。

方小姐捀料理出來，講：

「恁咧討論台語歌？先莫講，等我款好才閣會，我嘛欲聽！」

「袂赴矣，阮講了矣！」清慧刁工共弄。

彼暗，阮食一頓嶄然[60]仔豐沛的菜蔬，方小姐知影我真台灣，個母仔教伊的料理拄好缺喙的食臘仔肉，講「ha̍h-á-hah」。清慧張講這頓是欲請伊抑是請我。這陣我才知，今仔日試聽會叫我去毋是目的，來方小姐個兜才是主要的，清慧欲牽我佮方小姐熟似。

阿秀→方小姐 唱歌→念詩

食飽，方小姐共客廳的火挼化，我毋知個欲變啥把戲，雄雄交響樂出來，是日本「砂の器[61]」電影的音樂——宿命。了後，清慧的聲出來，伊咧念詩，念我的詩。

---

59 損蕩：sńg-tn̄g，破壞、蹧躂。

60 嶄然：tsám-jiân，相當、很、非常、明顯。

61 「砂の器」：「松本清張」的推理小說，改編做電影是「野村芳太郎」導演的。「宿命」是電影的主題音樂。編按：此保留作者原註。

這个半山崎[62]的暗暝，我予家己的詩感動，毋是，是予清慧的聲音感動。仝款三个人，阿秀換做方小姐，林英美換做清慧念詩，氣氛佮彼暗差不多。暗暗，我看袂著個兩个的表情，毋過我感覺會著個的情愛，我知影是對詩佮音樂藝術的情愛，無張無持我睏去眞久的性衝動精神起來矣。我伸手搜揣清慧，伊共手伸予我，阮兩人牽牢咧，感覺會當鬥陣行過一世人。

清慧攏總念五首詩，攏是探討人生的哲學詩，選配的音樂不止仔合軀[63]，我愈來愈感覺伊會出名毋是淸彩的，確實有兩步七仔[64]。

日光燈切著的時，我一直感覺怪怪，彼當時嘛無斟酌想，事後想起來，才想著阮坐的位有問題，燈光火起來的時陣，坐倚我較近的，毋是清慧，是方小姐。敢講佇暗眠摸的時，我牽著的毋是清慧的手，閣是一个記者？彼時我無注意著，去予清慧的一个想法吸引去。

清慧講伊眞無想欲閣唱爛歌，伊想欲出念詩的專輯，有聲的詩集，共我的詩集轉做 CD 佮 tape，毋知個公司肯出版無。方小姐講伊有趣味，若群聲公司毋出，無，就三个人合作，我投資詩的版權，清慧做聲優嘛莫領錢，資金佮宣傳伊全數負責。清慧佮公司有簽約，伊愛閣研究，毋知會使予別間公司出非歌唱的作品無。

62　山崎：suann-kiā，山坡。

63　合軀：ha̍h-su，合身；衣服大小適中。

64　兩步七仔：nn̄g-pōo-tshit-á，亦作「二步七仔」，本事、本領；形容人對事情有一點處理的本事、能力。

清慧送我轉來，伊問我對方小姐印象好無，我講感覺伊人眞 a-sah-lih，賰的就無啥特別的，清慧笑我共人的手牽牢牢，閣講無特別。這陣我才想著彼層代誌，我毋敢共伊講我毋是欲牽方小姐的手。伊閣問我阿秀最近好無，我講無咧來去矣。原本我想欲請伊踮阮兜閣講一下，伊講傷暗矣，愛閣載我去公司牽 oo-tóo-bái，另工才閣話。

音慈過幾工才來揣我，爲著未來檢采會較 kiap，趁閬縫[65]先轉去屏東蹛幾工仔，人曝較烏，面色加較好看。我共伊解破這塊歌的情境，伊講毋捌有機會體會情愛凋蔫的感覺，想欲聽我唱看覓。我綴伴唱帶唱三、四改，感覺才有出來。伊學我的唱法，毋過聲眞焦，比伊原本唱的較穤。

伊問我講是毋是伊無唱歌的天份，我嘛毋知欲按怎應伊，反問伊捌綴老師學過無。伊綴老師學過半年，毋過是學唱 China 語的，較早伊想講唱台語歌較無水準，想袂到這馬顚倒較食市。我順機會共講台語歌的曲式、特點，兼粗淺講寡歷史，伊聽 gah 眞注神，了後，伊講欲拜我做師父，希望正式排時間上課。

我研究台語歌是趣味的，毋是職業，欲按怎共人上課。音慈講無要緊，伊付我學費，寶惜公司肯負擔，請我收較貴一下無要緊。彼陣，我想講心適心適，就答應伊，想袂到惹一身情債。

---

65 閬縫：làng-phāng，空出時間、抽空、趁隙等。

在室女 vs 倒陽漢

一禮拜兩節課，頭節張意慈小姐有陪伊來，予我兩萬箍講算第一期的先生禮，我無共收。下課的時，兩个小姐同齊唚我的喙顊[66]，一个唚正爿，一个唚倒爿，講欲抵學費。第二節以後，就干焦音慈家己來，伊講意慈痟佮男朋友約會，無欲上矣，橫直伊也無欲做歌星。第二改下課，音慈閣仝款共我唚一下才走，變做固定的慣勢。起先攏是唚我的面，有一擺伊欲唚我的時，我笑笑仔講：

「喙顊予你唚 gah giōng-beh 腫起來矣，敢會使換位？」

伊仝款唚一下喙顊，了後閣唚我的喙脣，我猶袂赴反應，伊就旋出去矣。彼是阮上課欲兩個月後的代誌。

佮我所熟似的查某囡仔比起來，音慈應該是我上佮意彼型的。體格生做傷躼[67]的，我感覺壓力眞大，佇我的經驗內底，躼跤姊仔攏眞驕傲、歹親近，我家己生做較矮，矮人難免有「驚懸症」；音慈身材算中範的，皮膚烏烏，有下港人的氣味，上予我欣賞的，伊的面攏笑笑，眞台灣式、無啥腹腸的笑，親像阮的阿母。伊不止仔好玄，事事項項攏欲問 gah 有一枝柄。伊眞有耐心，我的朋友常在嫌我講話慢，講袂赴人聽，伊聽我講課，我若想袂出紲落欲講啥，伊就恬恬等，面的毋捌有咧催我的表情。若毋是佮阿秀彼段留落來的烏雲罩佇心肝頭，我

66 喙顊：tshuì-phué，臉頰、面頰。
67 躼：lò，形容人長得高。

會……。

後一節課的時，伊照時間來，佮進前仝款自然。上課煞，伊問我哪會寫「焦蕎的情愛」。我無想欲講，伊講我若無講出寫歌的動機，伊感情袂當深入，欲哪唱會好。我知伊是這款話若無講清楚，就毋放人煞的個性，就共佮阿秀彼段過去講予聽，當然無講著阿秀的名。伊煞問我查埔人若倒陽，感覺是按怎。這是欲對佗講起？伊雄雄攬倚來，共我唚，講無相信我的身軀會無反應。代誌都也過幾個月矣，我嘛一直鬱佇心肝頭，攏毋敢想欲接近查某囡仔，心內眞苦悶。我爲欲了解家己敢有影猶袂使得咧，就盡量配合伊，佮伊匀匀仔做瘦氣[68]。兩人佇地毯頂車跋反一睏，總是，生理上就是反應袂起來。

對我的袂 hiùhnn，音慈無表示意見，干焦感覺眞心適，一擺閣一擺佮我挐來攌去，袂輸毋信聖 (siànn)，一定欲耍 gah 我有反應，尾仔，兩个攏忝矣，猶是仝款，伊才講：

「按呢拍拄起[69]，無相偏[70]，你有缺點，我這方面嘛有缺點！」

我問伊有啥缺點，伊歹勢歹勢講家己猶是在室的，無眞正的性經驗，就是按呢，毋才弄我袂起磅。欲走的時，伊講在室女拄著倒陽漢，上蓋安全，後擺阮會當放心做伙。

---

68 做瘦氣：tsò-sán-khuì，調情。

69 拍拄起：phah-tú-khí，扯平。

70 偏：phinn，占便宜。

歌星開藥單

清慧送伊新的CD來，我留伊啉茶，紲手欲共CD放落去聽，伊抽出來，換彼塊林英美，我閣抽倒出來，共音響關掉。清慧講伊知影我咧care阿秀的彼段過去，彼工伊佮阿秀做伙轉去，尾仔有閣連絡，阿秀無相棄嫌，共伊當做朋友，有講佮我的代誌。

清慧認爲我佮阿秀的感情毋是正常的，我會失去性能力，是爲著我心肝內知影這款關係袂當發展做眞正的愛情，無意中，我的身體採取「罷工」的行動，這是自主性的性無能，是心理佮生理袂協調的衝突，會當自我治療。伊紹介方小姐予我，就是欲醫我的問題；方小姐佮我眞四配。有四配的對象了後，心理佮生理會寬寬仔接納，聽候齊步認同了，我的機能就會閣活起來。

我對清慧大主大意欲主宰我的精神佮身軀眞不滿，我笑伊敢是心理醫生，敢有牌開業？伊講有看過這方面的冊，嘛請教過專家，若毋信，我會使家己去揣心理醫生。

彼暗，阮冤家分手的。我眞懊惱，一方面爲倒陽的代誌見笑轉受氣，一方面無歡喜伊袂輸扮演阮老母的角色。我知影伊一直共我當做知己，事事項項攏爲我，毋過，我毋肯佇伊面頭前展現弱勢。

方小姐約我見面，主要是講出版有聲詩的代誌，伊有研究清慧佮公司的合約，講清慧所有聲音的演出，攏是公司的出版權。我的詩若欲叫清慧念，猶是愛彼間群聲公司肯出版。伊佮清慧欲說服公司。公事講了，伊講清慧寄話叫伊共我會失禮。我問伊敢知影是會佗一國的代誌，伊講清慧無共講，干焦拜託伊若佮我見面，講失禮就好矣。換我為彼暗佇個兜共牽手的代誌抱歉，伊問我：「牽啥物手？」我煞花去。

彼暗我到底是牽 siáng 的手？兩人攏講毋是伊，毋過對我來講眞重要，我會記得彼時我有性衝動的反應，是佗一个予我有反應？抑是彼暗的氣氛、音樂、詩予我反應的？我的苦悶幾若個月矣，毋定生理上，我心理上的鬱卒敢誠實[71]會得敨放？

音慈彼塊新歌上市了後，賣無啥好，毋過經過張意慈強力的宣傳，音慈也沓沓變做歌星矣。這段期間，我的課程早就結束，伊仝款一禮拜來揣我兩逝。我私底下無閣叫伊音慈，換叫伊本名「淑玲」。伊講這个名干焦個兜的人佮我咧用，連意慈——伊上好的朋友，嘛叫伊音慈。

時間講緊嘛有影緊，連鞭熱人煞欲過矣，我的性問題猶是原在，驚影響著淑玲的發展，閣方小姐嘛有咧表示欲佮我約會，毋是公事，是像男女朋友彼款約會，我心內的苦悶眞僫化解，尾仔，我煞會家己恬恬享受彼款苦悶，共苦悶眞正當做藝術的表達方式，敢若「廚川白村」的冊講的仝款。

佇方小姐約我欲迌迌的前一工，我訂一張飛機票，飛去 Korea，欲去揣彼个 gay。

---

71 誠實：tsiânn-sit，眞的、果然。

第三葩　原罪的情愛

飛行機頂叫人結 belt 的燈著起來，欲 landing 矣，窗仔外，天色暗暗，天地的鬱卒攏圍倚來，面前的銀幕出數字報告佮塗跤差偌懸，數目愈減，我心頭愈沉重，予大氣的壓力硩 (teh) gah 耳空鬼仔一直吼。齷齪[72]的土地，我閣倒來矣。

這幾年出出入入，感覺桃園機場的通關速度有改進，袂親像較早，共人客攏掠做是賊仔款待，一 tsiu 時[73]，我就出來到出境大廳，接機的人真濟，我綴人目睭金金相，才想著無人知影我今仔日的班機。橫直才一跤隨身的 thàng-sù[74]，我拖去坐 bus 轉台北。

漢城[75]的秋天較秋凊[76]，我本成就無愛秋天，講來，台灣秋天的氣候就無啥照步來，上予我 tu̍h-lān 的是 China 作家、詩人攏呵咾秋天，我就怑潲[77]，袂癮佮個的意愛仝款，會使講秋天予 China 作家帶衰著。我的朋友是畫家，毋過伊大部份的時間攏咧追求情愛，伊是死忠的 gay，掠異性戀做罪惡。伊常在畫秋天，左岸的落葉，暗紅的楓仔。舊年阮佇 Paris 的時，有

72　齷齪：ak-tsak，心情鬱悶、煩躁。

73　一 tsiu 時：15 分鐘叫做一 tsiu 時，就是一點鐘切做四 tsiu 的意思。編按：此保留作者原註。

74　thàng-sù：日語借詞，原讀「たんす」（日語漢字「箪笥」）；衣櫥之意。此指行李箱。

75　漢城：Hàn-siânn，韓國首都「首爾」的舊名。

76　秋凊：tshiu-tshìn，涼爽、清涼舒爽。

77　怑潲：gê-siâu，表示討厭的粗俗用語。

一擺暗時，我偷共伊的秋景畫青抹烏，伊智覺了後，叫我送伊一幅我的畫紙抵，我毋肯，尾仔，予伊罰唚一分鐘。彼是我頭擺予 gay 唚，無啥反應，感覺嘛袂穤。

這擺，我專工去揣伊，阮兩个紮畫具四界去，駛一台國產的 Poly，出名的白馬寺、靜海寺佮罕得人到的山野。大部份的時間，阮攏恬靜，看光景、想代誌，想欲畫就畫，有時也佇月光海邊、樹林相攬相唚，伊知影我毋是 gay，無招我做 gay 傳統的 made love，佇凋蔫的落葉頂，伊用手、用喙、用規身軀的溫柔咧安慰我，伊咧憐憫可憐迷失的異教徒，用寶血欲清洗我的罪過，佇我的身上滴聖水，共我洗禮。我的性靈溢佇伊面裡的時，伊歡喜的目屎也佇目墘閃爍。

Bus 落高速公路，台北的街市仝款遐爾熟似，粗俗的台北，予我感覺溫暖；漢城的暗暝佮台北仝款無味，總是異鄉的漂流，會予我憂愁。一個月的時間，我高貴的朋友，一个創造愛的畫家，佇性命暗淡的時，引𤆬我走揣光佮道路。再會，我的愛人，我無法度悔改認罪接收同性愛的洗禮，無捨施[78]才著倒轉我的母地，毋過我總袂當袂記得你閃爍的珠淚。

批盒仔滿出來，answer-machine 嘛滇矣，我無想欲聽，攏共洗掉。我放一塊李成愛的「釜山港」，歌猶未唱煞，我就睏去矣，佇我放心的故鄉安眠。

---

78 無捨施：bô-siá-sì，難爲情。

日本阿母來

閣來，我無閒幾若工，阮阿母轉來台灣，應該是講來台灣，伊是日本人，毋是我的親生老母，佇我細漢的時，阮阿母過身了後，阿爸共我送轉來台灣，伊就閣娶這个日本人做後岫[79]，阮無定定做伙，毋過我佮伊感情袂穤。伊有傳統日本女性的個性，生兩个查某囝，毋過共我這个毋是親生的查埔囝當做上重要的。我陪伊去探訪朋友、shopping、遊覽，有時日語袂記得按怎講，就比手畫刀，佮彼个 Korean 仝款，佮阿母做伙，我感覺上蓋輕鬆。講來阮也無血緣關係，伊年歲嘛佮我差不多，毋過，我共伊當做真正的阿母。

阿母一直關心我的婚姻問題，我攏凊彩共伊應付，伊講我若揣無佮意的查某囡仔，伊欲報個朋友的查某囝予我。我講免，有固定咧交的矣，伊愛我約出來予伊看一下。

阮旅行的上 òo 尾站是關仔嶺，阿母講明仔載到台北，就欲看我的女朋友，叫我先約好勢。這聲去矣，我無央一个來假我的女朋友袂使得。頭一个想著清慧，毋過伊傷出名，若予別人認著叫伊簽名，就落氣矣，淑玲嘛仝款，敢若睹方小姐——彼个影歌記者。我放伊粉鳥旋去 Korea，這馬閣欲拜託人，我面皮無遐厚。想來想去，猶是敲電話予淑玲；伊較講嘛無清慧遐出名，希望莫予人認著。

約佇阿母蹛彼間 hotel 的 coffee shop，個外月無見面，淑

79　後岫：āu-siū，繼室。

玲愈婧，袂輸雄雄 lady 起來，做歌星了後，氣勢無仝。佳哉 coffee shop 人客清清，無人注意著伊，看起來，伊佮阿母不止仔投緣，兩个用日語 thuh gah 眞歡喜，我驚破功，斟酌聽個講，阿母問個兜咧創啥，食啥物頭路。淑玲眞技巧共伊講咧上舞蹈的課佮學唱歌，阿母呵咾伊眞婧，應該有這方面發展的空間，尾仔，問伊敢有拍算佮我結婚。淑玲共我眼一下，應該伊無問題，是我目前猶無想欲結婚。這是阮先鬥空仔[80]講好的，阿母對答案眞滿意。

記者名叫阿敏

翻轉工，阿母家己去揣朋友伴，閣買寡等路。我覕佇厝裡，整理最近寫的詩，接著清慧的電話，伊欲替我佮方小姐做公親，我無理由通推，騎 oo-tóo-bái 去木柵佮個兩个會合，佳哉我佇漢城有買幾頂帽仔，順紲紮去送個。

山頂風眞透，搢風[81]閣跙崎，眞寒，佇 Swiss 佮彼个 Korean 趨雪，我跋倒佇山 o-á，跤扭著，雪落佇我面的，冷吱吱。伊褪 óo-bà (overcoat) 予我幔[82]，共我 tshah[83]去旅社。我 ngī-ngī-tsùn，伊嘛 phih-phih-tshuah，頭家娘用燒湯佮 Whisky 予阮啉，煞啉 gah 醉，阮兩个攬咧哭，伊哭伊的，我吼我的，攏是爲情

80 鬥空仔：tàu-khang-á，串通、勾結。
81 搢風：tsìnn-hong，逆風。
82 幔：mua，將衣物披在身上。
83 tshah ：攙扶。

愛牽來的觸纏[84]。

清慧佇別莊大門邊等我，伊講方小姐無見怪我的懵懂，免閣掰會[85]彼層失約落跑的代誌。客廳內眞燒絡，方小姐的笑容原在遐爾溫純，我煞歹勢 gah 袂講話，共兩頂帽仔送個兩个家己去揀；方小姐揀一頂共清慧戴咧，伊講彼頂佮清慧眞四配。看個兩个的感情，我閣想起彼个 Korean。

這擺換清慧料理，方小姐陪我開講，本底氣氛死死，伊問我講：

「轉來幾工矣？」

「Tshô-ó[86]成禮拜。」我感覺猶是共會失禮較心安：「方小姐，我用上蓋誠意共你會失禮。」

「過去就準拄好啦……。」伊講：「你若誠實欲會失禮，有一个條件……。」

「閣有條件？」

「後改莫叫我方小姐，叫我敏容，抑是阿容！」

「恁兜的人攏叫你啥？」

「阿敏。」

「哪有人叫中字名的？」

「阮姊妹上尾字攏是容，若叫阿容，攏花去。」

「幾容？」

「紗容、智容、仙容、嘉容、敏容，攏總五容。」

84　觸纏：tak-tînn，糾纏、麻煩。
85　掰會：pué-huē，辯明、解釋誤會、澄清、說明。
86　tshô-ó：差不多（tsha-put-to）的連音。

「阿紗、阿智、阿仙、阿嘉、阿敏，阿敏較好聽。」

「阮四个阿姊攏叫兩字名，干焦我叫阿敏！」

「紗容？」我想著張淑美彼塊歌佮彼齣台語片[87]。

「阮母愛唱『サヨンの鐘』，就號台語版的『紗容』做查某囝名，了後就攏綴咧容。」

「Thài 無佮你蹛做伙？」

「個攏嫁了矣，兩个佮阮爸母佇美國，一个佇 Canada，兩个佇錫口[88]。」

「失禮，我無應該問你厝裡的私事。」

「咱是朋友，免遐生份啦！」想著：「我放彼塊『サヨンの鐘』予你聽。」

「我頂擺來，架仔頂無看著演歌的？」

「我愛聽，kheh 佇我房間仔內。」伊入去房間。

阿敏放歌進前，淸慧拄喝食飯。我共阿敏講食飽才聽，淸慧問講聽啥物，uân-nā 食飯，我 uân-nā 講「サヨンの鐘」的故事予個聽。淸慧聽了，才知「サヨン」是台灣泰雅族的「Sayun Sayun」——一个查某囡仔。眞歡喜，講伊嘛有仝款血統。我共講這个故事是日本人佇 1941 年編出來騙台灣人去做兵的，親像吳鳳的神話仝款。淸慧猶是講伊愛聽這塊歌。

我問阿敏的歌是「渡邊濱子」抑是「佐塚佐和子」唱的版

---

87 彼齣台語片：「紗容」是一齣台語電影，文學家周金波窮錢製作，修改「サヨンの鐘」的故事。主題歌仝款名，張淑美主唱，亞洲唱片出版。編按：此保留作者原註。

88 錫口：Sik-kháu，松山的舊名。

本，伊講攏毋是。清慧問我敢毋是「山口淑子[89]」，也就是「李香蘭」唱的？我共講李香蘭是電影的主角，毋是原唱者，我有「佐塚佐和子」唱的版本，伊嘛有泰雅族的血統，個老爸「佐塚愛佑」是日本人，個老母「Awaithaimu」是泰雅查某，漢名叫做「黃秋蘭」。阿敏講清慧就是按呢才會佮「佐塚佐和子」仝款勢唱歌閣生做媠。

食飽，阮佇廳裡啉coffee，個兩个啉Italy式的，阿敏知影我罕得啉，共我攢較薄的，阮攏無想欲聽日本歌，清慧就清唱張淑美版的台語片主題歌「紗容」，伊學張淑美古典的歌聲眞成，上蓋稀罕的，伊三葩歌詞攏會記得，上尾一句「啊！落花後又留芳味，啊！紗容！」唱gah眞纏綿。我佮阿敏攏眞感動，彼陣我閣有一種激情，想欲共個兩个攬倚來，毋過，干焦想nā-tiānn。

佮彼个gay做伙，伊有予我恢復性能力，轉來了後，面對女性，我毋知敢仝款會使，我毋敢試，這時的衝動，毋知是台語歌的氣氛抑是個兩个引起的，敢是性的衝動？我嘛毋知。

阮閣開講一睏，講我佇Korea寫詩佮畫圖。個問我敢講遐有女朋友，我應講一個月攏佮一个查埔的畫家鬥陣，個煞講我白賊，兩个查埔人哪有可能做伙生活一個月。我毋敢講彼个畫家是gay的代誌，個若知影，凡勢顚倒希望我是佮查某的做伙。

---

89 「山口淑子」：「山口淑子」是日本人，個老爸佇滿州佮一个姓李的將軍結拜，伊嘛有號China名「李香蘭」。尾仔，當選幾屆日本國會議員，嫁予一个比伊閣較少歲的外交官。作者寫這篇小說了，才揣著一塊伊唱「サヨンの鐘」的tape。編按：此保留作者原註。

我約個有時間來阮兜看我的詩、畫佮聽清慧個仝族的「佐塚佐和子」唱「サヨンの鐘」。

送阿母去機場，淑玲駛車，阿母欲坐前座，兩个沿路用日本話嗤舞嗤呲[90]，講 gah 袂輸大家新婦咧。淑玲若去做演員，檢采閣較有成就，一場戲搬 gah 若眞的，我一時 giōng-beh 共當做阮某。

欲轉來台北的路裡，我問伊佮阮母仔講啥，伊笑笑講大家新婦的話上好莫盤予查埔人知，彼个表情眞古錐，我心肝頭 tshiȧk 一趒，雄雄做一个決定。

淑玲載我到厝，我招伊入來，共伊求婚，我決定欲面對現實，無欲閣漂流，我共牽倚來，講我的性問題應該瘠矣，免煩惱。伊煞流目屎，我愈共唚，伊愈吼出聲。大概是我傷衝碰[91]去共驚著，共會失禮，請伊轉去寬寬仔考慮，毋免勉強，我年歲佮伊差遐濟，伊閣是有淡薄仔名聲的歌星，伊若拒絕我，嘛合情合理。

淑玲搖頭講伊毋是在室的矣，我嘛驚一下，前前後後才兩個月，哪會遐緊就有親密的查埔朋友。伊吼閣較大聲，眞久才講出來，毋是男朋友，伊去上電視節目，了後予人用藥仔騙去，對方嘛想袂到伊是在室的。我問伊彼个人叫啥名，伊毋講，驚若代誌出破，閣來欲怎樣做人。

我心肝眞疼，眞毋甘，講這無影響我的求婚，嘛莫去影響

90 嗤舞嗤呲：tshih-bú-tshih-tshuh，說話小聲怕別人聽見的樣子。
91 衝碰：tshóng-pōng，冒失、魯莽、莽撞。

著伊欲嫁我抑毋的考慮。伊求我暫時莫閣講婚姻的事項，佮較早仝款做朋友就好。尾仔，伊講伊毋是在室的，我倒陽也好矣，會使做彼項代誌矣。

看伊的體態佮苦楚的面容，含佇目墘的目屎，我想起彼首佇我的詩集 phàng 見[92]的詩，寫愛情佮肉體的詩，閣想著阿秀，想著予男朋友騙大腹肚走去美國讀冊的記者，個攏是我佮意的查某囡仔，個反應出傳統台灣社會女性的價值觀。我氣個哪無欲挑戰這款價值觀，閣欽佩個順服的勇氣。我跤手冷冷，心肝內憤怒閣無奈，無法度面對淑玲愈成熟的肉體，閣毋知欲按怎安慰伊的傷痕，干焦一直共唚，伊嘛想欲回應我，身軀仝款袂當配合。阮互相看迵[93]心內的冷，一時間，兩个煞攏毋知欲按怎。

詩的公演

我的好朋友欲開翕相[94]展，伊是報社的特約攝影記者，就是紹介彼个記者予我熟似的。伊翕華西街佮四界跤梢間仔、豆干厝仔，控訴一寡猶未到歲予人賣去接客的社會現象，開翕相展的目的是欲替「終止童妓協會」募款，愛我提供畫做義賣品，閣欲請我去義賣會念詩。久年來，我欠這个朋友的情還袂了，我袂曉處理的人情世事攏伊咧替我應付，伊這擺做的事工閣是

92 phàng 見：拍毋見（phah-m̄-kìnn）的連音，遺失、丟掉。
93 迵：thàng，通達、穿透。
94 翕相：hip-siòng，照相、攝影。

我眞關心的，就答應伊欲積極投入。我想著一个宣傳的步數，請許清慧來唱歌，看會當啞[95]較濟人來袂。先敲電話予伊，清慧嘛眞歡喜，伊講曲盤公司應該無問題，這是公益事業，伊會說服個。

我揀兩幅家己較滿意的畫，閣鬥佈置展覽場、開記者會，做傳單海報，無閒幾若工，阿敏敲電話予我，講會當請清慧念我的詩，群聲公司無答應伊出念詩的 CD，公益活動念一下應該無問題。阿敏提醒我現場愛攢 CD Player，清慧欲做念詩的配樂。我請清慧敢肯，結局是清慧家己共伊講的，伊歹勢共我要求。

大概清慧的影響力有差，彼工來的人眞濟，各界攏有人出席，上好笑的內政部的官員，致辭鼓勵爲「終止童妓協會」募款。個家己應該做的工課，做無好，民間法來做，個毋知通見笑，閣講 gah 喙角全波，台仔跤嘛拍噗仔拍 gah。清慧的詩念 gah 眞好，逐个攏聽 gah 眞感動，伊紹介講是我寫的作品，閣唱彼首我寫予伊唱的歌，人才知影寫詞的「流光」就是我。曲盤公司嘛歡喜，較早個替我安排上電視替歌詞做宣傳，我攏干焦念詩，無講歌詞的代誌。公司的頭家，頭一个出價二十萬買我的畫；第二幅，清慧價數一直催，彼个官員出三十萬買去閣捐出來，一个企業家四十萬買去。我想彼个企業家毋是愛我的畫，嘛毋是聽許清慧的鼓吹，伊是欲巴結彼个官員才買的。

佇會場，我看著去美國讀冊的記者，頭鬃鉸短短，眞古錐。

95 啞：siânn，引誘。

我倚去佮伊講話，伊講欲轉來半個月，專工來看我的，閣紹介邊仔的一个查埔的，講是伊的男朋友，佇美國熟似，刁工陪伊轉來。我心內溢出來苦水，毋是食醋，是煩惱伊予人騙毋驚。

海口的故鄉

了後我去台西海邊畫圖、寫詩，日子予風雨用沙佮海水的鹹味流去。我心情平靜，有時佇規排無人的海岸散步，聽風佮海水相罵，聽 sua-suī 佮走馬仔[96] 和海沙戀愛的故事。暗暝，佇竹排仔頂看天星矚目。大部份的時間，聽老人講古早佮海賭性命的戰爭，戰爭的代價干焦爲三頓窒喙空，飼毋捌食飽過的腹肚。遮是我的故鄉，我出世的所在，佇遮，我閣揣轉來性命的意義。我用畫，用詩，用小說去描寫詩人的故鄉，佇外地按怎透風落雨，總有故鄉用深情咧等我。

我佇台西一直蹛到阿母閣來台灣。較早伊罕得無兩個月就閣來，檢采是有啥要緊的代誌。這遍，伊直飛高雄小港，約我去墾丁的 hotel 相見，佇遐，我看著淑玲佮阿母鬥陣，才知個兩个有咧連絡，哪會按呢？

淑玲講伊無愛唱歌矣，伊佮意慈講好矣；意慈嘛欲結婚矣，對做製作人無心適興，也就無躊躇就佮伊解消合約。阮三个佇南台灣恆春半島遊覽，淑玲招阮去個兜，個爸母攏古意人，日本話閣會通，佮阿母講 gah 眞歡喜。個掠我做囝婿看待，阿母

96　走馬仔：tsáu-bé-á，一種棲於海口地方的毛蟹。

專工來佮個兜熟似的。

原罪的治療

彼暗佇 hotel，阿母問我是毋是有共淑玲求婚，伊講淑玲離開台北無欲唱歌，就是有意思欲嫁我。我共阿母講淑玲佮我是假的，伊講淑玲有共講矣，毋過我的求婚敢是假的？我一直毋知欲按怎應，當時，我雄雄共求婚，是想講性能力應該無問題矣，哪知影嘛是閣無法度，敢講我本底就適合佮同性相好niâ，佇 Korea 佮彼个 gay，我都無問題。彼个 gay 捌講過，異性戀是一種原罪，當初上帝創造男性了後，閣用查埔人的箅仔骨[97]做查某的，就是創造一个異性，兩个才會偷食袂使食的果子，才犯罪，人類自按呢開始受苦，這就是原罪。若講上帝另外創造的仝款是男性，人類後世就免揹十字架受苦。當然，萬能的上帝會予人類用無仝的法度生湠後代。

阿母知影我倒陽的代誌，伊較早讀護理學，佇阿爸的病院做看護婦長。伊講我猶未到無性能力的年歲，我的倒陽是假性的，伊會共我醫予好。到尾仔，毋知按怎，阿母煞佮我開始做彼款代誌。起先，我看著伊猶原光滑的皮膚，有寡衝動，閣有嚴重的罪惡感。阿母講這是治療，免想遐濟，佇日本，阿母替𪜶轉大人的囝解決性的苦悶，毋是啥歹代，閣講阮也無血緣關係，年歲嘛差不多，無算啥物。佇罪惡、歡喜佮刺激的目屎

97 箅仔骨：pín-á-kut，肋骨。

濫做一伙的時，我年外來頭擺佮異性完成性關係。阿母煞哭出來，伊講我一屑仔問題都無，會使佮淑玲結婚，伊是歡喜才咧哭的。我共阿母講欲閣考慮，送伊去小港坐日航了後，我就轉來台北。

清慧佮阿敏相招來阮兜看我的畫佮詩，個比較khah佮意我佇台西所寫的，個嘛眞欣賞我寫的短篇小說〈詩人的故鄉[98]〉。我講想欲寫一篇小說叫做〈詩人的戀愛古〉，個笑講會寫著個兩个袂。我嘛毋知欲對佗寫起，總是，應該是對熟似阿秀彼个悲戀的熱天起頭的。

清慧佮阿敏共我講，個兩个嘛是同性戀，面對社會環境個心肝內嘛眞艱苦，本底是欲看我會佮個佗一个戀愛，個通離開同性戀的生活。這時，個感覺同性戀嘛袂穤，免插社會按怎講。對過去佮我交陪的彼段感情嘛眞寶惜，愛我做個上好的朋友。彼暝，阮三个做伙相好，佇林英美的歌聲內，三个人攏眞放心，攬做伙睏去。

我眠夢著閣佇一間趨雪的旅社，查某囡仔褪光光咧跳舞，連鞭阿秀，連鞭彼个記者，閣來換清慧佮阿敏，我一直咧揣淑玲，欲等伊跳舞予我看，毋過，攏等無。

98　〈詩人的故鄉〉：這篇無發表，尾仔改寫做〈海口故鄉——返鄉記事〉；海口毋是作者的故鄉，作者是出世佇彰化二林無倚海的庄跤。編按：此保留作者原註。

作者簡介

陳明仁，1954 年出世，彰化二林人，捌用 Silaia、Babuja. A. Sidaia、Asia Jilimpo 等筆名，表明成做平埔族後代的認同感；也有用 A-jîn、阿仁等筆名發表文章。1988 年擔任政論雜誌《深耕》編輯的時坐監，期間熟似台獨案政治犯蔡有全佮許曹德，開始有母語意識、學白話字佮台語書寫。佇台語文學猶是拋荒時期的 1990 年代，就全力投入台語文學運動；參與「蕃薯詩社」，也擔任過《台文通訊》的台灣總聯絡人之一佮《台文 BONG 報》主編。出版《流浪紀事》、《A-Chhûn》、《走找流浪的台灣》、《陳明仁台語文學選》、《拋荒的故事》等濟濟台語小說、劇本、故事、詩文作品。

鄉史補記（短篇）

陳雷（Tân Luî）

原刊佇《台文通訊》第55期，1998.08

（一）

咱遮美麗島美麗鄉匏仔寮附近，自來人口無濟，總是代誌大大小小閣也袂少。特別是蕃仔田的兵營徙來了後。過去有一段時間，有流行一寡奇怪 (kû-kuài) 的謠言，毋知佇當時開始，大概是囡仔先講的，後來大人也有咧講，傳來傳去，真久傳袂煞。

這个關於狗佮人的謠言，第一是關係人食狗的代誌，代先流行。第二是狗食人的故事，路尾[1]才有。關於人食狗這款不幸的代誌，有人親目看見，確實是有影，無人爭議。關於狗食人的代誌，比較起來，性質加真嚴重，牽連也較複雜。卻是照我所知，到今猶無人有親目的證據，詳細內容嘛有爭議。

總是匏仔寮這个所在，照我的記持，自細漢彼時起，就有三項物件濟。第一是匏仔濟，你去菜市仔，去園裡看就知。第

1　路尾：lōo-bué，最後。

二是竹雞仔[2]濟，單單阮穀興里，派出所有認定的、無認定的就有四、五个。第三是狗濟，特別是外面狗來了後，無人管飼，漸漸變做野狗，非常活動[3]。這外來狗佮人家狗一來是教養無仝，閣來是社會背景也有差別，所以時常致起狗佮狗中間，狗佮人中間的衝突糾紛。但是遮的大大小小的衝突，積積起來，是毋是會嚴重到變做狗食人這種悲劇性的程度，啊就有影眞歹講啦。

就是拄好彼時，穀興里的詹先生，伊是台南縣文獻委員會委員，有共這種代誌寫入去鄉史內面，變做正史。毋過聽講內容加減有無清楚，立場也有偏差的所在。就是按呢，有鄉親前輩共伊批評，表示不滿，講彼鄉史予人挲圓仔湯[4]，內容「白賊話一大堆」。

毋過我有按呢咧共想，咱遮的鄉親前輩，攏是有正業[5]的人士，爲著匏仔寮的名聲，應該是袂烏白講，失家己的面子。另外一方面，鄉史代表一鄉，毋是寫來予人消遣娛樂的物件。而且詹先生伊人我有熟似，人格咱攏有肯定，對這點鄉史所代表的意義，伊應當眞有理解才著。

所以爲著這項代誌，我姑不而將[6]閒人插閒事，四界訪問，請教鄉親朋友，毋管有讀冊、無讀冊的，問問詳細，遮的資料

2 竹雞仔：tik-ke-á，原指雉科鳥類，此指流氓、混混。
3 活動：uah-tāng，活躍。
4 挲圓仔湯：so-înn-á-thng，指透過不合理的協商或威脅利誘等手段，要求他人放棄權利。
5 正業：tsiànn-giáp，本業。
6 姑不而將：koo-put-jî-tsiong，不得已、無可奈何。

按頭到尾整理一遍，寫做一節「鄉史補記」，算做是正史以外的補充資料。雖然無鄉土諸誌彼款正式，總是寫作的時，盡量採取歷史家的態度，用字注重文雅，內容原則上烏就是烏，白就是白，無挲圓仔湯，有這點可取的所在。

（二）

若是論阮穀興里的竹雞，勇仔是做頭的上大尾。勇仔個老母有身的時，佇田裡作穡予水蛇咬著，損死掠來看，閣是一隻雙頭蛇。勇仔出世了後，一禮拜毋開手，擘開共看，今害矣，一手一肢大 pū-ong[7]，攏發兩个頭。人共伊叫做雙頭蛇，嘛有人叫伊十二指的。

這个勇仔的老母名做郭王畚箕，做人上古意。歲頭食到76，身體猶勇 khiȧk-khiȧk，頭鬃烏烏毋免染，喙齒冇冇猶會哺甘蔗。就是干焦彼个目睭穲，看物件有較輸人。總是伊一世人歹命底，少年來拖磨，老來共勇仔娶一个某佇厝裡。這个新婦生理人的查某囝，好跤好手，干焦工課毋做，較貧惰彼死人。規日[8]椅來坐飯來扒，三頓掛點心攏是大家[9]咧服侍。食甲一身軀肥肥[10]，椅頭仔坐落踮袂起來。穀興里的人看袂慣勢，面頭前叫伊：

7　大 pū-ong：大拇指。
8　規日：kui-jit，整天。
9　大家：ta-ke，婆婆，稱謂。婦女對他人稱自己丈夫的母親。
10　肥肥：huî-huî，形容肥膩、油膩。

「春臼仔，有閒來阮兜坐。」

尻脊後供體[11]伊：「畚箕成春臼，大家服侍新婦。」

猶一點，這个新婦愛食虱目魚。彼日中晝共大家講：

「阿母，我欲食虱目魚。」

畚箕講：「愛食來去市仔鮮鮮買一尾。」

茭薦[12]揹咧誠實[13]就去市仔買魚。路裡人拄著，問伊：

「畚箕嫂，你哪遮骨力，透中晝毋歇睏，是啥物要緊代？」

畚箕應講：「阮彼个新婦欲食虱目魚。」

茭薦內面掠一尾大尾魚出來予伊看。註死[14]彼時，一隻狗母焉狗囝按[15]遐過看著，綴伊來到巷仔底，看老阿婆仔一个人好欺負，傱[16]來咬茭薦。彼畚箕予狗母傱一下，跋一倒，雙跤吭跤翹[17]。著驚緊跖起來，越一个頭，魚也無去，狗也無去，塗跤賰一跤破茭薦。光頭白日，魚仔予狗母搶去！啊呔會[18]麭仔寮有這款野蠻的代誌？就是自彼外來狗來了後，無人教養，品行無好，有的會偷掠雞，有的會搶魚肉，有這款治安的問題。

畚箕仔轉來厝，春臼仔看伊入去灶跤一晡，也無捀虱目魚

---

11 供體：king-thé，諷刺、以譬喻或含沙射影的方式罵人。
12 茭薦：ka-tsù，用草編的袋子，亦有「ka-tsì」唸法。
13 誠實：tsiânn-si̍t，眞的、眞實的。
14 註死：tsù-sí，好巧不巧。
15 按：àn，從。
16 傱：tsông，慌亂奔忙，此指突然衝出來。
17 吭跤翹：khōng-kha-khiàu，四腳朝天。
18 呔會：thài ē，怎麼會。

湯出來予伊食。恬恬無出聲，也毋去問伊，坐蹛門口等。一時仔勇仔轉來，手裡揹一包肉。踏入門，伊就大聲共哭[19]，目屎大粒流細粒滴，悽慘落魄。勇仔奇怪，問伊啥物代？

春臼仔講：「我欲食虱目魚。」

勇仔講：「欲食虱目魚，叫阿母去買，nái 著用哭的？！」

春臼仔目睭挼紅紅予勇仔看，講：「阿母毋予我食虱目魚。」

勇仔聽了無歡喜，越入去灶跤看，老母佇遐咧煮番薯湯。

勇仔問：「春臼仔身體無勇，nái 煮番薯仔湯，毋煮虱目魚？」

畚箕講：「魚予狗咬去。」一跤破茭薦提予勇仔看。

勇仔罵老母：「狗母來搶，你袂佮伊拍？誠實一个大人搶輸一隻狗？」

彼春臼坐佇頭前聽大家咧予人罵，愈哭愈大聲，詈[20]個翁：「無路用的查埔人，干焦會曉欺負我一个。」

勇仔無應伊，手裡彼包肉提予老母，講：

「無魚換煮肉，較贏彼番薯仔湯。」

心內想：「今好矣，你食恁爸的魚，恁爸食你的肉。」

這句話是按怎講的？你共看，咱匏仔寮南爿有一抱竹仔林，叫做固始林。內面野狗牽群結黨，偷雞搶肉，出出入入做岫佇遐。這个勇仔有時愛食狗肉，就去遐張[21]。拄好彼日予伊張著一隻狗，損死拖去佇溪裡，刣刣洗清氣，狗肉劀[22]劀做一

19 共哭：kā khàu，向他哭訴。

20 詈：lé，咒罵。

21 張：tng，伺機、等候。

22 劀：liô，用刀子割取、刮取薄薄的表層或切成片狀。

大包，揹轉來厝裡，欲予老母煮，所以講：「你食恁爸的魚，恁爸食你的肉。」

畚箕仔敨開看，內面一包肉紅貢貢，血水猶咧津[23]，問勇仔講：

「阿彌陀佛，這肉鮮鮮，血水津津，是豬肉抑是牛肉？」

勇仔毋敢予伊知，應伊講：「阿母，thài 會按呢講？咱拜佛的無食牛，欲佗生牛肉？這豬肉是阿順仔遐特別注文的，上蓋好份[24]。」

畚箕仔目睭輸，豬肉狗肉看袂眞，講：

「有影遮好份，正甲無半滴肥的啦！」

連鞭一坩狗肉煮好，芳芳捀一碗大大碗出來，园佇新婦面前，好禮勸伊講：

「趁燒食。」

彼新婦一看，規碗公肉，也無魚，大聲罵：

「明知影恁爸[25]欲食魚，刁持煮這肉！」

伸手掰一下，一碗狗肉摔摔倒，碗公損損破，又閣哭。勇仔無伊的法度，袂堪得吵，頭越咧就出去。舂臼仔看彼翁拄入門來又閣出去，坐佇椅條頂罵：

「恁爸一个人規日佇厝裡，袂輸咧守寡，有才調，做你免轉來！」

23　津：tin，滴水狀。

24　好份：hó-hūn，上等部分。

25　恁爸：lín-pē，一般是較粗俗的男性自稱，而舊時代的女性亦有以此自稱的現象。

（三）

勇仔一跤步踏出門去，一腹肚的氣，無通敨，沿路行沿路[26]讋姦撟[27]。無張持，一 thōm thōm 來到金喙嫂仔遮。這金喙嫂一支喙兩排金喙齒，金仔鐺鐺，攏是金枝仔佮紅玉仔陪人客趁予伊的。遠遠看著勇仔，大聲就共叫：

「勇仔緣投仔 sàng[28]，遮久無來坐？阮金枝仔等你無，飯也袂食，茶也毋啉。」一手摸咧，就共拖入去，大聲啉：

「金枝仔，恁勇仔來揣你。」

金枝仔佇房間內聽著，一碗公麵食一半囥咧，外衫無疊就出來。勇仔看金枝仔，電好的虯頭鬃，白粉的肩胛頭，紅粉的胭脂面，十分的肉感[29]芳味，心內鬱卒消一半。又閣彼个金喙嫂，彼支喙金仔做的，比賣甘蔗的小姐閣較甜，講話就是欲予人客歡喜，人客若來伊遮，二杯酒三句話，厝裡的柴耙[30]就袂記了了。就是按呢，勇仔來揣金枝仔，有兩款的日子：一款是跋筊贏錢歡喜的日子，一款是厝裡佮春臼冤家受氣[31]的日子。

金喙嫂仔看勇仔酒一直啉毋講話，知影又閣是厝裡佮春臼冤家的代誌，問伊：

「阮這个緣投仔 sàng，誠實春臼仔規日共你顧牢牢，毋甘

---

26 沿路……沿路……：iân-lōo……iân-lōo……，一邊……一邊……。

27 讋姦撟：tshoh-kàn-kiāu，以粗俗的話語惡言怒罵。

28 緣投仔 sàng：帥哥。「sàng」，源自日語敬稱「さん」。

29 肉感：bah-kám，性感。

30 柴耙：tshâ-pê，原指木製耙子，此爲對妻子的蔑稱，黃臉婆。

31 受氣：siū-khì，生氣。

放你出來？」

勇仔幌頭：「阮厝裡彼个柴耙，一日無食虱目魚就會死。」

金喙嫂仔講：「哎唷，敢有影？若是一日無魚，食肉嘛是好。」

勇仔吐大氣：「你毋知，阮春臼仔驚肥毋食肉，連狗肉一碗煮好好，捀到面頭前，伊嘛共你摔摔倒。」

金喙嫂講：「今你莫講彼無的，咱遮麭仔寮欲佗生狗肉？」

按呢一句來一句去，ti-ti-thȧp-thȧp，講甲勇仔親像咧吞消氣丸，食無氣散，腹肚內的氣消袂了，心內按呢想：

「我厝裡彼个春臼，平平是一个查某，好日歹日，出門入門，毋是詈就是罵。實在佮金枝仔比起來，一个是柴箍的跤桶，一个是瓷做的花矸，哪會比得？」

那想那講：「金喙嫂，我厝裡彼个跤桶，若是一日歹話減講一句，好話加講一句，啊就袂看活會死！」

這个金喙嫂正牌老娼頭，手腕第一流，這款家庭內面柴耙佮跤桶的問題上蓋了解，笑嘻嘻就共應：

「那有彼个影！恁春臼仔無性無地人人好，上蓋溫馴，大家呵咾，……」

心內講：「戇囝，若無按呢，恁爸遮的小姐欲趁啥食？」

又閣講：「哎唷，看你按呢生，熱甲大粒汗細粒汗。……金枝仔，阿母捘一條涼巾仔來，予你共勇仔拭清涼。」

使一个目尾，門關咧出去。今這个阿婆喙裡講阿母，嘛毋是咱普通厝裡咧叫的阿母，意思是風塵界趁食查某[32]叫老娼頭的稱呼。

金枝仔挼涼巾仔共勇仔拭身軀排仔骨[33]。拭了爽快，勇仔倒佇涼蓆仔頂，目睭瞌瞌強欲睏去。金枝仔頭殼向[34]落來，抶倚來勇仔耳仔邊喃[35]兩句細聲話。勇仔聽一下，目睭做一下金起來，問伊：

「敢有影？！……」

金枝仔共頕頭[36]。

勇仔講：「你毋是咧講耍的？」

金枝搖頭。

閣問伊：「誠實有身矣？」

金枝仔也笑也頕頭，一肢指頭仔伸直直，擽勇仔的排仔骨，講：

「是你的。」

勇仔驚一趒，涼蓆仔頂跳起來，目睭就共繩[37]，指頭仔擽彼个腹肚，問伊：

「我的？……」

夭壽喔，彼金枝仔又閣頕頭，喙也笑，目也笑，笑甲一个菜店查某的面，袂輸熱人棚仔頂曝日頭咧開的菜瓜花。

僥倖[38]，你毋知影眞內面猶有一節故事。咱這个金枝仔，

---

32 趁食查某：thàn-tsia̍h tsa-bóo，民間對於妓女的貶稱。
33 排仔骨：pâi-á-kut，肋骨。
34 向：ànn，俯下來。
35 喃：nauh，小聲地自言自語，此指輕聲細語。
36 頕頭：tàm-thâu，點頭。
37 繩：tsîn，定睛細看。
38 僥倖：hiau-hīng，表示可憐、惋惜、遺憾。

較早是新營日月光酒家的青春小姐lám-bá-uán[39]。少年的時上蓋風神，毋免抹厚粉，像美國電影明星彼款肉感，人客叫伊「肉圓仔」。不過這行生理，咱攏知影，競爭上蓋厲害。若是三十出頭，就拚袂贏二十猶未出頭。這个金枝佇日月光生理做久，歲頭有來，人客漸漸疏去。日月光的頭家娘，嘛是正牌老娼頭，看了袂使，叫伊去講話：

「金枝仔，你十五來我遮，生理就也做遮濟冬矣，我疼你若疼親生查某囝。今你這馬三十出頭矣，濟少也著替家己做一个拍算。阿母共你看，咱這行尾來，猶是揣一个好的嫁嫁咧，才是頭路。」

就按呢共伊賣掉，予伊離開日月光。

今這个金枝仔十五年的日月光，青春消磨去，喝嫁就嫁，講是欲揣一个好的嫁嫁咧，那有遐容易？又閣自細漢就是做這行，別項攏袂曉，無法度，又閣賣轉來草地[40]金喙嫂仔遮。佳哉咱遮小所在，人客水準毋比新營遐懸，生理猶算會過得。總是這个以後，金枝仔時常家己會想：日月光的阿母講了也是有理。我這世人若是無嫁人，嘛愛生一个囝。閣艱苦做幾冬仔，晟囝大漢，食老才有人靠。按呢想了定著，下一个決心，有身了後，嘛無予人知影。夭壽毋知死活，家己做一个拍算：

「我這个囝，有老母嘛著愛有一个老爸，……我遮的人客，不答不七[41]歪哥tshih-tshuah的一大堆，就是干焦勇仔較正經，

39　lám-bá-uán：number one，第一名。
40　草地：tsháu-tē，鄉村、鄉下地方。
41　不答不七：put-tap-put-tshit，不三不四、不像樣。

對我有情，……猶是認伊做老爸上蓋實在。……」

所以彼日勇仔來，共伊拭清涼，指頭仔撞伊的排骨講：「是你的！」

勇仔心內想：

「我佮你好來好去罔做戲，你煞來認一个眞！今你遐的人客，王哥柳哥[42]一大把，毋去認，好心干焦認我一个，……。」

假無意[43]應伊：「若是查埔的，晟大漢予伊讀大學。」

夭壽，這勇仔彼支喙講一，彼金枝仔彼个心就誤會二。一句輕鬆話，講甲金枝仔心肝頭歡喜開麭仔花，面仔轉紅像鵤雞髻[44]。挲伊身軀的排骨講：

「查埔的就成老爸，生做像你這个緣投面……。」

勇仔聽了緊張，衫疊[45]咧跕起來，共金枝仔講：「我先來去[46]一下，連鞭才閣來。」無食物就先溜咧旋[47]。

金喙嫂看勇仔走去，入來房間看，金枝仔家己一个坐佇遐神神[48]，問伊勇仔 thài 無食物就走去？金枝仔戇戇仔笑：

「伊講囡仔大漢欲予伊讀大學。」

金喙嫂問：「今你是咧講啥碗糕？」

掀伊的裙起來看，夭壽，誠實膨膨有咧大腹肚，上無嘛有

42　王哥柳哥：Ông--kò Liú--kò，泛指張三李四，亦指不三不四的人。
43　假無意：ké-bô-ì，假裝若無其事、沒有特別在意。
44　鵤雞髻：tshio-ke-kuè，發春期的公雞之雞冠。
45　疊：thah，套上衣服。
46　先來去：sing lâi-khì，先走。
47　旋：suan，逃跑。
48　神神：sîn-sîn，心神恍惚、出神。

四、五個月矣。生狂問伊：

「啊你是按怎有的啦？！」

心內罵：「你這个老乳脯，恁爸買你來做生理，毋是欲予你生囝讀大學！」

笑面講：「哎唷，金枝仔我囝，哪無較早共阿母講？阿母共你照顧。你年歲較有，毋比少年的，若是有身，著愛調養，來，阿母緊來去燖[49]一个補予你食。」

金枝仔講：「猶是阿母你較會曉。」提一把錢予金喙嫂去買補。

金喙嫂去大耳的遐拆一帖藥，提轉來厝煎。烏烏苦苦一大碗藥頭仔捀來予金枝仔啉。

「這藥苦是苦，上蓋補，加啉寡，嬰仔勢大漢。」

哪知彼藥頭仔啉落去，人煞無爽快，腹肚起絞疼，半暝起來落血，煞連嬰仔也拚拚出來。夭壽，彼金喙嫂去大耳的遐拆藥，哪是啥物補藥，結局是一帖落胎藥。

彼嬰仔落出來，承佇拔桶[50]裡，烏烏紅紅一大塊。共看，鼻目喙好好，有跤有手，閣是查埔的。彼做老母的那拚血[51]那哭：

「無彩我的查埔嬰。」

金喙嫂勸伊講：「你哪遮戇？這嬰仔毋知佮啥人有的，生出來有老母無老爸，一世人註定歹命，猶是按呢較好積德。」

---

49 燖：tīm，煨、熬、燉。

50 拔桶：puah-tháng，木桶、水桶。

51 拚血：piànn-hueh，血崩。

金枝仔那吼：「勇仔講，晟大漢予伊讀大學。」

金喙嫂心內罵：「讀屎礐較緊啦，讀啥物大學？誠實是一个戇查某！」

彼拔桶捀去邊仔，共金枝講：

「這代誌毋通予人知。遮的物件，明仔載阿母來共你處理。」

金枝仔毋甘心，又閣哭，枕頭底挦一把錢出來予金喙嫂：

「阿母，拜託你買一副好棺材予嬰仔。」

金喙嫂錢袋[52]落去，念佇喙內：

「死囡仔一塊肉，生出來也無一喙氣，kah[53]遐工夫閣買棺材！」

莫怪彼老娼頭，看著錢就貪，棺材錢就想欲省起來。隔轉日，嬰仔按拔桶罟起來，新聞紙包包好勢，园佇菜籃內面，頂面崁兩塊破布，揹咧就出門去。家己一个菜籃揹咧，thōng來到匏仔寮南爿彼个竹仔林，閣過去就是一大片墓仔埔的所在。彼時透中晝無人，金喙嫂來佇竹抱跤，坐落來歇喘。雄雄竹仔林內面傱兩隻狗母出來，一隻烏的，一隻白的，目睭仁噁噁，喙仔開 hànn-hànn，喙瀾硞硞津。彼狗母鼻仔上靈，鼻著菜籃內面的味，知影毋是肉就是骨，逐來就搶。金喙嫂看狗傱來，趕緊菜籃仔放咧，蹈起跤就走。

連鞭一陣狗仔団也逐來，菜籃仔咬來咬去，一个咬一喙，可憐一个紅嬰仔 ，無十分鐘連皮掛骨食甲清氣清氣，連彼破

52 袋：tē，裝入、放入。

53 kah：哪、那麼。

布新聞紙，包嬰仔沐[54]著血，嘛吞吞落去，賭一跤菜籃咬甲碎碎掖佇遐。

金喙嫂予狗母驚著，大步細步直透傱轉來厝。踏入門來，金枝仔徛佇門邊，手裡點一枝香咧拜。金喙嫂講：

「你今放心。彼嬰仔阿母攏共你創四序矣。」

金枝仔拄才拚血了，面色青恂恂，心內感謝阿母，又閣挦一把錢予伊，講：

「阿母，閣拜託你，請一个師父共嬰仔念經，予伊上天去。」

金喙嫂講：「實在有影，猶是做老母的想了較周至。」

彼把錢嘛是閣袋落去。

今這項代誌就按呢過去，了後有一站，勇仔眞久無來揣金枝。總是阮匏仔寮自從番仔田的兵營徙來了後，街仔鬧熱起來，特別是撞球間佮金喙嫂這款所在生理加眞無閒。就是因爲按呢發展以後，社會變化去，有人揹菜籃去墓仔埔的情形時常來發生。一直到彼年熱人[55]，月眞光眞圓彼暗，佇彼个所在第一擺狗仔舂墓壙，以前毋捌發生過。就是彼个以後，開始有人講狗食人的代誌，漸漸謠言宣傳出去，固始林的外來狗母是好物！個紅嬰仔食了慣勢矣，鼻著墓仔埔的人肉，月大光的時，就會規陣佇遐舂墓壙，嘛有人有聽著規暝狗仔吹狗螺，聲牽甲躼躼長……。

54　沐：bak，沾染、濡濕。

55　熱人：juáh--lâng，夏天。

就是關於這幾點，詹先生有寫了無明白。因爲伊是寫正史的人，凡是關係兵仔的問題，特別是牽涉著外來狗的代誌，佇美麗島眞嚴格的戒嚴令下底，驚去得失著政府，影響著個的名譽，所以攏無寫起。但是咱眞知影，阮美麗鄉匏仔寮農村社會的變化，發展到像這款人食狗、狗食人的代誌會來發生，其實這攏是眞正重要的因素。這點恐驚有人會袂記去，所以佇遮特別做一个補充，共伊號做《鄉史補記》，因爲自來[56]我毋是寫正史的人。

作者簡介

陳雷，1939年出世佇南京，戰後轉來台灣入台北西門國校，國校五年才轉台南。本名吳景裕。台大醫學院畢業，捌佇美國做實習醫師，綴佇加拿大多倫多大學提著免疫學博士學位，到今猶佇加拿大做醫生。1988年出版的《百家春》是台灣頭一部關係二二八的小說集。自1987年開始用台語寫作，是1991年佇美國發刊的《台文通訊》共同發起者；到今已經寫作上百篇的台語小說。主要的作品集包括《陳雷台語文學選》、劇本《陳雷台灣話戲劇集》，小說有《阿春無罪》、《無情城市》、《永遠ê故鄉》、《鄉史補記》、《白色ê甘蔗園》等等。

56 自來：tsū-lâi，從來。

自由時代

王貞文（Ông Tsing-bûn）

第一屆海翁台語文學獎小說類正獎
原刊佇《島鄉台語文學》第23號，2001.06.30

下晡時，烏陰的台北街頭，遊行的隊伍開始亂去，有人對警察大細聲喝，有人圍做伙恬恬哺薰，旗仔、布條離離落落，氣氛雖是緊張，總是逐家攏已經忝，精神無集中。總指揮請逐家坐落來，等待警察的反應。佇烏烏暗暗的人群內，忽然轟一聲，一葩火柱 tshìng 懸起來，伊鼻著汽油味佮臭火焦味。烏色的鐵線佮鐵架將遊行的人隔離，遠遠徛咧觀看的警察佮記者開始向火燄著起來的所在走過來。

涼涼的雨落佇街頭，總是火比雨較強，燒袂煞，一時無人敢倚過去拍火。火內彼人的形體變做烏色。伊嘛無振動，坐佇遊行的隊伍中。腦筋 nái 會忽然間完全失去作用，一粒心臟跳甲親像野馬，鬢邊 siak-siak 叫。

有足濟兄弟講好，這擺的遊行一定愛有犧牲，才會有作用。雖罔講，只有阿楠會做出來，所有人攏坐佇遐觀看。無人料到阿楠會做出遮爾壯烈的代誌——放火燒家己，跟綴南榕，將深深的疼佮永遠的怨感掖佇同志的心肝，將烏焦的身軀放佇人間，認真的靈魂做家己去。

南榕的火，伊無親目看著，阿楠的火，這世人會綴伊綴牢牢，三不五時就佇伊安寧的日子雄雄著起來，予伊的心袂安寧。

昨暗伊閣夢見街頭的彼葩火。佇夢中，伊衝過去抱變做火柱的同志，手予火吞去，手佇火內消溶去，變做金紅色的鐵汁滴落來，跤指頭仔忽然間親像予火燒著，足疼。伊大聲吼起來，家己醒起來，嘛共睏佇身軀邊的靜珠吵起來。

「阿河，閣陷眠矣？」靜珠用愛睏聲柔柔講一句，吐氣，反一个身，就閣睏去。路燈照入來，照著靜珠圓圓的頷頸佮勇壯的肩胛頭。伊的頭倚過去，靜珠的呼吸平穩，充滿氣力，予伊的心情漸漸安定落來。

這幾冬，靜珠綴伊綴了真辛苦，總是靜珠快樂的本性一直無變，阿河實在真感激。伊無固定的頭路，一人自由慣勢，做人的辛勞做袂久，欲家己做頭家是無資本。靜珠佇夜市仔賣內衫褲，伊人聲嗽大，勢招呼人，生理做了真好。阿河只有幫忙排擔仔、收擔仔，若叫伊坐踮遐鬥賣遐的繡花繡甲媠媠的女性內褲，一球一球膨膨的奶袚[1]，伊面就會紅，講話會大舌。生理攏是靠靜珠，靜珠達觀的笑容是伊的生理 thōng 大的本錢。

阿河猶久咧做趁大錢的夢。朋友若報，伊就去試：賣靈芝、賣電爐、賣新款式的鼎。伊雖然無口才，總是伊相信誠意推銷，人嘛會感動。伊講，建國的理念嘛是用誠意咧湠的，一面做生理，一面推銷建國的理念，敢有比這閣較好的路？

靜珠笑伊單純，這是啥物時代矣！人信的是廣告，毋是實

1　奶袚：ni-tah，胸罩。

在的物件。無誇口、無做假，欲按怎佮四界百花五色，廣告膨風歕雞胿[2]的商品競爭？真正實在的「建國」理念，免錢相送，嘛猶久會予人嫌！

阿楠佇街頭將家己當做火把點起來，實實在在的疼，實實在在的死，人嘛無將伊當做啥物大代誌。這幾冬來，政治活動遐鬧熱，選舉一波接一波，朋友因爲綴無𪜶款[3]的人，捲入去一場一場的選舉，冤家的冤家，四散的四散，有啥物人會記得彼時仝一條心，欲好好拚落去的熱情？閣有啥物人會記得予疼惜台灣的熱情燒死的人？

阿河家己敢毋是嘛漸漸共放袂記去？結婚了這兩三冬，伊逐日干焦咧想：閣來欲按怎活落去？若是透風落雨，靜珠無收入，抑是伊家己頭路閣無去，伊就責備家己，煩惱將來，感覺家己無資格做靜珠的翁。

逐日的煩惱是遐爾大。旋出去佮一寡朋友啉酒，聽寡消息，罵無良心的賣國台奸罵罵咧，雖然心頭一時有得輕鬆，總是嘛有深深的失落感。用血用目屎拚來的言論自由空間，竟然顚倒是予賣台集團充分利用，想著按呢，有時酒的溫暖忽然間會退去，凊汗流落來。轉來到厝裡，想欲佇靜珠溫暖的身軀揣求安慰，靜珠鼻著酒味，目頭結做伙，伊就會失去勇氣，頭犁犁坐踮眠床邊。

「遮爾無膽！連家己的查某人攏毋敢抱！」伊佇心內恥笑家

2 歕雞胿：pûn-ke-kui，吹牛、說大話、誇大不實。
3 𪜶款：siāng-khuán，相同、一樣。

己。總是伊知影，若是伊使用暴力對待靜珠，伊會閣較看輕家己。

靜珠若愈勇敢樂觀，伊就愈勼[4]，愈無自信。政治局勢的混亂予伊對家己所堅持、所向望的失去信心。就是佇這款心境中，1989 年阿楠佇街頭放火將家己燒死的情景，煞不時來攪擾伊。

靜珠猶咧睏，阿河驚共伊吵起來，躡跤躡手行出去散步。外口已經鬧鬧熱熱，上課上班的交通亂紛紛。阿河有足久無佇早起時出來。夜市擔仔收了，攏嘛超過半暝矣，轉來到厝，整理數目，洗身軀，有時三四點才睏，伊已經慣勢這款生活。

若是有囡仔，就愛早早起，送囡仔出門讀冊。伊忽然真想愛有一个囡仔，伊會當牽囡仔的手，佮伊迌迌，講故事予伊聽。伊可能也會變做一个負責任的老爸，揣一个固定的工課，較苦嘛欲做落去。

伊佮靜珠無囝，兩个人攏欲四十矣，欲生囝可能愛真拚。靜珠捌結婚過，生一个囝了後離婚，囝予夫家的人請厲害的律師，用法律的步數強強搶去，伊怨感到今。

個兩个拄做伙的時，靜珠一直想欲愛佮伊生一个囝。伊先是予靜珠的熱情感動，盡力付出，規日做夢想欲看著靜珠的身體佇伊拍拚的耕作下面，開始變柔變圓，孕藏新性命。總是，靜珠一直無病囝的症頭。

---

4 勼：kiu，畏縮而退卻不前。

久矣，伊煞有一點仔絕望。靜珠成熟的女性身體，親像一葩燒燙燙的火，熱熱要求伊付出，總是伊的心頭不時有無膽失敗的冷雨咧滴，靜珠強猛的火燄煞被伊沃化去。靜珠無怪伊，猶久將伊攬咧，溫柔的手摸伊流汗的面。總是阿河感覺眞屈辱，閣驚靜珠會繼續要求，伊共靜珠捒開，講：「你想欲愛囡仔嘛毋免遐爾雄。」

靜珠規个面攎捋[5]落來，大聲喝轉來：「啥人欲替你生囝！神經病！」靜珠青恂恂的面予伊驚一趒。自彼擺了後，伊煞相信靜珠無想欲生囝，愈勼。伊無固定的頭路、無查埔人的款、無膽閣無路用，伊相信家己無資格做老爸，這世人註定無後代。

伊毋知是按怎靜珠猶歡喜佮伊鬥陣過日。靜珠有講過，阿河佮伊以前的翁拄好倒反。阿河相信靜珠過去的查埔人是強猛粗魯的人，有錢有勢，靜珠的烈性予伊壓袂落去，兩个人逐日冤家，後來伊閣有別个查某，靜珠就提出離婚。

靜珠捌講過，伊所佮意阿河的，是伊的單純佮好心。總是阿河有一點仔驚驚，毋知家己的單純好心會當擋偌久。伊若看著一寡朋友因爲投資股票，輸甲塗塗塗，放某放囝走路去，伊的心就會掣[6]，驚家己嘛會做出這款代誌。伊捌佇街頭看著同志的死，然後照常佮平常的人𪜶款繼續來活，無啥物大變換。伊敢袂佇困難臨頭的時，將靜珠出賣，然後親像無發生啥物代

5　捋：luah，原指以手由上而下撫摩，此指臉垮下來、臉色大變。
6　掣：tshuah，發抖。

誌，繼續來活？

伊是一个飄飄搖搖、眞勢眠夢的人。靜珠是將伊摸[7]轉來地面的氣力。有的時陣，靜珠蓋成伊的老母咧，疼伊惜伊，一面唸伊戇，一面憐憫伊單純。伊是一个無値得人愛的毋成囝，會食奶，袂反哺。

街頭的彼葩火。自由的時代。心情猶浪漫的時代啊！伊數念彼葩火咧燒的時代。

彼當時，伊心頭有一个人，伊有幼秀的跤手，猶久是青春少女的身材，長長柔柔的頭毛，烏蕊蕊有光的目睭，親像會看透伊的靈魂。伊叫做競純，是神學院「教會音樂系」學生。

佇競純的面頭前，伊頭一擺想欲胸坎 thénn 起來，做一位大丈夫。

伊彼个時陣猶咧流浪，辭了本來業務員的頭路，毋知家己應該繼續讀冊，抑是好膽來創業，逐日無目標咧走從[8]。厝邊一个退休的嚴先生愛揣伊開講，佮伊講政治、講「美麗島」、講二二八，借《自由時代》雜誌予伊看。老歲仔佮少年人愈來愈投機。

本來，伊無拒絕嚴先生來拜訪，是因爲伊想欲利用嚴先生廣闊的朋友關係，替家己的將來拍算，總是，後來，伊煞予嚴先生所投入的世界迷迷去。伊才發覺，原來，並毋是所有的人

---

7 摸：khiú，拉扯。

8 走從：tsáu-tsông，奔波忙碌。

攏自私自利，想欲趁大錢，過四序[9]的生活，原來，猶有濟濟人看著臨到台灣的危機，拍拚欲來改變現狀，開創有自由有尊嚴的台灣。

伊若有閒，就綴嚴先生去聽政見發表會，抑是佮彼群嚴先生的「友的」啉一杯，伊漸漸受著這群人的接納。看伊對台灣單純坦白的愛，聽伊講起佇街頭佮鎮暴警察捙拚的故事，伊開始嘛有浪漫悲壯的心情：伊決心欲一世人流浪，只有等待「母親台灣」的呼召，就是呼召伊去赴死，伊嘛甘願。

嚴先生是附近一間「長老教會」的「長老」，所以嘛招伊去做禮拜。禮拜無親像政治聚會遐爾趣味。拜堂廳有冷氣，窗仔攏關絚絚，若無，街路的車聲就會傷吵，無人聽有牧師咧講啥。去到拜堂的人攏穿甲媠噹噹，一个一个看起來攏真有氣質，講話用語嘛佮大眾無精款。綴嚴先生去半冬了，伊一直袂適應，教會的人毋是遐爾好鬥陣。直到競純出現，去禮拜堂做禮拜才開始變做快樂的代誌。

競純是予學校派來實習的。伊愛負責佇禮拜的時彈鋼琴，閣愛炁教會的青少年唱歌。伊真愛看伊跤手猛掠[10]指揮彼陣歹管教的少男少女唱歌，競純家己看起來嘛猶是一个囡仔，幼幼軟軟的手若粉白色的尾蝶仔咧飛。

伊若佇彈琴，阿河有時就袂記得唱聖詩，一箍人愣愣，看伊縛懸起來的頭鬃，幼絲的頭毛有幾絲仔爭取著自由，散落

9　四序：sù-sī，舒適。

10　猛掠：mé-liah，形容動作敏捷。

來，綴伊掀譜的動作，輕輕咧摸伊白白的面，佇伊粉紅粉紅的耳輪邊咧踅。

伊開始去參加青年的聚會，只是爲著想欲有機會佮競純親近。競純會紮[11] gì-tà[12] 來，青年若大聲唱歌，伊就佇邊仔伴奏。伊袂愛講話，平常時就是看伊恬恬笑，認眞唱歌，看起來眞溫純，總是伊若是講話，就有一款威嚴的氣勢。

競純時常講的一句話，就是：「無論著時無著時，應該做的就愛去做。」伊講這是伊的媽媽的話。

個兩人較熟似了，競純有共伊講，伊的爸爸是庄跤牧師，媽媽是辛苦的「牧師娘」，教會大細項事攏是伊咧管。爸爸時常講：「無論著時無著時，攏愛傳福音。」媽媽較實際，講：「應該做的就愛去做。」

美麗島事件發生了，有教會的傳道者受牽連，競純的媽媽連鞭召集一寡人去照顧受掠[13] 的人的家屬。教會內有抓耙仔，假做好心來警告，講政府掠人毋但一波，教會名譽眞要緊，牧師娘的囡仔嘛猶細漢，毋通受牽連。競純的媽媽大聲回講：「就是因爲逐家驚受牽連，咱基督徒才應該拍拚來關心。」

嚴先生眞呵咾競純，講伊比一般佮伊仝水[14] 的少年人有見解，因爲出身民主鬥士的家庭，無予國民黨教育污染去。

阿河心內想，競純早慢嘛會做一个牧師娘。聽講神學院音

---

11 紮：tsah，帶。
12 gì-tà ：日語借詞，原讀「ギター」；吉他。
13 受掠：siū-liàh，遭到逮捕。
14 仝水：kâng-tsuí，同輩。

樂系的學生是牧師娘的熱門人選。競純是遐爾青春少年，伊是一个事業無成就的中年人，伊只有遠遠欣賞競純，向望競純會捌伊的心。

鄭南榕拒絕受掠，寧可將家己燒死。新聞一下出來，遐的「友的」攏受著真大的衝擊，逐家一直問，佇這个關頭，著愛為台灣做啥物？伊決意去台北參加「爭取百分之百言論自由」的遊行，佮警察國家拚到底。有真濟人一面流目屎一面講，著綴鄭南榕來死。

阿河的熱情嘛攏予人激激出來。大聲講：「恁有某有囝的人，著留性命顧後一代，做恁放予我這款無某無猴的人來拚！」講了，伊心頭浮現競純美麗的形影，忽然間真可憐伊家己。

欲出發的前一日，伊去神學院的查某宿舍揣競純，舍監用懷疑的目睭佇伊的面頂巡兩擺，才損電話去樓頂通知競純。

彼日，競純穿一軀彼時流行的綿布衫裙。寬寬闊闊，粉紅色的長裙佇風中起起落落。個兩人徛佇宿舍門口的樹跤。

伊講：「阮明仔載欲上台北去遊行。」

競純講：「可惜明仔載我愛教琴趁錢，閣有教會的工課。無我嘛真想欲去參加遊行。」競純閣講一寡仔學院內對鄭南榕的死的反應，講學生的心情嘛攏受影響，無想欲上課，開研討會討論「自殺」的神學佮倫理意義。競純愈講愈有意思欲放下一切，綴伊起 lìh 台北遊行的款式。

伊較緊講：「這擺可能會起衝突，有真濟人講，欲真正來拚一場。到底會發展到啥物地步，無人知。恁學生囡仔猶是留落來上課較著。」伊心內想欲講：「你千萬毋通綴阮去，予我一人來拍拚。」總是伊眞驚得罪競純。伊心內想欲問：「若是我出代誌，你會紀念我無？」總是伊只有講：「我只有想欲佇遮爾特別的日子以前，向你講一聲『再會』。」

競純眞嚴肅看伊，然後忽然間笑起來：「你無想欲閣去教會聚會矣？」

「我若平安倒轉來……」伊悲壯的心情予競純的笑擾亂去，忽然間，伊明白，伊袂成做英雄，伊干焦是一个綴路的小跤數。伊毋知欲按怎閣講落去，只好講：「我若平安倒轉來，咱就佇教會再會。」伊越頭就欲行。

競純佇伊後壁講：「我會替你祈禱。」

我會替你祈禱。我會替你祈禱。遮爾濟冬來，這句話一直纏絆伊。

佇落雨的街頭，火忽然著起來，無人拍伊會化。伊心內只有競純，想著競純講：「我會替你祈禱。」伊嘛有想欲家己成做火種，總是伊只有坐佇雨水灌沃的街頭，無行動，因爲伊想欲閣爲競純來活。

警察的鎭暴水車 nái 無將阿楠的火沖予化？ Nái 無人會當將伊夢中的火消滅去？

伊平安倒轉來，總是伊對家己眞無滿意。伊無想欲見著競純，驚家己的無膽會予伊看破。等伊心情較好，伊才閣去教會禮拜，總是，伊看著是另外一个查某囡仔佇彈琴，聽講競純已經去別的所在實習。暑假已經到，競純無佇查某宿舍。伊無閣佮競純相拄。

阿河一面思念過去的代誌，一面無目標慢慢踅，無意中，行到伊十幾冬前所蹛的所在。伊想起嚴先生，眞久無聽著伊的消息，毋知伊是毋是已經過身去。伊徛佇路邊，看過去伊所蹛過的簡單樓仔厝，已經閣搭鐵厝，改建過，這搭圍仔是學生區，過去幾冬有眞大的變化，只有隔壁嚴先生的厝，外表看起來攏無變：兩層樓有前庭的販厝[15]，牆內有兩三欉聖誕紅探頭出來，藍色的柴門，舊式的門燈，十幾冬的時間對遮流過，只有予柴門小可退色。

嚴先生的門口貼一張彩色的海報，伊眞好奇，就近去看。海報頂是一个樂團的相片，一位少女佇摃爵士鼓，另外一位揤 keyboard，中央徛一个瘦瘦的查某人，頭毛短短，穿牛仔褲，手抱 gì-tà。海報的下面寫：「烏鶖樂團見證音樂會——大光照台灣」。

門忽然間開開，阿河趕緊退一步。門內行出一位老人，看著伊徛佇遐，就客氣客氣共伊請安。阿河認出老人，問講：「嚴先生，你會記得我無？我是阿河啦。」

嚴先生想一睏，才想起來：「隔壁的阿河，我會記。」伊的笑容眞親切，「我會記，你嘛是一位民主的勇士，眞熱心。你這馬誠有成就矣？」

「無啦！嘛是親像過去，做推銷、排擔仔。景氣眞穤，袂出頭天。」

「有成家矣？」

15　販厝：huàn-tshù，成屋，蓋好準備出售的房屋。

「有娶著好某。」伊毋知家己是按怎有必要佇嚴先生面頭前強調靜珠是「好某」。見著嚴先生，心頭所浮出的競純的形影就愈清楚，威脅著伊現在的生活。

「眞好。眞好。有好某，人生著快活。」嚴先生快快樂樂講。

時間是有佇嚴先生身上留落痕跡。伊的頭鬃完全白去，行動有一點無利便，目睭嘛無親像以前遐有光，總是伊熱情的笑容無改變。阿河問：「我是看著你門口貼的海報，才過來看的，這是啥物音樂會？」

「眞趣味乎？這馬的少年人做運動佮咱的時代無siâng款，個會去組樂團，寫歌。阿純眞厲害，選舉的時對台灣頭唱到台灣尾，眞好，眞好。」

「阿純？」

「伊是教會的囡仔呢！這位是阿清，彼位是阿玲，攏是咱教會的囡仔，阿純受正統的音樂訓練，聲眞好！伊攏家己寫歌。你會記得阿純無？伊捌教咱教會的囡仔唱歌，畢業了後閣佇咱教會做幹事，無親像一般人干焦知影欲教琴趁錢。」

「伊畢業彼時，我已經爲著頭路離開台南。伊就是烏鶖樂團的主唱？」

阿河閣再斟酌看海報頂面的查某囡仔。伊腦海中的競純是頭毛長長的校園美女，海報頂面的是一位自信的女傑，短短的頭毛染甲靑靑紅紅，烏色的短衫，有眞濟橐袋仔[16]的牛仔褲，看起來眞有個性。阿河認眞看伊的鼻目，小可認出競純帶威嚴

16　橐袋仔：lak-tē-á，口袋。

的清麗。

「伊無成做牧師娘抑是醫生娘？伊遐爾媠閣有氣質，nái 無予人逐去？」

嚴先生笑 hai-hai 講：「阿純若是聽著你按呢問，就會共你教訓講，現代女性的生涯是掌握佇家己的手內。你欲去聽伊的音樂會無？Îng暗七點半，我猶有票。入來坐啦！我提票予你。」

「我愛去夜市仔排擔仔。袂當去。」伊細聲講。嚴先生耳空重，聽無清楚，熱情勉強伊入去廳內坐。伊提印甲媠媠的音樂會的票出來，強強窒入阿河的手內。

阿河幫忙靜珠共擔仔排好，車流、人群漸漸聚倚來。伊開始看手錶仔。平常時，這个時陣伊就會佇車內看手提的小電視，抑是去佮其他擔仔熟似人講話，無論按怎盡量留佇靜珠身軀邊。

伊想欲去聽競純唱歌，總是伊毋知欲按怎向靜珠開喙。烏白編一个理由來離開，伊嘛做袂落去。伊本來想欲共靜珠報告早起拄著嚴先生的代誌，總是靜珠爲著擔仔位的租金有欲起的風聲，煩惱甲規下晡，拍電話四界問有啥物應對的可能性，伊煞無時間佮伊講話。

靜珠佮隔壁擔的人閣佇講起租金的代誌，伊雄雄想著，揣一个機會插入去講：「我有熟似人，伊佮市政府的人熟似，可能會當藉伊的關係講看覓。我想欲連鞭來去揣伊。」靜珠笑講：「你啥物時有這款有影響力的朋友？」

「是我以前的厝邊。我今仔日透早出去散步，閣拄著伊，

伊請我 îng 暗佮伊去聽音樂會。」

「啥物音樂會？」

「烏鷲樂團。」

「毋捌聽過。」

「是有政治關懷的樂團啦。佪有佇選舉演講會唱歌。」

「這个時代，nái 啥物攏愛 khåp 著政治。」靜珠發出不滿的感嘆，總是伊面笑笑，態度開朗共阿河講：「欲去就緊去，轉來鬥收擔就好。」

阿河眞歡喜得著靜珠的同意，徛起來，就行。靜珠對後壁閣送來一句話：「聽了，îng 暗是莫閣陷眠喔！」

音樂會是佇長榮女中的禮堂。聽衆大部份是青年男女，中學生嘛袂少，老人眞少，所以伊連鞭就揣著嚴先生，去坐佇伊身軀邊。伊有認出一寡過去佇教會熟似的人，感覺家己親像行轉去家己的過去。禮堂大廳的光線柔和，氣氛平安，親像過去佇禮拜堂的感覺。

嚴先生看起來眞快樂，面紅紅。伊講，這其實是一場紀念台灣建國先烈的音樂會，總是照少年囡仔人的意思，包裝了眞軟性親切，爲著欲予較濟政治冷感病的青少年，嘛會當接受。

競純出現佇台頂，阿淸佮阿玲攏嘛就位。台跤掌聲熱烈。三位小姐頭毛攏剪甲短短，染做彩色，流行的深紫色短衫，露出肩胛頭佮有力的手骨，長牛仔褲，運動鞋，看起來蓋成是啥物少年隊。

競純的樂團眞正有合青年人的口味，伊佇台頂跳來跳去，眞有架勢，唱伊所譜的福爾摩莎讚美歌。受著伊熱情的鼓舞邀請，幾節了後，聽衆嘛會綴咧搖，唱：「福爾摩沙，我的愛！」

彈 keyboard 的查某囡仔，一面彈出予人心酸的和聲，一面開始講故事，講起台灣人代代的眠夢。一段故事，一段歌曲。有逐家熟似的流行歌，有原住民的歌，嘛有個三个查某囡仔家己的創作。逐家聽甲迷迷迷。台灣戰後的奮鬥史，一幕一幕出現：二二八、白色恐怖、中壢事件、美麗島、五二〇農民運動、反核反污染運動。

阿河感覺台頂的競純比以前離伊閣較遠，總是另外一方面，連接個兩人的氣力，猶久是眞強，伊對家己講，這个氣力，是愛台灣的心。伊用伊的方式，競純用競純的方式，總是阿河無完全放袂記去爲台灣的自由拍拚的日子，嘛無放棄眠夢。因爲按呢想，困擾伊眞濟冬的罪惡感佮無奈的心情，佇歌聲的陪伴漸漸散開，親像有青天出現。

台頂的競純手彈 gì-tà，溫柔的聲咧唱：「毋通放袂記，毋通放袂記，自由歌聲初唱的時。」

伊的心平靜落來。競純替伊佇紀念「自由時代」的美夢，紀念火燄，佮深深的愛，伊知競純的歌聲，會趕除伊的惡夢。

音樂會將近尾聲，競純佇台頂，開始感謝贊助的單位佮個人，最後，伊行落來，特別來扶嚴先生起 lih 台頂。伊向聽衆講：「我欲共恁介紹 îng 暗上大的功臣，若無伊的鼓勵、支持，烏鶖樂團袂成立，若無伊的走從，就無這場音樂會。」競純佇衆人的面頭前，將嚴先生攬牢咧，唚伊的面。嚴先生的面愈笑愈紅，伊就近 mài-khuh[17]，講：「我眞歡喜……」一句話講無了，伊忽然間無法度出聲，目睭展甲大大蕊，目睭仁親像欲落(lak)出來，然後，伊突然倒落去。競純對邊仔共伊 thénn 咧，mài-khuh 傳出伊冷靜總是憂悶的聲：「咱中間有醫生無？請起來台頂。」

台下忽然間亂 tshìng-tshìng，一寡人跳起來，衝向台頂。阿河嘛走過去，伊眞爲嚴先生擔心。一位醫生跪落來檢查嚴先生，有人提出手機來叫救護車。阿河袂當做啥物，嘛歹勢閣行轉去，只好徛佇拚鼓的查某囡仔邊仔。對這个角度，阿河會當看著競純的側面，伊長長的頷頸，優美的肩胛頭，親像過去佇禮拜的時，阿河看伊咧彈琴的角度。伊過去幼骨的手，這馬變甲眞有氣力。

競純用冷靜的態度，處理這个場面，伊誠誠懇懇向台跤的人說明：「嚴先生突然間心臟病發作，醫生已經盡力急救，嘛有人叫救護車。佇這个時，請逐家著做伙來吟嚴先生所愛的聖詩〈願我會愈愛你，我主基督〉，會曉唱的人請攏做伙出聲。」技術人員將燈火轉予暗，競純佇暗中慢慢仔唱：「願我會愈愛你，我主基督，跪落祈禱謙卑，求你賜福，我心懇求無離，愈久會愈愛你，會愈愛你，會愈愛你。」

阿河袂曉唱，總是逐家一遍閣一遍唱，伊漸漸嘛會曉一兩句，伊平常時毋敢出聲唱歌，總是這馬伊開始唱：「我心懇求無離，愈久會愈愛你。」伊毋知家己是欲爲嚴先生來唱，抑是爲競純，甚至爲著靜珠？

17　mài-khuh：日語借詞，原讀「マイク」；麥克風。

救護車來，將嚴先生送去病院，競純嘛綴過去，音樂會就按呢散矣。

伊轉去鬥收擔，靜珠講，夜市有一寡朋友已經欲組自救會，因爲景氣穤，租金若閣起，無人會當繼續趁食。

「這个年頭，做啥物攏是愛有自救會。」阿河有一點仔不滿：「選舉選遐爾濟遍，選袂出會照顧小百姓的人！」

「你去食著火藥是無？抑是有啉燒酒？」

「我的朋友佇音樂會心臟病發作倒落去，我的心眞亂。」

靜珠安安靜靜過來牽伊的手，無加講話。

轉去到厝，靜珠提出朋友家己激的桑椹 (sng-suî) 酒，佮伊坐落來開講。伊第一擺對靜珠講起伊佮嚴先生相捌的故事，講起伊佮彼群「友的」交陪的情景，教會，以及街頭的火燄。伊講起透早的奇妙因緣，親像一日的中間，轉去家己的過去旅行一擺。伊坦白講起伊這幾冬對家己、對大環境的失望。然後，伊講：

「當逐家四散、失志、度苦過日，嚴先生攏猶久認眞支持建國運動，毋捌失志過，無論著時無著時，伊攏有做伊認爲愛做的事。伊才是應該受著紀念的人。若是伊因爲這擺心臟病發作來過身，伊最後的話就是：『我眞歡喜』。」

「按呢聽起來，伊若是就按呢過身去，嘛算是眞有福氣的代誌。伊看著伊的美夢有一點仔成就，伊免閣爲一寡烏魯木齊[18]

18　烏魯木齊：oo-lóo-bók-tsè，指人不精細分明、過於草率，喜歡胡說八道。

的代誌來受氣。」

伊想袂到靜珠會按呢想。伊放心共靜珠講伊的感動：

「主唱的人請逐家爲嚴先生唱聖歌，彼个場面我會永遠記牢牢咧。彼是眞媠的送別場面，充滿神聖的愛。我嘛綴咧唱：願我會愈愛你。我一面唱，一面想著佇夜市仔辛苦工作的你。」伊心內響起競純講：「我會替你祈禱。」

靜珠的面予酒染甲紅紅，伊滿面春風，笑吻吻講：「你啥物時陣變甲遐勢講話？」

阿河的面嘛變紅矣，輕輕哱靜珠的面。靜珠出力將伊攬牢咧，佇伊的耳空邊重複講：「我的古錐阿河，我的古錐阿河。」伊的聲調充滿欣慕佮快樂。伊溫暖的身體充滿氣力，伊予夜風吹裂的喙脣輕輕仔磨阿河的頷頸。阿河第一擺感受著兩个人的火燄是仝款熱，伊無閣驚家己會佇靜珠的火燄中消溶去，顚倒是歡喜迎接這葩熱熱的火。佇街頭有火著起來，冷雨沃袂化。一位同志完成伊的工作，來離開，總是火無化去。

阿河睏了足甜的。夢中，嚴先生佮競純牽一个細漢囡仔，來到伊的面頭前，伊看袂出是查某囡仔抑是查埔囡仔，總是伊眞確定，這是靜珠佮伊的後代，欲佇一个紛亂的、憂愁的、總是有活命的自由時代來大漢。

作者簡介

王貞文（1965-2017），嘉義人，出世佇淡水。東海大學歷史系畢業，台南神學院神學系道學碩士，捌佇德國畢勒伯特利神學院神學博士班修業；台灣基督長老教會牧師。長期研究教會史佮女性神學，也積極參與亞洲婦女資源中心（AWRC）的相關工課。捌用偉海、吳理真、綠鷹、綠茵等筆名發表過文章，出版過《海邊的粿葉樹》、《求道手記》、《橋上來回》、《控訴與紀念》等 7 部華語作品集。佇 1994 年的德國留學期間，開始用台語創作小說佮現代詩。2006 年出版台語小說集《天使》，2015 年出版台語詩集《檸檬蜜茶》。

金色島嶼之歌

胡長松（Ôo Tiông-siông）

2008台灣文學獎台語小說創作金典獎得獎作品

我是 Lamey[1]

我是 Lamey，金色島嶼之子，我的名叫做大斑鴿，Lamey 的話唸做 Tapanga，本底的意思是「海湧裡的勇者」。我是 Lamey，我的爸爸講，較早佇一个霆雷[2]落雨的時天，阮的祖先仔個坐竹排仔對[3]海的南爿來。阮愛唱歌，阮愛跳舞，阮愛講古；阮的歌聲、舞步佮阮的古，攏記佇金色椰子樹的長長的樹葉仔裡，海風吹過的時，個會 si-suah-si-suah 那唱那講。阮的祖先講，留佇金色 rudo 椰子樹的一切攏袂消失去，至少，佇老尪姨 Vare[4]予個掠去進前，伊嘛是按呢共我講的。彼是佇個紅毛第一擺來攻打阮的前一暝，南風吹過珊瑚礁頂厚厚的樹藤，

1 Lamey：荷蘭文獻所記，17 世紀初小琉球嶼人之自稱，推測是 Siraya 之一支。此保留作者原註。編按：本篇所有 Siraya（西拉雅）語的註解，均根據作者原註再依本書格式稍作修改，其他不另再說明。

2 霆雷：tân-luî，打雷。

3 對：uì，從。

4 Vare：Siraya 語，原爲風的意思。此爲人名。

我經過老尪姨 Vare 的厝，伊特別用伊皺痕的手捗[5]共我的手握牢牢，閣用敢若咧交代啥物的口氣共我講的。伊親像早就知影啥物——誠實的，隔日個紅毛就來矣。Lamey 的人予個刣死一半，有一寡人覕[6]起來，閣有一寡人親像 Vare 仝款 hőng 掠去。我是 Lamey，我知影，老尪姨 Vare 講的無毋著，這是祖先留落來的傳說：有紅毛會消滅 Lamey，干焦留佇金色椰子樹的一切袂消失去。所致這馬，我欲共這一切交代予山坑的椰子樹，我相信，總是有一日，有人會使聽著我的古，就算是足久足久的以後嘛無要緊。

「佇我的目睭內，無人比大頭目 Tukoolu[7]的查某囝 Salom[8]閣較媠。」拍殕仔光[9]的透早，我佮我的兄哥 Rutok[10]兩个人划[11]竹排仔出海，我的心肝頭全是 Salom 的形影。我划對日出的方向，看海對面的 Kale 山[12]浮佇地平線，雲影光線咧變步[13]。Kale 山本底是恬靜的查埔囝，毋過當日光對伊身邊的金色雲裡炤[14]落來插入海面，成做伊對尻脊骿[15]抽出來的刀的時，按呢，伊就成

---

5 手捗：tshiú-pôo，手掌、手模。
6 覕：bih，躲、藏。
7 Tukoolu：Siraya 語，原爲蒼鷹之意。此爲人名。
8 Salom：Siraya 語，原爲水的意思。此爲人名。
9 拍殕仔光：phah-phú-á-kng，黎明。
10 Rutok：Siraya 語，原爲野兔之意。此爲人名。
11 划：kò，以槳撥水，使船前進。
12 Kale 山：北大武山於清國時代被稱爲「傀儡山」。此即指大武山。
13 變步：piàn-pōo，原指變通的方法，此指移動、轉換、變化。
14 炤：tshiō，照。
15 尻脊骿：kha-tsiah-phiann，背部。

做佮阮Lamey仝款的威嚴的戰士矣。我咧想，只要划去到海的對面，我會揣著予個掠去的我心愛的姑娘Salom，我會使共伊悉轉來。

炤佇海面的日光直直咧轉踅，有時tshînn目[16]有時暗，這是這面大海上媠的時陣。毋知是按怎，我雄雄想起細漢的時阮兄弟仔綴阮爸爸佇這片大海掠魚的代誌：透早的日頭跤，海湧拍佇竹排仔，伊攑一枝竹仔削的魚鑿仔跳落海，泅對水底眞深的礁石縫去；阮爸爸藏水沫[17]藏眞久，一直到阮兄弟仔爲伊煩惱起來，徛佇船頂大聲喝伊。過一下手，伊才對水底鑿一隻佮伊手骨平長的大蝦起來，彼隻大蝦直直咧滾絞[18]，按呢，我佮我的兄弟Rutok嘛跳落海去……阮是Lamey，阮勢泅泳，阮勢掠魚，阮有時會共阮掠的魚仔載去大員[19]參遐的人交換物件；阮是Lamey，阮嘛勢走勢拍獵，阮共阮拍著的鹿仔肉曝做肉乾食，提鹿仔皮做衫，嘛共賰的鹿仔肉、鹿仔皮佮椰子，提去換粟仔、鹽佮別項物。有時，是個坐船來遮佮阮交換的……本底，阮毋是對個遐爾嫌癢[20]的，只是前一站個眞過份，划足濟船仔來阮Lamey的海掠魚，遐佮紅毛做伙的漢人攏是大蜘蛛佬仔[21]，冬天個提大網仔來，欲共Lamey上寶貴的烏魚掠了了——確實愛共個教示——阮的大頭目Tukoolu講的無毋著，

16 tshînn目：醒目、刺眼。
17 藏水沫：tshàng-tsuí-bī，潛水。
18 滾絞：kún-ká，翻騰、掙扎、滾動、扭絞。
19 大員：Tāi-uân，指台灣島。
20 嫌癢：hiâm-siān，厭倦、厭煩、厭惡。
21 佬仔：láu-á，騙子。

干焦勇敢的人才袂 hőng 欺負。伊是 Lamey 通人尊敬的老戰士。

毋過我的兄哥 Rutok 講：「對春天到冬天，你就是一向遐爾衝碰[22]。漢人佮你啥 tī-tāi，海裡的魚濟甲親像海沙，你何必直直佮個冤家？」

阮順風勢划對北面，對面的猴山親像一粒小島，出現佇海平線。佇金色的光線下，海湧的聲敢若底受氣。我講：「敢講你毋捌聽 Vare 講過，Lamey 的海是祖先的海，無任何人會使凊彩倚近掠魚，若無，咱的祖先仔個是會受氣的。閣再講，烏魚是咱祖先的魚，哪會使烏白來掠？」有一群魚仔佇船邊咧泅，若是較早，阮就會提魚鏨仔來鏨魚，毋過今仔日阮無心情。閣較遠的海面，不時有一兩隻有翼仔的飛魚佇水面跳，天頂嘛有幾隻白色海鳥咧飛踅，個雄雄頣[23]低飛落來，頭鑽入海面，閣飛懸，逐隻的喙裡攏咬一隻魚仔。

Rutok 講：「唉……你講著 Vare，啊若是個紅毛呢，咱的 Vare 到底是按怎講的？」我的兄弟 Rutok 的頷頸仔掛一條粗粗的金鍊仔，我知影，彼是伊佇大員用烏魚乾佮漢人換來的。海湧反炤日光，閣反炤佇彼條鍊仔頂懸，阮 Lamey 的姑娘攏講彼是規个 Lamey 上婧的一條鍊仔。

Vare 的話我記甲眞清楚。Vare 講：「紅毛會坐大船來，個的手裡提火做的箭，飛比大風較緊，個的頭毛是紅色的敢若鬼仔火，無人會使拍贏個。」我會記尪姨 Vare 講話的時目睭放瞌

22　衝碰：tshóng-pōng，冒失、魯莽、莽撞。
23　頣：tshih，頭向下低垂。

瞌，聲音 phih-phih-tshuah。我想，伊老矣，伊老甲目賙皮捏做一球，連話都講袂清。我感覺無人會相信伊的話，因為紅毛的船幾年前確實捌來過，其中有兩个人上島想欲偷阮的椰子，結果予阮刣死，而且，個欲死進前閣疶[24]屎尿，遐爾無膽看袂出來是啥物有威脅的人——按怎嘛想袂到，Vare 的話講了的隔日，紅毛的船煞就誠實閣來矣，遐濟隻懸懸的大船，閣有，個的船頂有遐濟人，兼有大員、新港佮放索的人參個鬥陣。阮按怎嘛想袂到，阮 Lamey 的人會予個刣遐濟，連阮的爸爸嘛死佇 hin[25]。

彼日拄好是阮 Lamey 佇南爿海埔咧舉辦 Toepaupoe Lakkang 的過節的日子。一透早規村的人攏佇海墘仔跳舞啉酒，Vare 獻上檳榔、椰子、米、酒、烏魚乾佮鹿仔肉，伊攑頭共天地的神靈 Alid[26] 閣有阮 Lamey 的祖先仔講話祈求，向個求雨水通賜逐項物生長，嘛求果子佮稻米發芽袂拄著大風。彼嘛是 Lamey 歡喜少年家轉大人的日子，阮少年家仔佇海墘仔走沙埔比賽，走上緊的彼个，會使頭一个共 Seiluf 百合花送予伊心愛的姑娘。佇我的目賙內，無人比大頭目 Tukoolu 的查某囝 Salom 閣較媠。這段日子對伊的奶仔漲大了後，我綿精[27]佇伊的一切，我佮意伊：伊的身軀、伊的笑容、閣有伊予風吹甲飄散的幼幼的長頭毛。有時伊會遠遠看我，毋過，阮互相真少講話，我直直歹勢

24　疶：tshuah，無法控制地排泄屎尿。

25　hin：hit-nih（彼裡）的連音，那裡。

26　Alid：即平埔族的祖靈信仰，阿立祖。

27　綿精：mî-tsinn，入迷也。

向伊表達——伊看我的時，目睭親像天星明閣清，伊的喙脣敢若樹椏[28]的雀鳥仔遐爾古錐，啊伊漲大的胸仔，就親像一蕊白雲所罩咧的山崙遐爾溫純——所致我已經決心，彼日，我欲當眾人的面，共一蕊上媠的百合花送予伊。彼日日頭炤佇珊瑚礁石佮小山崙，我佇海墘仔直直走，直直走，規个心肝攏是 Salom。最後，我贏矣，我是 Lamey 走上緊的少年家，我共一蕊上媠的 Seiluf 花送予伊。

伊接著 Seiluf 花的時微微仔笑，回送我一椏個兜門口的檳榔，閣牽我的手行過山坑的椰子樹林。佇一抱有蔭的草花欉裡，伊共我攬咧……伊的喙有蜂蜜的甜，啊伊的胸仔有規山崙百合花的芳味。我共講：你 Salom 永遠是我大斑鴿的牽手。按呢，我就聽見伊唱歌，親像風吹過椰子樹的樹葉仔，了後我閣一遍鼻著伊的胸仔的 Seiluf 花芳……Rutok 愛我佮伊做伙出力划，因為日頭已經蹈足懸，若無較出力咧，阮就無法度佇日頭蹈上天中央進前，划到 Takau 的猴山跤，按呢，海流就會共阮流遠去。Rutok 講，大員攏是紅毛，啊閣較近的塔加里揚捷捷佮 Lamey 相拍，干焦 Takau 的猴山跤合阮的船倚靠。

我問 Rutok：「去 Takau ？敢會危險？」

Rutok 講：「袂啦！遐有我的漢人朋友。」

「漢人？朋友？」我看伊，箍佇伊頷仔頸粗粗的金色袚鍊真 tshînn 目。

Rutok 無看我，干焦擪頭看海彼面的山。伊講：「我知影

28 樹椏：tshiū-ue，樹杈；樹木末端的小樹枝。

你咧想啥，對春天到冬天，你想的物件攏仝款。你佮大頭目 Tukoolu 仝款頭殼親像椰子殼有碻碻[29]袂曉變通。漢人毋是逐个攏是歹人！」

我真受氣。敢講伊袂記伊的牽手嘛是予個彼陣人掠去的？我大聲講：「Rutok，咱 Lamey 無應當是按呢的！敢講你袂記矣，個漢人是佮紅毛鬥陣的，個是做伙來刣死咱 Lamey 的？」假使伊毋是我的兄弟，我定著會共伊揀落海去。

「大斑鴿！敢講你聽無？毋是逐个人攏一个款！你大漢矣，愛學會曉想代誌。我的朋友是好人。」

大頭目 Tukoolu 無佮意我的兄弟 Rutok，因為有一日 Rutok 提漢人做的刻花銅鏡轉來。阮 Lamey 的查某囡仔逐个攏講彼是一面真媠的銅鏡，相爭欲看，Rutok 就閣共一寡抹喙脣的胭脂提出來送個，個遐查某囡仔就歡喜甲笑 hai-hai，共喙脣抹甲紅絳絳。了後，伊共一粒圓圓的紅毛的銀圓提出來予逐家看，講彼是伊用鹿仔皮佮紅毛換來的，足價值的，會使佇大員換任何物件，包括足幼足軟的絲仔布佮大大袋的米佮鹽。銀圓金光 siak-siak，逐个 Lamey 攏看甲喙哈哈，毋過，Tukoolu 看著就真受氣，伊透過阮爸爸，共 Rutok 叫去伊大頭目的厝裡罵。彼是阮 Lamey 上見笑的代誌。Tukoolu 講，彼款物會予 Lamey 敗害。Rutok 應講：「有啥物敗害？我聽無！」伊嚷甲遐爾仔大聲，嚷甲阮規个 Lamey 的人攏聽會著。毋過到路尾，阮 Lamey 的查某人猶是共胭脂抹起佇個的喙脣，包括 Tukoolu 的牽手。

29　有碻碻：tīng-khok-khok，相當堅硬。

Tukoolu 對這件代誌一直眞無諒解。有一段時間，Rutok 因爲 Tukoolu 無佮意伊，一个人恬恬划竹排仔離開 Lamey，經過幾若个春天才閣倒轉來。我問伊彼段時間伊去佗位，伊攏毋講。

倚近猴山的海流較亂，阮划過一个生滿 nayan 竹仔的沙洲，了後就沓沓仔[30]對兩片山壁之間，划入猴山下的港灣 Takau。日頭當大，燄甲親像大火，猴山頂攏是竹仔佮榕仔樹，佇日光下通光青翠，啊山頂的蟲叫甲敢若欲共天 hiau 起來，鳥仔嘛綴咧叫袂煞。較早我捌佇這箍圍的海掠魚，毋過我毋捌駛入來這个灣，這是頭一擺。因爲 Tukoolu 捌講過，Takau 漢人濟，而且閣有海賊時常佇遮出入，Lamey 人無應當倚近。我毋知影原來這是一个遮爾媠的海灣。阮划到岸邊的時，已經有幾若个人徛佇遐咧等阮，個對阮擛手[31]，表示歡迎阮到位。我想，好定個遠遠就看著阮來矣。

李發會曉講阮的話，這予我感覺眞驚奇。伊的厝佇 Takau 港邊猴山山坪的一个竹林內，厝起佇竹抱跤，是用竹仔起的。徛佇個厝門跤口的一塊大石頂頭，會使看著海港的船出入，閣較遠的所在，Lamey 島嶼浮佇西南爿的海平線。伊講，伊確實遠遠就看著阮的竹排仔划過來矣。伊招待阮的笑容眞溫暖，伊煮物件予阮食，閣燃[32]一款特別的物件予阮啉，聽伊講，彼是茶。假使伊是 Tukoolu 講的彼款歹人，按呢，我就毋知影好人應當生做啥款。我想 Rutok 講的無毋著，就算漢人，嘛有阮

30 沓沓仔：tàuh-tàuh-á，漸漸。
31 擛手：iàt-tshiú，招手、揮手。
32 燃：hiânn，點燃、焚燒。

Lamey 的朋友。

「彼日，紅毛來矣，坐五隻大帆船來，閣有五隻舢舨仔船。紅毛、大員、新港閣有放索的人攏來矣。船一倚近海岸，就開始彈火銃。」Rutok 共李發講。紅毛的火銃就是尪姨 Vare 喙裡講的火做的箭，我是彼日才親目睭看著的。這馬，嘛有幾若枝彼號物件掛佇壁頂懸。

「火銃？ Rutok，我毋知影你閣會驚彼款物件呢！敢講你袂記矣，較早，咱做伙佇一官[33]的商船頂的時，火銃袂輸是迌迌物仔呢！」李發講。

「我哪會袂記？咱較早佇海裡走傱[34]。佇澎湖，個日本人的商船靠礁反去，咱共船頂的白銀載去廈門買絲仔佮茶葉，閣共絲仔佮茶葉載去 Patavia 賣予紅毛，哈哈！」Rutok 的目神 sih 過一道光，佮我佇 Lamey 看著的 Rutok 無仝，伊成做一个我無熟似的彼款人。伊繼續講：「毋過個紅毛來傷濟矣，個是存心欲消滅阮 Lamey 的，閣有漢人、放索人佮新港人，我有看著新港社的頭人 Lika，我看著伊，我懷疑是伊悉路頭來的。我真後悔彼時陣無佇日本共伊刣死較規氣。啊你敢有聽著講個是按怎欲刣阮 Lamey ？」

「Mh⋯⋯這⋯⋯」李發吐一个大氣 (khuì)。「我前一陣去大員買賣，你敢有聽講個麻豆的頭人 Takaran 的代誌？」

「無啊！按怎？」

33 一官：即鄭芝龍。

34 走傱：tsáu-tsông，奔波忙碌、闖盪。

「頂個月，Takaran 佮麻豆社人二、三十个予紅毛刣死佇路裡，過無外久，麻豆人就提椰子樹佮檳榔樹的樹栽去見紅毛官，講欲共麻豆的全部土地獻予個，只要個莫閣刣個麻豆人。這是大員的漢人共我講的，因為紅毛招足濟泉州廈門的漢人來種田，煞占著麻豆人的地。Takaran 共一兩个搶個土地的漢人刣死，所致紅毛無歡喜，就共 Takaran 刣死報仇。Rutok 你愛注意，莫佮紅毛硬拚，規氣投降。紅毛歹起來袂輸一官，尤其個攏是酷刑的人。」

「這⋯⋯，我嘛知影，毋過，個已經共我的牽手 Uma 掠去矣，我臆[35]，若毋是掠去佇大員就是佇新港，另外，閣有阮牽手的爸爸，伊行出來投降，嘛是予個掠去。就是按呢，我想欲去揣個。」

我坐佇邊仔恬恬聽，想起彼工的情景，心內就感覺悲傷。個講著 Takaran 的代誌，我驚一趒，我捌伊，因為頂一个冬天，阮 Lamey 捌為著掠烏魚的代誌佮伊佇麻豆外的海上相爭。Takaran 體格懸閣勇，無一个 Lamey 有把握拍贏伊，伊手握大刀佮魚鑿仔，徛佇一隻竹排仔頂懸，後面閣綴幾若隻，攏是個麻豆人，看著真威風。伊講，若無伊的允准，阮 Lamey 袂當偷偷仔佇遮掠魚，所致阮只好閣划轉來 Lamey——想袂到，伊嘛已經死佇紅毛的手裡。我感覺紅毛真恐怖，敢若鬼仔。我想著 Salom 予個掠咧，欲上船進前手閣予個用麻索箍幾若輾縛起來，

35 臆：ioh，猜測。

我的心肝就滾絞敢若針底揻[36]。

「新港的 Lika 才是著的！」李發按呢講。

「毋管怎樣，李發，拜託你，幫助阮去大員佮新港，阮會使裝做漢人。了後，我今年冬天就會予你十擔烏魚。」Rutok 講。

風對海的方向、對 Lamey 的方向吹來，我徛佇竹抱下的彼粒大石頭頂懸，遠遠看故鄉 Lamey 浮佇透中晝日光下的海平線。佇海霧中，伊敢若退色去，賰一个薄薄青色的影 niā-niā。Rutok 共我講，彼遍伊離開 Lamey 了後的某一日，伊的竹排仔佇透大風雨的海裡予湧摃反去，佳哉，有一隻帆船經過共救起來。李發就佇彼隻大帆船頂懸，個是按呢熟似的。路尾，個的船去過眞濟所在。「Rutok，你共我講，彼个 Lika 到底是 siáng，怎樣伊會悉紅毛來拍阮？」Rutok 擔一个肩無應我，伊頷仔頸的金鍊仔，佇透中晝的日頭跤金 sih-sih。

我是 Salom

我是 Salom，是 Lamey 大頭目 Tukoolu 的查某囝。紅毛共我佮我的媽媽掠來遮，阮一大群規十个睏佇一間柴間仔，聽講準備欲分配予新港人管。我的媽媽講，遮就叫做新港，是阮敵人的名。阮來到遮已經一段時間，彼日遮的牧師欲共我揀予彼个紅毛兵做牽手，我無愛；閣再講，我的腹肚內，已經有我的

---

36 揻：ui，以針狀物刺、戳。

麻達[37]大斑鴿的囡仔——毋過媽媽愛我答應，伊講，按呢對我的囡仔是好的。我真躊躇[38]。自我細漢的時，尪姨 Vare 就講，祖靈 Alid 因爲我的美麗警告我，袂使予外族的人看見我的面，若無，毋是我會 hőng 掠去，就是 Lamey 愛爲著我消失佇大火裡。干焦我的爸爸 Tukoolu 講無要緊，逐个 Lamey 攏知影，伊是 Lamey 的第一勇士，伊佇地上走甲親像鹿仔遐緊，佇水裡泅甲親像魚仔遐猛，毋管啥物時陣，伊攏會保護我佮逐个族人。伊上疼我，自細漢鬥陣食飯，伊攏共頭一塊肉挾予我食，講我是伊心肝頭的 I-sip[39]花。爸爸佮我的兄哥個出門拍獵掠魚的時，我的媽媽就佇厝裡織布、做衫佮編魚籠仔。伊用竹仔共魚籠仔編甲閣大閣細閣婧，是阮 Lamey 上好的魚籠仔。伊嘛教我做遮的代誌，伊講，有一日，定著會有親像我的爸爸 Tukoolu 仝款勇敢閣緣投的麻達娶我做牽手，按呢，我就愛佮伊仝款做遮的代誌。我聽著遮的話，感覺歹勢，規个面就燒烙起來。

我直直想，敢誠實是因爲我的原因才造成 Lamey 的災劫的？閣再講，我並毋是刁工的——佇某一个下晡，我的阿母愛我揹籠仔去山崙仔跤的樹林抾焦柴轉來燃火，就是按呢毋才會予彼兩个紅毛看著的。我路尾才知影，紅毛的船落碇[40]歇佇附近，個是專工來佇阮的島揣水啉的。個的跤手白蔥蔥，頭毛是紅色的。其中一个瘦的規面是鬍鬚，跖上樹仔欲挽椰子，另外

37 麻達：男子、男人。此保留作者原註。

38 躊躇：tiû-tû，猶豫、遲疑。

39 I-sip：Siraya 語，原爲花的意思。

40 落碇：lo̍h-tiānn，拋錨，將錨丟入海中，使船身可停穩。

一个大箍的徛佇樹跤接；我一看著佪，驚甲喝一聲足大聲，結果佪就提大刀出來，從過來欲掠我。我感覺真驚嚇，只好直直走。佪的跤步聲綴真絚，我感覺我會死佇佪手裡。我走出樹林，來到海墘仔的沙埔的時，已經走袂去。佪共我規个人攬牢咧，我直直喝直直翸[41]，佪攏毋放，紲落佪閣共彼領披佇我身軀的鹿仔皮摸落來，共佪鬍鬚的面貼佇我的胸坎。我直直喝直直滾絞。就佇彼个時陣，我聽著尻脊骿咻一聲，我越頭，對樹林飛一枝竹矛出來，正正鑿佇彼个瘦的的大腿，伊叫一聲蝹[42]落來，跋倒佇塗跤直直哼。我看著大斑鴿對一塊珊瑚礁後壁跳出來。另外彼个大箍的，驚一趒，手就挾佇我的頷頸仔，閣共伊的刀攑懸，喝聲愛伊徛較遠咧。想袂到這時陣，另外一枝竹矛隨對珊瑚礁後壁飛過來，擦過我的頭毛，直直插入彼个大箍的的嚨喉。血噴出來。我翸一下跳開，彼个大箍的就跋倒佇塗跤。我走對珊瑚礁去，看著我的爸爸徛佇大斑鴿後面。日頭的光線罩佇珊瑚礁，予伊成做金色的石頭，閣過，沙埔頂架一隻小舢舨仔，啊無外遠的海面有一隻三帆的大帆船落碇，我想，彼就是佪紅毛的船無毋著……

毋知是按怎，自從彼日了後，我見若看著大斑鴿，心肝穎仔就癢癢想欲笑，總講一句，見若看伊對遠遠的所在行來，我就笑甲無法度撙節[43]，只好共我長長的頭毛摸來掩我的喙，而且，我全款忍袂牢想欲看伊。伊的體格懸閣勇，目睭大閣深，

41 翸：phún，掙扎、掙脫。
42 蝹：un，蜷曲身體、曲身蹲坐。
43 撙節：tsún-tsat，節制。

佇 Lamey 的查埔囡仔當中，伊是上好看的一个。我的媽媽知影這一切，伊就講，我的心已經予大斑鴿掠著矣，就親像兔仔予鵜鶚[44]掠著。我的媽媽講，當愛情到位，查某囡仔攏會想欲笑，個會笑甲向腰[45]，敢若欲共頭磕佇塗跤。所致，當佇彼工 Toepaupoe Lakkang 的節日，我看著大斑鴿走佇第一个，我就知影，伊會共上大蕊的 Seiluf 送予我，而且，我嘛欲送伊上青的檳榔，閣爲伊做一領上好的鹿皮衫。按呢想的時，我就閣想欲笑出聲，而且，我嘛感覺著我的奶仔漲漲，啊我的面燒滾滾。我的媽媽知影這一切，伊講，我的心已經予大斑鴿箍甲絚絚絚矣，伊微微仔笑，輕輕仔共一蕊火紅的 I-sip 插佇我的長頭鬃。

喔！彼工過節，伊誠實提一蕊 Seiluf 徛佇我的面前。我大大笑出聲。

「大斑鴿，是按怎，你佮遠遠看著的你無仝？」風吹過阮的身軀，Toepaupoe Lakkang 的歌舞聲猶咧繼續。阮一路手牽手向北走，走過山崙的椰子林，走過一片林投樹林，閣鑽過一个過一个的礁石縫，來到北爿無人攪吵的海墘。阮潦過海水，鑽入海墘仔的一个礁石壁空，藍色的海恬靜鋪平佇阮的面前，細聲的湧鬚有時拍起來，浸過阮的跤目。雖罔遠遠看著的大斑鴿是一个勇壯的獵人，毋過彼時陣佇我的身軀邊，伊的表情溫柔，就親像是一隻覆佇溪邊啉水的細隻鹿仔。伊細聲喘氣，向頭唚我的身軀，恬恬袂愛講話，啊我講話的時，伊就微微仔笑。

44 鵜鶚：lâi-hio̍h，老鷹；又做「鵰鶚」（bā-hio̍h）。

45 向腰：ànn-io，彎腰。

「Salom，妳手頂頭的金色的鍊仔足媠的。」

「戇柴頭，這叫做金手環。敢講你無看過？這是阮媽媽共恁兄哥 Rutok 用鹿仔皮換來的。」

「喔？」伊的表情敢若啥物攏毋知，足驚奇的款。

「大斑鴿，是按怎，我的心肝敢若已經等候你足久？」我感覺大斑鴿的身軀敢若日頭曝過的海水，燒烙燒烙，閣柔軟敢若一塊長長的布巾，共我纏咧，沓沓仔摧絚，啊我就一下手予燒燒的海湧幔崁落，敢若欲無氣去，一下手，閣予伊揀懸。「大斑鴿，以後你若出門拍獵掠魚的時，我就佇厝織布做衫佮種田。按呢好無？」

「Mh ！」伊頕頭[46]，目神囥佇遠遠的海面。

我嘛綴伊看。

阮雄雄注意著，對遠遠的東北爿的海面出現一排烏點，閣斟酌看，是大隻細隻的船仔規十隻，直直駛對 Lamey 來。其中有幾若隻插紅毛的旗仔，甲板真懸，大斑鴿講，彼就是有裝火炮的紅毛大帆船。

「代誌毋好矣！紅毛的船來矣！」大斑鴿喝一聲，伊講：「緊！咱緊來去通知逐家！」

伊共我的手牽甲絚絚，我想著頂擺兩个紅毛佇遮予阮刣死的代誌，那走那問伊：「是毋是為著彼擺的代誌，佃轉來報仇矣？」

「好定是啊……只是講，唉啊，今仔日拄好是 Toepaupoe

46 頕頭：tàm-thâu，低頭。

Lakkang 的日子，逐家攏咻酒醉矣！眞害！」伊按呢喝。

阮走轉去南爿海墘仔的時，果然看著逐家咻甲足歡喜，已經醉茫茫矣，閣有一寡人已經倒佇樹跤睏去矣。「紅毛來矣！紅毛！紅毛來矣啦！」阮大聲喝。才拄喝出聲，紅毛船頂的火炮就開始拍矣。炮彈揲[47]入樹林，一大群鳥仔 kah-kah-kah 飛懸，樹林嘛著火燒起來。

「走啊！逐家緊走！查埔人應戰，查某人佮囡仔先覕起來！」我的爸爸 Tukoolu 大聲喝：「去，恁緊去覕入夜婆洞！」

海上，懸甲板船的火炮直直拍，四界轟轟叫，啊細隻舢舨仔想欲先駛靠岸，舢舨仔船頂有紅毛的兵仔，嘛有大員的人。個對船頂就開始彈銃彈炮，頂頂下下攏是喝喊的聲。我嘛驚甲吼起來。

大斑鴿講：「免驚！共我的手牽予絚。」

阮走入樹林，蹈上山坪，走來到夜婆洞口。

「緊覕入去，緊！」我的爸爸徛佇磅空口催人入去。

Lamey 的人一个一个鑽入洞裡，這是一个足大足深的山洞，雖罔進前阮嘛捌入去覕過，毋過，一徛佇磅空口，我猶是驚嚇躊躇。平常時阮袂來遮行踏，因爲遮是尪姨 Vare 佮祖靈 Alid 講話的禁忌的所在。我越頭，看大斑鴿嘛是一个躊躇款。

「緊覕入去，緊！」我的爸爸催我入去。大斑鴿雄雄對伊講：「Tukoolu，我認爲無應當覕佇遮！」

「按怎講？」

---

47 揲：tia̍p，鞭打處罰、修理，此指炮彈狠狠擊落。

「因爲這个洞覕入去歹出來，閣干焦有前後兩个出口，若攏 hőng 封牢咧，按呢就害矣！大頭目，請相信我，共 Salom 留佇我的身邊，我會保護伊。」

「袂使！查某囡仔留佇外口傷危險，閣再講，無人知影這个洞，就算頭前的出口予個揣著，後壁的出口遐細，紅毛哪會知？個才毋敢入來咧！」

我無法度違背爸爸的意思。爸爸猶是共我揀入去洞裡。假使會使選擇，洞內的情形我毋願閣去想，因爲，一切干焦是烏暗佮死亡的火烌[48]。悲哀的是，我無法度共我的記持[49]提走。個搬一粒大石頭共磅空口窒咧，所致對洞內看出去，干焦賰一个會使喘氣的幼縫。尪姨 Vare 共火柴點著，紅色的火鬚炤佇逐个驚嚇的面，足濟查某人佮囡仔驚甲相攬咧哭。Vare 頕頭，雙手擛懸，喙裡細聲咧祈禱啥物，閣敢若佮祖靈 Alid 咧講話。因爲伊的面變甲那來那恐怖，我沓沓仔已經毋敢看伊。伊的聲調那跖那懸，就親像是頷頸仔予 siáng 捏咧，那摧那絚，上尾後，伊就用一个足幼足尖的聲音哀叫起來。洞外有時會有火銃咧彈，閣小可聽會著人佮人相拍的時的喝聲，雖罔覕佇山洞內，彼款滾絞的喝聲猶是會予人的心肝裂做幾若塊，一直搐[50]，直到 Vare 的哭聲梢聲[51]去。

個共我講，大斑鴿已經死矣，個講紅毛一踏上阮 Lamey

48　火烌：hué-hu，灰燼；指物體燃燒後所餘留的屑末。
49　記持：kì-tî，記憶、記性。
50　搐：tiuh，肌肉突然而迅速地抽動。
51　梢聲：sau-siann，聲音沙啞。

的地，大斑鴿就死佇個的火銃下面，這是路尾覕入來山洞的一个麻達共我講的，伊講彼是伊親目睭看著的。我一聽著這个消息就隨崩倒，直直哭袂煞。個講 Lamey 的查埔人佇山洞外予紅毛刣死傷濟，我的爸爸 Tukoolu 就叫個撤退覕起來，所致個一个接一个，嘛走入來洞裡覕。「啊我的爸爸咧？」我大聲喝，毋過無人應我。規个山洞一下手窒甲滿滿攏是人，喘無氣，啊我的頭愈來愈眩。過一下仔，阮就鼻著臭火薰對雙爿磅空口的方向湧來。「彼是紅毛放的火，個欲共咱薰死佇內面啦！」毋知是 siáng 講出這句話，一講煞，這个烏暗的山洞就成做充滿死亡喝聲的墓壙矣，四界是哀爸叫母的聲，啊我的頷頸仔敢若予索仔摧絚，那來那艱苦，尾後就佇我欲斷氣進前，有一个逃命的力量共我佮一群人揀出去洞外……

我是 Salom，是 Lamey 大頭目 Tukoolu 的查某囝。雖罔我猶是毋願相信大斑鴿死矣，毋過我已經毋敢抱啥物向望。個共阮 Lamey 的查某人佮一寡囡仔掠來遮，另外，煞用一隻大帆船共無予個刣死的賰的查埔人送去別位。聽講遐是足遠足遠的所在。逐个攏講，無向望矣，阮佮阮的查埔人已經一世人無可能閣再見面矣。所致，阮 Lamey 的查某人就按呢逐 îng 暗坐鬥陣悽慘仔哭。彼日，個派我去上水[52]，我行到溪邊，感覺家己無法度閣活落去，就跳落溪。想袂到拄好彼个紅毛兵經過，共我救起來，伊共我焉去牧師遐。牧師看起來毋是大歹人，而且，伊閣小可會曉講阮的話。伊講：「上帝疼你，定著會共恁的目

52 上水：tshiūnn-tsuí，汲水。

屎拭焦。」我問伊彼个上帝是啥。伊回答我，講：「上帝就是恁較早講的 Alid。伊造萬物。伊疼你，毋管你去佗位，伊攏佮你纏綴。」若這我毋相信，伊若疼我，伊怎樣會叫紅毛共我佮大斑鴿拆分開？牧師繼續講，個紅毛對牽手眞體貼，彼个紅毛兵對我眞有意思，伊問我敢欲嫁予伊做牽手。我直直搖頭。Vare 講，紅毛的牧師是夭壽人，是鬼仔頭。

暝是按怎遐爾長？倒佇柴間仔，我恬恬看月光對壁邊的縫洩入來，tsiu-tsiu-tsiu 的夜蟲叫聲內面，Lamey 查某人猶閣大細聲咧哭。我想起大斑鴿有力閣溫柔的身軀，感覺我的胸仔無張持閣漲起來，一下仔，我就隨閣予愛永遠佮伊分開的悲傷損倒去。我一哭，煞聽著媽媽嘛哭愈大聲，伊上尾手共我攬咧，講伊拄才目睭瞌瞌，看著海的彼爿，我的爸爸予紅毛佮新港人刣死佇椰子樹林內。

「Salom，你聽話，爲著後代，你愛嫁予彼个紅毛！」

我是李發

我是李發。個講阮是生理人，閣有一个講法叫做海賊。我猶會記頭一擺經過彼个小島的時，日頭炤佇島上的山崙仔，金 siak-siak，袂輸就是傳說內面的黃金之島。彼个傳說是我佇巴達維亞的時對英國船員的喙裡聽來的。當然，黃金之島干焦是傳說 niâ，毋過，我記持內面的 Lamey，確實是一个足媠的小島。我原籍佇泉州府東南海墘的漁村，歷代祖先佇遐掠魚過日，生活自在，毋過，自從嘉靖年間，大明海禁轉嚴，宣佈「寸板不得落海」了後，漁民悽慘落魄，阮漁村就成做散赤的拋荒地矣。我的老爸一代雖罔有學種田，毋過收成實在傷歹，山濟田少，一四界是乞食，所致到阮這代，為著三頓，濟濟人只好離開故鄉，違背官府，冒險落海討食。我自少年綴安海鄭一官的商船隊佇東洋佮南洋的海路漂浪，出入日本平戶、長崎佮南洋巴達維亞的商館之間，嘛時常來到大員做生理。經過這十幾年，一官佮福建官廳、泉州、漳州、福州的海防衙門關係愈來愈好，所致伊嘛已經會使自由出入佇彼箍圍的沿海做買賣——總講一句，這一大片的海路已經是伊的天下矣。有一站，安海佮浯嶼[53]之間的海灣，不時擠滿滿攏是伊一官的帆船。

成做一个生理人，若心內有刺鑿，我就真細膩，特別是我昨暝閣去夢著較早佇南洋佮紅毛的船相戰的畫面，我就感覺真歹吉兆。我夢見青色的大海予血染紅，啊佇甲板頂，紅毛共刀架佇我的頷頸仔。

彼个 Lamey 人 Rutok 捌佮我鬥陣佇一官的船頂做代誌，我攏叫伊阿兔。我會記彼時伊的小船予大湧損反去，阮的船拄好經過，共救起來，伊才加入阮的。三冬前，自從我離開一官（唉，彼是不得已的，因為我拄好佇伊手下王貴的船頂，拄著伊反背一官的代誌，路尾，王貴予一官滅去，我嘛只好離開）了後，就留佇遮，貿[54]番仔社的買賣；阿兔有時會鬥相工我佮番社的 tsih 接；我提布料、米、鹽佮生鍋[55]去番仔社換鹿皮佮

53　浯嶼：Ngôo-sū，金門。
54　貿：bāu，承包、包攬。
55　生鍋：senn-ue，用鑄鐵製成的鍋子。

鹿肉乾，共鹿皮佮鹿肉乾交大員的紅毛商館換銀兩，閣提銀兩共一官個船隊的人買閣較濟的布料、米、鹽佮生鍋轉來——你看，代誌就是遮爾簡單，逐个人攏是我生理的好兄弟。

落一暝的雨，我按算趁天色猶未光就出門。我吩咐個兄弟仔擔竹擔綴我行，個換穿漢人的衫，頭戴瓜笠，包頭巾，免得予人認出來。阿兔的小弟大斑鴿袂曉講阮的話，我愛伊假做啞口[56]。我干焦是生理人，當然袂戇甲共全部的代誌講出來。若講人佮人之間爲著金錢權力相刣的代誌，我的了解並 siáng 都較清楚。紅毛的船、日本人的船、一官的船攏有火銃佮大炮，時常佇彼條海路相搶相拍；進前，日本人的平戶櫻丸佇澎湖靠礁，阮嘛是靠勢人濟共個的船貨搶過來家己的船的；佇這个時代，這並毋是特別的代誌。紅毛去攻打 Lamey 小島嘛是仝款。佇個紅毛出征的進前幾日，個的牧師捌來 Takau 歇一暝，我聽講，個一路攏咧探聽 Lamey 的詳細情形，目的就是爲著欲消滅個。彼个紅毛牧師叫做幼尼司，我較早佇大員做買賣生理的時捌看過伊的人。伊來 Takau 的時阮有見面，我共講，我無啥知影 Lamey，我干焦知影，逐年的這个時陣，個有一个節日，佇彼工逐个人攏會啉酒啉甲醉茫茫，個若欲問，愛問放索社的人，因爲放索佇 Lamey 對面的海邊，個有時仔會坐船過去佮 Lamey 的人冤家相刣，對遐較清楚。我共牧師講這，無爲著啥物，干焦爲著我有通順順仔做生理。我知影，牧師是個紅毛的頭人之一，共伊講這對我完全無敗害。

56 啞口：é-káu，啞巴。

我聽講，Lamey 的查某人佮囡仔是予個掠去佇新港社做奴嫺[57]。阮拍算一路向北行，先到大員探聽消息，才閣去新港社。日頭一直無出來，天色殕殕[58]，雲貼真低，阮經過桌山的塔加里揚社彼箍圍的時，西北雨就沖落來矣，阮只好歇佇竹抱跤覕雨。Lamey 的人懸閣勇，我毋敢惹，毋過我認為，若佮新港社的人比起來，個並毋是巧人。實在講，紅毛放刁[59]欲共 Lamey 社消滅，若顧慮家己的性命，我是無應該答應阿兔個兄弟的，毋過，這就是一字情嘛。做生理袂使攏無講情，做人嘛仝款。我路尾猶是答應個，是因為另外閣有一个消息：聽講紅毛尾手欲共 Lamey 島的全部椰子樹佮別項種作攏總貿人，按呢，我若透過阿兔先了解 Lamey，我的機會就並人較濟矣。Lamey 的 Rutok 共我講過，彼个島有規山坑的椰子樹，閣有田地會使種稻——我共算，若用一年兩百至三百箍紅毛錢的代價共貿起來做，應當貿會著，閣不止仔有利純咧——

有利純的代誌當然是著的代誌敢毋是？

「阿兔，我知影 Lamey 佮這爿的番社攏無交情，為啥物？為啥物逐社攏欲拍恁？」我用個的話問個。

桌山予雨雲崁牢咧，陷佇白霧裡。

阿兔無講話，伊的小弟大斑鴿代替伊回答：「因為個無膽，阮大頭目 Tukoolu 講，個驚個的頭予阮割去，才會悉紅毛來對付阮。」

57 奴嫺：lôo-kán，奴婢。

58 殕殕：phú-phú，形容灰暗、天未完全亮時的顏色。

59 放刁：pàng-tiau，揚言威脅或給對方製造麻煩。

「啊紅毛無代無誌哪會欲刣恁？」

伊的目神小可歹，毋過佪講袂出話。

我想，佪一世人嘛無法度捌的，毋過，我對紅毛牧師幼尼司的喙裡檢采已經有了解。紅毛招來佇大員佮北港彼箍圍種田拍獵的漢人愈來愈濟，遐攏是紅毛的利純，啊漢人侵占番社的田佮獵場，會不時受番社威脅，需要紅毛保護；另外，大員箍圍的眾番社拄歸順紅毛，佪紅毛定著想欲藉這擺對付 Lamey 的決心來對眾番社展威風——我看紅毛就是按呢才欲拍佪的。佪進前對付麻豆社嘛是仝款的理由。嘿，我長年佇一官的船隊底走跳，這款代誌怎樣瞞我會過？我是生理人，我知影一切，毋過，我才袂戇甲共這一切講出來咧。

「細膩！蛇！」大斑鴿喝一聲，手伸過來，共我頷頸仔邊的一隻大青竹絲掠咧。

我的心肝搐一下，彼隻大青竹絲的頭尖尖，喙開開有兩枝尖牙，本底尾仔佇空中直直摔，路尾予大斑鴿揑一下規身軀虯[60]起來，無三兩下手，就予活活揑死。大斑鴿共伊擲佇塗跤。

「多謝！你救我一命。」

大雨沃佇彼尾蛇的死體[61]，我那看，心肝穎仔猶閣咧向。前一暝做的夢閣浮現佇我的頭殼。

我雄雄感覺無應當悉佪兄弟仔冒險。

我講：「阿兔，以我佇海上所聽著的，紅毛人一向手路粗

---

60 虯：khiû，收縮、蜷曲。

61 死體：sí-thé，日語借詞，原讀「したい」；屍體。

殘，我看，咱猶是莫去大員矣啦。」

「這……」

「莫閣躊躇矣啦，我看，恁兄弟仔先覕一站……」

「這無可能！」大斑鴿對我大聲講：「你無看過佪是按怎共阮 Lamey 的人燒死佇山洞的。閣再講，我一定欲共 Salom 救出來。」

「大斑鴿，你毋免大聲。我共你講，佪紅毛佇南洋的馬尼拉捌刣死兩萬个漢人，火燒馬尼拉。這擺共恁小小的 Lamey 消滅無啥物稀奇！」

「你講啥物小小的 Lamey ？」大斑鴿受氣矣，手擛起來，共我揀倒佇塗跤。

哼！所致我講，無效啦，佪 Lamey，番就是番，講袂伸捙[62]，若欲赴死，我就𤆬恁來赴死好啦！

雨小停的時阮閣一擺起程，我因爲跋一倒，規身軀痠疼，行袂緊，行到大員的時已經是黃昏。佇紅毛起的熱蘭遮城外，有足濟隻紅毛的甲板船佮三四隻一官的大帆船歇佇港岸。阮行入漢人蹛的彼條街仔款貨，提白銀共我的老朋友顏標買寡米、鹽、布料、幾坩[63]生鍋閣有一寡胭脂，园入阿兔佪兄弟仔擔的竹擔。顏標的厝裡有一个空房，我按算好欲佇遐過一暝。這是我做生理的習慣，毋管按怎，我毋行 îng 暗路。顏標掠佪兩个兄弟仔金金相，面色生疑。

62 講袂伸捙：kóng-bē-tshun-tshia，指無法說理、不明事理。

63 坩：khann，計算容器的單位。

「啊個兩个是 siáng？」

「我的親情[64]啦，兄弟仔拄對泉州過海來討食。我按算先予個佇我遮鬥相共。」

「喔，原來是按呢。嘛好啦，你捷捷愛佇 Takau 遐佮南爿的番社相 tsih 接，加兩个跤手鬥陣嘛較安心啦⋯⋯」顏標的目神生疑 (tshenn-gî) 原在，伊壓低聲紲落講：「總是，南爿的番閣較歹，你愛細膩。」

「我知啦！」

閣落一暝的雨，隔工，是無風無搖的大好天，欲去新港社的路裡親像籠床[65]咧翕[66]，翕甲我規身軀汗。一路我看大斑鴿覕喙[67]，目神歹甲敢若欲著火，我就緊張起來。我愈來愈後悔我所做的代誌。我確實無應當答應個。我直直 tih 考慮，萬一若予新港社的人看出來，毋但以後生理免做，性命恐驚嘛有危險——時到規氣就講我是予個威脅，我才只好用計共個唌[68]來遮的——按呢想雖罔予我加較定著矣，毋過，心頭猶是刺鑿，我看，猶是會有生死的相殺佇我面前發生。我愈來愈無佮意這款代誌。有時我會回想過去佇海上冒險流血的生活，毋管按怎講，留佇大員、Takau 做生理，長年來看，雖罔利頭無遐懸，總是較平靜。閣再講，我這站捷捷有想欲悉一个家後的拍算，

---

64 親情：tshin-tsiânn，親戚。
65 籠床：lâng-sn̂g，蒸籠。
66 翕：hip，密蓋著使不透氣，此形容天氣悶熱。
67 覕喙：bih-tshuì，抿嘴；嘴巴輕輕合上，想哭、想笑或鄙夷時會有的表情。
68 唌：siânn，引誘。

實在無應當爲著十擔烏魚賣命……

行到新港社的村外，我共個兄弟講，爲著個的安全，我愛先入去村裡探路，我吩咐個佇路邊的茄苳樹跤等我，紲落，我就共其中一擔竹擔擔入村。才一踏入去，個社裡的大大細細就倚來矣。佇買賣的當中，我眞緊就探聽出 Lamey 的人 hőng 關的所在；結果，我才當欲揣機會出去共阿兔個兄弟講，新港社的頭人 Lika 就出現矣。我佮伊早就熟似。我送伊一包鹽，共伊探聽 Lamey 的代誌。伊共我講，Lamey 的人猶未刣了咧，過一站，紅毛閣會去拍個。伊壓低聲講：「另外，個閣表示，這擺欲共彼个殺人兇手掠著。」

「啥物殺人兇手？」

「就是有一擺共個兩个紅毛船員佇 Lamey 刣死的兇手，我已經對一兩个查某人遐問出來是 siáng，嘛共紅毛講矣。紅毛講，若鬥掠著伊的人，會有重賞。」

「喔？若按呢，伊是 siáng ？我嘛會使鬥揣呢！」

「是一个叫做 Tapanga 的。」

「喔，Tapanga ！」

「按怎？敢講你捌？」

我嗽一聲，用特別愼重的目神看伊……

我，Rutok

我的小弟大斑鴿無法度諒解我，我知影。

佇村外等一下仔，我就共大斑鴿講，彼个叫做李發的漢人袂閣轉來矣。代先的時伊毋信，毋過我叫伊共另外一个竹擔园[69]咧，佮我做伙去覕佇路對面遠遠的樹林觀察——代誌就誠實親像我所講的：李發無閣轉來矣；顛倒是彼个名叫做Lika的，𤆬一群十幾个新港人，提刀佮矛對個的村裡出來，來到阮進前园竹擔的樹跤。個揣一睏揣無阮，才只好表情失望離開。

我，Rutok，這个字表面的意思是野兔，佇船頂的時，個攏叫我阿兔。因爲一个意外，我離開Lamey，幾若年了後，我探聽著一个消息講，我的牽手Uma猶閣咧等我，所致我決心轉去。按怎嘛想袂到，才無偌久，紅毛就聯合大員彼爿的番社攻打阮。

幾若年了後，我離開Lamey閣轉來，原本就是想欲共我所看著的一切共Lamey人講的，我認爲干焦覕佇小島嘛毋是辦法，愛佮外面的世界講話，愛予勢掠魚、勢泅水、勢拍獵的Lamey成做南洋水路舞台的甲必丹[70]；毋過個毋聽，干焦認爲我是食著外面世界的毒蟲，愛膨風，頭殼歹去，抑是認爲我的靈魂已經佇海上出賣去——當然毋是按呢。彼幾年的流浪予我看過世面，予我知影紅毛的底蒂，甚至我已經對一寡紅毛船員的喙裡聽過個的神。就算尪姨Vare無佮意我，大頭目無佮意我，我猶是知影紅毛的性地。個有炮有銃，阮的刀佮矛猶毋是個的對手。我共大頭目講過，至少佇表面，愛趁早佮大員的紅毛tsih接講和，袂使干焦靠氣力，愛靠頭殼，若無，就愛煩惱

69 园：khǹg，放置。

70 甲必丹：kah-pit-tan，源自英語captain，即船長、首領之意。

族人的性命。大頭目聽袂落，伊當眾人的面共我侮辱，問我爸母生予我的肩胛頭，是毋是予我 phàng 見佇啥物所在？ Vare 嘛講，我是紅毛的神派來欲嚇人的。這馬來看，大頭目已經死去，Vare 嘛予人掠去，Lamey 已經賰一堆就欲化去的火烌，我感覺眞悲哀。

「爲著恁的安全設想——」就是李發的這句話予我看破伊的跤手的，我所了解，伊佮個漢人攏毋是先替人設想的人，尤其是佇個共這句話講出喙的時……。毋過我並無共伊的白賊拆破，是爲著會使恬恬看範勢，等候時機出現。

大斑鴿直直講欲入去新港揣人，我共阻擋。因爲新港人濟，閣有漢人佮紅毛，我講，若是 Lika 知影阮佇附近，定著會防甲眞密咧等阮——若雄雄傱入去，定著是赴死 niâ。當然，大斑鴿初初袂聽我的話，一直到我共我的全部計畫講出來才準煞。我共伊講，爲著 Lamey 相戰袂使干焦靠氣力，愛靠頭殼。我共伊講：「咱愛互相配合，若無，你看袂著你的 Salom，我嘛見袂著我的 Uma。」

阮趖去附近的山崙仔覕幾若工，日時歇睏，利用 îng 暗的時間過去村邊暗暗仔調查。阮聽著哭聲，知影 Lamey 的查某人佮囡仔 hőng 關佇啥物所在，毋過，四箍輪轉攏有人咧顧，機會歹揣。個的哭聲眞悽慘，我知影其中有我的牽手 Uma 的哭聲，見若想著，我的心肝就勼做一球。阮直直等候機會，直到某一个 îng 暗，出獵前的柴火點著，我就知影阮的時機到位矣。彼个暗暝，新港人攏去佇彼个燃火的大埕，查埔查某相交替，踅圓箍仔跳舞唱歌，一輪箍過一輪。佇最尾後的時陣，個的大頭目 Lika 徛出來，手一伸，逐个人就跪落，伊家己嘛跪落。紲落，伊共矛攑懸，開始大聲祈禱：「阮佇天頂的爸上帝 Alid，你是唯一、永遠、創造天地的神，感謝你賜予阮媠閣有氣力的身軀，會使予阮行入樹林上深的所在拍獵，請你共路裡的魔鬼毒蛇趕走，嘛共刺仔佮敵人掃開，感謝你用耶穌的血洗淨阮的罪，嘛請你賜予阮濟濟的鹿仔予阮食會飽，予阮大大開喙來呵咾你！阮欲逐工呵咾你！阿門！」了後，逐个新港人就大聲喝喊起來。

Lika 當然想袂到，隔工透早，當個出門拍獵的時，我佮大斑鴿就將伊佇田裡作穡的牽手佮查某囝掠來阮的手裡，共個縛佇一个揜貼[71]烏暗的塗空內。阮守佇山崙仔頂，一直守到個拍獵的隊伍倒轉來。日頭落山進前，樹影拖甲長長長，我家己一个人行入新港村，來到 Lika 的面前。

我用新港話共伊問好。

我講：「你的牽手佮查某囝攏佇我的手裡。」

伊假定著，開喙講：「哼！咱佇長崎見過面，我掠準你是漢人。」

「我佮你仝款毋是漢人。我是 Lamey。」

「喔！Lamey！」伊的表情驚嚇起來。伊講：「你想欲按怎？」

我講：「我較早佇一官的船頂學會曉真濟物件，包括漢人的話、紅毛的話佮你的上帝。因為你做的代誌，我早就會使共你的牽手刣死，毋過我無按呢做。你愛知影，我的爸爸個死佇

71　揜貼：iap-thiap，形容一個地方人煙罕至，或者較為隱密。

Lamey 的山洞，死佇你佮紅毛的手頭。我問你，你的上帝敢允准恁刣人？」

我知影我的尻脊骿後定著有一群人擇矛共我圍押咧，毋過 Lika 對個使目尾，個毋敢有動作。

Lika 無應我的話，伊講：「橫直，我的牽手佇佗？你緊講！若無你會無命。」

我講：「有人咧等我。月娘跖上樹椏進前，我若無轉去彼个所在，你的牽手佮查某囝攏會死。」

Lika 受氣矣，抽刀架佇我的頷頸。伊講：「你免閣弄我。到底愛啥？你直講。」

「共所有的 Lamey 放出來！」

「無可能。你聽斟酌，個若攏總放出來，無偌久，會隨予阮的人逐著、刣死。Lamey 的查埔人干焦賰恁一、兩个，你莫袂記。我會使接受的條件是放一个人出來換我的牽手佮查某囝轉來，若無，就是你佮我的牽手做伙死。你放心，恁 Lamey 的查埔已經賰無幾个矣，恁嘛無法度保護個，毋過我 Lika 會使。我講會到做會到，阮新港人將會保護個性命的安全。最尾後，我袂將今仔日的代誌共紅毛講。我若講，個會閣去攻打恁；我若無講，恁會使恬恬過恁的日子。我是 Lika，我講會到做會到。就是一个人，你共名予我，逐个攏袂死，若無，時到你佮我的牽手、查某囝攏愛死。願上帝原諒我。」

Lika 確實是一个雄跤數，我踏第一步入來就知影矣，我算來算去，手頭的氣力干焦按呢，無法度討閣較濟矣。我躊躇一陣，只好開喙講：「我欲愛兩个人，Uma 佮 Salom，你共個放出來，按呢，我就共你的牽手佮查某囝還你……」

「Salom？你是講恁頭目的查某囝 Salom？」

「是。Salom，佮 Uma。」

「眞可惜，Salom 無佇遮。伊兩工前予人娶去大員矣！」

「Siáng 娶去的？」

「一个紅毛兵。」

月娘蹈上樹椏的時，我佮 Uma 兩个人鑽入山林上深的所在。大斑鴿無法度諒解我，我知影。伊講，若早兩工動作，伊就會使共 Salom 救出來矣；就因爲我的無膽，害伊的 Salom 予紅毛娶去。伊悽慘仔喝一聲，一个人走對海邊的方向去。「大斑鴿！」我共叫，伊毋越頭。佇山林內，佇夜蟲的叫聲之中，Lamey 查某人的哭聲遠遠對阮的尻脊骿傳來，Uma 嘛那走那哭。我共伊講：「莫哭！有一日，咱會閣轉來悉個。」

阮蹈上山坪邊的一粒大石頭。想袂到天遐爾清，遠遠的山下，月光掖佇平原佮海水，看著是遐爾恬靜。閣較過去，佇猴山後壁的方向，海水盡尾的地平線頂懸，我看見 Lamey 的暗影浮佇遐，親像一隻歇喘的海翁，遐爾仔溫柔閣稀微，就敢若一个眞歹接近的美夢。毋知是按怎，我看咧看咧，家己嘛強欲哭出聲。

講著咱的祖先啊，實在是好漢，眾番無地比，siáng 通相爭啊！

我敢若閣聽著 Vare 佇過節的日子唱歌的聲——毋過毋是，

彼毋是 Vare 的聲，彼是我的身軀邊 Uma 的聲。伊行倚來，共我攬咧，用溫純的目睭看我，閣寬寬仔共伊的喙嘌佇我的喙。「欲按怎？我閣想著我的爸爸佮媽媽。我閣想著阮一家口仔佇 Lamey 的日子，我坐佇金色的珊瑚礁石頂懸，看個手牽手佇青色的海湧裡行……」伊的面貼佇我的面，我感覺喙顆[72]澹澹，我知影，伊閣開始咧流目屎。

我講：「Uma，莫哭！你莫哭！總是有一日，咱會閣來悉個轉去。」

毋過才無外久，我的面就攏是伊的目屎矣。我想著大斑鴿佮 Salom，想著逐个親人，想起 Lamey 的一切，心肝就絞絚絚。Uma 的目屎那來那濟，沓沓仔，嘛共我的目箍浸澹去……

72　喙顆：tshuì-phué，臉頰、面頰。

作者簡介

胡長松，1973年出世，高雄市人，清華大學資訊科學研究所畢業。第38屆吳三連獎文學獎得主。1995年開始創作文學，2000年開始用台語寫作小説佮現代詩，也參與發起「台灣新本土社」，擔任《台灣e文藝》總編輯。全力佇推挕現代台語文學的運動，現任《台文戰線》雜誌社社長。出版過華語小説集《柴山少年安魂曲》、《骷髏酒吧》等，以及台語詩集《棋盤街路的城市》、《台灣我的祖國》。另外出版《槍聲》、《燈塔下》、《大港嘴》、《金色島嶼之歌》、《復活的人》、《幻影號的奇航》等短篇佮長篇的台語小説集。

簽證

胡民祥（Ôo Bîn-siông）

原刊佇《海翁台語文學》第139期，2013.07

經理 John Esselman 問：「青峯，日本去台灣誠近，你敢無想欲轉去台灣？看恁爸母！」

聽著經理遮爾仔有人情味的提問，許青峯腦神經以光速將盤古開天以來，佇北美洲 14 年來的起起落落的大細項代誌，攏總餾[1]一擺。青峯隨了解知影，經理這句話足歹回答。毋過，這時無彼款美國時間長篇大論講古。

「John，有影，誠近。商務會議煞，轉來去台灣一逝。誠多謝！」趕緊回話。

許青峯參經理埃蘇曼代表西屋公司，欲去日本神戶出張，飛行機拄才佇水牛城起飛無偌久，猶佇水牛城邊的伊里湖上空。個坐頭等艙，隔壁位。無張無持，經理雄雄問這款問題。當然，伊無怪經理的意思，事實上，一向經理是誠體貼照顧伊。親像，1980 年青峯欲改善英語會話，需要英語矯正師指導，埃蘇曼經理隨吩咐青峯去進行，叫矯正師直接開數單予伊。青峯誠有工程才華，解決公司發電廠業務的濟濟疑難雜症，誠得

1　餾：liū，複習、溫習。

埃蘇曼器重。

青峯 1967 年 8 月來美國留學，到今，1981 年 6 月，足足有 14 年，毋捌閣踏跤到台灣一步。老爸捌拜託青峯的一位大學朋友，趁伊來美國考察農業的機會，佇 1977 年春天來水牛城看過青峯，親口傳老爸的話語：「敢是將台灣攏放袂記得去啦？」當時，許青峯有請這位大學朋友，傳話轉去予老爸。

當年，台南灣裡曾文寮人許青峯出國留學，爸母兄妹攏到松山機場送別，青峯向阿娘講起：「研究所讀煞，倒轉來。」青峯誠心是按呢計畫。不而過，時勢扭曲時空，1973 年提著工程博士，去西屋公司食頭路以來，台灣煞一直是「黃昏的故鄉」，跤踏袂到的迢迢路草[2]。

這工，1981 年 6 月初五，飛佇三萬英尺的北美空中，青峯開始神遊故鄉，14 年無看見的台灣，毋知變做啥款樣？曾文寮佇曾文溪邊倚灣裡糖廠，冬尾時仔，製糖的排水溝帶有糖味芳，浮佇曾文寮的空氣裡，毋知猶仝款無？冬尾時天寒，參老爸去糖廠燒水浴間洗身軀的往事，這時嘛浮起來。

代先，愛通知牽手林明珠：「會議煞，會轉去台灣一逝。」

班機飛西雅圖，佇遐換日航飛東京成田機場。

青峯寫一張批，交代伊行程有改變，佇西雅圖機場將批投落郵筒。

初六下晡飛到成田空港，轉大阪，佇黃昏五點到，隨坐計程車往神戶，蹛入東方大飯店，三菱重工株式會社接待食暗

2　路草：lōo-tsháu，路徑、路途。

頓，每人一客神戶牛排。隔工是禮拜日初七，參青峯熟似 7 年的三菱工程師山本一郎博士親身來，悉青峯個西屋四个人去奈良遊覽東大寺佮六甲山。青峯這擺來三菱開會，就是山本博士指定的。事實上，這款工程技術會議一向是經理層的人來，這擺，除去青峯，其他三位是一層經理一个，二層的兩个，埃蘇曼就是二層的，青峯的一層經理無來，就是因爲三菱按呢指定欲青峯去。

東大寺邊仔有一个「鹿苑」，鹿隻來來去去，遊客買飼料，鹿就來取食，參人誠親的款樣。不而過，許青峯感覺「鹿苑」的鹿失去野性。伊這馬徛居佇北美洲的厝埕裡，鹿隨時來來去去，自由自在揣草喫、揣樹葉食，靠家己生存。青峯的故鄉灣裡曾文寮，嘛有鹿，有徛、有蝹[3]的，不而過是佇壁畫裡，佇個阿公 1936 年起的彼落厝的客廳裡。青峯咧想：「仝款是鹿，三个政治地理環境，煞是三款鹿情。」

中學時代許青峯誠愛文學，但是，台灣社會功利掛帥，伊大學選工程。伊定定咧想，伊毋是個例，規蓬[4]的台灣留學生攏是理工科的，誠欠人文的，有時伊感覺遺憾。食頭路了後，青峯有閒開始踏入台灣民族文學史的探討，捌看過台灣新文學之父賴和的兩張相片，分別是 1939 年及 1941 年佇鹿苑參鹿的影像。1939 年彼張，一隻鹿頭犁犁，家己食草，邊仔是賴和徛佇一欉大樹跤，現場只有個兩箇，個人鹿和諧存在。賴和

3　蝹：un，曲身蹲坐。
4　規蓬：kui-phâng，整群人。

看透公園裡薄薄的霧氣，直迵[5]歷史底蒂[6]，這幅相予青峯想起來，賴和詠 1895 年台灣民主國的兩首詩。

前詩：

旗中黃虎尚如生，
國建共和竟不成！
天限台灣難獨立，
古今歷歷證分明。

後詩：

旗中黃虎尚如生，
國建共和怎不成？
天與台灣原獨立，
我疑記載欠分明。

前後觀點一百八十度改變，寫盡賴和霧中看透台灣歷史的眞相。青峯按呢想：歷史是族群集體行爲的紀錄，單單一位賴和無法度創造歷史；咱若有濟濟的賴和，1947 年的二二八都會改寫了二次大戰後的台灣歷史；台灣人都已經掙脫數百年來受人殖民的運命，整整一代的台灣人凡勢就免離鄉背井流浪世界各地。

5 迵：thàng，穿透、通達。
6 底蒂：té-tì，根蒂、根本、基礎。

1941年彼張有一群鹿，賴和參朋友分別手懸懸提飼料，咧飼兩隻「鹿苑」的鹿，四箍籬仔閣有濟濟遊客。這時人佇奈良的青峯好奇，有人文素養的賴和醫師文學家當時毋知按怎看鹿咧？有飼佮無飼敢是兩款情？敢是有差別？當然，1981年青峯按呢想的時，賴和早就做仙[7]幾十年，不而過愛文學的青峯對賴和總是有寡了解。賴和有詩篇，1925年的〈覺悟下的犧牲〉佮1930年的〈南國哀歌〉，前篇是向二林四百外名農民致敬，賛揚個反抗製糖會社的剝削；後篇讚揚、哀悼阿泰爺族[8]原住民佇霧社起義反抗日本政權的暴政。〈南國哀歌〉按呢結束，點出詩的旨意：

兄弟咱來！來！
靠咱這身命佮個拚！
咱佇這款環境，
干焦忍生有啥路用，
目前咱雖然得袂著幸福，
也著愛替子孫拚鬥。

對[9]詩篇許青峯感受著賴和疼痛弱勢者的恢宏心胸，嘛一點一滴認知台灣歷史眞面貌。青峯閣領會：

「兩篇詩篇可比是台灣人一款毋願做日本政治『野郎』的『馬

7 做仙：tsò-sian，過世。
8 阿泰爺族：A-thài-iâ-tsók，泰雅族。
9 對：uì，從。原文以「唯」標示。

鹿』[10] 的文學心聲。」青峯這時心想：

「當今，台灣留學生嘛無愛做另外一擺殖民政治『野郎』的『馬鹿』。」

許青峯看著鹿苑的鹿仔，煞著驚：

「無人文素養的台灣人，只是一群經濟動物，敢會……像古早滿滿是的台灣鹿，消失佇台灣平洋山崙草埔？」

閣進一步想著：「抑是……予人飼佇『鹿苑』裡，替頭家生產鹿茸、鹿皮、鹿脯、鹿草、鹿鞭？」

青峯有時會連環想，煞愈想愈深：「逐鹿台灣，鹿死！誰手？」

紲落閣有：「逐人台灣，人半死！誰手？」

最後，許青峯想起 1977 年張文和來美國出差時，有來拜訪。伊青峯有請張文和傳話，就是有這層鹿的旨意佇咧：

「台灣人留學生佇咧追求作自由的鹿隻，佇咧創造台灣新的政治生態環境，爲台灣鹿爲台灣人揣性命之路。」

這逝若是會當轉去，青峯想：

「免閣第三者傳話，講甲彎彎曲曲，眞正的心意煞有時走精去。」

紲落是初八到初十，總共三工的工程技術交換會議，會所是三菱的高砂研究所，佇神戶西爿的加古川市。初八暗佇研究所有盛會招待，然後，去享受 ma̍h--sa̍h--tsì 按摩，初九佇神戶

10 野郎、馬鹿：iá-lông、má-lo̍k：「野郎」爲對成年男性的蔑稱，「馬鹿」爲愚笨之意，常以「馬鹿野郎」（ばかやろう）連用，作爲咒罵人的用語。作者取其原意，也有其觀景生思的引伸。

的高級日本料理店晚宴，紲攏是去夜總會唱歌。

佇夜總會，許青峯酒啉有夠，有一寡馬西馬西[11]，贛膽唱一條日本情歌：〈ここに幸あり（幸福佇遮）〉，日語歌詞附有青峯的台語翻譯如下：

一、
嵐も吹けば　雨も降る
有時天頂透大風　有時天落雨
女の道よ　なぜ険し
姑娘伊的人生路　怎樣遮風險
君を頼りに　私は生きる
郎君予阮來倚靠　阮就好運命
ここに幸あり　青い空
幸福滿滿阮佇遮　藍天啊藍天

二、
誰にも言えぬ　爪のあと
無人好吐阮心情　爪痕啊爪痕
心にうけた　恋の鳥
深深刻落心内啊　戀夢愛情鳥
ないてのがれて　さまよい行けば
無佗位啊通逃脫　數想啊流浪

11　馬西馬西：má-se-má-se，微醺、酒醉茫茫然。

夜の巷の　風かなし
暗夜寂靜街巷内　風是遮淒涼

三、
命のかぎり　呼びかける
人生路途誠苦短　深情咧呼叫
谺の果てに　待つは誰
聲聲迴響山谷底　啥人咧等待
君によりそい　明るく仰ぐ
郎君予阮好倚靠　擔頭有光明
ここに幸あり　白い雲
幸福滿滿阮佇遮　白雲啊白雲

這首日本情歌有寡歷史因緣。1967 年許青峯去到賓州中部一間大學讀工程碩士，參一群外國留學生來往，有菲律賓、有印度、有日本、有阿根廷的。有一工菲律賓姑娘 Aurora 咧唱一條英文情歌，日本小姐小泉綠講，彼是個日本歌叫做〈ここに幸あり〉，伊紲咧教逐家唱日本原歌詞。大學第四年青峯有選修日文，小泉小姐一教，許青峯誠愛，一牢 14 年。

這條〈ここに幸あり〉日本情歌，可比是台灣版的吳晉淮的〈關仔嶺之戀〉。雖然男女角色對換，女主角的哀怨換男主角的「阿娘仔對阮有情意」的輕快；兩首攏是有情有愛，毋是政治彼款的對敵之間的殘酷及無情，親像霧社事件，抑是二二八事件。許青峯想著欲來回台灣，初九暗佇夜總會，馬西

馬西中參伴唱小姐多情唱〈ここに幸あり〉，漏出少年時遊關仔嶺的一段戀史。

事實上，初九下晡，青峯有離開會場，去一逝日本航空佇神戶的辦事處，劃大阪飛台北的班機。同時，也翕兩吋大頭相，洗三張，因爲用美國護照去台灣需要簽證，簽證欲愛旅客的班機行程佮大頭相。

三工的技術交換會議佇初十圓滿結束，賓主兩歡。

想著欲轉去，轉去離別14年的故鄉台灣，6月初十暝，青峯煞失眠。姑不將，坐佇椅仔，看十樓窗仔外的大通[12]。佇夜半的神戶，目睭看著的是：猶是車接車，車燈火若游龍，順著神戶港墘，南來北往奔馳。耳空聽著的是：電台傳來美國鄉村歌謠的旋律，這是John Denver 佇日本演唱會錄音的〈Take Me Home, Country Roads（焉我回鄉，故鄉路）〉，這條歌傳唱世界各地；這是美國歌手John Denver成名的招牌歌，歌詠West Virginia故鄉：

Almost heaven, West Virginia
Blue ridge mountains
Shenandoah river-
Life is old there
Older than the trees
Younger than the mountains

---

12 大通：tāi-thong，日語借詞，原讀「おおどおり」；大路。

Growin'　like a breeze

………………………………

And driving down the road I get a feeling

That I shoud've been home yesterday

Country roads, take me home

To the place I belong

West Virginia, mountain momma

Take me home, country roads

West Virginia 是青峯徛居的紐約州南爿的賓州南爿的隔壁州，這條歌許青峯時時聽，是思鄉的鎮定劑。佇神戶失眠的暗暝，煞聽甲足激動，隨著歌聲，心飛向關仔嶺大棟山嶺西爿的嘉南平原裡，曾文溪南的曾文崎[13]邊的曾文寮庄，曾文崎若像這時的神戶港墘的大通，是古早台灣南來北往的隘口，落南是府城路往台南，落曾文溪上北去麻豆通往諸羅地。

聽著〈悉我回鄉，故鄉路〉，青峯情緒強烈，想欲行踏曾文崎故鄉路——歷史的隘口。1630 年代，荷蘭總督派兵鎮壓麻豆社佮蕭壠社詩拉椰族[14]的關卡，佇荷蘭、鄭家王朝到清朝初年，嘛是 1651 年明朝浙江寧波文人沈光文移居曾文寮庄出入的渡口，閣是 1697 年探險家郁永河坐牛駛的笨車潦落曾文溪的津口。曾文崎是許青峯囡仔時代探險的溪坎林地，挽野生桑

13　曾文崎：Tsan-bûn-kiā，地名，即位於作者故鄉胡厝寮一帶。
14　詩拉椰族：Si-lá-iâ-tso̍k，西拉雅族。

甚葉仔飼娘仔[15]的所在，或者釣魚摸蜊仔的小溪仔。

青峯阿爸講古：

「後來，日本官府佇曾文崎設砲兵營鎮守，嘛是牛隻南來灣裡牛墟，或者北往鹽水參北港牛墟的渡口。傳說荷蘭總督，叫做啥物浮套鑾士 (Putmans) 長官，佇遮歇睏感覺誠清涼，人報講是因為烏金所致[16]，煞將烏金挖去，园入轎誠重，轎夫擋袂牢，總督甘願家己落來行路。」

做囡仔的時，鄉老老車叔公捌向青峯講起：「台灣民主國的大統領劉永福騎馬對曾文崎起來，往府城台南，可惜，伊看毋是勢，扮成阿婆仔坐德國船閬港[17]廈門，旋！」

青峯是按呢想：「反正伊劉永福毋是台灣人，免參台灣共存亡。」

紲落，青峯閣想起老車叔公講：

「北白川宮親王嘛對曾文崎起來，覆佇馬頂，傳說伊佇佳里予抗日義勇用『竹篙鬥菜刀』割著頷頸，騎馬到灣裡街仔歇晝。」

曾文崎看盡台灣近現代歷史，這是許青峯探討台灣史所抾積起來的一寡台灣歷史認知。遮，攏是青峯過去台灣 16 冬正規教育裡，讀袂著的。因為殖民統治者將遮攏總削掉，佪，驚台灣人了解台灣人的前世今生。所致，佪橫柴入灶[18]，用來燃

15 娘仔：niû-á，蠶。

16 所致：sóo-tì，所導致。置於句首則爲所以、於是之意。

17 閬港：làng-káng，設法潛逃至外地。

18 橫柴入灶：huâinn-tshâ-jip-tsàu，蠻橫強行。

煮一坩中原數千年文化醬臭酸糜，灌飼馴化自由自在的台灣野鹿。

人講故鄉只生佇出外人[19]的心中。

離鄉十外年，出外的青峯感慨故鄉的歷史遮爾苦長，若像一條苦苦苦的、長長長的苦瓜，毋過苦罔苦，總是家己的歷史，就是知苦，毋才愛拚改運命！

一暝睏無好，起床這工6月11，經理家己回美國，許青峯去大阪。青峯佇自動賣票機前捎無寮仔門[20]的款勢，有上班的日本人自動來幫忙，閣𤆬伊上車。三十分到大阪驛，佇驛前交通情報[21]案內所[22]，問好台灣領事館號稱「亞東協會辦事處」的所在。

大阪第一大飯店佇驛前一條街外，先將行李园入飯店，隨照案內[23]所畫予伊的市區街路圖，揣到大阪市西區土佐堀一丁目四番八號日榮大樓。電梯直通四樓，行入辦事處，誠安靜，無人來申請。辦事員有講台語的，嘛有講北京語的。許青峯用美國護照表明欲申請台灣簽證，台語腔口的承辦員予青峯申請表。青峯坐落來添表，添好，參飛機票佮三張大頭相片，交予承辦員，時間大約是早起欲十一點。

辦事員好禮仔講：「你下晡三點來提。」

---

19 出外人：tshut-guā-lâng，離鄉者、異鄉人。
20 捎無寮仔門：sa bô liâu-á-mn̂g，摸不著頭緒、不得其門而入。
21 情報：tsîng-pò，日語借詞，原讀「じょうほう」；資訊。
22 案內所：àn-nāi-sóo，日語借詞，原讀「あんないじょ」；服務站。
23 案內：àn-nāi，日語借詞，原讀「あんない」；指引、引導。

對辦事處出來，這時佇日本大阪的許青峯，眞正是美國時間誠濟，濟甲需要去掃大阪街路，刣時間。中晝揣一間簡便料理店，叫一客咖哩柑仔蜜醬炒飯，匀匀仔食，撐渡[24]過時間。

聽承辦員口氣，簽證應該無問題。按呢，明仔載6月12倒轉去到台灣。時到，厝裡的人敢會驚一趒？想著欲轉去台灣，誠興奮，不而過，敢眞正會當遮爾簡單？

伊想著家己做過水牛城台灣同鄉會1979年會長。

誠拄好，1979年12月初十世界人權日，佇高雄發生美麗島事件，黨外民主政治運動炁頭人士一个一个攏予國民黨政權掠去，以叛亂罪起訴。

本成[25]，許青峯會長邀請游仙龍佇12月15來同鄉會演講。美麗島事件發生，台灣獨立聯盟佮其他全美台灣人組織咧籌備成立「台灣建國聯合陣線」，欲共同來對付國民黨政權的惡霸，將伊對地球頂消滅。所致，游仙龍手下的人通知許青峯，取消演講會。

許青峯趕緊召開幹事會，討論結果，共日期，改做美麗島事件座談會。時到，一間視聽教室一百座位齊滿，閣有誠濟人徛咧。許青峯會長主持，做一个簡報，隨請三位座談引言者，各做三分鐘破題，然後開放衆人發言。許青峯感受著氣氛誠熱，平常時，台灣同鄉會辦政治討論會毋捌有過遮濟人，有足濟人攏是毋捌看過的，毋是同鄉會會員，甚至有親中共的人

---

24 撐渡：the-tōo，擺渡，此指消磨。
25 本成：pún-tsiânn，原本。

士，親像青峯大學的外省同學張大仁大統派就在座，當然應該也有親國民黨的。發言者砲喙攏對向國民黨政權故意製造事件，欲消滅台灣黨外民主政治運動。

這層代誌，一年半前才佇美國水牛城發生。這件代誌敢會影響簽證？準講，會影響，伊敢會知影？日本是日本，美國是美國，隔一个大大的太平洋，日本的亞東協會台灣外交單位無可能知影啦，青峯按呢想。

許青峯會記得誠濟人講話，包括杜文勇彼暗嘛有講話，閣喝偃倒國民黨政權。杜文勇才拄佇 5 月初悉某仔囝轉去台灣探親，到今，已經有一個月矣，水牛城無人聽講伊文勇有啥物麻煩。

佇料理店磨到下晡一點，歹勢閣坐落去。閣去掃街路，大阪市無熟，毋知佗位去，行行行，行到一條橋頂，鼻著河水有海味鹹鹹。這，予青峯記得細漢時，大約是 1947 年台灣大動亂之年，佇伊大病開刀療傷復原之後，阿娘悉伊去高雄看港口趨愛河的印象。

一別十外外年[26]，回想松山機場彼句話：「研究所讀煞，倒轉來。」感覺對老母誠虧欠。

小妹愛子來批捌提起：「阿娘[27]，佇田裡作穡，有時想著就吼吼咧[28]。」

青峯知影，當年，阿娘真無意愛後生出國留學，只是無講

26 十外外年：tsa̍p-guā-guā-nî，近二十年。
27 阿娘：a-niâ，舊時代對母親的稱呼。
28 吼吼咧：háu-háu--leh，哭一哭。

出喙來，青峯近年來，將阿娘的心思寫成一篇詩〈曾文溪埔的烏鶖〉：

聽講啥物？
海外有烏名單的飛鳥
敢是若像？
曾文溪埔飛天的烏鶖
毋過
烏鶖雖然秋天後消失
總是若到春天
個會閣飛轉來嘉南平原

徛佇橋頂，青峯想起昨日暝佇夜總會的歌聲：「青い空，白い雲；藍天啊藍天，白雲啊白雲。敢是有機會來轉去？轉去竹雞會叫天的曾文溪埔田地！」

這時，青峯心內絞絞滾，敢眞正就會當來轉去台灣看阿娘？

伊心內講：

「欲來去坐噴射雲，渡藍天，飛轉去曾文溪岸的糖鄉灣裡；甘蔗滿溪墘的曾文寮；幸福滿滿阿娘遐，伊作穡的田園世界。」

青峯欲親口向老爸講出心內話：「台灣人毋願做戇鹿 hőng[29] 採茸割鞭，欲做自由自主的野鹿。」

---

29 hőng：予人（hōo-lâng）之連音，被。

伊嘛想起牽手明珠及兩个細囝，水燕6歲，水琳4歲。啊，青峯有一絲仔不安。

青峯咧僥疑：「若是，人 tsuánn 牢佇台灣，個欲按怎？」

心思滿滿，一時，一台救護車的響亮叫聲，拍破伊的鄉思，才回到現實的日本時空，隨瞄一下倒手的手錶仔，一看，差十分強欲三點。緊翻頭，踅轉去日榮大樓。

參早起仝款，接待室無人來辦代誌。

早起的承辦員，猶認得許青峯。

「許先生，歹勢，阮袂當予你簽證。」承辦員手提一份資料，是早起許青峯的申請書的款。

「為啥物？早起，你毋是講好，下晡來提簽證。」許青峯問。

「歹勢，請阮主任來參你講。」承辦員行入一間辦公室。

許青峯等佇遐，有一寡失望。這時，一位大約五十出頭的人，來到櫃台，向青峯自我紹介，講伊是簽證主任，話帶一款重重的外省腔。

「許先生，很抱歉，你的簽證申請，不能核准。」主任誠客氣，外表一派外交人員的好禮範[30]，雖然內底有可能是狼心狗肺。

「為什麼？」許青峯等伊的回答。

「是這樣啦，電腦裡有你的資料。」主任話中有話。

許青峯掣一趒，原來，國民黨駐外單位用電腦掌控僑民資料。人佇美國的情資，佇日本，個嘛一查就清楚。

30　範：pān，模樣。

「什麼資料？」青峯隨問。

「這，不便說？」青峯這時想起 1979 年做會長的代誌，這敢有關係？

「有什麼不能說的？你們這不是故意刁難嗎？」許青峯有逼伊表態的意思。

「確是我們職責不能核准。不過，可以送台北審核。」主任說明。

「要多久？」

「大約一個禮拜。」

「會核准嗎？」

「有可能核准，但是，不能保證。」

「來日本出差，不能等上一個禮拜。」許青峯講。

「當初爲何不在美國早早申請呢？」

「臨時起意，想回去看看父母親。」許青峯將經理建議省略無講。

「原來是這樣子。」

「請退還簽證申請書。」

承辦員欲將申請書直接參美國護照還許青峯。主任用手擋咧，將申請書接過去，主任將一頁的申請書倒爿裂闊一吋左右一長條，下面正角嘛裂去一吋見方。

「你們怎麼這麼霸道，破壞公文。」許青峯抗議。

「抱歉，不能透露簽辦詳情。」

「不給簽證沒關係，反正可以照飛台北，落地簽證。」

「許先生，落地簽證已經取消多年，勸你別白飛一趟。」

將護照佮裂過的申請書囥入橐袋仔[31]。踏出亞東協會辦事處大門。坐電梯落到第一階[32]，行出日榮大樓，6月11近黃昏的大阪天。

伊青峯戇戇仔掃過大阪的街頭。

John Denver 的〈故鄉路〉無法度「悉伊回鄉」。

這時〈ここに幸あり〉情歌的旋律來到伊的耳空，女主角彼款哀怨無奈的情緒罩落來，嘛撩起寫阿娘心思的詩篇：〈曾文溪埔的烏鶖〉，一去十外外年，到今猶是失蹤的烏鶖。

個按呢掌權，決定伊許青峯袂使回鄉。

其實個國民黨政權嘛掌管個留學生的出國。出國了後的青峯才了解矣，了解留學政策。

照理講，予留學生出國，結局百分之九十九無回頭，等於是替外國培養人才。因為有辦法出國的大學生是上好的一層，哪忍心將上好的一層割去？原來有兩大原因。

第一，是提供予外省子弟離開台灣的方便之門，因為，反正，個濟濟外省人將台灣當做是一个客居之渡站 niā-niā，毋是長蹛久安的島嶼，個甚至辦過一擺高中生留學，單單一擺，攏是大官虎[33]的子弟按呢出國去，副總統鄭誠後生鄭大安就是其中一位。

第二，高壓統治下，精英有覺醒的一工，個會起來反抗，

31 橐袋仔：lak-tē-á，口袋。

32 階：kai，日語借詞，原讀「かい」；樓層。

33 大官虎：tuā-kuann-hóo，權臣、官僚。仗著權勢擺威風、魚肉百姓的高層官員。

簡單方法是將佃攏踢出去外國，聽好[34]攏莫轉來。

不而過，國民黨算盤雖然拍了誠精，只是天下事：有一好無兩好。短期內台灣相對相安無事，有20年。但是，海外自由的天地，台灣留學生誠緊覺醒，馬上就有毋願做「野郎」管控的「馬鹿」的台灣人起來舞獨立運動，佇日本是按呢，佇美國嘛是仝款。

青峯即時了解啦，怎樣落地簽證取消，因爲，國民黨政權驚反抗的種子容易對海外傳入島內。

想到遮，青峯已經行到大阪第一大飯店，倒落眠床歇睏。

彼暝，伊食過暗頓，夜裡孤家踅大阪城刺激的一面，最後，入去酒店啉甲馬西馬西，將簽證的失望靠酒精洗掉。

隔轉工，重新去日航改劃航程，直接對大阪飛美國。

轉來，牽手驚一趒，埃蘇曼經理嘛掣一下。佃攏講，遮爾緊倒轉來！是怎樣？

許青峯照實講：「簽證提無著。」

佃攏問：「爲啥物？」

許青峯講：「毋知。」

牽手明珠一向無相信烏名單，這時煞講：「敢會是烏名單？」

青峯提出申請書予牽手看。兩人攏咧臆[35]，裂掉的所在，到底是簽註啥物字眼。

日子過得誠緊，對日本轉來美國紐約州西邊的大湖區水牛

34 聽好：thìng-hó，可以、大可。
35 臆：ioh，猜測。

城的徛家厝，一目𥍉，三禮拜過去，來到 7 月初。

若像是初四晝，有人對西部加州拍電話來，講有一位叫做杜文勇的人橫屍台大校園。許青峯驚一趒，想講是人講耍笑，抑無，就是仝名仝姓？

想袂到，紲落來初五，《水牛城郵報》正式登載紐約州水牛城大學杜文勇教授，7 月初三受台灣警備總部約談，一去無回，隔轉日初四早起，野鹿杜文勇 hőng 發現橫屍母校台大生化研究所邊的番薯園。

青峯猶記得，才佇 5 月初，逐家來厝裡開人權會，逐家食明珠準備的便餐，杜文勇某仔囝嘛攏有來。青峯記得，兩年前 7 月初四，美國獨立紀念日，同鄉會佇水牛城西北爿的奈阿加拉河[36]的河邊公園，賣菜丸仔募經費，文勇大聲招人客來買的形影，今……。

伊文勇就按呢枉死矣！

夭壽的政權！

日子苦長，紲落來，有風聲，台灣警備總部約談時，個有放一塊所謂的「彩虹專案」的錄影帶，予杜文勇看，是 1979 年 12 月水牛城台灣同鄉會舉辦的美麗島事件座談會的全場錄影帶，內底有伊杜文勇的面相佮講話。這場座談會就是許青峯做會長主持的，伊青峯當時嘛有發言批判拗蠻的國民黨政權。

雄雄！許青峯耳空聽著一段聲語：

「若是我有提著簽證，警總約談敢會提早兩禮拜？橫屍野

36　奈阿加拉河：Nāi-a-ka-la-hô，尼加拉河。

鹿煞是……。」

悶雷晴天霆，青峯烏暗眩。

作者簡介

胡民祥，1943 年出世，台南善化人；目前定居北美洲匹茲堡郊區。台灣大學機械工程系畢業，紐約州立大學水牛城分校機械工程博士。捌以許水綠、許石竹、李竹青、莊家蘭、莊家湖、簡水藍、曾文郎、胡敏雄等筆名發表作品。自 1967 年到北美洲留學期間參與海外台灣人運動，予人列入烏名單，1988 年才頭擺轉來台灣；1986 年開始用台語寫作，1987 年發表〈華府牽猴〉，成做戰後頭一篇用台語漢字寫作的台語小說，是台語文學理論重要的起造者。捌參與發起「蕃薯詩社」，也擔任過美國《台灣公論報》副刊編輯。是《台文戰線》的創社社員佮社務委員。出版過《胡民祥台語文學選》、《茉里鄉紀事》等濟濟作品集。

陳正雄（Tân Tsìng-hiông）

2017台灣文學獎台語小說創作金典獎得獎作品

「阿母拄才敲電話來欲揣你呢！」暗頭仔下班，才入門，牽手看著我，趕緊按呢講。

「啊有講是啥物代誌無？」奇怪，平常時阿母真罕得敲電話來，敢講有啥物要緊的代誌？

「無咧，伊干焦吩咐講，等你若到厝，才敲轉去予伊。」牽手頭頕頕，無閒咧款暗頓。

自三冬前阿爸過身了後，就賰阿母家己一人蹛佇庄跤的舊厝，有幾若擺咱姑情[1]伊來市內佮咱做伙蹛，較有伴。毋過，逐擺攏來無幾工，伊就喝無聊，袂慣勢規工覕踮厝內底，親像關佇鳥籠仔內咧，無厝邊頭尾通話仙[2]，吵欲倒轉去……。

咱做人序細的，嘛毋敢傷勉強，是講放伊一个 80 歲的老大人，家己一人佇厝裡，按怎講嘛袂放心。所以，除了假日盡量轉去陪伊以外，逐暝我攏會佇固定的時間，也就是民視八點

1　姑情：koo-tsiânn，懇求、央求。

2　話仙：uē-sian，聊天、閒談。

檔連續劇做煞了後，敲電話予伊，佮伊講寡話，順紲確定伊平安無代誌。話講了，伊就準備欲去睏矣。

「是講，昨暗才佮伊講過話 niâ，哪會今仔下晡隨敲來，敢會是臨時發生啥代誌？」我袂赴去便所，趕緊電話提咧敲轉去。

「啊就恁三姑昨暝佇浴間仔無細膩去予跋跋倒，予救護車送去奇美，醫生講伊腰脊骨[3]折去，著愛入院、開刀。你這禮拜若有轉來，才順紲載我來共看一下。」聽阿母講，才知影伊趕緊咧揣我的原因。

三姑今年 90 矣，自阿爸過身了後，個彼沿[4]的就賰伊這个親情[5]序大。在來，佮阮這頭感情就眞好，莫怪阿母會煩惱。

三姑是阮阿媽相連紲生的六个查某囝內底排第三的。阮六个阿姑內底，除去一个去予毋好去[6]，晟[7]無大漢以外，有四个若毋是嫁佇佮阮仝庄頭，就是蹛佇阮的隔壁庄，袂輸厝邊頭尾咧，去個兜就親像去阮厝的灶跤仝款，無啥物稀罕，干焦三姑嫁上遠。

其實講遠嘛無偌遠啦，平平攏是阮查畝營十二聯庄其中一个庄頭，跤腿仔。不而過，阮兜東勢頭是佇查畝營的較西爿面，跤腿仔倚較東爿面，兩个庄頭相差十外公里，若是這時陣駛車，差不多十分鐘就到矣；毋過彼當時行路，就愛三點鐘久

---

3 腰脊骨：io-tsiah-kut，腰骨；脊椎骨的下部五骨節，支撐筋肉，下端和尾骨連。

4 沿：iân，輩分。

5 親情：tshin-tsiânn，親戚。

6 毋好去：m̄-hó-khì，指過世了。

7 晟：tshiânn，教導、養育。

tah-tah。

「跤腿仔」這个有淡薄仔奇怪的地名，根據專家學者的研究，是對平埔族西拉雅語原意「Nounog」翻譯過來的，意思是：「雙溪合流的所在」。也就是講，這个所在，有白水溪佮龜重溪兩條溪水佇遮會合了後，才閣做伙流入去急水溪，親像咱人拍開的雙跤仝款，所以號做「跤腿仔」。

跤腿仔閣分做大跤腿佮小跤腿兩个庄頭，大跤腿屬佇大農里，小跤腿分做篤農里佮重溪里。趣味的是，大跤腿土地較細、人口較少；小跤腿土地較大、人口較濟。所以，定定有外地的鄉親朋友消遣講：「恁查畒營人生做真奇怪呢，哪會大跤腿比小跤腿較細肢，小跤腿顛倒比大跤腿較大肢？」

阮三姑就是嫁去佇彼个比大跤腿較大肢的小跤腿。

自我有記持以來，每一冬差不多攏會有一兩擺，阿媽會去小跤腿三姑個兜迌迌、過暝。當然，嘛會順紲悉阮兄弟姊妹，猶有蹛佇仝庄的表兄姊做伙去。佇彼个時陣，對阮來講，這是一項誠重要的大代誌。

阮兜東勢頭算是佇查畒營的市區，交通比較利便，公路、鐵路攏有經過，無論上北去新營抑是落南倒台南，坐客運、火車攏無問題。毋過，小跤腿是佇較東邊，倚近山區的所在，干焦一條彎彎曲曲的牛車路。人少，勉強猶會當騎跤踏車抑是坐oo-tóo-bái[8]，若是一个老人悉一群囡仔，加加咧十外人，唯一、

8 oo-tóo-bái：日語借詞，原讀「オートバイ」；機車。

上好的方法就是行路矣。

猶會記得是國校仔五年的彼冬歇熱結束進前的農曆七月，阮閣一擺綴阿媽去三姑個兜。

阿媽猶是彼身仝款的打扮，頭戴瓜笠、跤踏 thah-bih[9]、身穿烏鼠色的台灣衫、手揹花仔布的舊包袱。阮逐个隨人提家己的物件，早頓食了，正式出發；中晝進前，拄好到位。

「親像老雞母悉雞仔囝咧迫迌咧。」見擺[10]，阿爸看阮欲出門，攏笑笑仔按呢講。

就按呢，一隻老雞母悉一群雞仔囝對厝裡出門，寬寬仔行佇庄跤的路裡。

對代天府門跤口，經過籤仔店[11]、粟仔埕，來到鐵枝路前，這段路猶算佇庄內，路況較好，是較闊較直的石頭路，兩爿大多數是徛家佮幾間仔店面。經過鐵枝路，就算是庄外矣，路成做細條閣彎曲的塗砂路，徛家嘛換做稻仔田佮菜園仔。到刣豬灶、三角堀仔、應公廟仔附近，就已經是荒郊野地矣。四箍籬仔，除了草寮仔看無人家厝，規路邊攏是糖廠的甘蔗園佮野生的茅仔埔路[12]的尾溜，有看著另外一个庄頭，彼就是小跤腿矣。

9　thah-bih：日語借詞，原讀「たび」（日文漢字「足袋」）；原指將大拇趾和其他腳趾分開的襪子，此專指分趾的鞋子，鞋底爲塑膠材質。

10　見擺：kiàn-pái，每次。

11　籤仔店：kám-á-tiàm，雜貨店。

12　茅仔埔路：hm̂-á-poo-lōo，此指茅草蔓生的道路。

佮以前仝款，蹛一暝，隔工中晝食飽、歇睏了後，阮隨人共家己的物件款好勢，欲佮阿媽倒轉去東勢頭。三姑嘛佮以前仝款，除了攢[13]一大堆家己種的松茸、木耳、果子，予阮做「等路」之外，閣專工剉一鍋仙草冰予阮止喙焦。我傷過饞食[14]，恬恬一个食三碗公。

離開三姑兜來到半路，我感覺腹肚開始搣搣[15]仔疼，愈行愈無力，愈走愈軟跤。經過入庄前三角堀仔的應公廟仔邊時，人就眞正擋袂牢矣，腹肚開始絞滾，規身軀拚凊汗[16]。無時間共行佇前頭的阿媽個講一聲，我趕緊斡入去應公廟仔後壁面的草埔仔……。

驚走傷遠離傷久，阿媽個無看著我會擔心，我屎落煞，那攏 (láng) 褲那趕路。雄雄，一个佮我差不多大漢的查埔囡仔，毋知當時，徛佇我的面頭前。

「阿……阿明？」我驚一大趒，講話變大舌。

阿明是我國民學校的同窗，伊佮灶雞仔是阮班裡兩个逐家公認的「怪跤」。

佇阮查畝營這款草地所在，同學的爸母，大部份若毋是作穡的，就是做工的，干焦個兩人較特別：灶雞仔的老爸是對軍

13　攢：tshuân，張羅、準備。

14　饞食：sâi-tsia̍h，形容人貪吃。

15　搣：ui，以針狀物刺、戳。

16　凊汗：tshìn-kuānn，冷汗。

隊退伍，佇菜市場仔咧賣麵的老芋仔；阿明的老爸是專門佇墓仔埔，咧抾死人骨頭的「土公仔」。

毋過，個兩人的個性完全無仝款。灶雞仔生性外向活骨、狡怪[17]，規工看伊若毋是咧哼歌、呼嘘仔[18]，就是四界咧佮人冤家、相拍，差不多規个學校老師、學生攏知影伊的大名。阿明拄好倒反，古意、閉思[19]，不時一个人恬恬坐佇家己的椅仔位，透日罕得聽伊過半句話，凡勢連班裡的同學，伊都熟似無濟。奇怪的是，這兩个人，竟然同時是我上好的朋友。

阿明的老爸，本名叫做莊萬金，這是我對阿明的資料簿仔偷看著的。因爲伊的工課是專門用金斗甕仔咧貯[20]死人骨頭的土公仔，所以庄裡的人攏慣勢叫伊「金斗仔」。

金斗仔自細漢爸母就無佇咧矣，予個阿媽晟養大漢。阿媽過身了後，庄裡天成師看伊一个人無親無情、無依無倚，好心收伊起來做徒弟。

天成師是一个道行高深的烏頭仔司公[21]。

俗語講：「紅頭度生，烏頭度死」，伊是專門替死者辦喪事、做功德的司公，佮專門佇廟會裡做醮、施法抑是替活人驅邪、押煞的紅頭仔道士無仝。聽講，伊的本等[22]毋但按呢，只要是

17　狡怪：káu-kuài，頑皮、調皮、愛作怪；不聽教誨，不馴服，喜歡與人作對。

18　呼嘘仔：khoo-si-á，吹口哨。

19　閉思：pì-sù，個性內向、害羞，靦腆的樣子。

20　貯：té，裝、盛。

21　司公：sai-kong，道士。

22　本等：pún-tíng，本領、本事。

佮喪事有關雜雜滴滴的，伊攏眞熟手、誠內行。也就是講對一个人斷氣了後，無論是摒廳、掠轎[23]、做譴損[24]；抑是接壽、入木、牽亡魂，一直到出山、落壙、安神位；甚至以後欲破土、開壙、抾骨、裝金、進塔……，凡事揣伊就無問題矣。

有一工，天成師專工𤆬金斗仔來揣永福仙。

永福仙佇代天院大廟邊的巷仔口開一間算命館，專門替人算命、號名，解厄、改運。伊的年歲佮天成師差不多，兩人是熟似誠久的老朋友矣。有閒的時陣，天成師定定會來揣永福仙泡茶、破豆[25]。

「無論我按怎千算萬改，終其尾，攏嘛逃袂過你的掌中心！」永福仙不時用這句話咧消遣個兩人。

「永福兄，莫講笑矣，今仔日有正經事欲拜託你。這个囡仔，勞煩你斟酌共看一下。」天成師牽金斗仔到永福仙的面頭前。

「這是彼个囡仔伊老爸，留落來的八字，勞煩你閣共批看覓。」天成師叫金斗仔家己去廟埕迢迌，才閣提一張退色的紅紙，交給永福仙。

「老兄弟！你嘛是內行人，敢講會看無，愛我拆分明？」永

23　摒廳、掠轎：piànn-thiann、liàh-kiō，居家治喪的準備工作。首先清理廳堂，將神桌上神佛公媽及燈樑上之天燈、天公爐，一併遷移，或者直接以布簾覆蓋，再將廳堂騰出空間，後排置兩條長條椅並鋪上木板或竹編，作為安置遺體之處。

24　做譴損：tsò-khiàn-sńg，作法，施用法術以趨吉避凶；另有以巫蠱害人之意。

25　破豆：phò-tāu，閒聊。

福仙看煞，目頭結結，先欶[26]一喙薰，閣吐一口氣。

「做你講，無要緊，家己人，參考！參考！」天成師聽了，先吐一口氣，才欶一喙薰，面無表情。

「這个囡仔，論伊的面相骨格，山根凹，主六親分離之途；下頦尖，合晚年孤苦之數；頷頸長，是骨肉無情的相；喙脣薄，屬祖產無緣的命。看伊的生時日月，先天八字秤重二兩四，照天罡先師的神數命理算來：『此命推來福祿無，門庭困苦總難榮，六親骨肉皆無靠，流落他鄉做散人』……。」

「敢有法度化解？」

「人一落塗八字命，生死富貴天注定。不而過，命數難違，運途可改，這愛看伊以後的造化。」

天成師本身無囝無兒，進前，先收過一个大徒弟富貴仔。伊共有關處理喪事的工夫傳予富貴仔，另外，將抾骨的技術教予金斗仔。一人分一途，毋免以後同行相忌、同門相爭。

後來，富貴仔事業愈做愈大，規氣搬去市內開一間葬儀社，做頭家、趁大錢、蹛豪華的別莊、駛進口的轎車、悉大某閣飼細姨、選代表閣做議員。金斗仔一直留佇庄內，守伊彼間破塗墼厝[27]，騎伊彼台破跤踏車，繼續做伊的土公仔兼羅漢跤。

金斗仔做的是孤行獨市的穡頭，無人有本領佮伊搶生理；

26　欶：suh，吸。

27　塗墼厝：thôo-kat-tshù，用土塊砌成的房子。

嘛無人有才調佮伊拚地盤。伊跤手猛掠，做人骨力。只要主家日子看好，時辰一到，伊家私款咧就出門。死人錢無咧出價嘛袂當欠數，照理說，這幾冬來，加減應該有存寡錢才著。毋過，看伊自頭到尾躑的，攏佇彼間天成師留落來的舊厝。規年透冬穿的攏是彼幾領 lo̍k-kóo-sok-kóo[28] 的舊衫褲。無聽過，伊有咧買厝地抑是蓄[29]田園？嘛無看過，伊有佮啥物查某人咧交往，抑是央[30]任何媒人婆去提親。

原來，伊興啉酒又閣愛跋筊。

無工課路的時，若毋是去揹幾罐仔幌頭仔[31]，就是去損一場仔墨賊仔[32]。不而過，伊酒癖袂穤、筊品嘛誠好。酒若啉茫，就腹肚挲咧，倒轉去睏；錢若輸了，嘛鼻仔摸咧，邊仔去坐，袂痟亂袂起花。

「人生海海矣，世事譀譀啦！」見若有人問伊，哪會無欲買地起厝，抑是娶某生囝，伊逐擺攏嘛按呢應。

「彼箍劉仔舍有無？伊的後事，對開魂路到做悲懺；對上山頭到放落壙，自頭到尾，攏阮師的親身發落的。伊活咧的時趁甲油 sé-sé，酷[33]甲鹹 tok-tok，死後敢有提走一仙五厘？攏嘛

28 lo̍k-kóo-sok-kóo：形容破爛不堪。

29 蓄：hak，購置較大、金額較高的財產。

30 央：iang，請求、懇求。

31 幌頭仔：hàinn-thâu-á，米酒。

32 墨賊仔：ba̍k-tsa̍t-á，烏賊。此指一種賭博遊戲。

33 酷：khok，吝嗇。

好空著別人。伊的棺柴蓋才崁落，某仔囝就開始咧輸贏矣，等到對年過，猶咧行法院。」

劉仔舍，阮庄裡大大細細通人知，除了放落來的祖公仔屎，田園、厝地幾若十甲以外，猶有米絞、當店幾若間，大某細姨、後生查囝十外个，會使講是早前規个查畝營上好額的人，不時予伊提來咧鄙相。

「彼隻楊仔頭恁敢知，進前伊的後生、新婦相連紲破病、車禍，地理師仔講是伊彼門風水無平安，愛徙厝。對開棺到抾金、對入甕到進塔，前前後後，攏我一手包辦的。伊在生的時食甲一箍肥 tsut-tsut，時到嘛是爛甲規个賰一堆骨！看你偌囂俳，看你偌威風，毋是攏仝款，落尾嘛是隨在遐个蟲豸[34]咧吮[35]、鳥鼠咧咬。」

楊仔頭，阮庄裡查埔查某通人捌。有頭有面，有錢有勢。做過鄉長、議員；開過笑間、酒家；伊行路會地動、喝水會堅凍，會使講是阮所有東勢頭上大尾的，定定予伊提來咧剾洗。

也因爲這款想法，金斗仔三不五時，會做一寡予人感覺譀古、離經[36]的代誌，咱佇遮講一項就好：

有一冬寒人的半暝，佇查畝營國小佮墓仔埔中央的縱貫公路，發生嚴重的車禍。聽說司機啉酒了後駛車，超速拚著路

34　蟲豸：thâng-thuā，昆蟲的通稱。
35　吮：tshńg，用嘴巴吸取、剔除。
36　離經：lī-king，離譜、荒謬。

邊檨仔樹，規台車拼甲離離落落[37]，規个人嘛擠甲 mi-mi-mauh-mauh，拖出來的時，早就死殗殗[38]矣。

派出所值班的管區的，三更半暝勼佇被空內底當好睏，予報案的民眾吵精神，去到現場巡巡看看咧。

彼陣毋比這時，庄跤所在救護車無遐利便。換伊去共蹛佇附近的金斗仔挖起來，吩咐伊先留咧車禍現場顧暝，毋通死體[39]去予野狗拖走抑是烏鼠偷咬，等到隔工天光才來處理。

代誌交代好勢，管區的哈一个唏，又閣旋轉去厝裡，繼續勼伊的被空矣。

金斗仔目睭沙微沙微[40]，家私款款咧，佮管區的來到現場，先共死體园予好勢，閣用草蓆仔坔予四序[41]；紲落先點三枝清香，落尾閣燒一摺銀紙。

代誌簡單發落了後，金斗仔坐佇現場守屍，有時食薰、有時 tuh-ku[42]，愈坐感覺愈寒，閣鼻著身軀邊彼具死體發出來的燒酒味，才想起來拄才予彼箍管區的生生狂狂叫出門，眠床頭彼矸才啉一半的米酒頭仔袂記咧提出來。本底想欲走轉去提，閣驚萬不一出意外歹交代。無法度，輕輕仔講一聲：「兄弟仔，歹勢啦，傷過寒，擋袂牢，借蓋咧。」紲落，草蓆仔掀開，規

37 離離落落：li-li-lak-lak，零零落落；形容凌亂散落而沒有條理。
38 死殗殗：sí-giān-giān，死氣沉沉、要死不活。此指已經死亡。
39 死體：sí-thé，日語借詞，原讀「したい」；屍體。
40 沙微： sa-bui，瞇眼，眼睛微微閉合。
41 四序：sù-sī，井井有條、妥當；讓人覺得舒服安適的感覺。
42 tuh-ku ：打瞌睡。

个人鑽入去……。

天才拍殕仔光[43]，稻草伯仔就騎伊彼台老古董的跤踏車欲去巡田水。經過車禍現場，看著檨仔樹跤一台捙甲規个變形的自動車[44]，邊仔一領草蓆仔崁兩身現出兩粒頭殼的死體。

「夭壽喔！有夠可憐，一擺死雙个，阿彌陀佛！阿彌陀佛！」稻草伯仔車停落來 uân-nā 看，uân-nā 唸。

「我咧駛恁娘咧！啥物一擺死雙个？恁爸小可瞇一下 niâ，你目睭去予牛屎糊著？」金斗仔雄雄規个人對塗跤趒起來，大聲譬姦撟[45]。

「阿娘喂！救人喔！無我的代誌，毋通揣我！毋通揣我！」稻草伯仔無張持去予金斗仔驚一下哀爸叫母，沿路走沿路叫，無細膩，連人帶車摔落去路邊的水圳底。好佳哉！這時陣，管區的拄好來到現場，若無，凡勢眞正會「一擺死雙个」。

就按呢，金斗仔，照常有閒就去啉酒、跋筊，樂暢過日，一直到阿明出現。

阿明的身世比金斗仔閣較可憐，毋知爸母是啥人。聽講是金斗仔有一工啉酒了後，欲轉去厝裡，佇路邊的土地公廟口，看著予人放生的紅嬰仔，抾來育飼[46]的。

---

43 拍殕仔光：phah-phú-á-kng，黎明。
44 自動車：tsū-tōng-tshia，日語借詞，原讀「じどうしゃ」；轎車、汽車。
45 譬姦撟：tshoh-kàn-kiāu，以髒話罵人。
46 育飼：io-tshī，養育。

金斗仔嘛真巴結，自從收養阿明了後，此去，無閣再啉酒、跋筊，家己一箍人，認真共阿明晟養大漢。

國小三年的歇熱，阿明頭一擺招我去個兜坦迌。

「我飼足濟蟋蟀仔，咱會當來相咬。」佇彼个七十年代的庄跤所在，除了看史艷文的布袋戲以外，掠蟋蟀仔相咬是阮彼款年歲的囡仔，少數流行的娛樂之一。阿明自細漢佇荒郊野外大漢，掠蟋蟀仔，是伊上熟手的本領。

阿明個兜蹛佇查畝營國小佮查畝營公墓中央的一片草埔仔內底，會使講是庄內佮郊外合界的所在。對縱貫公路邊土地公廟仔斡過去，沿大水溝邊，兩爿攏芒仔草，塗跤鋪塗炭屎的細條路仔行入去，差不多十分鐘就到矣。

個兜是一間厝頂崁烏瓦、牆仔糊白灰，單正身無伸手，舊破舊破的塗墼厝。厝身前後雙爿攏是野草、麻黃，四箍輾轉干焦個一口灶，看無別的徛家。

對厝的正手爿行去，經過一塊棺材枋的橋，就是墓仔埔，四界聽會著蟋蟀仔的叫聲；倒手爿看去，一堵紅磚仔圍起來的牆仔壁，彼頭就是國小的運動埕，不時聽會著學生囡仔的喝聲。厝前厝後，不時有鳥仔咧叫、蝶仔咧飛、草蜢仔咧跳、四跤蛇[47]咧趖，毋過，就是無看人影。我去過個兜幾若擺，透早到暗，除了我佮阿明以外，毋捌看過任何一个人影。

47 四跤蛇：sì-kha-tsuâ，蜥蜴或蠑螈。

上特別的是伊厝的門口埕佮後尾門，囥差不多大大細細，十幾个水缸佮塗甕，內底飼一堆大隻、細隻，公的、母的，濟濟的蟋蟀仔……。

有一擺，我佮阿明當咧弄蟋蟀仔相咬的時，有一个生做烏烏瘦瘦、細漢細漢的大人，雙手揹兩跤布袋，對外口行入來，一直行到簾簷跤[48]才停落來，這个人就是阿明的老爸，金斗仔。

伊先共布袋囥咧，起頭，提一塊塑膠布鋪佇塗跤，紲落，共布袋內底的物件全部倒出來。我看一下驚一趒，原來規堆大大細細、奇奇怪怪的骨頭……。

「你敢看哦？袂驚呢？」金斗仔看我跍[49]佇伊的對面，目睭褫[50]大蕊，感覺眞好玄的款，笑笑仔咧問我。

「……」我幌頭[51]無共應。老實講，這是我這世人頭一擺看著規堆的死人骨頭，哪會袂驚？應該是一時緊張，毋知通驚。

「通常抾骨，攏是主家先揣地理師仔，共日子揀予定、時辰看予好，才倩[52]我去現場破壙、開棺、抾骨、入甕，一擺就款予好勢矣。毋過，有的因爲年久月深、無人相認，搪著公所欲整理墓地、起納骨塔，穡頭較濟，無法度，才會提轉來厝裡

48　簾簷跤：nî-tsînn-kha，屋簷下。
49　跍：khû，蹲。
50　褫：thí，眼睛睜開。
51　幌頭：hàinn-thâu，搖頭。
52　倩：tshiànn，聘僱、僱用。

做。」金斗仔說明了後，無閣加講話，繼續做伊的工課。

伊先用棕筅仔[53]共骨頭筅予清氣，閣用舊面布拭予焦鬆；了後，將頭殼牙槽頂面的喙齒一支支挽落來；閣來，用一塊白布仔共頭殼包起來；紲落，用朱砂筆照順序畫出目睭、鼻仔、喙、耳。另外，共手捗[54]、跤捗的幼骨仔一塊一塊分開，囥入去四个細細仔的紅袋仔裡；手骨、跤骨佮箅仔骨[55]才用紅絲仔線縛予好；上落尾，用一枝大箍的粗香共龍骨貫過去。

金斗仔停睏落來，吐一个氣，拭一寡汗，行入去厝內，提一个金斗甕仔出來，按照跤手、身軀、頭殼的順序，勻勻仔共拄才處理好勢的骨頭，一項一項囥入去甕仔內，閣囥一寡火炭，提蓋崁起來，用紅布封牢咧。

「你是旺仔的後生？等一下倒轉去，毋通予恁厝裡的大人知影呢，無會予人罵喔。」金斗仔徛起來，伸一下腰，點一枝薰，開喙吩咐我。

這時，我嘛想欲徛起來，雄雄規身軀無力，頓塌[56]坐佇塗跤，原來，我兩肢跤早就麻去矣！

轉去到厝，我暗頓食飽，身軀洗好，佮阿兄去公厝埕踅夜市。

53　棕筅仔：tsang-tshíng-á，棕毛刷子，可用來清理灰塵，也有用來做鍋刷者。

54　手捗：tshiú-pôo，手掌、手模。

55　箅仔骨：pín-á-kut，肋骨。

56　頓塌：tǹg-la̍p，跌屁股。

遠遠看著大埕西爿面上邊仔一个擔仔位，四箍輾轉圍一大堆人，毋知咧創啥。我好玄行過去，竟然看著我家己倒佇塗跤，一群人圍咧看我，有老人有囡仔，有查埔有查某，眾人看著我，全部攏變做一具一具的死人骨頭，向我倚過來。我哀一聲，精神起來，規身軀拚凊汗，原來是咧陷眠。

彼工，是我上尾一擺佮阿明去個兜，嘛是我最後一擺看著金斗仔，過無偌久，就出代誌矣。

猶會記咧彼工佇學校上藏鏡人教的「唱遊課」。

叫伊藏鏡人，毋是因爲伊的做人偌神秘，嘛毋是伊的工夫眞厲害，是伊的名姓較特別，叫做張敬仁。張敬仁靠勢伊是校長的親情，上課的時不時對學生歹閣惡，所以私底下，逐家攏叫伊的外號「藏鏡人」。

「去年我……回來，你們……。[57]」藏鏡人一面彈風琴，一面叫阮綴咧唱。

「吱……。」雄雄，教室上後壁倚窗仔門的所在，傳出一个尖利的叫聲，逐家攏越頭過去看，阿明的面紅紅、頭頕頕。

「今年我……來看你們……。」藏鏡人面仔臭臭，停一下仔，繼續彈琴，繼續叫阮綴咧唱。

「吱……。」仝款的所在，閣叫一聲，這擺比進前閣較大

57　歌名爲〈西風的話〉，收錄於小學音樂課本；寫於 1933 年。作曲者黃自（1904-1938），作詞者廖輔叔（1907-2002）。

聲。這時，規班的同學攏笑出來，笑甲東倒西歪。阿明嘛面愈紅，頭愈頕矣。

「提出來！」藏鏡人殺氣騰騰，對教室上頭前衝到教室上後壁，對阿明大聲喝咻。

阿明乖乖共鉛筆篋仔[58]提出來拍開，藏鏡人伸手共內底彼隻蟋蟀仔掠起來，大力擲落塗跤，閣用皮鞋蹔[59]一下爛 kôo-kôo。紲落，出手對阿明的面搧過去，阿明的喙顊紅紅五條指頭仔號，兩逝目屎恬恬仔流落來……。

「共我徛予好！」藏鏡人威風凜凜，越頭倒轉去坐佇椅仔頂，準備欲閣繼續彈琴。

「啊……」這時，原本予藏鏡人驚甲全班恬 tsiuh-tsiuh 的同學，又閣慘叫一聲。毋過，這擺毋是蟋蟀仔，是坐佇阿明邊仔的陳淑惠。

眾人越頭一下看，阿明已經昏倒佇塗跤，臉色白死殺，鼻血 kòng-kòng 流。

三工後，阿明才閣轉來上課，毋過，鼻血雖然無咧流矣，面肉猶是無啥血色。規工無話無句，無元無氣，毋是坐佇椅仔像戇神，就是覆[60]踮桌頂咧歇睏。過無幾工，伊又閣開始流鼻血矣……。

58　鉛筆篋仔：iân-pit-kheh-á，鉛筆盒。

59　蹔：tsàm，踹、跺，用力踢或踏。

60　覆：phak，趴。

以後，阿明不時請假，無來讀冊，一直到學期結束，學校歇熱。老師講伊人無快活，去市內予醫生看。

有一日，我佮灶雞仔去阿明個兜想欲揣伊。Siáng 知，規間厝強欲予茅仔草掩無去，門仔窗仔攏關牢牢，看起來，應該是眞久無人蹛矣……。

升 khái[61] 四年仔，阿明猶是無看人，問老師才知影，伊已經休學，毋知搬對佗位去。

過無偌久，一工半暝，有人聽著佇學校的便所裡傳出慘叫的聲，原來是藏鏡人去予人規身崁布袋，雙跤損斷去……。

「阿明！你哪會走來遮？」查埔囡仔喙開開、面笑笑、牙槽頂頭缺兩支喙齒，眞正是阿明無毋著。

「啊……。我都搬來蹛佇遮啊！阿成，咱足久無做伙耍矣，來阮兜敢好？我閣飼足濟蟋蟀仔喔！」阿明看起來足期待的款。

「好啊！好啊！我嘛足想你的。」遐爾久無見面，我當然是眞歡喜。

綴阿明行無偌久，斡入去一條閣愈細條的路，幾分鐘後，面頭前出現一間厝，阿明講遮就是個兜。

佮進前的舊厝略仔相仝，四箍輾轉猶是草埔佮樹林，厝尾頂崁的是鐵鉼[62]、牆仔壁換做是柴箍，看起來閣較無 ân-tan[63]。

61 khái：khí-lâi（起來）的連音，起來、上來。

62 鐵鉼：thih-phiánn，鐵片，鐵製建材。

63 ân-tan：牢固。

厝前厝後，全款园一个一个大大細細的水缸佮塗甕。行入去厝內，感覺有淡薄仔暗鬖[64]垃儳[65]，鼻會著一陣一陣的臭殕味。

阿明悉我來到門口埕，掀開一个甕仔蓋，掠幾隻蟋蟀仔园佇塑膠罐仔裡，提予我看，有規隻烏金發光的「烏龍仔」，有全身紅的赤蠘的「赤羌仔[66]」，逐隻攏頭圓尾尖、牙利翼硬，雙旋[67]深紅、六跤長鬚，內行的一下看就知影，這攏是厲害的角色。

「這是我去埔仔掠來的，逐隻攏一度讚[68]的！」阿明看起來眞得意的款。

有的專門靠咬蟋蟀拚田園的筊跤，攏會專工去彼種所在走揣。毋過，像阮這種級數的囡仔，干焦敢去收成了後的稻草堆抑是番薯園碰運氣。

我佮阿明搬兩塊磚仔，园佇門口埕排做一條溝仔，伊的紅軍佮我的烏將，唱[69]來唱去，咬規晡久，猶是五分五分、無啥輸贏。

毋知過偌久，等我攑頭起來，西爿面彼粒日頭，已經欲落

---

64 暗鬖：àm-sàm，形容暗淡無光。

65 垃儳：lâ-sâm，布滿灰塵、骯髒。

66 赤羌仔：tshiah-khiunn-á，棕色型黑蟋蟀。黑色型黑蟋蟀即「烏龍仔」（oo-liông-á）。

67 雙旋：siang-tsn̄g，此指昆蟲雙眼。

68 一度讚：it-tóo-tsán，上等的。「一度」爲日語借詞，原漢字爲「一等」（いっとう）。

69 唱：tshiàng，發出叫聲、較勁。

海矣。

我驚一趒，趕緊共阿明講天暗矣，我欲趕緊轉去。阿明看起來小可毋甘，愛我後擺閣來揣伊。紲落，共彼隻鳥將囥入去一个有猴山仔標頭的番仔火篋仔裡，講欲送我。

我對阿明的厝離開，按照進前行過來的路越頭倒轉去，照理講幾分鐘後，應該就會出來到原本搪著阿明的彼條牛車路才著，按怎我行來行去、踅來踅去規晡久，就是揣無路？天愈來愈暗，四箍輾轉攏是甘蔗園，葉仔予風搧甲咻咻叫。

雄雄，我身軀起一陣交懍恂[70]，感覺規个烏天暗地，我哀一聲，就按呢死死昏昏去矣……。

「啊……。」我喝一聲，精神過來，發覺人竟然倒佇厝裡的眠床頂。

「回魂矣！回魂矣！好咧佳哉！好咧佳哉！阿彌陀佛！阿彌陀佛！」阿媽看我精神，喙裡一直唸，雙手一直拜。

「我哪會倒佇遮？」我感覺奇怪，拄才明明佇路裡……。

「我哪會倒佇遮？我才欲問你咧！」阿母聽著我咧喝聲，趕緊對灶跤傱過來，看我平安無代誌，歡喜又閣毋甘。

「去搪著以早的同學阿明，伊招我去囥兜，咬蟋蟀仔啊！」我猶會記咧進前的代誌。

「阿明？你是講彼个金斗仔的後生阿明？」阿母的口氣怪

70　交懍恂：ka-lún-sún，身體因受驚、害怕或寒冷而發抖。

怪。

「Hènn 啊！佮我仝班的彼个阿明啊。」我印象內底，干焦熟似一个阿明 niâ，敢閣有別个阿明？

原來，我走去落屎無偌久，大姊發覺我綴無著陣，趕緊共阿媽講，眾人翻頭沿路揣、沿路咻，四界看無我的人影、聽無我的喝聲。落尾，表兄佇應公廟仔內的桌仔跤，揣著四跤拔直直、身軀軟 kô-kô 的我。

阿媽看我規个人袂振袂動，袂講袂應，干焦兩蕊目睭金金相，毋知咧看啥？天已經齊暗矣，當咧毋知欲按怎的時，拄好庄裡金水叔仔駛牛車經過，順路共阮所有的人載轉去。

來到鐵枝路頭前，遠遠看著一葩火緊緊對 (uì) 對面炤[71] 過來，原來是阿爸佇厝裡等到天暗，猶看無阮眾人的影跡，袂放心，趕緊騎車出來欲揣人。

「看起來無啥物要緊，可能是天氣傷熱去予著痧[72]，閣食歹腹肚引起落屎，身體較虛。先吊一枝大筒的看覓，我才閣開幾包藥仔提轉去予食，歇睏一暝，應該就會恢復無問題矣。」幾十冬看病經驗的老醫生，詳細檢查了後，老神在在，按呢共阿爸交代。

71　炤：tshiō，用聚光燈、手電筒等的光照亮。

72　著痧：tio̍h-sua，中暑。

隔轉工天光，我的情況猶是無改善，仝款是有體無魂、有氣無脈，規个人 lín 戇 lín 戇，失神失神。

阿公等袂赴矣，代天院的廟門一下開，趕緊去共王爺公燒香、跋桮[73]，奇怪的是，無論按怎問，就是跋無桮。

「清水兄，今仔日哪會遐工夫，透早就來燒香、跋桮？」添丁伯仔是阿公的老朋友，進前是王爺公專用的童乩，食老退休了後，就留佇廟裡做廟公，繼續服侍王爺公，看阿公一透早就來廟裡，趕緊過來相借問。

「三角堀仔彼个所在上歹空[74]，莫講是普通人，像阮這款有修過的，平常時仔都盡量無愛去遐出入，何況閣是七月時仔？定著是去予歹物仔煞著矣。俗語講：『惡鬼驚兇神』別的我毋敢講，咱王爺公是武將出身，這款代誌請伊出面，做你放心，絕對妥當！」聽阿公的說明了後，添丁伯仔用伊專業的口氣鐵口直斷，而且熱心表示，伊欲親身出馬，直接請示王爺公，按呢才有法度。

添丁伯仔眞正無漏氣，有影是王爺公駕前上頭腳、上資深的童乩出身，家私攢好勢，即時就起童。

看伊頂身褪腹裼，胸前圍一領太極八卦兜；雙跤褪赤跤，腰頭結一條乾坤龍虎裙；正手伸懸懸，擛一枝降妖斬魔七星劍；

---

73 跋桮：puáh-pue，擲筊。

74 歹空：pháinn-khang，此指就風水而言較「陰」之處。

倒手伸平平，提一枝調兵遣將五營旗；身軀 sih-sih 顫，喙裡踅踅唸……

伊講的是神話，咱一般凡人當然是聽無，莫講是以早的社會無發達，就算現代的科技遐進步，猶是無人有才調來解破。毋過，咱的祖先頭殼確實有夠讚，早就想出好辦法，也就是揣一个助理來翻譯，這个人毋是別人，就是桌頭添財叔仔，童乩添丁伯仔的雙生仔小弟。

「信徒林清水聽著：你這个查埔孫林志成，囡仔人，亂使來，竟然遐好大膽，敢去侵門踏戶，去犯著三角堀仔彼群兄弟的地頭。算伊好運，自細漢就予本府做契囝，身軀有掛本府的貫摜，個看佇本府的面子，小可共教示一下，就放伊煞矣，若無，哪有通遮爾好食睏！等咧乞一寡爐丹轉去配滾水予伊啉，安搭一晡，就緊就順事無代誌矣。」王爺公威風凜凜，透過添丁伯仔，出聲共阿公指示。

仝這个時陣，阿媽嘛是袂放心，趕去八老爺庄，央請番仔姑婆來厝裡共我收驚。番仔姑婆是一个尪姨，人生做眞奇怪：面肉烏頭毛白、身軀長雙跤短、查埔聲查某體，規工檳榔哺無歇，喙齒染甲烏 sô-sô。我有時陣感覺誠懷疑，敢會伊猶未去共人收驚，人就先去予驚著矣？

不而過，伊收驚的工夫眞正是有夠厲害，你對阮查畝營十二聯庄仔流傳的一句話，就知影伊的本事：「無予番婆收過驚，厝內囡仔眞歹晟。」意思就是講，恁厝裡的囡仔，假使愛哭、毋睏、歹喙斗、厚病疼，若是有叫伊收過驚，保證好食睏、勢大漢；若是無去予收驚過，定著厚齣頭、歹育飼。

番仔姑婆入門來到眠床邊，先共我看看摸摸咧了後，問阿媽代誌大概發生的經過，即時叫阿媽提一領我穿過的外衫，共一个裝滇白米的茶甌仔[75]包起來。紲落，點香、請神；落尾，正手攑三枝香，倒手提白米甌，跤踏三七步，喙唸收驚咒：

「香煙通法界，
拜請收魂祖師下金階，拜請神兵天將降雲來，
本師展神通，
收到東西南北方，收到中央土神公，
毋收別人魂，毋討別人魄，
收你弟子三魂回，收你弟子七魄歸，
收到三魂七魄齊轉來，收到身軀清氣無代誌，
魂歸身，身自在，魄歸人，人精采，
食飽飯，睏飽眠，百病攏消除，順手好離離，
急急如律令！急急如律令！」

番仔姑婆 uân-nā 行 uân-nā 唸，手裡香枝佮米甌佇我面頭前、身軀頂比來比去，雄雄大力喝一聲，唸咒結束，收香謝神。最後，先共香枝囥咧桌頂，才共包白米的外衫細膩掀開，斟酌觀看甌仔內底的白米一搭久：

「猴囡仔，毋知代，七月時仔烏白走，去予魔神仔牽去

75　甌仔：au-á，杯子、茶杯。

矣。好佳哉！伊出世先天八字重、後天本命旺，保伊順序度難關；囡仔人頭頂三把火、胸前一點靈，護伊平安離災厄。老同姒[76]，免煩惱，我畫兩張符仔，你提去燒燒咧浸冷水，共伊的身軀洗洗予清氣，小等一下，連鞭就平安好離離矣。」番仔姑婆窒一粒檳榔入去喙裡，自信滿滿，斟酌共阿媽吩咐。

就按呢，經過三方面高手的加持，我總算佇中晝的時陣精神過來。

「阿母，我看咱另工愛款寡牲禮來應公廟仔拜拜一下較好！」阿母佮阿媽佇客廳講細聲話，我囡仔人耳空利，猶是聽會著。

「是按怎講？啊伊人毋是好好無代誌矣？」阿媽感覺奇怪。

「你拄才無聽阿成咧講，伊是去予金斗仔彼个後生阿明招去厝裡？」阿母反轉來問阿媽。

「有啊！有啊！是講去伊厝裡敢有啥要緊？」阿媽聽無阿母的意思。

「煞毋知影[77]！金斗仔彼个後生阿明仔，聽講伊……，伊一冬外前就破病……，毋好去矣！」阿母愈講愈著急，愈講愈細聲。

76　老同姒：lāu-tâng-sāi，此指女性對同輩女性的稱呼。同姒，原爲妯娌之意。
77　煞毋知影：suah-m̄-tsai-iánn，原來、才知道。

雄雄，我的褲袋仔吱一聲足大聲，我驚一趒，趕緊撏[78]出來，原來是進前阿明送我的彼个有猴山仔標頭的番仔火篋仔。拍開一看，一隻蟋蟀仔展翼飛起來，佇天篷下跤踅幾若輾了後，歇落來佇窗仔門邊。

「烏將！是阿明送予我的彼隻烏將。」我跖起來，想欲過去掠，伊起跤對窗仔門跳出去，一下仔就無看影跡。

這項代誌發生過後，我就無機會親像早前仝款，閣佮逐家做伙行路去跤腿仔三姑個兜矣。

彼冬年初，身體在來康健的阿媽雄雄中風，清明進前，伊就過身去矣。了後，其他的兄姊，畢業的畢業、出外的出外，老雞母無佇咧，雞仔囝嘛隨个仔隨个分開、四散……。

落尾，我猶是毋死心。有一擺，我專工招灶雞仔做伙去應公廟仔附近，四界趖來趖去，毋過，毋管按怎揣，就是揣無阿明進前悉我去的彼間柴枋仔厝。

阿明，此去嘛毋捌閣再出現過。

78　撏：jîm，掏。

作者簡介

陳正雄，1962年出世，台南柳營人。台灣師範大學公訓系畢業；台南一中教師退休。1998年開始用台語寫詩，繼投入台語文教學佮台語文學創作的事工。捌擔任菅芒花台語文學會理事、《菅芒花台語文學》副主編；現時是台文筆會理事長。捌得著鹽分地帶文學獎、府城文學獎、南瀛文學獎、海翁台語文學獎、教育部文藝創作獎、台南文學獎等濟項。出版《故鄉的歌》、《風中的菅芒》、《失眠集》、《戀愛府城》、《白髮記》等台語詩集；2021年出版頭一部台語小說集《灶雞仔》。

奪人[1]的愛

藍春瑞（Nâ Tshun-suī）
2009教育部閩客語文學獎台灣閩南語小說社會組首獎

一、話頭

搦屎搦尿猶零星，無依無倚上艱難；
婧某做伴有夠讚，老母孤單起怨嘆。
奪情搶愛心肝殘，撞挾誤會事僫辦；
一鼎仝灶袂平安，兩家雙戶較簡單。

二、糋[2]丸仔落塗跤

食暗頓的時，俊榮那扒飯那共阿嬌講：「阿母下昏暗坐六點半彼逝，七點會到；你去車頭接伊。」

阿嬌目頭小可結來：「著騎機車無？」

「明仔載七娘媽生[3]，伊會揹牲醴來，生成是機車較利便。」

1　奪人：tuåt-lâng，橫取。
2　糋：tsìnn，炸。
3　七娘媽生：Tshit-niû-má-senn，七夕，農曆七月初七，七星娘娘誕辰。傳說中「七娘媽」是孩童的守護神。

喙那哺那閣講：「愛會記得加紮一頂安全帽仔去呢！」

「知啦。」阿嬌無啥情願咧應話。

八十外的老歲仔，揹十捅斤的行李，眞正會呼雞袂歕火[4]，徛佇台北火車頭的東三門，肩胛頭強欲崩去，干干仔[5]看無伊新婦的人影。這箍阿嬌，白目甲坐轎毋知扛轎的艱苦，諍[6]講是窒車，慢七、八分才趖來，無事無白落一句：「阿母，物件遐爾重，毋就架落來，跤才袂痠！」眞正是七月半鴨仔毋知死[7]。

大家[8]面隨捋落來：「你喔，三八假賢慧，這 lō 拜神的好物件，thái 會使囥佇塗跤兜咧！」

阿嬌面隨懍色，毋敢加話，趕緊共行李櫼[9]佇機車的前縫，大包細包頂下疊，連車手就強欲袂扞得。

載到公寓的柴門前落車，雙手痠甲硬硞硞，才想欲揤電鈴叫囡仔落來鬥揹；雄雄一包糋丸仔輾落去塗跤，袋仔開開；這聲苦矣，隨聽著老母咧譬[10]：「你這个夭壽膣[11]，嘛較情願咧！」

---

4 會呼雞袂歕火：ē khoo-ke bē pûn-hué，累得只剩一點力氣，做不了什麼事。

5 干干仔：kan-kan-á，偏偏。

6 諍：tsènn，爭辯、反駁。

7 七月半鴨仔毋知死：tshit-gue̍h-puànn ah-á m̄-tsai sí，不知危險將至，不知死活。

8 大家：ta-ke，婆婆，稱謂。婦女對他人稱自己丈夫的母親。

9 櫼：tsinn，塞、擠。

10 譬：tshoh，用粗鄙的話罵人

11 膣：tsi，女性生殖器。常用於責罵女姓，是很粗俗的用法。

目睭轉大蕊，像箭按呢強欲共阿嬌的胸坎射迵過去。

「阿母，我毋是刁工的，你哪會按呢共人罵！？」

「你這个新婦閣做了誠起[12]，講你兩句仔，隨應喙應舌[13]。」規身人氣掣掣，帽仔那挆，喙那唸：「恁祖媽生目睭毋捌看過目眉，猶未拄過親像你這款遮彭牙[14]、聳鬚[15]的新婦仔膣。」伸長手脆力[16]去揤門斗邊的電鈴……。

話就罵袂完，阿嬌知影家己應毋著話矣。代誌袂按呢就煞去，毋願甲目屎即時輾落來，大細包總共擲佇塗跤，空手斡起lih公寓的五樓頂；那跖樓梯的時陣，耳空猶聽著個大家佇後壁詈：「……頇顢死的查某……」、「……遐毋情願，抑袂曉去舂壁[17]！」親像針咧揻人，毋過愈來愈細聲……。

「阿榮hiooh！你共我落來鬥提。」

「阿母，阿嬌毋是佮你同齊？」

「你落來就著矣！」

「好，我隨落去！」

俊榮才行到三樓的樓梯間斡角，就問目箍紅紅、雙手空空的阿嬌：「哪會無共阿母鬥揹咧？」頭殼內有一點仔想袂伸[18]。

---

12 做了誠起：tsò-liáu tsiânn khí，眞能幹、適得其位；此爲反諷語氣。
13 應喙應舌：ìn-tshuì-ìn-tsih，回嘴、頂嘴。
14 彭牙：giàng-gê，愛強辯、強詞奪理。
15 聳鬚：tshàng-tshiu，囂張、逞威風。
16 脆力：tshè-la̍t，猛力。
17 舂壁：tsing piah，以拳頭撞牆壁。
18 想袂伸：siūnn-bē-tshun，想不透。

「彼是恁老母，你家己去！」相閃身的阿嬌稗髓髓[19]咧應話，攏無越頭。

俊榮頓蹬[20]兩三秒，大伐[21]從落來樓跤。看著老母跍佇門邊抾糊丸仔就問：

「阿母，今是佗位咧重耽[22]啦？」

「看你娶甲這款歹性地，閣無得定[23]的漚[24]查某，心肝鬼仔毋知囥佇佗位，討債到共糊丸仔擲甲滿四界！」一粒一粒用擥[25]的抭入去袋仔底，好親像提糊丸仔咧出水[26]的款。

俊榮恬恬向落去鬥拈丸仔，攏無應話。

大細包用手揹，勾佇指頭仔尾，疼甲強欲斷去，那哼那喘，跖起來樓尾頂；門才拍開 niâ，阿嬌面臭臭，迒過戶橂，嘛拄欲出門，俊榮開喙問：「你欲去佗？」

阿嬌目睭用 kàng--ê[27] 應講：「免你管！」閃一下身，隨無 khuā̋inn[28] 人影。

19　稗髓髓：bái-tshé-tshé，此指口氣很差。
20　頓蹬：tùn-tenn，停頓、遲疑。
21　大伐：tuā-hua̍h，大步。
22　重耽：tîng-tânn，事情出了差錯。
23　得定：tik-tiānn，沉著、穩重。
24　漚：àu，蔬果腐爛或不新鮮、有臭味。此形容爛的、不好的、卑劣的。
25　擥：khian，丟、投。
26　出水：tshut-tsuí，出氣。
27　kàng：指生氣瞪人。
28　khuā̋inn：khuànn-kìnn（看見）的連音。

三、講舊怨

金花走去開籬笆門，看著阿嬌第一句話隨問伊：「阿姊，遮晏矣，是按怎hiooh？」順紲伸手去接行李，同齊行入來厝內。

「想欲借恁兜過一暝。」人，無意無意[29]，那講那坐落來膨椅。

「遐久就無風無搖矣，khah 會閣起大湧咧？」

「啊就……，阮大家對桃園紮足濟欲拜七娘媽的牲醴來，我無張持共一包糋丸仔拍落去；伊起無戮空[30]通敆(khia)，毋是膣就是羼[31]，罵甲我袂擋得。」那講那掩面，目屎對指頭仔縫直透津落來。

這款套頭[32]，金花仔毋是頭一改聽著的，就出在伊講；聽候伊總投[33]煞，隨共茶几頂的綿仔紙抾予阿嬌：「伊今幾歲？」

「84。」鼻空猶咧 tshngh-tshngh 叫。

「我想，伊都遐老矣，見食無偌久，讓伊幾分仔，嘛是天公地道。閣再講，予伊唸、予伊嫌，也袂減一塊肉去！」

「是矣，阮翁嘛勸我，共準做狗吠火車就好矣；毋過……」

「閣按怎？」

「講起來話頭長……」手那捓[34]目屎那講：

29　無意無意：bô-ì-bô-ì，故作不在意，若無其事。

30　起無戮空：khí-bô-lak-khang，挑釁、找碴，故意惹起爭端。

31　羼：lān，男性生殖器。

32　套頭：thò-thâu，老調、老把戲。

33　投：tâu，告狀。

34　捓：huê，輕拭。

「伊是彼種勢跤、勢彎曲[35]閣足愛淩治新婦的老妖怪，入個陳家的頭工起，毋捌有好聲嗽[36]過，早就鬱卒甲袂擋得；閣拄著昨昏我買一塊粉餅，才兩百五十箍 niâ，阿榮共我唸規暝，原本心情就無蓋好，自按呢風火夯起來，做我閬港[37]來遮。」

金花那斟茶那閣問：「你買粉餅，有用著恁翁的錢無？」

「屎啦！」阿嬌共茶甌架落來講：「我家己會趁錢才是厭氣！」

「敢講你趁的錢，著愛總拍落公[38]？」

阿嬌小可停睏才勻勻仔講：「嘿啊！」

「這閣是佗一國的道理啦！」

「俊榮不時攏咧唸，一仙五厘寬寬仔粒積才有底、才有法度買厝，伊閣講著愛予查埔人來扞錢，才會賰。我嘛想講伊袂跋袂迌[39]、無食薰、無啉酒，罕得買一領衫、食一碗點心，應該是有影。論真來講，伊扞家我顚倒較清心，干焦開錢的時陣，會共我踅踅唸 niâ。」

「唉！這種家內事，會了，袂盡，你歡喜就好！是講……，平平是咧吞忍，是按怎對恁大家就即時掠狂咧？」

「俊榮是疼惜我，才唸我，上無我知影是愛我。」

「抑恁大家咧？」

35　彎曲：uan-khiau，形容人個性不正直。
36　聲嗽：siann-sàu，語氣、口氣。
37　閬港：làng-káng，逃跑。
38　拍落公：phah-lo̍h-kong，充公。
39　袂跋袂迌：buē-pua̍h buē-thit，不會賭博也不會上酒家。

「若講伊，面就烏，出喙毋捌有好話，閣毒甲死無人，彼款惡 khiàk-khiàk 的手勢佮眼神，親像攑豬刀欲刣冤仇人仝款。頭起初，我猶會想講伊少年就守寡，性地生成較狡怪，袂愛去應伊，久來煞知影伊是刁工起空起榫[40]欲來𣍐人。」

「伊敢定定來？」

「閒時，伊家己一个蹛桃園，有親情五十通行踏、相揣，袂講無聊，是年是節[41]才會來看個金囝、金孫。阿榮若吩咐講伊欲來，我規身人的神經線即時攏繃絚，礙虐甲親像咧欲看著鬼彼一樣。」

「有遮食力？你比一个例，好毋？」

「好。」阿嬌啉一喙茶才閣講：

「煮食的時，伊會徛咧邊仔叮嚀炒菜愛先芡芳[42]、油毋通討債；煰好的糜，毋是講傷泔，就是嫌洘；替伊洗的衫仔褲，不時就哼講領領、手碗洗無清氣、泔漿[43]無夠工夫；罵我行路 phih-phih-phiàt-phiàt 傷柴耙、講話嚨喉空粗甲會驚人，規山坪的套頭，揣無一搭予伊呵咾有著的所在！」愈講愈大聲，敢若誠怨感的款。

遮的代誌猶毋捌來投過，金花讓伊講煞才問：「伊來，攏蹛幾工？」

40 起空起榫：khí-khang-khí-sún：找碴。

41 是年是節：sī nî sī tseh，逢年過節。

42 芡芳：khiàn-phang，爆香。

43 泔漿：ám-tsiunn，漿洗。衣服洗淨後，浸入煮飯水中上漿，使它曬乾後較硬挺。

「極加是兩暝三工。」

「好佳哉是按呢 niâ。毋過，你 hiùnnh 一下做你出來，三工若過，欲按怎 tshé 尾[44]？」

「時到時當。」阿嬌那哈唏那講：「忝甲想欲來去睏；今，是有所在無？」

「仝彼間客房，做你去睏；明仔早起，我煮糜予你食。」

隔工透早，俊榮敲手機仔來追人，金花照實講個某覕佇遮，彼陣阿嬌猶佇眠床頂鼾。人，起來了後，金花嘛無講著俊榮有敲電話來揣伊。

三工後的早起。

換金花拍電話予阿榮：「姐夫勢早，我金花啦！」

「我知。」

「親姆轉去未？」

「昨昏坐暗車走矣。」

「若 kah[45] 是走矣，緊來共恁某炁轉去！」

停睏四五秒無應，雄雄才講：「伊有跤，敢袂曉家己行？」

「伊是恁某，逐暝倒佇你身軀邊睏的婧姑娘呢！磕袂著[46]就抨[47]來煩阮，舞兩三工食彼款無錢飯，就猶未揣你算這條數，

44 tshé 尾：tshé-bué，收拾。
45 kah：既然。
46 磕袂著：kháp-bē-tio̍h，動不動。
47 抨：phiann，隨意丟、仍。此指突然跑來。

煞顛倒咧喙鵤[48]；你這款查埔人，眞正有夠漚搭[49]！」金花正手掩話筒，越頭佮阿嬌攏咧抐腹肚，笑甲歪腰，隨閣紲話：「你若慢一工仔來悉，我就欲隨工仔共你算飯錢。」

「好啦，好啦！閣較緊，嘛著今仔日落班才去。」應話無啥情願。

「按呢嘛較差不多。」

電話才架落去，阿嬌喙笑目笑：「若講著開錢，伊就隨勼去，逐項攏應好。」

「嫁予伊這款凍霜的查埔人，加減嘛是有好處！」

四、半暝欲蓋被

九月重陽才過無偌久，阿嬌佪大家去馬偕入院三禮拜了後，人加老足濟，煞著穿鐵衫[50]才有法度行路，跤手瘑瘑較無像往過遐扭掠矣。醫生吩咐講老歲仔袂使家己一个踮厝裡，嘛袂使閣跋倒去，愛有人陪佇邊仔，這聲，無搬來佮俊榮蹛，代誌袂煞。

論眞，加人加福氣，干焦添一雙箸、一塊碗 niâ，抑無開著偌濟所費，這攏小節目。後過的大家、新婦，逐工犀牛仔照角[51]，膾無佇時會雷公爍爁落大雨，才是歹紡。人就猶未來蹛，

48　喙鵤：tshuì-tshio，拿翹、擺架子。

49　漚搭：àu-tah，形容人很惡劣。

50　鐵衫：thih-sann，給骨頭受傷患者固定上半身的束衣。

51　犀牛仔照角：sai-gû-á tsiò kak，比喻兩個好鬥的人相見。

阿嬌就先挈咧等，足濟暝尾攏睏袂瞌睡[52]。

大體仔[53]是搬來兩禮拜的款。這暗拜五，隔工歇睏日，會當較晏起床的緣故，兩翁仔姐[54]聽候囡仔去睏了後，使目尾做暗號，相招去做個恩愛的工課。

耍甲汗流汁滴當暢的時陣，門外的客廳「Khóng-long ！」一聲足響的……。

褪赤跤、干焦穿內褲的俊榮，躡跤尾跕來暗暗無啥光的客廳，先徛一睏仔久，才徙來膨椅坐，掠窗仔前彼隻坦倒的椅頭仔直透繩[55]，閣過差不多三分鐘，才共椅頭仔偃起來；拄好兩个細漢囝嘛煞吵精神，探頭出來外口看，阿榮隨講：「無代誌啦，緊去睏！」

才斡入來房間，藏佇被內的阿嬌，心肝頭有淡薄仔膽膽[56]問俊榮：「是毋是賊仔走入來？」

「你莫烏白講，是貓仔對尪架桌[57]跋落來塗跤，無張持損著椅仔杆啦！」話就袂講完，阿嬌共棉被掀起來，規身人捙倚去，有欲佮阿榮紲攤，閣好一下仔的意思。

心肝內鑿鑿的俊榮，伸手共阿嬌揖絚，倚去耳空：「去予貓仔驚一下，攏勼去矣，是毋是明仔載才閣來……。」

52　睏袂瞌睡：khùn-bē ka-tsuē，難以入眠。
53　大體仔：tāi-thé-á，大約。
54　兩翁仔姐：nn̄g-ang-á-tsé，兩夫妻。
55　繩：tsîn，定睛細看。
56　膽膽：tám-tám，害怕、膽怯
57　尪架桌：ang-kè-toh，擺設祭品以祭祀神明、供奉祖先的桌子。

兩工後，老母獨獨喊 (hiàm) 阿榮入去房間講：「暝時，恁房間門莫鎖……。」

捎無寮仔門[58]的阿榮隨應：「阿母，按呢敢好？」

老母面腔無蓋好：「Khah[59]會毋好咧！我老歲仔，半暝摸，人無爽快的時陣，欲喊嘛較利便，有聽著無！？」是咧落令的聲嗽。

佇某囝的面頭前，俊榮是一个講一無兩、足有氣概的查埔囝。毋過，碰著家己的老母，就煞戲矣；顛倒阿嬌菜頭毋知摠[60]講：「是按怎莫鎖門？」

俊榮綴喙隨應：「按呢較涼、較通風……。」攏無講著這是老母交代的。

阿嬌早就慣勢翁婿的壓霸，毋敢應喙。按彼暝起，個翁仔姐的房間門，是倚著 niâ，眞正無鎖。

新曆的 11 月初十，拄好碰著拜六。兩翁仔姐撥工去金山石壁坑的庄跤食喜酒，袂堪得規陣同事好喙出招，閣徙去鬧洞房，舞甲翻點才收煞。

興到底的俊榮，有啉淡薄仔酒轉來，無 khà[61]去洗身軀、

58 捎無寮仔門：sa-bô liâu-á-mn̂g，不得要領、不明所以。

59 khah：怎麼、哪裡會。

60 菜頭毋知摠：tshài-thâu m̄-tsai-tsáng，不知究理，不知頭尾之意。

61 無 khà：bô-khà，沒有空閒。

換衫，就共半挨推的阿嬌招起去眠床頂，袂輸煎魚仔按呢反來反去拂甲哼哼呻[62]，燒烙到三更暝半，才匀匀仔恬去。

崙頂的日頭炎甲會鑿人的肉，沿路會當閘蔭的樹椏，煞攏無去。頭殼小可戇戇的阿嬌，下身飽漲直透漬汗，跤蹄仔愈來愈重，軟甲強欲蝹[63]落去。

夢天夢地，夢甲咧欲跍落去的阿嬌，雄雄醒起來，才知影是尿緊。姑不將共目睭褫金，夭壽喔！煞予一撮親像神明按呢祀佇眠床邊無啥清的烏影驚一趒，即時雞母皮總夯起來，大喙擘開開才欲喝有鬼！話猶佇嚨喉空欲哀出來的彼時陣，才認著烏影毋是鬼，顛倒是個大家。毋過，三魂七魄強欲散去的阿嬌，規排的牙槽齒硞甲 khiak-khiak 叫，身軀那顫那問：「阿母，你……khah 會……坐佇遮咧？」

「按怎……」人躘[64]起身，歹 tshìng-tshìng 講：「我來共阮囝蓋被，驚伊寒著，敢袂使？」話就未講煞，越頭翻身掀布簾仔，三伐做兩伐行對客廳出去。

論真，代誌按頭算到尾，一來一去咧應話，極加是三十秒 niâ。好佳哉，俊榮睏甲攏毋知影人去，應該是飽佮醉的緣故。

半暝「蓋被」的代誌，阿嬌驚甲毋敢講予阿榮知，做老母的人，檢采是揣無空縫通欶嘛攏恬恬毋講，看起來敢若是無

62 哼哼呻：hainn-hainn-tshan，喘氣、呻吟。
63 蝹：un，蜷曲身體、曲身蹲坐
64 躘：liòng，跳起

風無搖的款。Thái 會知對這瞑起，老母的身苦病疼一日一日濟來，性地愈來愈穲，揣有空縫就欲招阿嬌冤，連蠓仔跤踢著的代誌，嘛會嚷甲厝蓋強欲夯起來。俊榮挾佇老母佮某的中央，煩惱這粒無限定時辰的炸彈，佇時會磅起來[65]，逐工失神 tah-hiȧnnh，袂得清心。

五、冤家爲選舉

2000 年總統大選彼月日，厝邊頭尾、樓跤樓頂的台灣人無分查埔查某、老的少年的，袂輸有鬼咧牽仝款，鵤趒甲會驚人，電視、報紙若毋是弄狗相咬，就是控臭粒仔疕[66]佮辯話骨[67]，連個陳家，嘛綴政黨的咒語逐工咧起童。

俊榮去受天宮的廟埕聽政見會轉來，刁工問阿嬌：「我決定欲投民進黨，予台灣人出頭天。抑你咧？」

阿嬌無隨應，躊躇一睏仔久才講：「恁民進黨的人蓋無水準，毋是哺檳榔，就是穿淺拖仔；我欲選的，佮你無仝！」

「你講啥物痟話！我敢有食檳榔、穿淺拖仔 hiooh？」俊榮即時起呸面，對膨椅徛起來閣講：「規日咧共百姓洗腦的政黨，你也遐信，眞正是三八無藥，羼神定著[68]！」

「個哪有共人咧洗腦啦；若有，是按怎洗你袂過咧？」

---

65 磅起來：pōng-khí--lâi，引爆、炸開。

66 控臭粒仔疕：khàng tshàu-liȧp-á-phí，揭瘡疤。

67 辯話骨：piān-uē-kut，挑語病。

68 羼神定著：lān-sîn tiānn-tiȯh，形容男性個性起伏大、輕佻不正經。

「就是像你這款實頭實腦[69]、毋知芳臭[70]的人，才會去予國民黨共你牽去踋踋�！」

「我實頭？」阿嬌心狂火著即時應講：「意思是你較巧囉？」

「毋，siâu ！」是彼款軟塗深掘的氣口咧應話。

「騙鬼袂食水！你若巧，早就升經理矣！」，「就是橫霸霸、講話 hat 佮殺[71]，毋才領組做十捅年，按呢 khah 有偌巧咧？」

「你是番婆，是毋！」俊榮出大力頓桌仔，順手閣共甌仔底的賭茶潑出去講：「恁爸今仔日若無共你摃，我就毋姓陳！」人隨掙倚去，向扦扦對阿嬌的喙顊「Phiàk！」一聲就共摃[72]落去。

即時共身軀歪去邊仔，無予茶水潑著的阿嬌，顛倒閃袂過阿榮緊閣快的手勢，規身人摔落去膨椅頂，雙手掩面大哭……。

早就覕佇門後偷眯，規个胸坎趒甲強欲煏破的大家，雄雄聽著外口夯椅頓桌，紲落去搧喙顊、親像山崩地裂的哭聲。心肝內雄雄一陣暗爽，緊猛[73]傱出來，手那指 (kí)，喙那詈：「予人罵矣 honnh，看你偌囂俳！」

料袂著老母會來插喙，阿榮小可愣去，大聲喝講：「阿母！遮佮你無底代，你莫來纏！」

---

69 實頭實腦：tsa̍t-thâu-tsa̍t-náu，頭腦不靈光。

70 芳臭：phang-tshàu，是非。

71 講話 hat 佮殺：kóng-uē hat kah sat，說話語氣強硬有威嚴。

72 摃：hong，掌摑。

73 緊猛：kín-mé，趕快、馬上。

「你毋甘 siooh？」越頭掠阿榮罵講：「娶這款袂仝心的查某，袂輸飼鳥鼠咬布袋，猶毋緊共離離咧！」

阿嬌氣掣掣起身，脆力共茶几揀進前，那 hinn 那入去房間款物件。欲出門的時，後蹬頓甲足霆的，就知影伊有偌感心。

心肝 pho̍k-pho̍k-tsháinn 的阿榮，恬恬攏無倚來擋，應該是老母佇邊仔的緣故。

六、起感偷走厝

坐佇客廳泡茶的文雄看著阿嬌揹兩跤行李袋仔，無攬無拈[74]泏過戶橂行入來客廳，人隨徛起來講：「來坐喔！」隨閣越頭咻：「金花仔，恁姊仔來矣，緊出來！」

煮甲半上路下[75]的金花探頭出來：「文雄，你先斟茶予咻，我隨來。」

「遮坐，這甌予你。」文雄那斟那閣問：「你食未？」

「有買一粒火車底的便當……，推兩喙就擲掉矣，到今嘛袂枵。」

「抑無，就先去洗一下仔手面，伊連鞭來……。」

正經過五分鐘了後，兩姊妹仔差不多是同齊坐落來膨椅頂。

74　無攬無拈：bô-lám-bô-ne，無精打采

75　半上路下：puànn-tshiūnn-lōo-ē，半途、事情做一半時。

阿嬌大體仔按投票起冤家，阿榮先出手潑茶閣搧喙顊，講到老母按怎㧒柴添火[76]，按怎正剾倒削[77]的代誌，總投予文雄佪翁仔某聽。代先是喉滇含目屎 niâ，手巾仔那拭那哭，路尾講到梢聲，覆佇桌頂嘛嘛吼，敢若真無捨施[78]的款。

哭久總有恬去的時陣，怨感較消矣，金花就輕聲細說，沓沓仔問：「阿榮出手先拍人，伊就輸一半矣；另工我才替你共這个公道討轉來。」阿嬌恬寂寂無應。

「閣再講，佗一个政黨較好、票欲投予啥人？恁翁敢有法度共你掠跤掠手咧？」

「入去投票所，khah 會知影我投啥人咧，實在是忍甲袂擋得，存範[79]講離緣嘛無要緊，就佮伊沖[80]起來。」

無聲無說的文雄，徛起來斟第二改茶，閣走去斟滾水予滇，坐落來椅頭仔：「你捌講，手頭是恁翁咧扞的，你趁的月給[81]愛交出來，用錢著愛記數；這敢真的？」

阿嬌頕頭。

「大家定定揣寡有縒無揁[82]的套頭共你凌治；叫恁翁仔某睏，袂使關門；閣會半暝走來『蓋被』……，這敢嘛真的？」

阿嬌想一睏，閣頕頭。

---

76 㧒柴添火：hiannh-tshâ thinn-hué，火上加油。
77 正剾倒削：tsiànn-khau tò-siah，冷嘲熱諷。
78 無捨施：bô-siá-sì，可憐。
79 存範：tshûn-pān，存心做某事、擺明。
80 沖：tshiâng，對戰。
81 月給：gue̍h-kip，日語借詞，原讀「げっきゅう」；月薪。
82 有縒無揁：ū-sui-bô-kuānn，不著邊際。

文雄繼續講：「遮濟會予人掠狂起痟的代誌重重疊疊，就咧吞忍，到今嘛足濟冬矣，你攏無 tsùn-būn 著；顛倒對『政黨選舉』這款無臭無潲[83]的工課佮伊咧窮分袂煞，才是奇！連鞭就吞忍，連鞭就欲佮伊輸贏，到底你阿嬌是用啥做憑準？精差佇佗咧？」

阿嬌敢若聽有，閣敢若聽無，喙仔擘開開，顛倒袂曉應話。

「文雄，好矣啦。」換金花隨插喙講：「你按呢問 kah 有一枝柄通擇；伊也無讀偌濟冊，thái 會捌咧？」

論真，文雄知影這內底的因由是啥，歹勢閣問落去，就彎話講：「遮晏矣，你腹肚敢袂枵？」

「袂咧。」

「若袂……。」頭踅對金花講：「是毋是攢較早歇睏；有啥代誌，咱明仔載才閣講，好毋？」

過兩工了後……。

金花的手機仔霆起來。

「我阿榮啦！」、「阿嬌是毋是佇恁兜？」

「嘿啦，嘿啦。」

「阮阿母人無爽快，我想欲揣伊。」

「是按怎……？」

「伊昨昏……，入去……，想欲喊……」

「遮誠吵，聽袂清啦；我佇外口連鞭轉去，才敲予你。」厝

83　無臭無潲：bô-tshàu-bô-siâu，不像樣。

內有分機，會當予阿嬌偷聽的緣故，金花才會假仙講手機仔袂清、無訊號。

七、冤到去入院

話閣講轉去阿嬌走彼暗，阿榮個兩母仔囝閣起冤家。

「阿母，阮若咧冤，你莫插喙，好毋？」

「伊按呢逆你，我做老母的人，生成袂堪得。」

「今伊閣旋矣，攏嘛你害的！」

「按怎！」

「現現[84]厝內洗衫、煮飯……。」

話就未煞，老母隨搶話：「你莫遐無路用，好毋！干焦共你張[85]一下 niâ，即時袂擋得！」

「阿母，我愛上班呢！」

「愛上班？我看，你是無某，睏袂瞌睡！」、「……遐勢，做伊去矣！咱閣娶就有矣！」

「阿母，你誠番呢！阮翁仔某會無好，攏是你咧使弄，按呢變是欲呢[86]啦！」

阿榮目睭紅 kì-kì，愈講愈大聲。

「好，好，你翼股硬矣，是毋！恁老爸死彼當陣，若無我按呢搦屎搦尿，做小工、去洗衫，一四界去共人頕頭，你猶有

84　現現：hiān-hiān，明明。
85　張：tiunn，使性子。
86　欲呢：beh-nî，做什麼、幹嘛。

今仔日？閣再講，恁這箍阿嬌，是鵁鴒占便空[87]，來咱兜快活過 niâ，敢有艱苦著啥？講伊兩句仔，你煞毋甘 tiuh-tiuh，恁祖媽誠實會予你凝死！」出喙是彼款欲哭仔欲哭閣拖長的聲調，目箍蚶蚶[88]那講那踮起身，行入去家己的房間。

阿榮知影又閣講毋著話矣，綴佇尻川後直透咻：「阿母⋯⋯阿母⋯⋯，我⋯⋯我⋯⋯。」門關起來了後，猶徛佇門外，雙手捏拳頭拇咧挲來挲去，干干仔想無步通敨。

閣跳轉工⋯⋯，阿榮有生一个當咧做阿兵哥的大漢囝——永生，拄好放假轉來到厝，揹行李才入門 niâ，青磅白磅[89]看著阿媽喙歪手掣倒佇膨椅頂，永生哀一聲：「阿媽⋯⋯，你是按怎！」隨共扶去眠床麗[90]，敲手機仔予老爸。

救護車沿路「oo-inn oo-inn」，駛入去中興病院急診是一點鐘後的代誌。醫生講是腦充血，煏著大條的血筋，愛即時動刀共血角[91]清出來，舞三點鐘久，才共老命抾轉來。毋過人猶昏迷袂醒，愛插管、灌食、吊尿袋，送加護病房繼續治療，順紲發一張「病危通知」予俊榮。

阿榮有拍阿嬌的手機仔幾若改，攏無人接，姑不將就留話，講阿母破病佇加護病房。

87　鵁鴒占便空：ka-līng tsiàm piān-khang，鳩占鵲巢。鵁鴒：八哥。

88　蚶蚶：ham-ham，腫脹。

89　青磅白磅：tshenn-pōng-pe̍h-pōng，突如其來。

90　麗：the，身體半躺臥。

91　血角：hueh-kak，凝結的血塊。

當咧風火頭的阿嬌，便看著是個翁的電話號碼咧霆，就袂癮接矣。毋過伊有聽著「語音」的留話，大體仔知影大家去蹛加護病房，心肝頭有淡薄仔暢暢，苦伊袂緊衰的心念，直透夯起來。是講，伊 uân-á 有想著人是食五穀的，生本就有袂得拄好的時陣。閣再講，伊欲去蹛院，佮我阿嬌啥物底代咧！

欲暗仔，聽候讀高三的大漢查某囝——秋霞轉來，俊榮知影阿嬌咧使性地，刁工用秋霞的機仔，敲予金花。

當咧踅夜市仔的所在，收話無講蓋清，金花應講到厝才回伊的電話……。

「拄才，你講啥物人……，無爽快……？」其實金花早都聽阿嬌喃過，欲予阿榮伊家己講出來 niâ。

「阮阿母……，的事 niā-niā……。」阿榮講甲躼躼長，按老母急診講到入去加護病房，路尾牽對現此時的厝內，袂輸去予銃拍著，規間挐 kà-kà[92] 的代誌……，「想欲叫阿嬌轉來……。」

「這你愛家己共講，我無法度共恁做公親。」

「按怎講咧？」

「你家己放的，著愛家己收；我毋知影恁的頭來尾去，是欲按怎牽咧？」

「金花，這幾工我攏無頭無摠，親像蠟條雙爿燒，人強欲無命去。你嘛好心好行，鬥想看有步無。」是彼款真無捨施的

---

92 挐 kà-kà：jû-kà-kà，混雜錯亂。

聲嗽，khah 慘無正經跪落來求伊。

另外這頭，用分機當咧邊仔偷聽的阿嬌，嘛目箍紅紅，掠金花仔直透頷頭，幌甲強欲角去[93]，意思是欲允伊。

「按呢啦。」金花仔隨彎話講：「聽候明仔載你落班，做陣悉秋霞來阮兜食暗。煞，才共阿嬌招轉去，好毋？」

八、坐輪椅

阿嬌轉去就無一禮拜……，大家的病症，嘛有較起氣，面色加好誠濟，會使徙出來普通病房蹛矣。毋過，插管佮抽痰仝款原在，著愛倩特別的看護婦，暝日無歇佇邊仔顧，一工兩千一，按呢咧大開，連阿嬌嘛哀哀叫！

舞兩月日了後，敢會在床傷久的因端，雙跤軟軟袂接力，無坐輪椅袂煞，講較歹聽咧，佮一个破相[94]比起來，無啥精差。阿嬌掠準後過的日子妥當矣，決定會好，袂較穩，心肝內有略略仔暢暢。仙嘛臆無，大家是跤害去 niâ，頭殼平平精光，彼支喙仝款像刀仔按呢，利甲會割人！

進前，病院有講會使悉轉去靜養的步數，毋是送去老人安養中心，就是倩外籍的使用人來厝裡顧，錢差無蓋濟，攏猶會堪得。毋過，阿嬌袂癮佮個大家相對看，拄好佮阿榮想的倒反；意見差一大橛[95]，冤家足久足久，較推都袂好勢。

93 角去：lut--khì，脫落。
94 破相：phuà-siùnn，殘障。
95 橛：kueh，用來計算橫截後物品的段數，節。

路尾，阿榮眞正袂堪得個查某人出一寡毋煮飯、洗衫甲毋講話、毋睏做伙的絕步共刁古董[96]，一聲就輸甲塗塗塗，毋敢閣諍喙。

反倒轉來講，阿嬌嘛有讓寡，就是欲予大家先轉來歇一禮拜，才攢去蹛安養中心。俊榮變這招是欲安搭阿嬌，先予老母會當順序入門，才來做另外的拍算，向望拖一站仔，無的確阿嬌會落軟回頭，自按呢免去安養中心。

九、提衫目空赤

正正是咧欲中秋的進前一禮拜，大家坐輪椅轉來的頭一工。

阿嬌當咧煩惱短短的一禮拜內底，欲按怎煮食、替伊洗身軀、摒屎尿等等遮的齣頭，想甲頭殼欲破去。心內家己咧暗想，七工若攏會當掛無事牌，毋知欲偌爾仔好咧！

舞一工貼貼[97]直透摒盪[98]的阿嬌，滿身重汗就從入去洗身軀間仔。

洗到欲好矣，阿嬌共浴間仔的門拍開一縫仔，探頭就咻：「阿榮……」

「你喊我，是毋。」那講那行倚來門外。

96 刁古董：tiau-kóo-tóng，刻意作弄、爲難。
97 貼貼：tah-tah，當補語，接在動詞之後，用以表示極盡澈底的意思。
98 摒盪：piànn-tn̄g，整理、清洗、掃除。

「共內裨仔[99]提予我，好毋？」

「你囥佇 tueh ？」

「眠床頭啦。」

越頭才徙一步，隨閣聽著阿嬌咧喝：「鏡台頂的頭毛箍仔[100]，順紲共我提來！」

坐輪椅的老母對房間隨輾來巷路，閘佇俊榮的面頭前：「伊是瘸手 hiooh，袂曉家己出來提？你敢伊的奴才？」

「阿母，伊是穡頭做甲袂記得，共提一下，是要緊 siooh ！」

「恁祖媽洗身軀，嘛猶毋敢叫你㧣衫過；伊是恁祖公，是毋！？」頭激敧敧目睭轉圓，掠阿榮直透 kàng，敢若冤仇人咧。

「阿母！無衫……，你是欲叫伊赤褲屧，是毋？」

「老膣屄矣，khah 有咧驚人看！」

雄雄，閣聽著阿嬌咧浴間仔咻：「阿榮，你嘛較緊……！」

話都袂講完，老母，面隨捋落來對阿榮講：「你共提去試看咧！」

尾溜這兩句，阿嬌有聽著，踮浴間仔內底頓蹬一睏仔，才用大條巾仔起來包身軀，一个面懊嘟嘟行出來，開房間門欲入去穿衫的時，猶有聽著尻脊後大家咧譬相[101]：「騙人毋捌做過穡！生目睭猶未看過遮好款[102]的懶屍查某！」

99　內裨仔：lāi-kah-á，無袖內衣。

100 頭毛箍仔：thâu-moo-khoo-á，髮箍。

101 譬相：phì-siùnn，尖酸的諷刺、奚落。

102 好款：hó-khuán，本義爲脾氣好、教養好，今常用於反諷人過得太好。

仝這暝，hah[103] 誠濟工的阿榮，無因無端予老母這幾句無事屎的閒仔話，亂一下又閣 nóo-su̍t[104] 矣，差一絲仔就予阿嬌踢落去塗跤兜，規暝目睭金金人傷重，睏袂睏睡。

人講「捷罵袂驚，捷拍袂疼」，毋是阿嬌無神經，是久，就皮矣。橫直七工煞就欲送伊去安養中心，心肝內準有啥物怨感，tiu-tiu[105] 揣阿榮來冤，khah 頭理路直[106]。顛倒是老母知影無去袂煞矣，心肝一工一工䁪狹，苦毋阿嬌緊去夯火車輦[107]，才袂礙目！

十、卵包[108] 變屎花

誠早起床的阿榮，刁工去市仔口買番薯糜佮兩、三項醬菜轉來；阿嬌嘛眞知空，免人喊就共碗箸排好勢。都猶未振動，無張無持老母出喙：「查某人傷閒，敢袂曉去煎幾粒仔卵包 hiooh ！」

阿嬌無插哼甲半句，恬恬徛去灶跤；過無偌久，隨聽著 tshi-tshi 叫咧煎卵的聲，芳味一陣一陣直透衝過來，應該是眞好食的款。

無疑悟捀上桌頂，都猶未動著碗箸，老母激一个貌仔面：

103 hah：期待、喜歡。此指期待房事。
104 nóo-su̍t：沒得吃了；此指沒得行房。nóo，源自於英語的 no。
105 tiu-tiu：直接。
106 頭理路直：thâu-lí lōo-ti̍t，合乎邏輯。
107 夯火車輦：giâ hué-tshia-lián，指被火車撞，此爲詛咒媳婦早點死。
108 卵包：nn̄g-pau，荷包蛋。

「這敢卵包？糊糊閣臭火焦，敢若屎花咧！」

雄雄俊榮毋知是食著啥物符仔水，嘛綴老母咧起童[109]講：「眞正是半病[110]甲無藥醫！嫁來遐久矣，連這都學袂會。」

話都未煞，阿嬌目屎隨津落來：「攏嘛是卵，敢有……精差……遐濟……？」

「你家己做毋著，閣敢諍！」阿榮袂輸有老母通靠，愈應愈燒烙。

「予人罵矣 honnh，應該，死好！」

聽著老母落這句，阿嬌即時清醒起來；原來……，大家就是愛佃翁仔某緊冤家 niâ，佮卵包 thái 有啥牽磕咧？

脆力共盤仔架起 lih 桌頂的阿嬌，那拭目屎那覕喙[111]，袂癮佮佃閣嚷落去矣。閃一下身從入去房間窮物件，頭尾較無五分鐘，肩胛頭揹甲大包細包；欲出門的進前，阿嬌氣掣掣落一句：「我敢咒誓，就準恁老母來共我跪，嘛袂癮閣見你；若無……，這陣現出去，就予車舂死！」一字一字像針按呢，摵入去阿榮的耳空鬼仔。

十一、加護病房的眞話

過三工了後，無 ta-uâ[112] 閣想無步的阿榮，自按呢送佃老

109 起童：khí-tâng，起乩，此指異常。
110 半病：puàn-pēnn，笨拙。
111 覕喙：bih-tshuì，抿嘴，此指想哭時出現的表情。
112 無 ta-uâ：bô-ta-uâ，無可奈何。

毋去安養中心蹛；毋是伊心肝比別人較雄，眞正是無步通敨矣。

料袂到，才入去兩工……，老母的舊症頭閣夯起來，安養中心趕緊通知阿榮叫救護車送伊去急診。醫生講愛即時送去加護病房，若無，會曲去[113]。

老母的症頭會變到遐傷重，論眞講是人老的緣故，機器寬寬仔萎去、冗去，一改比一改較食力，準會好嘛袂完全矣。遨[114]一禮拜了後，主治醫師拆白共俊榮講：

「伊頭殼好好，是猶會講話。毋過，恐驚擋無久矣，恁家屬是毋是先轉去參詳。」

「擋無久……，是偌久？」

「極加是一禮拜。」

「你的意思？」

「是按呢啦，若欲予伊踮厝裡過氣，病院會安排救護車，到恁兜了後，才共 sàng-sooh[115] 剝掉；若講有定著欲按呢做，阮會就[116]恁。毋過愛緊呢！」

「好，這一、兩工若撨好勢，我會隨共恁講。」

欲去加護病房探病，一日才兩改，毋是中晝就是欲暗仔，攏半點鐘 niā-niā；閣有規定講一个患者才兩个家屬聽好去看，若人濟，就輪番入去。

講是頭殼精光，猶會聽、會講。毋過，喙佮鼻攏有插管，

113 曲去：khiau--khì，死掉。
114 遨：gô，原地打轉、折騰。
115 sàng-sooh：日語借詞，原讀「さんそ」（日語漢字「酸素」）：氧氣。
116 就：tsiū，依從、遵照。

話都嚶嚶哦哦講袂清矣。對頭改來探病起，俊榮就有聽著老母咧喃一寡：「叫阿嬌……來……」、「寬諒老母……」、「叫伊……莫計較……」，遮的含佇喙內，意思無蓋明的字句，紲落去目尾澹澹小可咧 hinn 的哭聲。

「阿母……。」阿榮倚去耳空邊：「是毋是欲喊阿嬌來咧？」

老母頕頭，出力共阿榮的手蹄仔捏絚絚……。

出來病院外口……，俊榮知影阿嬌毋接手機仔，隨拍電話予金花，量其約仔共老母現此時的病症按頭講到尾。另外，老母有反悔、欲見阿嬌的心意，嘛寄話欲予阿嬌知。

過轉工，阿榮閣敲電話：「麻煩你共講，有閒就撥工來看阿母。」

「我共講看覓咧；伊若欲，我會佮你連絡。」

十二、奪人的愛

金花問個姊仔：「恁翁敲兩改電話來，你敢無欲共回？」

「我誠久都無佮伊有交插，欲回啥？」

「無交插？是無講話抑是無鬥陣咧？」

「兩項攏無，金花，你 khah 會問按呢咧？」

「恁仝公司咧上班呢！」

「伊做領組，管國外的客戶，佮我門市的櫃台啥物底代？」

「你講話閣誠絕，上無，恁嘛做伙十捅冬，敢有遐深的仇通冤 siooh ？」

阿嬌恬恬徛起來斟茶，那啉那講：「應該無。」

「阿榮手縫會真疏無？」

「袂咧，無食薰啉酒、袂開袂跋，用錢足凍霜的。伊講伊家己傎顲趁錢，閣無祖公仔屎通烏白翸，著愛逐項儉才有才調買厝。閣再講，我嘛無真愛媠，袂亂使買衫，就是按呢，阮毋捌窮分過錢呢！」

「你按呢講來講去，反顛倒揣無通嫌伊的所在。」講煞掠阿嬌相一睏，青定白定熠一句：「我知矣！」袂輪挓著寶按呢，對膨椅蹔起來。

連阿嬌嘛掣一下，講：「你是著猴，是毋？」

「若 kah 毋是窮分錢，我敢講『情』字，才是根頭！」

額頭攝襇[117]的阿嬌隨應：「你是講契兄夥計[118]彼種偷來暗去的情，是毋？」

「彼，是其中的一款 niâ；內底猶有翁某、朋友、兄弟、爸仔囝佮母囝種種無仝款的情，就是有遮濟款的情咧纓纏牽拖，世間才有悲喜恩怨咧起起落落，予人數念、感慨袂煞。」講到遮，金花停落來啉一喙茶才閣接話：

「臆看覓咧，恁兜是佗一種？」

阿嬌隨紲話：「老母佮囝！毋過誠奇喔，平平做老母，疼囝佮惜囝，本底就是天公地道的代誌，若講按呢會冤家、怨妒，才是譀！」

「這毋是三兩句話就 lik 會清[119]的工課。」

117 攝襇：liap-kíng，長皺紋
118 夥計：hué-kì，情婦
119 lik 會清：逐項分別釐清。

「你講看咧。」

「翁某情佮母仔囝的愛，照講是袂 tōng-tu̍h 才著；毋過，某傷過頭惜囝、顧囝，翁會無歡喜；囝若大漢，對外口悉查某轉來，老母會食醋；這 lō 代誌，你捌聽過無？」

「捌……」阿嬌有略仔回魂的款矣，隨閣接話：

「是講，阮大家毋是無歡喜、食醋 niâ，是彼款冤仇帶深欲佮你輸贏的架勢，這閣是啥道理？」

「土想嘛知，你奪人的愛！」

「敢有？個仝款是母仔囝，我嘛無佮伊相搶矣？」

「有搶、無搶，我沓沓仔講予你聽。」

「做你講。」

「你捌想過無？恁大家 33 歲就守寡顧 3 歲的孤囝大漢，彼種無依無倚、艱難困苦的日子，是欲按怎渡，你敢知？日時借去洗衫趁工錢來換食，暝時共囝準翁，ánn[120] 佇被內同齊睏，搦屎搦尿是較煩 niâ，長暝厚夢才是無捨施，這攏小局，孤囝大漢欲娶某，才是上大的過斷。你佮恁大家會窮分、怨妒，就是對這時陣起的。」

「按怎講……」

「孤囝娶某攬某睏，兩个人好甲像黏黐按呢逐暗笑 hia-hia，閣暢袂退，袂輸共老母放揀彼一樣，欲叫伊假做臭耳聾莫食醋，khah 有法度咧！」

「醋桶會摔倒去我欲信；毋過，半暝『蓋被』，假鬼假怪欲

---

120 ánn：攬。

嚇驚人，欲按怎解說咧？」

「這款暗眠摸的代誌，毋是彼改 niâ，早都有矣。若欲牽拖講你目色無夠利、頭殼袂精光，是較無平正。顛倒是恁這對牽罟落廍不離半步[121]的鴛鴦，敢知影老母就是孤單，才睏袂瞌睡？伊會跕跤入來偷睒[122]，是欲來看彼个奪伊的愛的少年查某佮個孤囝有恩愛、和好無？按呢敢袂使？」

講到遮，金花捀甌仔徛起來啉一喙茶，才閣接落去：

「伊是順紲坐落來眠床邊，欲匀匀仔數念、暗想往過的代誌 niâ，thái 會知影你雄雄精神，kán 準看著鬼按呢閣共問甲有一枝柄通擲，即時害伊見笑轉受氣，穲髓髓趒出去，彼種予人枉屈閣無地講的心情，毋是三、兩句話就變會清的代誌。講較實在咧，你佮恁大家的恩恩怨怨攏是有緦無揹的物件，仙想嘛臆無，講會冤甲遐爾深，眞正足毋値的！」

話猶未講了，阿嬌早都鼻空 tshngh-tshngh 叫，摸桌頂的綿仔紙直透拭，聽候話總煞，兩港目屎像規捾的珍珠，隨粒仔輾落來桌面。

十三、咒誓有聖[123]無？

阿嬌哭一睏仔了後，目箍紅紅問金花：「拄才你有講阿榮

121 牽罟落廍不離半步：khan-koo-lo̍h-phōo put-lî-puànn-pōo，形容感情好，寸步不離。

122 睒：siam，偷看、瞄。

123 聖：siànn，靈驗。

敲兩通電話來，敢有欲創啥咧？」口氣加軟足濟矣。

「是按呢啦，伊講恁大家，現時佇加護病房內底，人，誠傷重矣。閣拖是四五工 niâ，想欲叫你去看。原本當咧風火頭的時，我想講喋這無用，今都水清魚現矣，規氣落落出來。」

阿嬌聽煞，人，小可戇礙去，恬足久才閣問：「入去內底幾工矣？」

「應該是兩工前⋯⋯」

「金花，你冊讀較懸，予你臆，阿榮會敲電話來講這，是欲呢？」

「免臆嘛知，是欲佮你講和的意思。」

「就算我欲，頂工，我家己講過的話，親像潑落塗跤兜的水，是欲按怎收咧？」

「啥物話？」

「彼陣，我共唱聲『我敢咒誓，就準恁老母來共我跪，嘛袂癮閣佮你見面⋯⋯』這句 niâ。」講煞面憂憂坐佇膨椅，心肝內猶咧躊躇是毋是通共尾句閣講出來，手巾仔捏甲欲出汁，嘛捎無一个主心定。

兩个人自按呢攏愣去，無神無神纜佇膨椅相對看；當咧揣無步通敨的時陣，雄雄文雄開門入來，未曾拍招呼，就先開喙：「兩姊妹仔攏面仔凊凊，敢若有代誌袂得收山的款？」那講那坐落來膨椅，連啉幾若甌茶。

「誠拄好，才想欲揣你，人就隨到矣！」金花即時轉笑講：「你有咧外口行踏，頭殼較活，決定有撇步通敨！」

「是啥物天大地大的代誌？」

「阿嬌，這予你來講……」

阿嬌大體仔閣共彼工的代誌，按頭到尾講一輾轉透，連金花仔拄才開破[124]予伊清醒起來的過程，嘛攏無落勾去。

文雄聽煞，停睏兩、三秒才閣紲話：「咒誓的代誌，咱慢且講。你敢有按算欲佮阿榮離緣？」

「原本是有，這陣顛倒無矣。」

「若 kah 是按呢，雙爿攏有講和的意向囉？」

「嘿啊。」阿嬌那頷頭那應講：「抑咒誓咧？」

「咒誓是講予恁大家佮阿榮聽的，今都欲佮你和好矣，敢猶有啥物長短跤話通遨咧？」

金花隨儕話講：「文雄仔，重點是有聖無？」

「啥物天年矣，猶咧信這？」

換阿嬌接講：「這款代誌，毋敢無信呢。」

「若按呢，我猶有一面抹壁雙面光的步數予你行。」

金花目睭金鑠鑠講：「莫拖沙，緊講啦！」

「咒誓是講恁大家『……來共你跪……』，現現伊是在床，踏袂落來塗跤兜， 較有法度跪咧？閣再講，伊是有心反悔，央阿榮出喙來『求』你，毋是『跪』呢！佮你咒的攏無牽礚，就無彼號聖佮無聖的套頭通煩矣。」

「講是按呢咧講，心肝嘛猶礙虐礙虐……」

「你若按呢想，是佛經講的『相由心生』、『心隨境轉』，家己騎馬家己喝開路 niâ；就袂輸鑿枷家己夯[125]，才來怨身感命！

124 開破：khui-phuà，解釋。用言語啓發他人，使人悟出道理或訣竅。

閣有成娘仔經殼仔[126]，路尾吐絲縛家己，按怎死的都毋知！我想，欲和好著趁早！」

「趁啥物早？」

「趁恁大家清醒，猶會認人的時陣，去共會失禮，圓滿一件工課；若無，恐驚袂赴矣。」

「這……」

「這號代誌袂延得！」講完隨越頭吩咐金花：「你先連絡阿榮，若有定著，恁鬥陣去。」

十四、尾話

三工後，阿榮的老母佇厝裡過身。

金花仔加減有撥工去鬥紩麻衫、摺蓮花，有當時仔替個寄訃音、煮食……等等，遮的輕可穡頭，攏是一哺 niâ。出山舞了後隨 tshia 靈，到路尾仔的敁爐，差不多有一個月足足，代誌才勻勻仔回復到往過彼一樣的平靜。

這暝，金花坐佇客廳那泡茶那問坐踮身軀邊的文雄：「後過，咱的囡仔攏會家己去戀愛、嫁娶，你敢會想講新婦、囝婿是來奪咱的愛咧？」

「會，毋過，這是未嫁娶的進前。做爸母的人，盡咱疼惜

125 鑿枷家己夯：tshák-kê ka-kī giâ，自作自受。

126 娘仔經殼仔：niû-á kenn khok-á，成蠶做繭，喻自我束縛。

囝兒序細的愛，替個操心、走從，欲求一个好姻緣 niâ。」

「抑嫁娶後咧？」

「對囝兒序細來講，爸母的疼惜佮情份，是一種有缺角、無夠圓滿的愛；嫁娶就是欲來補這个空隙佮欠點；個若有彼號猛氣敢去戀愛、嫁娶，咱就愛踮面頭前共贊聲，嘛著尻川後出錢、出力鬥推捒，予個冗早揣著齊全的愛；按呢做才著！」

「哎唷！時，未到，大聲話攏免先講！」金花掠文雄目睭眨眨矚。

「按怎講？」

「阿榮個老母，敢毋是娶阿嬌入門了後，才搬這齣漚戲咧？」

大喙開開的文雄，頓蹬兩三秒才閣講：「個老母少年就守寡，一直孤單無伴；你有我逐工陪你，就是這無仝，齣頭生成袂相 siâng 啦！」

「算你勢講話……」，「人無愛你干焦講陪我 niâ，到底有愛人無？」

文雄伸長手共金花攬絚，歹勢歹勢倚去耳空邊：「就攏老猴矣，猶咧耍囡仔戲……。」

「人毋管啦，你決定[127]愛講！」

「Mh……，我……」拖不止仔長才講：「……有啦！」

「有啥？」

「……愛啦！」應著話歹勢歹勢。

---

127 決定：kuat-tīng，一定。

金花知影文雄是彼種講話袂拖沙，毋過閉思甲有賭的查埔人，就無欲佮伊閣番落去，嘛雙手出力去揖文雄，規身人像無骨頭按呢並倚去；順紲用目尾偷彨個翁，滿面春風喙角微微，應該是誠暢的款。

作者簡介

藍春瑞，1952 年出世佇台北雙溪，東吳大學畢業。捌去公所、農委會的試驗單位、國中、病院佮工程機關食頭路，佇四間高中服務過；做公務人員欲倚 35 冬；現此時退休蹛佇雲林古坑。捌得著海翁台語文學獎、阿却賞 Holo 小說頭賞、教育部母語文學創作獎等獎項。出版過台語小說集《無影無跡》、《奪人 ê 愛》。

八卦紅[1]之心

林美麗（Lîm Bí-lē）
2013教育部閩客語文學獎台灣閩南語小說教師組首獎

冬節暝，家家戶戶食圓仔、燖[2]鴨鵤[3]，勼[4]佇厝內享受天倫之樂，干焦茂生仔個兜猶原冷鼎清灶[5]無一屑仔做節的氣氛。灶跤內底，茂生仔共一肢跤伸起去椅條頂懸，酒矸仔揹咧那斟酒喙閣那譬[6]：「姦[7]！我就毋信你有法度佇外口擋外久！」

這个時陣的淑美跪佇壁角，目屎佮鼻膏糊甲規面，兩蕊目睭已經哭甲腫歪歪。對淑美來講，今仔日眞正有夠衰！早起因爲遲到去予訓導嚴主任損；衛生檢查的時，班長姚宜鳳發現伊的綿仔紙毋是白色的，投去許老師遐又閣食一擺箠仔。許老師是個彼班的級任，性地眞穓，不時都激一个 khe-tsí-báng[8] 的面，

1　八卦紅：pat-kuà-hông，一種球型仙人掌。

2　燖：tīm，將食物放入密閉的烹具裡蒸煮。

3　鴨鵤：ah-kak，公鴨。

4　勼：kiu，蜷縮。

5　冷鼎清灶：líng-tiánn tshìn-tsàu，形容冷鍋冷灶，毫無炊煮的跡象。

6　譬：tshoh，用粗鄙的話罵人。

7　姦：kàn，粗話。一般寫做「幹」（kàn）。

8　khe-tsí-báng：日語借詞，原讀「けいじばん」（日語漢字「揭示板」），原爲公布欄之意。khe-tsí-báng 的面：形容面無表情，撲克牌臉。

伊仙[9]想都想無，平平粉紅仔色的綿仔紙，人隔壁班阿雄個老師攏無講啥，干焦個這班的許老師特別勢共人刁古董[10]。

食飽晝，伊和馬慧霞予老師叫去掃校長室。校長的辦公桌頂懸有 tshāi 一坩圓球形的八卦紅，中央彼粒較大粒，邊仔閣暴幾若粒細粒的，看予眞閣有淡薄仔成『米老鼠』的形。兩个囡仔誠好玄[11]，𥍉[12]佇遐算看八卦紅到底有幾稜，馬慧霞手賤閣去摸八卦紅頂懸的尖刺。

『硬硬尖尖的，好好玩！淑美，你也來摸摸看！』馬慧霞是外省囡仔，生做有較好膽，看淑美驚驚就摸伊的手去摸看覓。

嗯，小可仔冇冇、閣有尖尖鑿鑿的感覺，淑美的手都猶袂赴勼轉來，雄雄聽著有人咧喝：『叫你們掃地，你們在幹什麼！』

彼是許老師的聲。普通時逐家就攏眞驚許老師，予伊雄雄喝彼聲，淑美佮馬慧霞掣一趒，趕緊欲共手伸轉來，無細膩煞去掴[13]著彼坩八卦紅，尖刺鑿入去淑美的指頭仔，血珠仔隨流出來。

「咚！」一聲，花坩嘛摔落塗跤。

雖罔坩仔無摔破，八卦紅嘛無缺隙，毋過許老師嘛是氣怫怫，罰個兩个去運動埕遐𨑨牛頓鬃[14]。

---

9 仙：sian，無論怎麼樣都不……。
10 刁古董：tiau-kóo-tóng，刻意爲難。
11 好玄：hònn-hiân，好奇。
12 𥍉：kheh，擠、聚。
13 掴：huê，輕擦到。
14 牛頓鬃：gû-tùn-tsang，牛筋草。

放學轉來看無阿母，干焦個老爸坐佇飯桌仔遐那剝塗豆那啉燒酒。看著茂生仔，淑美若鳥鼠去看著貓咧，冊揹仔揹咧就想欲覕入去房間內。茂生仔看著伊，親像是揣著出氣的對象：「你是死人喔，看著人攏袂叫！」

「阿爸。」淑美心驚膽嚇，平素時定定看茂生仔咧拍某，足驚無意中惹個老爸受氣。

茂生仔看淑美面模仔生做佮個某滿仔仝一樣，閣想著這个滿仔規工攏無看著人，風火齊著[15]，歹喙就講：「姦！佮恁老母仝款生做彼箍孝女面，恁母仔無佇厝，去外口揣看覓咧，揣著叫伊緊轉來煮飯。」

淑美共冊揹仔囥咧，趕緊去揣個阿母。伊去阿母定去的厝邊遐揣過，嘛去較捷相揣坐的嬸仔、姆仔遐問過，毋過攏無人看著伊。早起出門的時，阿母閣有佇咧，伊敢袂記得今仔日是食圓仔、㷢鴨鵤的日子？

揣無老母，淑美頭犁犁行轉去厝。茂生仔酒啉落，起無空[16]紲手就提皮帶對淑美的跤骨捽落，淑美走袂赴，喙喝：「阿爸，我毋敢矣啦！」雙跤隨時跪落地。這步是對阿母遐學來的，阿母便若予阿爸修理攏是按呢，跪落去，阿爸的拳頭拇就會放較冗。

阿母眞正無轉來。彼个冬節暝，淑美無鴨鵤通食嘛無圓仔湯通啉，伊按怎睏去的已經袂記得矣，干焦知影阿母的離家出

15　風火齊著：hong-hué tsiâu-to̍h，整個火氣上來，發怒。

16　起無空：khí-bô-khang，挑釁、找碴，故意惹起爭端。

走，予伊的童年提早結束。伊定定夢著阿母揹 kha-báng[17] 愈行愈遠的背影，毋管伊按怎喝咻，阿母猶是無越頭，直透對伊的性命行出去。

房間內恬寂寂，干焦聽著「嘶嘶嘶……」sàng-sooh[18] 咧送氣的聲。淑美坐佇眠床邊，目睭看對倒佇眠床頂的明遠，毋過神魂煞毋知飛去佗位。外口的公園有囡仔咧耍公鞦，三不五時就會霆一陣親像鈴噹仔的笑聲。

四面壁漆的是當流行的象牙白，明遠倒佇醫療級的眠床頂懸，白色的絲仔被單共伊的面色蔭[19] 甲白蔥蔥。房間簡單的設置予桌頂彼盆八卦紅看起來特別青。欲暗仔的紅霞已經綴日頭沉落海，嘛毋知過了偌久，房間沓沓仔轉暗，淑美佮明遠親像兩身柴頭尪仔攏無徙振動，一直到房間的門予人拍開。

『好黑，好恐怖！』越南來的看護阮氏娥將房間的電火揼予著，無疑悟煞看著淑美面凊凊坐佇遐，予伊掣一趒。這个頭家娘看起來眞歹鬥陣的款，彼是阮氏娥對淑美的印象。伊膽膽共淑美講：『太太，司飯[20] 啦！先生我照顧。』

聽著阿娥的聲，才共淑美的神魂對十二天外摸倒轉來。

「哦！」淑美跖起身，看這个生做武腯武腯[21] 的阿娥，若佇

17 kha-báng：日語借詞，原讀「かばん」；包包、皮包、提袋。
18 sàng-sooh：日語借詞，原讀「さんそ」（日語漢字「酸素」）；氧氣。
19 蔭：ìm，映襯，使變明顯。
20 司飯：即「吃飯」，因越南語「tsh」的聲母較不明顯，而形成此腔調。
21 武腯武腯：bú-tún-bú-tún，體型矮壯。

以早伊是絕對袂用目睭烏仁來看個這種下跤手人[22]的，毋過這馬這个僫閣有力的阿娥卻是個兜上重要的人，因爲干焦伊才有才調照顧倒佇眠床頂的明遠。

自彼擺車厄開刀了後，明遠就無閣精神，干焦靠 sàng-sooh 佮鼻飼管咧維持性命。淑美本底就無贊成開刀，毋過大家[23]講無論按怎都袂使放棄彼一屑屑仔「活咧」的希望，結局煞變這款。淑美心內不止仔怨嘆：倒佇遐變植物人敢有較好？欲行出房間的時，影著掛佇門喙邊的結婚相片，當初翕這張相片的時，佮明遠定著閣有相意愛，毋過這二十幾年來生活上的扴拐[24]，已經將婚姻內底應該有的糖甘蜜甜攏消磨了了矣。

阮氏娥看頭家娘抑無罵伊就行出去，感覺眞好運，趕緊對壁邊揹一罐營養劑通共病人飼。伊拄來台灣個外月，對這家口仔攏閣眞生份，干焦知影這个定定面凊凊的太太是病人的某，毋過佇遮罕得看著伊。較捷佇遮咧出入的是阿媽佮一个生做足媠的太太，個人較好，定定問伊有欠用啥無？阮氏娥是按呢分別個這口灶：較媠的是『好太太』，這个定激面腔[25]的是『壞太太』。『好太太』講話輕聲細說；這个『壞太太』蓋成有怪癖，並無要求伊著愛按怎顧病人，煞干焦指桌頂彼盆帶刺的植物，講：『這個，不要給我動！』

22　下跤手人：ē-kha-tshiú-lâng，手下、僕人。
23　大家：ta-ke，婆婆，稱謂。婦女對他人稱自己丈夫的母親。
24　扴拐：kė̍h-kuāinn，隔閡、不協調。
25　激面腔：kik-bīn-tshiunn，擺出難看的臉色。

暗暝恬靜甲無一屑仔聲說；天星嘛親像牢佇烏絨仔布頂懸咧閃閃爍爍。

「阿母，你莫走，你莫走！」親像 hőng 附身仝款，淑美的手佇半空中一直摸，目頭結結親像眞痛苦的形。睏佇伊身軀邊的芝菁眞淺眠，知影媽媽又閣咧陷眠矣，緊共搖予精神。毋知是受著老爸車厄的打擊是無，芝菁看媽媽心神袂定，驚伊的病閣夯起來，專工請假轉來陪伊。伊咧讀護專，這陣本成是愛佇病院實習，毋過學校知影伊的情形，特別准伊一禮拜的假。

自細漢伊就知影媽媽有病，毋過阿媽攏叫個佇外口毋通烏白講。伊知影這種病會使食藥仔控制，而且政府嘛特別設《精神衛生法》明訂個有工作權，頭家人袂使因爲辛勞捌致著這種症頭就來共人辭頭路，尤其是個媽媽閣是在額的老師，佇教學上若無出箠[26]，個猶是會當繼續服務。

芝菁知影佇媽媽堅強的小鬼仔殼[27]後壁，定著有一粒眞脆冇[28]的心。阿爸這十幾年來一直無頭路，佳哉阿媽有眞濟土地會使予伊種作。伊攏種大同仔彼種小季，若無就種弓蕉。阿媽講做啥攏無要緊，只要莫佮遐的浮浪貢的[29]逐工啉酒天天醉就好。

「彼个外省婆仔遐勢看厝瞻地[30]，趁的錢閣攏放咧食息仔，

26　出箠：tshut-tshuê，出差錯。
27　小鬼仔殼：siáu-kuí-á-khak，面具。
28　脆冇：tshè-phànn，易碎、脆弱。
29　浮浪貢的：phû-lōng-kòng--ê，游手好閒、不務正業之輩。
30　看厝瞻地：khuànn-tshù-tsiam-tē，指很會打算、很精明。

遐的囝孫仔哪著做？」芝菁想著以早捌聽人按呢講阿媽，毋過彼陣猶細漢閣聽無話仁，囡仔人嘛無了解大人的世界。干焦知影阿媽是外省的，十幾歲仔綴阿祖過來台灣，佇眷村佮阿公熟似，結婚了後阿公上軍艦服役，阿媽就佇市場排擔賣一寡仔『舶來品』，因爲tsih接的攏是台灣人，所以伊的台語愈講愈好，生理嘛愈做愈大。因爲個勤儉閣拍拚，無幾年仔就將厝的經濟改善。阿公退休了後，個改種文心蘭，閣投資期貨趁袂少錢，自伊有記持以來就是蹛別莊、坐轎仔，同學攏眞欣羨伊。

「你哪會佇遮？」精神起來的淑美，頭毛鬖鬖[31]，目屎含目墘，神魂若像閣浸沉佇悲傷的夢境內底：個老母連越頭都無，放伊一个囡仔疕無人通倚靠。伊袂記得這个查某囝是專工轉來陪伊的，眞歹面腔咧問芝菁。

「媽，你袂記矣喔，我專工請假轉來陪你的啊。你又閣陷眠矣是毋？」

「喔！」淑美漸漸淸醒，看著芝菁就會予伊想著大漢查某囝芝蘭。芝蘭是伊的驕傲，自細漢毋但勢讀冊，連畫圖、唱歌、跳舞嘛是逐項會，本成佇高雄咧讀醫學院，可能是學業的壓力傷大，舊年竟然佇宿舍吊脰自殺。伊叫是伊的心肝已經死過一擺，誠無簡單才對地獄轉來，無疑誤閣拄著明遠車厄！

「病院遐毋通請傷久的假，冗早起去，實習嘛有算成績的敢毋是？」淑美從以早就攏眞注重囡仔的成績，雖罔芝菁無親像芝蘭遐勢讀，毋過芝蘭無去矣，閣較勢，留予伊的嘛是冰

31　鬖鬖：sàm-sàm，頭髮散亂。

冷、悲傷的記持 niā-niā，伊無希望芝菁因爲明遠的代誌來荒廢學業。

「好啦，我會看範勢啦，顚倒是你，家己愛照顧家己……」自出世，芝菁誠罕得接受著媽媽溫柔關心的眼神，雖罔媽媽猶是開喙合喙攏是成績，毋過嘛是予伊感覺眞溫暖。淑美無等芝菁講煞就閘斷伊的話尾講：「我無按怎啦，免你煩惱！緊啦，緊睏！」

5月梅雨季節，一四界落雨澹滴。誠無簡單雨才落煞，對外口吹入來的暗風一陣一陣，將系館頭前的彼欉夜來香的芳味挨捒入來教室。一大陣毋知對佗位濆出來的大水蟻，一直從去拚燒囫囫的燈管，顯目的光予大水蟻失去思考的能力，親像『神風特攻隊』一直向前衝，有的規氣佇淑美的頭殼頂颺颺飛。淑美目頭結結，提《教育概論》的課本起來擛，看會使共遮的大水蟻拚予開無？

大水蟻硞硞從[32]，一直愛到翼仔斷去才落 lȯh 來。一隻歹運的大水蟻予淑美的課本掃著，拄拄好落佇伊的手摺簿仔頂懸。伊用鉛筆去揬蟲豸[33]白白的腹肚，看彼六肢跤佇遐蹗[34]咧蹗咧，煞有一種創治人的快感。落尾伊將桌頂的大水蟻攏拚落塗跤，閣隨隻仔隨隻共個踏予爛糊糊。

（死好，死好，恁遮的攏死死咧較好！）

32　硞硞從：khȯk-khȯk-tsông，橫衝直撞。

33　蟲豸：thâng-thuā，昆蟲的通稱。

34　蹗：liòng，亂踢、滾踢。

伊的頭殼底有一个聲音按呢講。伊掣一趒，越頭看邊仔敢有人咧講話，毋過教室干焦伊一个 niâ，伊仙想都想無，家己啥物時陣變甲遮爾粗殘？而且嘛毋知按怎，伊最近定定發性地，看任何人攏袂爽，定想欲揣人來冤家。

才 6 點 niâ，伊來了有較早。這是一間師範學院的夜間進修部，會使坐佇遮實在是算伊行好運。較早欲考高中的時，個爸仔講無錢，是導師蔡君蘭暗暗仔替伊納報名費。等到放榜，真正去予考著省立女中。茂生仔無錢通予淑美註冊，一直叫伊去蹛工場鬥趁錢。蔡老師又閣去厝裡拜訪，苦勸茂生仔一定愛予囡仔讀冊，閣開破[35]「讀冊是脫離散赤唯一的方法」這个觀念予茂生仔聽。

「老師啊，鴨牢內哪有隔暝的杜蚓？阮兜生食都無夠矣是欲按怎曝乾？而且我嘛無彼號冗剩錢通予淑美讀冊啊！」

「Tsín--sàng，若無你予淑美去讀女中，伊的學費我來負責好無？你若煩惱無錢通予做所費，我嘛會幫伊揣工讀的機會。」

茂生仔想無世間哪有這種戇人？既然毋免伊開錢，都毋是頭殼歹去閣，當然就答應予淑美去讀女中。

佇半工半讀的情形下，淑美將高中讀畢業，畢業了後同學攏去考大學，干焦伊無錢通考，姑不而將去蹛工場，予茂生仔聱姦撟詈甲無一塊好。因爲蔡老師佇淑美高三下學期的時不幸胃癌來過身，這擺無人會替伊求情，嘛無人會閣替伊走從工讀的機會。

35　開破：khui-phuà，解釋。用言語啓發他人，使人悟出道理或訣竅。

「姦！無路用的跤數啦！早若知影讀三年的高中出來閣干焦做工仔，彼陣 thài 毋去學電頭毛都較規氣咧！」茂生仔供體淑美。

「你是知影一箍芋仔番薯呢，若是你眞正退勢，就無應該共阿母拍甲離家出走，閣共田地一塊仔一塊賣掉！規日干焦知影揞酒矸仔，你啥物時陣捌替我拍算過？」茂生仔佇客廳咧鏨姦撟的時，覕佇房間內的淑美心肝內嘛按呢咧共個老爸應喙。淑美知影，個老爸這陣會按呢講毋是眞正咧關心伊，彼是因爲茂生仔聽著人咧罵伊好好的囡仔毋栽培，逐日啉，啉甲予酒啉去！三色人講五色話[36]，退的人十喙九尻川[37]，攏講彼陣淑美去讀高中不如去讀職業學校，三年落來上無嘛閣有一个手藝。

爲著無愛佇厝看個爸仔的面色，畢業無偌久伊就去蹔工場。佇工場的日子無啥物變化，逐日綴 khong-pé-á[38] 走，看壁頂的日誌一張裂過一張。目一下躡，淑美佇遮已經蹔欲年外矣。

「淑美，你敢毋是女中畢業的？」這工頭家的查某囝雪霞拄對學校轉來，看著跔佇退削王梨的淑美就按呢問。

「嘿啊，有啥物代誌是無？」淑美那批王梨那問。

「阮學校有一个老師昨昏雄雄早產，臨時揣無人來代課，你都女中畢業的，定著有法度做這个工課，你有想欲來試看覓咧無？」

36　三色人講五色話：sann-sik-lâng kóng gōo-sik-uē，指人多意見多，莫衷一是。
37　十喙九尻川：tsa̍p tshuì káu kha-tshng，人多意見就分歧。
38　khong-pé-á：日語借詞，原讀「コンベア」；輸送帶。

「毋過我攏無經驗呢。」淑美躊躇躊躇。

「無要緊啦，有手冊通看，而且李老師佮彼班的囡仔閣眞乖，試看覓啦！」淑美聽伊按呢講，心肝穎仔煞開始擛[39]起來，無就試看覓講，若教袂合極加嘛是六禮拜 niā-niā。

就因爲這个都合[40]，予淑美的命運規个轉踅過來。

22 歲彼年熟似明遠，因爲明遠外省囡仔的身份，予伊想著國小的時親像行佇雲頂的馬慧霞、姚宜鳳佪。聽人講明遠佪兜眞好額，雖罔彼當陣明遠猶無固定的頭路，毋過爲著欲脫離散赤的厝佮規日捨酒矸仔的老爸，淑美接受明遠的求婚。

代課老師一做就是八年，逐年考逐年錄取。教育部爲著欲改善國校長期代課的老師師資無符合的現象，佇各縣市的師範學院進修部設立國小代課老師初等教育學系，予遐的有心教育閣服務七年以上的代課老師會使有進修的管道。淑美挽著這个機會趕緊綴人報名考試，人講「歹船拄著好港路」，煞眞正予伊考著。

伊想著蔡君蘭老師講的：「學歷是脫離散赤的第一步」，雖然嫁入去好額甲有賰的谷家毋免閣煩惱食穿，總是伊嘛會想欲彌補以早會讀煞無法度讀的遺憾，無論按怎伊攏欲把握這擺的機會。

有囡仔、有家庭，對查某人進修攏是眞大的掛礙，尤其是伊閣欲上班，精神佮體力攏是眞大的挑戰，而且翁婿根本都袂

39　擛：ngiau，發癢，此指心動。

40　都合：too-hap，日語借詞，原讀「つごう」；時間、地點等條件的配合狀況。

交仗得[41]。嫁入去了後才知影，明遠毋但無頭路閣眞勢跋筊，逐工嚾群結黨[42]啉燒酒。

「人交的是關公劉備，你交的是林投竹刺，你敢袂使揣一个正經頭路來做？」

淑美看明遠佮規群規括佇遐啉，實在足悟潲[43]的。毋過冤也冤，罵也罵矣，尤其是大家咧扞家都無講啥矣，伊是閣會使按怎？看明遠佮佇遐你兄我弟相敬酒，淑美煞雄雄有一種錯覺：伊蓋成看著佪老爸茂生仔掮酒矸仔的形影。

細漢受「家暴」的陰影猶原閣佇咧，啉是啉，上無明遠袂親像茂生仔起跤動手拍某摃囝，淑美干焦會使按呢安慰家己。

知影社會競爭，所以淑美眞拚勢，翁婿既然管無法，伊規氣將時間用佇讀冊。無幾年的時間，伊對大學畢業矣，爲著欲做予囡仔看，又閣繼續讀研究所，決定欲向伊考主任的心願行。伊對家己嚴格，對囡仔的管教嘛仝款。芝蘭人較巧，小可仔講咧就會曉。若芝菁就較頇顢，爲著欲予伊的功課進步，淑美嘛用眞濟方法共加強，不而過芝菁佮佪姊姊實在袂比並得。有一擺，期末考拄考煞，淑美交代芝菁除了歇熱的宿題本以外，閣愛重寫考卷頂懸毋著的所在。等伊翻頭轉來，煞看著芝菁無寫考卷閣佇遐耍電子雞仔，暴其然風火齊著，箠仔擛咧，共芝菁拖入去房間悽慘仔損。

「媽媽，我毋敢矣啦，我毋敢矣啦！」芝菁那哭那閃一直喝

41　袂交仗得：buē kau-tiōng-tsit，無法託付、做事不夠負責任。
42　嚾群結黨：uang-kûn-kiat-tóng，集群結黨。
43　悟潲：gê-siâu，討厭。

毋敢，佇房間外口的芝蘭對窗仔看入去，媽媽若像起痟仝款箠仔攑咧一直筱小妹。伊衝衝碰碰淺拖仔囊咧就趕緊傱去蘭花園揣阿媽。

「阿媽，你佇佗啦？緊來救小妹，小妹欲予媽媽損死矣啦！」花園是用鉛鉼崁的寮仔，為著保持濕度，四箍圍仔攏用烏網仔咧閘日頭光，闊莽莽的花園，細細漢仔的芝蘭走傷緊，淺拖仔走甲落一跤。

等到馮申翠轉去到厝，芝菁都哭甲感氣矣，手骨佮跤肚攏是紅紅一稜一稜箠仔損過的浮跡。塗跤有幾若坩摔破的八卦紅佮萬年青，以早捌聽明遠講淑美攏佇房間囥八卦紅，伊閣無啥欲相信，這陣看著規塗跤攏是刺夯夯閣無仝形體的八卦紅，馮申翠煞雄雄起畏寒：這个淑美頭殼是咧想啥？

淑美人戇神戇神坐佇眠床墘，一支喙閣佇遐踅踅唸：「損予你死！損予你死！來啊，你來，我就損予你死！」

致覺著淑美失常，馮申翠趕緊敲電話叫救護車載淑美去病院。因為佇歇熱，所擺淑美蹛院的消息無啥人知，佇病院馮申翠罵彼个一日清醒無幾點鐘的囝：「淑美為這个家庭、囡仔付出遐濟，今這馬你若毋好好仔顧這个某，另日仔看你是欲雞公拖帆[44]呢？較振作咧，酒莫閣啉矣啦！」

自 hín[45] 開始，明遠眞正有較少啉矣。嘛是到彼陣伊才知影原來淑美就是有病，才會定定佇厝起無空，毋是揣伊冤就是

---

44 雞公拖帆：ke-kang thua-phâng，原指公雞翅膀落地，此指單親爸爸帶小孩的疲累與辛苦。

45 hín：hit-tsūn（彼陣）的連音，那時候。

和個阿嫂麗瓊相冒。醫生講淑美致的是「躁鬱症」，病若夯起來毋是誠暴躁就是眞沉鬱，上好是莫共刺激，藥仔毋通斷，若是會當控制予病莫發作，猶原會使維持生活功能繼續做工課。

趁淑美蹛院的期間，馮申翠共遐的孫仔講：「志岳、芝茹，恁出去千萬毋通共人講恁阿嬸破病的代誌，若無會害伊無頭路喔，知無？」

志岳想著阿嬸平素時定會剾洗伊成績穤、人閣大箍就嘫嘫[46]無講話，看小妹芝茹一直頕頭，感覺伊有夠無講義氣的，暗暗仔出手去摸芝茹長長的頭毛尾。

馮申翠換共明遠彼兩个查某囝講：「芝蘭、芝菁，恁媽媽雖然蹛院，恁嘛是愛家己調督家己，作業愛寫，補習班阿媽會載恁去，總是毋通予恁媽媽煩惱，予伊安心治療，知無？」

「知！」芝蘭摸小妹芝菁腫歪歪的手，眞捌代誌，潡一个想欲保護小妹的大人款。

馮申翠想無明遠這个囡仔哪會遮歹運，無彩娶著遮優秀的淑美，煞來帶著精神病，kah 若按呢，這兩个查某孫毋知會傳著無？

「袂啦，kah 遐衰！」伊幌頭叫家己免想想遐濟，芝蘭遐優秀，哪會遮拄好去傳著淑美的痟病咧？抑若芝菁伊就毋敢掛保證矣。

「淑美，來，做伙來食飯。」看淑美對房間出來，馮申翠就

46　嘫嘫：hm̍h-hm̍h，悶不作聲，不吭聲。

共招呼。毋過淑美面凊凊，連看嘛無看伊就應講：「我欲轉去阮兜食。」講煞就做伊行出去。馮申翠雖然是規腹肚火，毋過嘛毋敢加講伊。

做大家的予新婦按呢看無[47]，哪會是奢颺規世人的伊會堪得吞忍的。今仔日伊會 bih-tshih[48]，是因爲半年前若毋是伊教明遠替伊去共「代表勇仔」討利息錢，明遠嘛袂去發生車厄。爲著按呢，伊一直感覺對淑美個這口灶眞虧欠，毋但保險的理賠攏予淑美攏，連明遠都倩外勞來厝裡顧，毋敢去勞煩著伊。

明遠是伊上疼的囝，干干仔淑美佮大漢新婦麗瓊袂合，兩个同姒仔佇厝若相拍雞咧逐工冤。拄好西瓜標仔共伊借的王爺債無法度還，規間厝予 tsāu 起來，規氣趁過戶這个機會共手續辦辦咧，予個這口灶搬去外口蹛，較免看伊這兩个新婦佇遐吵甲摔跋反。

「你會使娶著這个某，就愛知影好寶惜。淑美雖然性地無好，毋過嘛共囡仔教甲好勢好勢，無生著查埔的，哪有要緊？」欲搬出去蹛的前一暗，伊刁工共明遠叫過來講。

「阿母，你毋知啦！佈著歹田是望後冬，娶著歹某是一世人呢！」

「Kah[49] 你是咧偌將才？人無棄嫌你，你就愛偷笑矣，閣咧嫌人是歹田？」

「阿母，你毋知啦！以早我做業務，雖罔無趁偌濟，毋過

47　看無：khuànn-bô，看不起。

48　bih-tshih：不再趾高氣昂。

49　kah：反問句的發語詞，那。

總是有佮人 tsih 接交陪的機會。做生理加減仔攏愛應酬，酒是啉寡，毋過朋友嘛交著矣，業績交代會過就好，哪著遐軁鑽[50]的確愛做甲偌大跤？橫直咱兜也無靠我來趁食！」

「Hǹg，你講彼啥物話？有家庭的人哪會使講這種無負責任的話。你莫叫是我飼恁遮飼甲蓋甘願呢，實在是恁兄哥現此時閣佇櫳仔內[51]，干焦靠恁阿嫂一雙手欲趁有夠來飼彼兩个囡仔是誠拚咧！我閣驚淑美會窮分，毋才會予恁食公的、用公的，稅金、電話、囡仔的學費逐項共恁攢便便。若無，予恁一家一業隨人去拚，我敢會毋知通好坐遐曲跤撚喙鬚？」

「是啦，多謝阿母！逐家就是知影阮阿母有才調，毋才我去引頭路攏無人敢倩。今我 tsín 共你鬥管田顧地，抑無放予拋荒，敢毋好？」

本底是欲共點予醒的，誰知影明遠彼支喙就是有才調四兩破千斤，共死的講甲變活。明遠自細漢就巧，國校仔畢業的時閣提校長獎呢，馮申翠個翁是職業軍人，不而過規年迵天攏佇軍艦頂罕得轉來，雖罔攏有寄錢轉來，總是伊一个查某人也著內、也著外，已經無才調去離彼兩个囡仔，規氣共明遠送去台南讀私立學校，無疑悟煞佇遐佮人學食薰、食酒予學校記過。

姑不將共遷轉來庄跤，煞閣因爲偷走學仔予人掠著，伊看毋是勢，叫『老谷』提早辦退伍。閣利用家長委員的身份寄付錢予學校，不散時去校長個兜坐坐咧，見若去拜訪，手信仔、伴

50 軁鑽：nǹg-tsǹg、鑽營、善於變通。

51 櫳仔內：lông-á-lāi，監獄。

手毋捌共人落勾失禮過。

『老谷』做艦長，知影啥物港口有好空的外國貨通買：五塔散、征露丸、Johnnie Walker、雪茄、玻璃絲襪仔、胭脂水粉、會矚目睭的 oo-lín-giooh[52]、肉感的外國姼仔[53]寫眞[54]……逐項物仔，對猶閣咧戒嚴的台灣社會，攏是眞奇巧的『舶來品』。禮一送就幾若年，雖然眞賭強，毋過嘛是予明遠讀甲高職畢業。讀冊毋是明遠的興趣，伊人活骨，做兵轉來甘願欲去揣頭路嘛無愛接個翁仔某花園的工課，伊嘛無勉強。不而過，看伊定定應酬啉甲天天醉，嘛感覺眞毋是款。

『男人在外面闖蕩，難免要嫖賭飲，他都老大不小了，讓他自個兒去扛吧！我們能跟到什麼時候呢？』『老谷』對明遠已經感心的款。

就是管無法，才會予這个囡仔若野馬，一傱就傱去筊間，一栽就栽入去酒甌仔底。馮申翠斟酌共想予眞，明遠會用酒來麻痺家己，毋但是因爲自卑，嘛是因爲個翁仔某無予伊有負責任的機會。

明遠佮個大兄明達攏毋是蓋好囝，尤其是自從明達食毒、賣毒予人撥入去籠仔內了後，淑美就不散時會用話劙洗明遠，對伊這个大家的態度嘛無親像以早遐尊存。

「恁啦，攏恁啦！攏恁遮的姓谷的害我無法度升主任啦！」

52　oo-lín-giooh：日語借詞，原讀「おにんぎょう」（日語漢字「御人形」）；娃娃。

53　姼仔：tshit-á，女朋友、少女、美女；較戲謔的稱呼。

54　寫眞：siá-tsin，日語借詞，原讀「しゃしん」；照片。

這工淑美又閣咧起無空，講就是個規家伙仔攏歹底系，才會害伊讀到研究所畢業，積分嘛有夠，煞見擺若考主任都攏摃龜！

「今年考無著，明年閣較拚的就好矣，話哪著講遐利？」馮申翠無啥歡喜，用真罕得的歹面腔共淑美喝。

「敢毋是？讀軍校嘛愛身家調查，你哪會知阮考主任無咧身家調查？恁兜毋是食毒賣毒的，就是跋筊啉酒的，你閣咧放重利食息仔。彼个毋知見笑的查某閣綴人落胸落胛咧走歌舞團，啥知影伊佇外口有設緣投的無？」毋知是病又閣欲夯起來抑是因爲落第咧毋甘願，考無著主任的淑美煞佇遐生話起事端。

「你共我較差不多咧！講彼啥潲話啊？緊共阿母會失禮！」明遠看淑美遐毋是款，瘖呴[55]袂忍得嗽擋袂牢開喙就共嚷。

「敢毋是？我佗位講毋著？」淑美刺夯夯，愈來愈歹款。

馮申翠氣甲慄慄掣，半句話都講袂出來！因爲知影伊有病所擺逐家攏真吞忍伊，無疑悟煞予伊愈來愈上格，這馬伊毋但蹧躂家己的翁婿，連大伯仔、兄嫂佮伊這个做大家的都蹧躂摻落。馮申翠心肝真艱苦，『老谷』若閣佇咧，淑美敢 kánn 遐聳鬚？想著『老谷』熁斷腦筋也已經三年矣，伊走了後這个家會使予伊倚重的煞賭大漢新婦麗瓊 niâ，伊眞厭氣，規个人無力捽落坐佇膨椅頂。

「結婚進前的生活攏是我會使控制的，自從娶某了後，我

55　瘖呴：he-ku，氣喘病。

煞感覺按怎都無法度掌握家己的人生。阿母，你敢知影我偌痛苦？」明遠捌按呢共講過。

「毋通按呢講，淑美只不過是破病 niâ，盡量食藥仔控制莫予病閣夯起來較要緊，顛倒是你家己愛較長志[56]咧，才袂予人看你無。」

「母仔，你毋知啦，我有夠後悔，當初一箍人偌自由咧，干干仔欲佮人相輸講定著欲娶老師做某。今這馬是伊咧扞我人生的 han-tóo-luh[57]呢！早若知影伊有病，我哪會將幸福交代予伊？」啉酒的明遠親像咧控訴。

「你這馬講這袂赴矣，你是想欲佮伊離緣呢？伊後頭攏無人矣，你是欲叫伊去倚靠啥人？而且你敢有才調牽教彼兩个囡仔？」

哎！頷頸生瘤——拄著矣[58]，無是欲按怎？明遠聽有個老母的話仁，今仔日若毋是淑美，芝蘭佮芝菁嘛毋知會變按怎。以早閣會怨嘆淑美無共伊生著後生，毋過老的都無咧要意矣，伊定定提這項來喝淑美嘛講袂過。總是無論佇學識抑是身份攏比伊懸一級的淑美面頭前，伊做人翁婿的有通提來壓伊落底的嘛干焦賰這項 niâ。

明遠自來就海派，朋友弟兄一大堆，三不五時跋一下仔散筊仔抑無人會管；啉甲忝矣無轉來睏嘛無人會講伊。結婚以前

56　長志：tsiáng-tsì，上進、發奮圖強。

57　han-tóo-luh：日語借詞，原讀「ハンドル」；方向盤。

58　頷頸生瘤——拄著矣：ām-kún senn-liû，tú-tio̍h--ah，歇後語，指無法不面對了。

會使做的，結婚以後淑美攏禁止，三、兩工就冤家，毋是為著錢就是為著明遠啉酒、跋筊。馮申翠毋甘看明遠按呢，規氣提一百萬予伊去佮人做生理。看佇錢的份上，淑美就較袂番，若無，家己的囝尻川有幾枝毛伊敢會毋知？

翁仔某床頭拍、床尾和，兩个翁某玼仔雖然是吵吵鬧鬧，三年嘛是生兩个囡仔。予馮申翠想無的是：明遠的頭殼遐精，哪會字運遐爾穤？第一年投資西瓜拄著風颱，第二年綴人飼雞煞著雞災，幾若个一百萬就按呢來溶無去，落尾馮申翠規氣將過溝彼塊田放予明遠去顧，閣共伊明品：「做雞著筅，做人著反，據在你欲種啥，總是愛家己去反變，無定著會佇這種流擺[59]去拄著好空的。」

看起來平靜無風湧的日子，干焦芝蘭知影佇海底有一港捲螺仔旋[60]，親像『百慕達』的第四度空間，會將經過的船隻攏絞入去伊的腹肚底。這个家庭毋是正常的家庭，爸爸媽媽的婚姻干焦賭一个空殼 niâ，好強的媽媽甘願佮爸爸冷戰，嘛欲維持伊婚姻美滿的假象予外口面的人看。

芝蘭常在會想著媽媽 hőng 關佇保護室的形影。第一擺症頭夯起來[61]的時，救護車將媽媽押去病院，因為情緒暴躁閣會傷人，予醫生關入去保護室。彼陣伊才國小六年，對彼个四四角角的窗仔看入去，媽媽親像掠狂仝款，佇遐踢膨椅、拆眠床

59　流擺：lâu-pái，機會、時機。

60　捲螺仔旋：kńg-lê-á-tsn̄g，此指海底的漩渦。

61　症頭夯起來：tsìng-thâu giâ--khí-lâi，症狀顯現、發作。

枋、擲枕頭……，喙闔一直喝：「我無痟，放我出去！放我出去！」

芝菁驚甲面青恂恂，芝蘭綴佇爸爸的尻川後，目屎含目墘嘛毋敢予津落來。芝蘭真僥疑：到底啥人才是正常人？是啉酒啉甲著酒毒的阿爸？是食毒食甲變賣毒的阿伯？抑是愛錢愛甲不擇手段的阿媽？既然個攏有某種程度的病態，若按呢啥人才是病人？為啥物 hőng 關佇精神病房的卻是伊上自愛、上長志的媽媽？外人欣羨個欲啥有啥，干焦伊知影個這家口仔上散赤，散甲賰「錢」niâ ！阿公走了後，芝蘭感覺阿姆麗瓊才是這間厝唯一的清流，伊想欲代替個媽媽向阿姆賠罪。

高一的時，阿媽聽人講將八卦紅的刺佮皮剾掉，濫蜜园落去絞汁啉，會當穩定病人躁狂的情緒。自按呢阿媽一四界去共人討八卦紅，等爸爸共一稜一稜的尖刺挽起來了後，伊佮小妹就負責洗。

「恁著較細膩咧，毋通予刺鑿著。等咧洗好先囥邊仔，我菜煮好才來剾皮絞汁予恁提予媽媽啉。」麗瓊共個兩姊妹仔交代。聽著麗瓊按呢講予芝蘭足感心，伊足想欲問麗瓊：「阿姆，阮媽媽按呢對待你，你閣對伊遐爾好，你敢袂怯恨？」毋過，落尾猶是將遮的話囥佇心肝底。

「阿姊，你敢有感覺媽媽足成八卦紅？」芝菁問芝蘭。

「為啥物？」芝蘭想欲知影小妹的看法。

「你共看，八卦紅外表雖然有刺，毋過伊的內心真柔軟，媽媽平常時攏歹衝衝，除了是因為病以外，敢會是伊嘛想欲保護家己才會按呢刺夯夯？」

「芝菁，你會曉按呢想，表示你已經大漢矣。其實，聽講佇造物之初，八卦紅軟弱甲親像水，小可仔磕咧就會死去。神不忍心，佇伊的心頂懸崁一領冇甲若鐵的戰甲，頂面閣有會傷人的刺。對這个時陣開始，就無人看過八卦紅的心矣，便若有人倚近就會予伊鑿甲流血流滴。足久以後，有一个武士想欲消除八卦紅，劍才㨑落，煞對內底流青色的汁出來。原來，彼就是被封存的八卦紅之心，因爲無人了解伊的孤獨，伊只好化做滴滴珠淚。」

「眞的喔，莫怪媽媽遐爾愛種八卦紅。」芝菁用崇拜的眼神看芝蘭。

「其實，精神病患者佇這个社會就親像生佇沙漠的八卦紅遐爾仔辛苦，個用堅強的外表來捍衛彼粒脆弱的心。媽媽的個性『外剛內柔』就親像八卦紅，爲著欲保護咱，伊著愛堅強袂使哭！哭，代表輸！所以咱嘛袂使佇別人的面頭前哭，知無？」

「嗯，我知。」芝菁決定欲親像姊姊遐爾堅強，毋但保護媽媽，嘛愛保護家己。

防小人，大漢了後，芝蘭總算了解媽媽愛種八卦紅這種行爲背後的意義。八卦紅的花語是「孤獨、堅強」，媽媽因爲身世痎[62]，才會遐爾堅強；驚伊無簡單才建立起來的城堡予人破壞，毋才會用刺共家己武裝起來。

---

62 痎：khiap，不好、壞；此指身世可憐、貧窮困苦。

考大學的時伊將醫學院囥佇伊的第一志願，伊想欲做一个精神科醫生，想欲知影伊會使按怎幫助媽媽。伊嘛鼓勵芝菁：「妹仔，你愛較認眞咧，另日仔讀護專，畢業了後咱做伙照顧媽媽。」伊無愛予人知影伊的媽媽是精神病患者，所以平常時佮芝菁就負責盯媽媽食藥仔，醫生佮護士教的衛教常識，伊隨項仔隨項攏記甲眞頂眞。趁讀醫科的機會，伊嘛會請教教授有關躁鬱症的種種。

「躁鬱症正式的醫學名稱是『雙極性情感型精神病』……」教授看芝蘭眞認眞咧聽就繼續講：「會講『雙極』是因爲伊會佇躁狂佮鬱心這兩个精神狀態咧轉踅，佮鬱心症彼種單極的狀態無仝，所以躁鬱症咧治療的時會比鬱心症閣較費氣。」

「若按呢這兩種無仝表現的精神病用藥敢有相仝？個發病的特徵是……？」芝蘭苦袂得家己會使早一日幫助個媽媽，脫離病疼的折磨。

「佇躁症的時，病人會感覺充滿活力，認爲家己能力眞強，變甲足愛講話，而且嘛較會佮人發生口角。因爲腦神經傳導物質各樣，個的思考嘛會扭曲偏離事實，親像叫是家己會飛，所以眞正對窗仔跳出去。另外會過頭慷慨、烏白開錢，這攏是躁症夯起來的時上好認的特徵。抑若佇鬱心的時表現出來的行爲就較成『憂鬱症』，除了會失眠、失神、動作死趖無活力以外，閣會感覺對生活絕望，所以往往會想欲用死來解脫。」

「也就是講這種病人比較較容易自殺囉？」

「無毋著。毋過若是耐心治療，這種病嘛毋是袂當控制的啦。」

知影愈濟，對早前媽媽愛買衫、愛開錢、愛發性地的行爲就愈諒解。伊知影小妹較戇直又閣掛心媽媽毋知有照起工食藥仔無？所擺讀大學了後便若歇假就會轉來，知影逐家攏平安，伊會較放心。

升大三了後課業加眞重，佇醫學院逐个攏是一粒一的學生，伊感覺功課漸漸綴人袂著，愛補考的學門嘛愈來愈濟。到這陣伊才知影家己並毋是天才，伊愈著急就愈餒志，因爲功課的壓力予伊變甲暗時睏袂去，日時食袂落，而且閣會那讀冊那掣頭毛。予伊閣較煩惱的是：等成績單仔若寄轉去厝予媽媽看著，伊就知苦！

這工歇假芝蘭心情無好，騎跤踏車去花園揣阿媽，拄好看著麗瓊佇遐鬥剪枝花。伊先開喙相借問：「阿姆，你咧無閒哦？阿媽敢有佇遮？」

「芝蘭，你轉來矣喔？阿媽佇後壁的款。」麗瓊佇T恤的外口繏一領圍軀裙，長長的頭毛凊彩摠起來用鋏仔鋏咧。

「阿姆，我……」芝蘭吞吞吐吐，欲講若毋講的形。

「你按怎？有啥物代誌是無？恁媽媽敢有好勢好勢？」

「阿姆，我是欲代替阮媽媽共你會失禮啦！你知影伊就是破病毋才會烏白講話，以早若有得失著你，你一定莫和伊計較，好無？」芝蘭那講那行禮。

看芝蘭遐認眞，麗瓊笑笑仔講：「你這个囡仔哪會遮捌想。袂啦，我袂佮恁媽媽受氣啦！代誌都過去矣，以早是毋知影伊破病毋才會和伊氣惱，這馬知影伊嘛是姑不將的，咱就愛較吞忍咧。」

「你眞正袂和伊計較？」芝蘭想袂曉這个阿姆哪會遐有肚量，自伊十幾歲仔的時阿伯就 hőng 掠去關，志岳佪攏是阿姆伊一个人咧管教。

「欲按怎講？以早無了解是會氣啦，毋過咱這陣都知影伊是因爲破病才會按呢，對佪這種人自然會較諒情啦。」

「多謝阿姆，芝茹佪有夠幸福，有你遮爾開明的媽媽。」

「莫按呢講，恁媽媽讀到研究所毋才有勢。阿姆干焦國中畢業 niâ，頭路遐歹揣，姑不將去蹛歌舞團綴人走鬧熱攤。毋管按怎日子攏是愛過，你莫想想遐濟。聽講恁爸爸這季的弓蕉收成袂穤乎？按呢就較免予阿媽操煩。」

「是啊，爸爸若肯做，嘛毋是無反身的機會啦。啊，阿媽佇遐……」這个時陣，看馮申翠對花園後尾行過來，芝蘭看著就辭別麗瓊。

「是啦！我討厭你啦！誰叫你比我較媠！誰叫你生著查埔的！誰叫你身材比我較好？我怨妒你啦！怨妒你有後頭，怨妒你得人疼啦！」麗瓊想著淑美以早定定烏白花，向時毋知伊有病，閣會和伊相詈，這馬伊知影彼攏是因爲淑美頭殼袚袚的關係，伊精精的人袂遐淺想閣去和淑美計較。

「冤，宜解，不宜結。」麗瓊的耳空邊蓋成有聽著師父的叮嚀。予麗瓊閣較想袂到的是：彼擺嘛是芝蘭在生上尾一擺佮伊講話。

「世間事，有因就有果。種善因，得善果；累世因，累世報。生、老、病、死本是人生的過程，錢財是外來物，積德毋才會有福報。」慈明寺法尊師父慈眉善目，佇共修的時共麗瓊開示。

麗瓊想著猶閣佇櫳仔內的翁婿、熻斷腦筋的大官、吊脰自殺的芝蘭、帶精神病的小嬸佮因爲車禍煞變植物人的小叔。個大家雖然有錢毋過無咧信果報，檢采是放重利歹積德，予個兜這幾年來災厄不斷，若講這是業報，伊希望歹運會使到遮就好。

雖罔經文的意思毋是遐好理解，毋過伊嘛是誠心懺悔，綴師父個誦唸《水懺》：「……佛言衆生垢重，何人無罪？何者無愆？……盛年放逸，以自憍倨[63]，貪一切財寶、貪一切歌樂、貪一切女色，心生貪戀，意起煩惱。親近非聖，媟狎[64]惡友，不知懺悔，或殺害一切衆生，或飲酒昏迷，無智慧心，今日披誠一一懺悔……。」

作者簡介

林美麗，1965年出世佇屏東，捌蹛過工場，也捌佇菜市仔賣果子。2003年成做台語老師了後，才開始創作台語文學。捌得著府城文學獎、教育部母語文學創作獎、台南文學獎、阿却賞台語文學獎等獎項。2011年提著成功大學台灣文學的碩士學位，2016年出版台語小說集《八卦紅之心》，2019年出版台語散文集《石頭縫的幸運草》；現此時是中小學的母語教師。

63　憍倨：kiau-kù，態度傲慢。

64　媟狎：siat-ha̍p，放蕩無禮。

地獄谷

王羅蜜多（Ông-lô-bi̍t-to）

2019台南文學獎台語小說獎首獎作品

3月未曾[1]到，北投的櫻花已經搋[2]芳水使目箭[3]，攬樹椏搖搖扭扭。這个早前平埔族北投社的所在，地號名竟然來自巴賽語：Ki-pataw，巫女的意思。

北投因爲溫泉出名。自從1896年日本人平田源吾設頭一間溫泉旅館「天狗庵」，溫泉就相紲開發，遊客也聽風聲一群一群逐過來。起先，是純粹解敨鬱勞、療治肉體心神的所在，落尾民風變化，煞一間一間酒家上場，na-khah-sih[4]、喝拳，你兄我弟、燒酒查某，春湧拍規暝。無偌久，溫泉鄉變溫柔窟，抑是供體[5]做英雄塚。

1979年市長李登輝硬起來，宣佈廢娼，誓言消滅這个色情巢窟，一時趁食查某四散飛去。毋過北投的地下酒家，親像厲害的特種生物，靠保護色，連鞭化做旅館形體生存落來。個

1　未曾：buē-tsîng，尚未、還沒。
2　搋：hiù，少量而快速地灑。
3　使目箭：sái-ba̍k-tsìnn，用目光暗示、擠眉弄眼。
4　na-khah-sih：日語借詞，原讀「ながし」（日語漢字「流し」），源自日本的一種賣唱文化，一般寫作「那卡西」。
5　供體：king-thé，譬喻、諷喻。

成群結黨，快速佇 pataw 古老的地下地上建立 24 小時活動通道。

1988 年的元宵節拄過，過晝仔就有一台全新的遊覽車沓沓仔駛起來。天天樂大旅舍窮實無大，佇趨崎的小路內爿，用行的，愛跖兩攏十外坎的石梯。這是北投的光明街，彎彎曲曲的巷道欲爭取的毋是前途光明，而是多金英雄的光臨。

除了挾 (giáp) 佇中山路佮光明街斜角彼个公園，附近樹木無濟。壁角有幾欉野花開甲妖嬌美麗，搭近水溝的幾欉榕仔，㽎[6]佇內底的一欉牛樟，攏鋸甲歪膏揤斜[7]，樹葉仔凋蔫袂精采。平時人客佇暗頭仔過七點就一黨一黨來，開烏頭車的，坐 tha-khú-sih[8]的，有一寡落車就硞硞顛，可能佇別跡啉過矣。像這台 bá-suh[9]的人客，下晡兩點外就光臨，而且一黨三十外人，眞是罕見。

這台「金毛虎」大 bá-suh 駛去天天樂旅舍後門停車，兩个服務生衝出來揹行李，一个媽媽桑形體頭鬃咖啡紅像膨鼠的大箍查某，喝咻指揮兼案內[10]。佮大箍查某的大嚨喉空形成對比，人客個個恬靜神祕揜揜揜揜[11]，對後門軁[12]入旅舍。

6　㽎：kheh，擁擠。
7　歪膏揤斜：uai-ko-tshih-tshuảh，歪七扭八、凌亂不堪。
8　thah-khú-sih：日語借詞，原讀「タクシー」；計程車。
9　bá-suh：日語借詞，原讀「バス」；巴士。
10　案內：àn-nāi，日語借詞，原讀「あんない」；招待、引導。
11　掩掩揜揜：ng-ng-iap-iap，遮遮掩掩、偷偷摸摸。
12　軁：nǹg，穿、鑽。

二樓有 16 間房，其中 15 間攏蹛兩人。有一个體格武腯[13]面帶殺氣，看起來是炁頭的人。伊巡視每間房，包括窗門內外、床鋪頂下，確定人員攏到齊，閣巡視通道、安全門，最後，交代櫃台一个檳榔喙紅絳絳，胸坎旋一尾龍的少年仔，愛顧好樓梯頭，注意生份人。交代煞，孤一个蹛入去最後一間。

15 間房內底，較特殊的是倚近走廊中央正爿邊彼間。蹛入去的是一个燒酒面 bì-lù[14] 肚的歐吉桑，佮一个緣投的白面書生。

「簡議員，咱佇遮愛蹛幾若工，所在無貞四序，請忍耐一下。拜託！」

Bì-lù 肚的歐吉桑就是簡議員，規面僫 tū-tū，誠袂爽的款。伊下頦肥 tsut-tsut，目睭足細蕊，喙翹翹閣敢若大豬公。

初春的光明路、溫泉路、中山路一帶，雖是溫泉區，住戶和外客敕著的空氣，是粉粉的漚芳，挨來挅去的 bì-lù 波，加上一寡臭臊的精蟲味。

這个白面書生，是杜議員的祕書，有名的T大政治研究所碩士生，24 歲。伊論文題目是：「1980 年代台灣地方選舉的研究——以縣市議會選舉爲模型」。舊年初透過親情紹介，來杜議員服務處上班，熟似的叫伊阿良，生疏的會稱呼「沈祕書」。

阿良講話溫馴面腔古意款，無成插政治的。阿爸是國小教

13　武腯：bú-tún，體型矮壯。

14　bì-lù：日語借詞，原讀「ビール」；啤酒。

員，阿公漢文誠飽，自細漢教伊古早詩文，幌頭讀冊，算是書香世家。揣著好職位，閣兼會當做論文的田野調查，眞正幸運。另外，趁機會調整閉思的個性，學做公關嘛袂穤。伊拍拚學習一年，講話行踏已經進步誠濟。這擺來北投有任務在身，事事愛謹愼，也著隨時做田野調查紀錄，佮較早的郊遊大不相同。

會記得大學時，幾若擺招死黨來「泡湯」，彎彎斡斡的溫泉路，一窟俗價的湯池，是四常去的所在。尤其佇期尾考三暝日的連紲拚鬥了後，共規身軀浸入去，親像上天堂，無限心爽。

順溫泉路，半途佮中山路挾一个茫煙散霧的塌窟仔，號做地熱谷。因爲規年迵天硫磺煙霧，半暝風冷蟲唧誠淒微，逐家就改叫「地獄谷」。聽講內底的石頭有含放射性元素「鐳」，專家號做「北投石」，是世界上獨一號台灣地名的礦石。

阿良班上郊遊來過地獄谷。遊耍、烘肉、煮溫泉卵，同學耍甲歡喜消暢當中，煞來發生意外。彼陣有幾若个同學耍甲走相逐，頭前的方同學竟然跳去水窟邊，雙跤陷入燒燙燙的爛塗糜拔袂出來，等逐家共伊摸上岸邊，已經熟一半。記持內底，方同學到畢業猶閣托枴仔行路。

這擺來遮，溫泉離誠近也誠遠，因爲任務重大無單純。D縣的正副議長選舉，閣三工就欲拚輸贏矣！

D縣的議員共49席，有兩組人競爭。阿良的主公杜議員掌握27票，加上本身佮配合選副議長的，合計29票。猶閣袂放心，透早上北時，騙兼嚇共簡議員押上車，閣加一票。

30票，是絕對過關的，毋過熟鴨都可能飛走，何況活鴨。下料了後，定著愛顧踮籠仔內，才袂予人偷去，這是選舉經驗。

所以就租一台 bá-suh，肉票加候選人、祕書、保鑣三十外人，拍殕仔光就出發。議員上車 BB.Call 交出來，投票前不准對外連繫，這是加入這个陣營的規矩。一手劍、一手古蘭經，拚議長時常用的步數。

旅舍內底，三个女議員佮杜議員夫人蹛樓跤，男議員攏蹛樓頂。其中簡議員特別安排參阿良仝房。因爲伊本是對手的票，開兩倍價數才誘拐過來。可是加倍的部份猶未兌現，所以簡議員的面色早起烏陰到這陣。煩惱伊無穩，就掛責任予阿良，安搭[15]兼監視。

簡議員本業廚子，生理袂穤，佮下階層選民誠合，農民票上濟，連任三屆攏吊車尾當選。伊人矮肥，面色紅牙，上愛的休閒活動是揣查某佇眠床頂辦事。所以有人會無張持叫出「姦議員」！伊毋但袂受氣，閣笑微微回禮，可能是將這个外號當做性能力強大的褒嗦[16]，「姦議員」是榮譽啊！

清純的阿良，對簡議員無一絲仔藐視，而且將圓輾輾笑微微的面腔，看做彌勒佛。想著伊連任三屆的實力，甚至會對心肝底浮出尊敬的感覺。

欲暗仔樓跤用餐後，所有的人攏回房。上樓梯時陣有人詬詬唸[17]：誠無聊，無揣一寡消遣，強欲起痟矣！莊議員聽著耳

15　安搭：an-tah，安頓、安撫。

16　褒嗦：po-so，恭維；用正面、肯定的言語對別人稱讚、誇獎。

17　詬詬唸：kāu-kāu-liām，嘮嘮叨叨、囉囉嗦嗦；一直重複嘮叨不停，說來說去都是說一樣的話。

風，就隨共伊房間的床鋪挔一爿，撨[18]出空間排一塊四角桌，頓胸坎自動講欲扞[19]內場予逐家耍甲歡喜。眾議員收著的「料」猶櫼[20]甲橐袋仔膨獅獅，無地透氣，規群做一下陷倚來。

規暝，這間房薰味嗾[21]鼻茫煙散霧，勝過地獄谷，檳榔是改良的北投化石，一粒一粒擲入鐵齒的筊徒喙裡，哺兩三下，竟然也嘔出硫磺水來，這款的溫泉鄉！

無偌久，幾若个議員胸前原本膨膨的橐袋仔變平坦坦，甚至有一屑仔凹落，面色青恂轉去房間。雖然有幾个仔手氣足順，一面贏一面喝咻，落尾嘛是像皮球消風，擳擳[22]顛顛輾轉去。

早起八點外，規間旅舍恬 tsih-tsih，除了阿良、顧門的少年仔，閣有一个睏袂去的曾議員，佇通道中間踅來踅去。

九點左右，通道尾的安全門無聲無說，小可仔開一縫。

曾議員誠巧合，拄好行倚近門邊，伸手接著一張紙條仔。

阿良昨暝無加入賭局，倚佇櫃台邊目睭金金直直綴曾議員的跤步移徙。2.0 的眼力，清楚看著接紙條的動作，就共顧櫃台的少年挔一下。盹龜[23]的少年仔雄雄精神知影有狀況，馬上對櫃台跤提出手銃，開安全門逐出去。

紲落，穿中山裝身軀武腯的杜議員行出來，幾若个人綴伊入去曾議員房間搜查，毋過紙條仔早就沖入馬桶。無偌久少年

18　撨：tshiâu，挪移調整。
19　扞：huānn，主持、掌管。
20　櫼：tsinn，塞、擠。
21　嗾：tsa̍k，嗆到、岔到；被液體或氣體嗆到或咳嗽。
22　擳：hián，搖晃。
23　盹龜：tuh-ku，打瞌睡、打盹。

仔也轉來報告，無逐著人。

「阿良，你是陷眠喔？敢會看毋著？」杜議員烏闇粗的劍眉結結，掠阿良金金相。

曾議員面青青反白睚[24]，無辜起憤怒的款勢。

阿良大氣吐袂離，咒誓絕對無看毋著。杜議員拍伊的肩胛頭，擛一下闊闊厚的手捗[25]，意思莫閣講矣！

杜議員四十出頭，第二擺當選就宣佈拚議長。高長大漢，面腔刑威，談判起先恬恬，但是佇關鍵時刻會雄雄起歹、反桌，甚至對中山裝掩崁的腰帶拔銃出來。D縣政治人物三教九流，氣勢有法度壓過伊的無濟。十外年前伊浪子回鄉當選代表，想欲直升主席，就是展猛虎的刑威驚倒對手，致使仝額競選。

伊昨昏家己出去泡溫泉，拍炮消散壓力，九點外轉來睏，十一點予突發事件叫醒。曾議員的紙條事件，窮實心裡有數，但是認為大勢既定，有30票搦[26]佇掌中心，毋免傷掛慮。隨後就交代保鑣特別注意。

過晝仔三、四點，眾議員起床了，個個唉唉呻呻[27]。窮實是橐袋仔空空，腹肚內厚火氣。「像坐監呢，無意無思啦！」個佇通道中間踷[28]淺拖仔踅玲瑯。

24 反白睚：píng-pe̍h-kâinn，翻白眼。

25 手捗：tshiú-pôo，手掌、手模。

26 搦：lia̍k，掌握、握有。

27 唉呻：ai-tshan，呻吟。

28 踷：tshê，雙腳或過長的衣物在地上摩擦。

「議長，閣無處理恐驚會暴動矣！」準副座緊急共準議長提醒。

「佪娘咧，齣頭有夠濟！」杜議員兩枝劍眉束做一枝，不過考慮安全，毋敢予大批應召女入來，就順龍議員的意見。「好啦，下暗安排夜來鄉，予逐家爽一下！」

無偌久，大 bá-suh 駛近後門，除了幾个女議員另有節目，其他男議員佇監視下攏總上車。佪來到離百外公尺，中山路的巷仔底。

夜來鄉雖然號做旅館，並毋是予人安靜歇睏的所在。近五十公尺內就感應著音樂、喝拳、攪鬧絞滾的力頭，敢若共窗仔摒出一逝一逝的空縫，酒臭、薰味就對遮薰 pòng-pòng 溢出來。

地下酒家設佇二樓，佪分三个房間開桌，樓梯口攏徛保鑣。

遮出菜緊速，全是一寡固定的酒家菜。譬如王梨蝦球加「美乃滋」、墨西哥原味鮑魚、糒油芳酥八塊雞，閣有出名的火鍋料理鱙魚螺肉蒜。規桌料理，bì-lù 無限供應，下暗欲予眾議員啉甲爽。

阿良和簡議員、準議長杜議員仝一間，敬過幾輪回，一个瘦抽的中年查埔人揀電子琴入來，親像艛過滿坑谷的薰霧，靠山壁安頓演奏位置。

杜議員先開市唱一首「歌聲戀情」，身軀弓來弓去，像虎仔的姿勢。逐家伸手佇空中拍節奏，一堆手撈掰開薰霧，袂輸是跋落水等待解救的情景。

連紲幾若首歌，衆議員原在鬱悶不樂，啉袂落。

「哎哎，食這種糲雞無滋無味，猶是骱邊[29]雞較好啦！」

「喲喲，這鮑魚歹吃啦，芳水鮑魚較迷人……。」

十喙九尻川剾洗[30]暗示，杜議員聽知影，就叫媽媽桑入來，佇耳空邊喠呲幾句話。

無偌久，一群美人魚搖尾溜芳絳絳泅入來，妖嬌的、清純的、躼跤的、肥軟的、長鬃被肩的、金黃虯毛的……，一下仔規房間肉體相映，粉味酒味濫做伙。個用懸椅頭仔櫼入去肩胛並肩胛的查埔人的空縫，肉芳毛香，鶯燕叫春的聲快速湠開。

個開酒、倒酒、勸酒、司奶[31]，熟手慣練。閣誠自然共手园佇人客大腿間、胸坎頂，挲捋[32]嬉弄強欲著起來的慾火。

其中有一个躼跤小姐，肉材白雪雪幼 mī-mī，面模仔非常甘甜，親像紅歌星白小莉。包括簡議員在內的幾个議員攏掠伊金金相，眼神一直佇伊的喙脣、頷頸、胸前捽來捽去。

「後面有誠濟房間呢！」對隔壁過來的準副議長龍議員開門探頭喝聲，閣轉去第三間矣。

龍議員拄關門，一个規面皺皮氣色無好的議員伯著猴神，跳起來，像絞螺仔風共白小莉捲出去。其他一寡袂赴反應的色君子，表情刺鑿帶哀怨。不過一觸久仔，也攏相著佮意的，一

29　骱邊：kái-pinn，鼠蹊部。

30　剾洗：khau-sé，諷刺、挖苦人家。

31　司奶：sai-nai，撒嬌；恣意做出嬌態以博得對方的寵愛。

32　挲捋：so-luah，來回撫摸。

對一對往復炮間食飯房。回轉來坐位，小姐會摸一下裙角，查埔人就掰頭毛激紳士款。上得意的是食著白小莉的議員伯，坐落就大聲品起來：「喲呼！有夠讚哩，躿跤膣較好雞肉絲！」白小莉翹喙用指頭鋏仔對大腿大力絞落去。

坐佇阿良正爿的小姐，長頭毛被肩瓜子面，雖然無足媠卻是有成熟的風韻，鼻起來就像檨仔拄好飽水的芳甜。看阿良少年緣投古意閉思，就一手攬伊的腰，一手深入伊的骹邊嬉弄。

阿良大學時代捌交一个女朋友，幾個月就散去。雖然有機緣入來政治箍仔內，毋過拄『下海』無久，總感覺堂堂T大畢業生，是親友心目中知書捌禮的好青年，該保持形象才著。但隨著一杯一杯燒酒落喉發散，慾火終於著起來，愈燒愈炎。

參眾議員情況無仝，阿良是予小姐摸去後爿房間的。佇理智佮慾望拔索中間，酒精不知不覺共禮教溶掉，這款事就變半挨推矣！

小姐輕猛褪掉薄綿絲的袹仔[33]，紲落拆解阿良的內衫褲。伊自我介紹：安娜，門關起來就隨在你按怎 (án-ná) 的安娜。

「你是在室的喔？」安娜看伊動作鈍鈍驚驚，臆是初次，心內暗暗仔歡喜。

「Mh，mh……」阿良紲愣愣 (gāng-gāng) 毋知欲按怎，像䟴[34]佇茫霧中，無清楚遮是伊甸園抑地獄谷。

33　袹仔：kah-á，背心；無袖無領的上衣。
34　䟴：thenn，身體半躺臥。

安娜看著在室男，雄雄變身野性的母狼，捽出頭殼頂的狼毫，全身光溜溜騎上阿良的頷頸。

「體驗一下，人無風流枉少年啊！」講煞閣像枝椏上的花眉仔[35]，開始司奶叫，想欲叫出一个春天的花園。

強欲袂喘氣的阿良，佇迷霧中敢若遇著一片烏樹林，ōm-sàh-sàh，卻有神祕的吸引力。

突然，一群粗勇的鐵甲蛄[36]從出來，裝甲部隊啊！個身軀扁翱[37]、八肢跤，拄看掠準是毛蟹仔。

安娜的尻川頭開始搖起來，「來啊，唛我……」

阿良予地動掣一趒，眼神楞楞對鐵甲蛄的樹林撤退出來。

佇戇神、翕熱、酒氣、精氣透濫的暗房中，阿良終於被奪去初夜，清純的堅持規个崩盤。有一點仔後悔，一點仔滿足。做兵的時陣，有一擺人招欲去八三一開查某，伊嚴詞拒絕。隊友供體講：「莫假聖人啦！」今暝的解放浪蕩，來得突然閣莫名其妙。

第三工暗時，一直翹豬公喙的簡議員總算擋袂牢，開始噴火。

「我的加成咧？五成呢！閣毋提來欲閬港[38]矣！」

伊前日一袋銀兩輸了了，昨暝閣無搶著幼 mī-mī 的雞肉絲

35　花眉仔：hue-bî-á，畫眉鳥。

36　鐵甲蛄：thih-kah-koo，鐵甲蟲。

37　扁翱：pínn-kō，緊貼。

38　閬港：làng-káng，開溜、逃離現場。

白小莉，心情忝壽袂爽，暗頓進前就一直硞硞唸，佇阿良邊仔蹁踐底踅無停。

「閣大發燒矣！」阿良走去報告杜議員。

「駛個老母咧，是起鵤較有影！」杜議員就提三十萬交阿良：「這算補償啦，伊若欲去佗位樂，愛綴牢牢，而且天光進前一定愛轉來。」

這个任務誠重大，尤其落佇一个昨暝才開朦的古意青年身上。

按呢無欲參加晚宴矣，簡議員歡頭喜面，豬仔搶槽，仝款共阿良幔咧向外口衝。直行了後，正斡倒斡閣經過一个海豬仔踅[39]，來到蝶仙旅舍，這是離光明路三條街外的另一个銷金窟。

粉紅的走馬燈色水豐滿，垂落路面，向崎跤流洩。老水雞倒翻箍，簡議員遠遠就敕著粉味，暢甲掠袂牢。

「兩位帥哥！來來，歡迎歡迎！」

一个紅胭脂柳葉眉的女經理迎面行來。

簡議員笑 hai-hai 喙開開，暴出生銑[40]的薰酒檳榔齒。伊穿殕藍色西裝，倒爿胸坎佮褲底攏膨獅獅。

「點幾个小姐？」

簡議員猶原笑 hai-hai，伊先摸膨膨的褲底，閣掀開西裝倒爿，挲過彼摺大約三十萬的銀票，抽弄幾若擺，刁工捅一屑仔。

39　海豬仔踅：hái-ti-á-se̍h，像海豚表演般的大迴旋。

40　生銑：senn-sian，生鏽。

「哎喲！」經理目睭利，緊走入去通報。瞬間十外个腰束奶噗的紅粉兵團從出來，將簡議員和阿良箍牢牢，面貼胸坎規籠揀入去房間。

坐定著，簡議員再次掀開西裝，予大鈔小可捅頭。全部的鶯鶯燕燕、貓貓狸狸馬上貼身隨身服侍。阿良這爿，一个都無。

「這位帥哥哥，欲按怎稱呼呢？」司奶氣誠重的紅毛小姐，用紅指甲尖揬簡議員的胸坎，差一點仔就揬著彼只大鈔。

「呵呵呵，姦，我姓姦，叫姦哥哥就有錢通提啦！」

按呢一个一个攏來叫姦哥哥矣，一時姦聲不絕，銀票也一張一張發出去。

阿良孤一个坐桌角，家己倒酒啉，小姐攏去服務姦議員矣。伊突然感覺好笑，人用錢買伊的票，伊閣用賣票錢來買小姐的虛情假意，這个世界真正荒譀無譜。這時陣，原本對簡議員的幾分敬意，不自覺動搖，開始看袂起。

但是姦議員一絲仔都無感覺譀，一杯接一杯，一矸又一矸，啉甲茫痴痴，倒抱正攬，像做皇帝！

不而過，佇燒酒肉體中間，姦議員有當時仔會雄雄想著，現出和藹親切的一面。伊突然發覺阿良孤一个啉酒，就揀開酒女移徙過來，幔阿良尻脊骿，閣慣勢摸一下膨膨的褲底，連乾幾杯 bì-lù，講寡安慰的細聲話，也搭心聽這个少年人吐露苦悶。兩人就像老酒伴，哩哩囉囉[41]牽誠久。不過，姦議員總是美色較重要，喙嘻嘻，閣徙轉去伊的溫柔鄉矣。

41　哩哩囉囉：li-li-lo-lo，語言不清楚。

「溫柔鄉是英雄塚啊，今仔日就將我葬踮遮好啦！哈哈哈……」姦議員爽袂退，一下仔參小姐乾杯，一下仔哈哈大笑。

一直到半暝兩點，店欲歇睏矣，姦議員猶回袂轉簡議員的身份。阿良已經茫茫，毋過想著杜議員的交代，要緊起身催促。

「欲轉矣，好啦好啦，按呢所有的小姐攏悉轉去！」姦議員哩哩硞硞大細聲喝，幾若个小姐攬伊撐伊肥軟的腰幼骨的手股[42]。

「袂使袂使，欲悉一个就好啦！」阿良幫伊共褪一半的西裝摸予好。

「悉一个？按呢，悉經理轉去。經理，愈弓愈裂，哈哈……」

「經理袂使得。來來……聽講你台北有一个搭頭[43]，緊拍電話叫伊坐計程車來……」

下暗簡議員佮伊的搭頭阿枝仔仝房，阿良只好揣籠椅睏櫃台邊。想袂到睏無二十分鐘，房間忽然傳出嗯嗯啊啊奇怪的哀呻聲，阿良佮幾若个議員攏予吵精神。

「姦伊娘，這个豬哥是變啥物把戲？發生命案啦？」

逐家姦聲連連，一直到點外鐘才沓沓仔恬靜落來，閣回房睏。

隔工，天未光阿枝仔就離開矣。過晝簡議員精神挼[44]蹔蜍

42　手股：tshiú-kóo，上臂。
43　搭頭：tah-thâu，老相好。
44　挼：juê，揉。

目[45]，看阿枝仔無佇咧，就誠正經坐踮眠床邊，回復簡議員身份矣。

阿良好奇問昨暝發生啥物代誌。

「呵呵，獨門工夫呀！」簡議員講著這馬上精氣神活靈靈，「來來，教你一種撇步，逐个查某攏會歡喜。」

伊提出一條紅色的樹奶箍仔，拍三个耳結，閣隨个仔鉸開。

「這免費方便，比羊眼圈較好用！毋信試看覓就知！」

阿良初出社會的古意人，聽甲目睭展大蕊兼吐舌。

簡議員紲落誇口入珠的代誌。平常人攏三至五粒，但爲著做「超級猛男」，伊一擺九粒，號做九龍珠。閣講，有九龍珠的查埔人，行東西抛南北，查某鼻著味綴規陣毋肯離開。眞正膨風仙！

窮實關於入珠，阿良捌聽幾个仔議員話仙，講簡議員幾年前入珠手術矣。因爲逐工茫茫然，無共寶貝按摩，囥甲發炎變形猶毋知。幾禮拜後，議員娘喝欲試車，拍開車門煞發現一粒腫歪歪的皮球，哭甲目屎四淋垂，逐工起落樓梯躄跤步，表示抗議。簡議員落尾共鋼珠提出來，改用樹奶箍仔，算是家己研發的臭賤步數。

阿良雄雄想著碩士論文的研究，這敢是其中一部份？

「1980 年代台灣地方選舉的研究——以縣市議會選舉爲模

45 蠻蜍目：tsiunn-tsî-ba̍k，如蟾蜍一般腫脹的眼皮。

型」，佇文獻討論彼章，地方政治相關學理、縣市議員選舉制度沿革、縣市議員選舉辦理情形，已經收集分析，寫三四十頁。毋過，實際體驗中間，發覺佮學理有誠濟衝突的所在。民意、柱仔跤、投票意願的產生佮變化，相關因素誠複雜。尤其像正副議長這種間接性的選舉，有一寡譀古的過程是普通人想袂到的。議員的外表佮實際，金權佮私生活的腐敗，可能比研究選舉制度較有意思。

不如來調整方向，縮小範圍針對脫線的選舉行為佮心理做研究。方法也必須愛共量化改做質性研究。不而過，按呢完成論文的時間可能愛閣延落去。因為上班的事務無閒，進度已經有較慢矣，如果繼續量化研究，議員的問卷調查，議會相關資料收集攏誠方便，會較緊提著學位。想著這，阿良煞躊躇袂定。

第三工矣。規車的議員敢若部隊移防，佇烏暗暝的掩護下離開北投光明街。車頂有人講著舊年解除戒嚴，來往兩岸交流真方便，會使組砲兵團反攻大陸。

「砲兵團，按呢愛推選簡議員做團長囉！」提議的議員笑甲誠曖昧，不過隨有議員表示擔憂。

「聽講佇大陸開查某掠著，額頭佮護照會刺兩字『淫蟲』呢，按呢規團就變成淫蟲部隊矣！」講煞，逐家笑甲歪腰。

Bá-suh 開佇省道上，有時斡入小路閣軁出來，掩掩揜揜，親像通緝犯的車刁故意避開大路。

佇 bá-suh 頭前一台烏色賓士，車頂坐杜議員，閣有法律顧問、保鑣各一名。後爿是白色 BMW 轎車，車上坐龍議員、阿良、保鑣，後斗藏一枝衝鋒銃，銃頂覆[46]一隻軍用狗，眞是押鏢的陣容！聽杜議員講，恐驚對方掛規台 bá-suh 劫走，不得不防。阿良無看過這種場面，驚甲會掣。遮爾複雜的選舉，金錢色情暴力種種……，罕有的田野調查紀錄，敢會使寫落去？這拍算會變做研究限制。

到甲暗時十點外，bá-suh 駛入一个僻靜農莊。這是D縣的邊界，荒郊野外誠歹發現的所在。房間全包，雖然舊漚猶算淸幽。遮到縣議會較臨 (lím) 一點鐘，杜議員拍算明仔早起七點半規鋒人出發，九點就職典禮準時入會場。到時 30 票投落票箱，穩當選！不過猶是驚有人暗中走票，死毋承認，就配分每張票佇無仝位置圈選，踮指定所在拗一角，兩角……，抑是偏倒爿正爿、對中心線等等，精密的設計分配，開票時方便辨認，掠出反背者。

衆議員四工無佮家屬聯繫矣，明仔載就恢復正常生活，心情略略仔輕鬆，毋過若想著所收的銀兩攏落入莊議員的橐袋仔，就懊惱起來。干焦簡議員原在笑 hai-hai，可能昨暝大戰幾若回合，一直爽袂退。

縣議會倚寬闊的二十米路，挑俍[47]的建築物仿巴洛克式，窗台石柱橫直分明，壁牆淸淸白白，引發親民愛民的聯想。

仝爿一百公尺外是縣政府大樓，舊 lak-lak 的三層樓仔，敢

46　覆：phak，趴。
47　挑俍：thiau-lāng，形容建築物的空間寬敞，光線明亮。

若足久無整修，佮氣派的議會形成對比。毋過府前一大坪仙丹花卻是開甲紅 phà-phà。

過五十公尺三角窗的警察局閣愈簡省。規排辦公廳猶是日治時代遺留落來的，干焦門面裝飾甲有淡薄仔刑威。

早起八點五十分，bá-suh 來到議會門口，十外个警察兩爿戒備，一大群記者翕相機擇懸懸，閃光燈爍無停。

議員一个一个落車，跤步拖懶，敢若扗出國轉來。佇保鑣監視中恬靜緊速行入議事廳，避免佮外人接觸。

議事廳挑俍氣派，黃銅新名牌金光閃閃。另外 19 个早早就報到，加上 30 个，到齊矣！眾議員就座、起立、向國旗國父遺像行三鞠躬禮，擇正手宣誓就職。

「余誓以至誠，恪遵憲法，效忠國家，代表人民依法行使職權，無徇私舞弊，無營求私利，無接受烏西，無干涉司法，如違反誓言，願受最嚴厲制裁，謹誓。」

眾議員大聲宣誓，但是有部份人唸著「無營求私利，無接受烏西」，竟然咬舌頓一下，致使拍亂節奏。佇觀眾席的阿良煞起愛笑，喙角翹一爿，露出暗藏藐視的表情。

紲落票櫃扲入來，园佇主席台下面長桌頂。

個推選資深的侯議員擔任臨時主席，主持推派監票員。開始投票矣！眾議員照唱名順序投票，杜議員這爿推出的監票員，目睭無躡直直相選票的圈選位置、拗痕，暗中做紀錄。

「杜○○議員 1 票！」「杜○○議員 1 票！」「蘇○○議員 1 票！」……，進行到杜議員 25 票時，會場響起拍噗仔聲。開票結果，議長選舉，杜議員 30 票，對手 18 票，廢票 1 票。副議長選舉，龍議員 28 票，對手 19 票，廢票 2 票。

紲落杜議長、龍副議長宣誓就職，兩个人徛正正，擇正手，參拄才仝款的誓詞。個讀甲輕重分明，正氣充滿規个神聖的議事廳。

典禮結束，杜議長歡頭喜面，誠威風行入議長室。氣派的議長室有兩組烏 sìm-sìm 的大膨椅，一塊原木咖啡色超大辦公桌，閣有誠大範的鱷魚皮太師椅。

二十外盆提早送的蘭花芳絳絳，賀卡頂攏是有頭面的名字。料想是事先寫好，得票超過 25 就馬上結起 lih。無 kah 十分鐘，規个議長室映滿賀喜的黨政要員、生理人、記者，有人想攬抱權勢，有人需要新鮮報導，無論是非，只求有利益抑新聞性。只是交換的把戲猶未開始，規間漚熱的喜氣，致使一寡花蕊蔫去。

幾若工無看著人，杜議長坐專用的賓士 300 奢颺[48]倒轉來。倚近有懸牆佮監視器的厝門口，突然發覺集一群生份人，敢若針對伊來，而且聽候誠久矣。掣一趒，正手緊伸入去中山裝下面，害矣！銃無紮，毋知是佗一角勢的人馬？伊叫司機車門鎖予牢。

秃頭的中年男子行過來，四角面掛目鏡，伊共證件貼倚車窗。

「D 區地檢署檢察官蕭〇〇。」

48　奢颺：tshia-iānn，風光、派頭。

杜議員劍眉雄雄垂落來，面搐一下。去了了矣！

原來，地檢署早就掌握明確檢舉內容，包括賄選金額、交款方式、出遊行程、投票暗號等等，個會同調查局人員動員幾若十組人馬，仝步佇相關嫌疑犯厝內進行搜查。

拄就職的杜議長、龍副議長半暝被收押。

阿良被懷疑是抓耙仔。因爲干焦伊佮簡議員離群過，有機會接觸外口的人。

杜議員的手下，包括一寡結盟的議員，放刁欲予伊對地球消失，無解說餘地，阿良驚甲半暝逃走。

伊覕佇淡水一間半山腰的小旅館，二樓小房間，挩[49]開舊lak-lak的窗簾仔，會當看著附近幾條街。趨崎巷道穿插石坎，髏入濫疊[50]的房舍，敢若立體派分割組合的畫面。

阿良的心割裂矣，一時毋知欲按怎組倒轉來。這是啥物款的世界？淫亂、奸詐、險惡攏包裝佇富足進步的外衫內底。

啥人出賣杜議員？是夜半佇安全門邊接紙條的曾議員？毋過了後伊並無機會佮外面聯繫。簡議員佮阿枝猛烈的叫床化去了後，是毋是有祕密商議？這个逐時激痟狂，喙嘻嘻的姦議員是內奸？伊是對別的陣營挖過來的，已經反背一擺，閣一擺有啥關係。

阿良失眠幾若工矣。日時神神看觀音山、淡水河，回憶大

---

49 挩：thuah，拉。

50 疊：thia̍p，堆聚、累積成一層一層的。

學時期佮同窗郊遊的情境，閣想著未完成的碩士論文。這个下晡，伊吞一搣[51]安眠藥勉強睏去。

眠夢中，伊來到一大片烏樹林，密 tsiuh-tsiuh 的枝葉遮閘天頂，四箍輾轉茫煙散霧，陰沉恐怖的世界。四界揣出口時，忽然間一群大隻鐵甲蛄出現，親像裝甲部隊，lóng-lóng 叫衝過來。規群跖上伊的腰身、肚尾，雄雄向[52]落看，規骹邊烏 sô-sô 一欉一欉，大堆鐵甲蛄佇樹跤，齧[53]伊的皮肉，軟伊的血。

阿良雙手烏白掰，半行半走衝出烏樹林，有一絲仔光，連鞭化去。神神恍恍，換來到泅佇地獄谷燒滾滾的湖面，燙甲哀哀呻。岸邊，一群同窗攬胸看戲，帶著可憐兼懷疑的眼神。

杜議長化身一隻猛虎跳過來，屈佇阿良欲上岸的所在。紲落簡議員的豬公面，佇湖頂 hai-hai 笑，「少年的，你逐項講了了啦，你酒醉矣，嘿嘿嘿……！」同窗早就無看影，阿良孤一个驚甲面仔青恂恂，下性命拍地獄之水。

透早陷眠陷眠，阿爸拍電話來。講代誌抐清楚矣，有一个保鏢是警察。

政治無永遠的朋友佮敵人，這馬換對手的議長候選人提頭摸票，有一寡議員倚過去，曾議員是其中一个。

聽了心情誠複雜。阿良先出門，佇巷仔底的一間西藥房，

51　一搣：tsit-me，一把。

52　向：ànn，彎下來、俯下來。

53　齧：khè，啃、齧咬。

買「花柳病特效藥」。大嚨喉空的頭家講伊著八腳[54]，推薦一種藥水，教伊先共毛剃光光，逐工洗兩擺，保證一禮拜就好離離。

阿良無想欲隨轉去，安娜長頭毛被肩成熟迷人的形影，佇伊心中爍一下。著八腳袂使怪伊，定著是遐無良心的酒客放的毒。紲落，伊閣想著碩士論文。

「1980年代正副議長選舉研究——以D縣為模型」？毋著，欲研究制度佮實行成果，可能寫甲歪膏揤斜，閣無啥意思。「正副議長選舉佮烏金色情關係的研究」？誠實在的題目，毋過敢真正寫會完成？

阿良心頭掠定，八腳治好了後，欲閣去北投，Ki-pataw，有巫女的所在行踏。凡勢做一寡田野調查，關於溫泉旅舍的種種。碩士論文先按下，這陣伊想欲寫小說。第一章，就號做「地獄谷」。

54　八腳：pat-kiok，陰虱、毛滴蟲、毛虱、花柳病、陰蝨。

作者簡介

王羅蜜多，1951 年出世，台南人，本名王永成。淡江文理學院中文系畢業，南華大學宗教學碩士。佮意讀心經，定定予王羅佮蜜多進行內在世界的對話；畫作也受國內外袂少人收藏。捌得著台文戰線文學獎、教育部母語文學獎、台南文學獎、桃城文學獎、台灣文學獎等濟項。出版過詩集《問路 用一首詩》、《颱風意識流：王羅蜜多新聞詩集》、《王羅蜜多截句》、《鹽酸草》、《日頭雨截句》、《大海我閣來矣》；頭一部台語小説集《地獄谷》佇 2022 年出版。

《台語現代小說選》勘誤表

頁數／行數	原文	修訂
頁 5 第 3 行	推測生卒年：970-978	推測生年：970-978
頁 76 第 1 行	建個大功	建一个大功
頁 80 第 3 行	果欲滅嗎？	果欲滅 mah？
頁 81 第 7 行	牛已準人自由耕作	牛已准人自由耕作
頁 136 註 9	妓女之俗稱。	應召女郎。
頁 150 第 3 行	按呢一直講	按呢一直 kòng
頁 155 第 10 行	蠟仔肉	蜊仔肉
頁 180 第 2 行	畚箕成春臼	畚箕晟春臼
頁 325 倒數第 4 行	笑 hia hia	笑 hai hai

國家圖書館出版品預行編目 (CIP) 資料

台語現代小說選 / 郭頂順, 蔡秋桐, 蘇德興, 楊逵, 賴和, 陳明仁 , 陳雷 , 王貞文 , 胡長松 , 胡民祥 , 陳正雄 , 藍春瑞 , 林美麗 , 王羅蜜多作 . -- 初版 . -- 臺北市 : 前衛出版社 , 2022.06
面； 公分 . -- (台語文學叢書 ; K130)
ISBN 978-626-7076-29-3(平裝)

863.57 111005413

台語現代小說選 Tâi-gí hiān-tāi siáu-suat suán

作　　者　郭頂順・蔡秋桐・蘇德興・楊　逵・賴　和・陳明仁・陳　雷
　　　　　王貞文・胡長松・胡民祥・陳正雄・藍春瑞・林美麗・王羅蜜多
編　　者　呂美親
責任編輯　鄭清鴻
台文顧問　陳豐惠・劉承賢
文字整編　吳函篩・陳致綸
封面設計　Lucace workshop. 盧卡斯工作室
美術編輯　宸遠彩藝

出 版 者　前衛出版社
　　　　　地址：104056 台北市中山區農安街153號4樓之3
　　　　　電話：02-25865708 | 傳真：02-25863758
　　　　　郵撥帳號：05625551
　　　　　購書・業務信箱：a4791@ms15.hinet.net
　　　　　投稿・代理信箱：avanguardbook@gmail.com
　　　　　官方網站：http://www.avanguard.com.tw
出版總監　林文欽
法律顧問　陽光百合律師事務所
總 經 銷　紅螞蟻圖書有限公司
　　　　　地址：114066 台北市內湖區舊宗路二段121巷19號
　　　　　電話：02-27953656 | 傳真：02-27954100

出版補助　文化部 MINISTRY OF CULTURE
　　　　　語言友善環境及創作應用補助

出版日期　2022年6月初版一刷 | 2024年7月初版三刷
定　　價　新台幣500元
I S B N　9786267076293（紙本）
E-ISBN　9786267076408（PDF）
E-ISBN　9786267076392（EPUB）

＊請上「前衛出版社」臉書專頁按讚，獲得更多書籍、活動資訊
https://www.facebook.com/AVANGUARDTaiwan